La chica del tiempo

Rachel Lynn Solomon estuvo trabajando en la radio pública antes de que su amor por contar historias la llevara a escribir ficción. Es autora de varios libros para adolescentes y adultos, entre los que se encuentran *De ex a ex, La chica del tiempo, Nos vemos ayer, Negocios o placer* y *Hoy, esta noche, mañana.* Nacida en Seattle, ahora vive con su marido en Ámsterdam, donde lleva a cabo la misión de probar todos los dulces holandeses posibles.

RachelSolomonBooks.com

Código BIC: FRD | Código BISAC: FIC027020
Diseño e ilustración de cubierta: Vi-An Nguyen

La chica del tiempo

RACHEL LYNN SOLOMON

books4pocket

Argentina • Chile • Colombia • España
Estados Unidos • México • Perú • Uruguay

Título original: *Weather Girl*
Editor original: Jove Book, New York
Traducción: Lidia González Torres

1.ª edición en **books4pocket** Enero 2025

ISBN: 978-84-19130-49-5
E-ISBN: 978-84-19413-14-7
Depósito legal: M-23.968-2024

Fotocomposición: Urano World Spain, S.A.U.
Impreso por Novoprint, S.A. – Energía 53 – Sant Andreu de la Barca (Barcelona)

Impreso en España – *Printed in Spain*

Cada vez que llueve
Estás en mi cabeza
Al igual que sale el sol
Sé que algo bueno va a suceder

–*Cloudbusting*, Kate Bush

Para quienes estéis buscando la luz en la oscuridad.
Os merecéis todo lo bueno que os pase.

Querido lector o lectora:

La idea de LA CHICA DEL TIEMPO estuvo rondando por mi cabeza durante un par de años antes de empezar a escribirla, y ha sido una comedia romántica desde que me golpeó el primer rayo de inspiración; una en la que no faltan los juegos de palabras relacionados con el clima. En medio del proceso de redacción, también se convirtió en una comedia romántica con una protagonista que tiene depresión.

Sobre el papel, parece que esas dos cosas no deberían mezclarse. Las comedias románticas son escapistas y emocionantes, y suelen estar llenas de payasadas. Y, sin embargo, lo que más me ha gustado de ellas a medida que ha ido evolucionando el género es su capacidad para equilibrar esas tramas alocadas y escapistas con la clase de realismo que yo solía evitar cuando contaba historias. Durante un tiempo, escribí sobre personajes judíos cuyas circunstancias eran similares a las mías, pero para mí es menos habitual explorar la salud mental de una manera que se acerque a mi propia experiencia.

En LA CHICA DEL TIEMPO, Ari suele tener su depresión bajo control, pero le ha costado casi una década llegar a ese punto. También mantiene una relación complicada con su familia y otras personas de su pasado que intenta desenmarañar en el transcurso del libro. He intentado escribir sobre su depresión con sumo cuidado y sensibilidad, siendo consciente de que es una enfermedad que no tiene una cura sencilla. Dicho esto, la experiencia de Ari no es la de todos, pues cada persona tiene una experiencia con su salud mental diferente. Muy pocas, incluida la mía, son una línea recta.

Quería que este libro mostrara a una heroína compleja mentalmente que toma medicación y va a terapia, que se enamora y que avanza. Quería mostrar las partes más complicadas y duras de su vida junto con los momentos en los que está perdidamente enamorada. Y quería un héroe que la amara en sus días oscuros, no a pesar de ellos, porque para mí eso es lo más romántico de todo.

Con mucho amor,
Rachel

Si la lectura de esta novela desencadena en ti ciertas emociones, por favor, sé paciente contigo mismo/a. Puedes encontrar ayuda las veinticuatro horas del día los siete días de la semana. Comprueba qué líneas telefónicas o páginas web sobre salud mental existen en tu país.

1

PRONÓSTICO:

Nublado con probabilidad de humillación pública

Los días nublados son especialmente hermosos. Las nubes sumergidas en tinta, el cielo listo para abrirse. El aire volviéndose fresco y dulce. La forma en la que el mundo parece detenerse durante unos segundos justo antes del diluvio es pura magia, y nunca me canso de esa anticipación embriagadora, de la sensación de que está a punto de ocurrir algo extraordinario.

A veces pienso que podría vivir en esos momentos para siempre.

—¿Qué ha sido eso? —pregunta mi hermano desde el asiento del conductor. Es posible que acabe de dejar escapar un suspiro de satisfacción—. ¿Te estás volviendo a poner sentimental por la lluvia?

Estaba mirando (bueno, mirando fijamente) por la ventana mientras el cielo de la mañana se rendía ante la llovizna.

—No. Eso no es algo propio de mí.

Porque no es solo que me haya puesto sentimental por la lluvia. Es que la lluvia significa el placer de seguir la trayectoria de un frente frío a medida que se mueve desde el Pacífico. Significa botas hasta las rodillas y jerséis de punto, y que esa es la mejor ropa es un hecho. Yo no hago las reglas.

Para muchas personas, se habla del tiempo cuando no se sabe qué decir; aquello que se menciona cuando uno se ha quedado sin temas de conversación en una fiesta o cuando se está en la primera cita con un chico que vive en el sótano de la casa de sus padres y piensa que podríais ser muy felices viviendo allí abajo juntos. *¿Te puedes creer el tiempo que hace?*, es una fuente de alegría o frustración, pero rara vez se encuentra en un punto medio.

En mi caso, nunca ha sido un tema de conversación vacío. Incluso si nos esperan seis meses más de días grises, siempre los echo de menos cuando llega el verano.

—Tienes suerte de que te quiera tanto. —Alex se pasa una mano por el cabello pelirrojo y alborotado que casi compartimos, solo que el suyo es caoba y el mío es una explosión brillante de rojo anaranjado—. Acabamos de superar el miedo de Orion a la oscuridad, pero ahora Cassie se despierta a las cinco si tenemos suerte, a las cuatro y media si no. Nadie duerme en la casa de los Abrams-Delgado.

—Te dije que es una pequeña meteoróloga en formación.

—Adoro a los mellizos de cinco años de mi hermano, y no solo porque sus nombres vengan de constelaciones—. No le digas que tenemos que maquillarnos y peinarnos nosotros mismos. Arruina la ilusión.

—Tiene que verte cada mañana antes de ir a clase. Tortitas con forma de dinosaurio y tita Ari en la tele.

—Siguiendo los deseos de Dios.

—No debí de prestar atención ese día en la escuela hebrea. —Alex reprime un bostezo mientras rodeamos Green Lake. Vive en el Eastside y trabaja en South Seattle, por lo que me ha recogido en Ravenna, mi vecindario bordeado de árboles, y me dejará en la tele cuando hayamos terminado.

Su reloj siempre está seis minutos adelantado porque a Alex le encanta tener un impulso extra por las mañanas. Ahora mismo da las 6:08, lo que suele ser tarde para mí, pero gracias a uno de los cambios de horario de última hora de Torrance, no estaré en cámara hasta después del mediodía. Puede que acabe quedándome despierta durante veinte horas seguidas, pero mi cuerpo se ha acostumbrado a que altere su reloj interno. En gran parte.

Aun así, imaginarme a mi diminuta y perfecta sobrina absorta por un pronóstico meteorológico me llega al corazón.

Hace mucho tiempo, yo hacía exactamente lo mismo.

—Tranquila. Va a ser genial —dice Alex mientras jugueteo con la cremallera de mi chaqueta impermeable y luego con el collar sepultado entre las pelusas de mi jersey. Le he arrastrado conmigo porque no quería hacerlo sola, porque la línea que separa la emoción de la ansiedad siempre ha sido muy fina en mi caso.

Aunque no dé señales demasiado claras de cómo me siento, Alex siempre ha sido capaz de percibir mis emociones con los ojos cerrados. Tiene treinta años, tres más que yo, pero la gente solía pensar que éramos mellizos porque de pequeños éramos inseparables. Eso se convirtió en una rivalidad amistosa de adolescentes, sobre todo porque teníamos la costumbre de colarnos por los mismos chicos;

normalmente, el adonis de los atletas, llamado Kellen, quien no tenía ni idea de que existíamos, a pesar de que íbamos a todas y cada una de sus competiciones para animarlo. Ese hecho quedó claro el día del campeonato estatal, cuando aparecí con flores y Alex, con globos, y Kellen nos miró con sus increíbles ojos azules como el mar y dijo:

—Oye, ¿vamos al mismo instituto?

A regañadientes, dejo que el silbido de los limpiaparabrisas me inspire un falso sentimiento de calma. Nos dirigimos a Aurora, pasando por vallas publicitarias del Centro de Ciencias del Pacífico; limpiadores de canalones; un chico que podría ser tanto un abogado como un luchador profesional por la forma en la que frunce el ceño; un conjunto de concesionarios, y luego…

—¡Madre mía! Ahí está. Para el coche. ¡Para el coche!

—No tienes permitido gritar así mientras conduzco —dice Alex, aunque pisa el freno con fuerza, lo que hace que su Prius me lance contra la puerta—. ¡Joder! Pensaba que iba a darle a algo.

—Sí, a mi orgullo. Está destrozado.

Se desvía hacia el aparcamiento de una tienda de donuts que abre las veinticuatro horas y se detiene en un sitio que nos proporciona una visión despejada de mi primera valla publicitaria.

¡DESPIÉRTATE CON KSEA 6 A LAS 5! SIEMPRE ESTAMOS AQUÍ PARA TI, anuncia en agresiva letra negrita. Y ahí, con la sonrisa Colgate, estamos el equipo de entre semana de las mañanas, mostrándonos naturales y para nada haciendo una pose incómoda: *Chris Torres, Noticias. Russell Barringer, Deportes. Meg Nishimura, Tráfico. Ari Abrams, Tiempo.*

Y, atravesando mi cara sonriente, veo una raya de un inconfundible gris blanquecino que me tapa el ojo izquierdo y media nariz y culmina en una preciosa caca de pájaro.

Solo en mi cara.

Chris, Russell y Meg siguen sonriendo. SIEMPRE ESTAMOS AQUÍ PARA TI. ¡Una mierda!

—Bueno, ya me siento lo bastante humillada —digo tras un momento de atónito silencio—. Al menos tengo el pelo bien, ¿no?

—¿Puedo reírme?

Un sonido que podría ser una risita se me escapa de la boca.

—Por favor. Alguien tiene que hacerlo.

Mi hermano se ríe a carcajadas, y no estoy segura de si sentirme ofendida o unirme a él. Al final, me rindo.

—Aun así voy a sacarte una foto con ella —dice Alex cuando puede volver a respirar—. Es tu primera *valla publicitaria*, ¡joder! Es algo importantísimo. —Me da una palmada en el hombro—. La primera de muchas.

—Si no me atormenta el resto de mi carrera profesional... —Salimos del coche y mis botas Hunter chapotean a través de un charco que resultó ser más profundo de lo que parecía.

—Di: «KSEA 6: Noticias del noroeste, donde nos importa una mierda» —dice mientras me coloco bajo la valla publicitaria y poso para la cámara—. «KSEA: Lo que ves cuando estás de mierda hasta el cuello».

—¿Qué te parece «Noticia de última hora: Alex Abrams-Delgado es un mierdas»? —inquiero con mi mejor voz de televisión mientras le enseño el dedo corazón.

* * *

—Gracias por haber hecho esto —digo cuando hemos conseguido una mesa en la tienda de donuts. Me aparto el flequillo mojado de la frente con la esperanza de que haya un secador de más en el vestuario de KSEA—. Habría ido con Garrison o con alguien de la cadena, pero…

Alex se atreve a darle un trago al café que ha comprado en la tienda de donuts y hace una mueca.

—Lo pillo. Soy tu persona favorita del mundo.

—Lo eres —contesto—. Pero Cassie ocupa el segundo puesto por poco. No te tomes tan a la ligera ese privilegio.

—Nunca. —Vacía un sobre biodegradable de edulcorante en la taza—. Por cierto, ¿cómo te va con… todo?

Antes del «todo» del que está hablando, mi hermano y yo solíamos vernos una vez al mes. Ahora me tumbo y me tapo en su sofá una vez a la semana mientras su marido chef me sirve reconfortante comida directamente en la boca.

—Hay días buenos y malos. Todavía no estoy segura de cuál es hoy o si eso es una señal del universo que me indica que las cosas van a, bueno, ya sabes. —Hago una señal con la mano hacia la valla publicitaria que hay fuera antes de darle un bocado a mi donut recubierto de chocolate—. Vas a decirme que vuelva a salir al mercado, ¿verdad?

Ese es el peor efecto secundario de una ruptura. Dejarme respirar durante un momento antes de pillarme por alguien que acabará decepcionándome.

Me froto el lugar del dedo en el que estaba el anillo de compromiso. Supuse que su huella duraría más que unos pocos días, y no estaba segura de cómo me sentiría cuando mi piel ya no llevara la prueba de nuestra relación. La verdad es que nunca pensé que estaría tan apegada a un anillo hasta que Garrison me pidió que se lo devolviera. En su defensa diré que era una reliquia familiar. En mi defensa diré que él es un cubo de basura con forma humana.

Un cubo de basura con forma humana en el que apenas he podido dejar de pensar desde que rompimos hace cinco semanas, cuando me mudé de nuestro espacioso piso de alquiler situado en Queen Anne a un estudio lo bastante grande para mí y mis sentimientos. Nuestros amigos sintieron que tenían que elegir un bando, por lo que estos días mis únicos confidentes son mi hermano y una niña precoz que va a preescolar. Al menos ahora soy capaz de decir el nombre de Garrison en voz alta sin querer acurrucarme dentro de una de esas almohadas nido que Instagram no para de anunciarme. Creo que están pensadas para perros, pero no puedo ser la única persona que quiere una con desesperación. El algoritmo debe de saber que lo necesito.

—Pues claro que no. No hasta que estés lista. —Alex estira el brazo para agarrar otro sobre de edulcorante—. Al menos no pagaste ningún depósito. Hay que mirar el lado bueno, ¿no?

—Mmm —respondo de forma evasiva. Planear la boda fue otra cosa que me causaba emoción y ansiedad, aunque la mayoría del tiempo la ansiedad ganaba. Cada vez que empezábamos a hablar de ello, me quedaba paralizada por la indecisión. ¿Primavera u otoño? ¿Banda o DJ? ¿Cuántos invitados? Incluso ahora, basta para hacer que me entren los picores dentro de mi jersey de punto.

Sin embargo, se me queda grabado en el cerebro lo que ha dicho Alex. Porque digamos que mirar el lado bueno es lo mío. Cada vez que siento cómo la negatividad empieza a acumularse en mi interior, la alejo con una de las sonrisas que he practicado para la televisión. Salto por encima de ese charco turbio. Me mantengo seca antes de arriesgarme a hundirme más en la oscuridad.

—Deberíamos comer donuts de estos más a menudo —digo, a pesar de que es un donut normal y corriente.

Alex debe de darse cuenta de que no tengo ganas de hablar más del tema, porque empieza a narrar lo decidido que está Orion a perder su primer diente.

—Estaba intentando el viejo truco de la cuerda y el pomo —cuenta Alex—. Solo que se le soltó la parte que estaba atada al pomo, así que me lo encontré sentado en su habitación con la cuerda colgándole de la boca, esperando con paciencia a que se le aflojara un diente.

—¿Y por qué no me enviaste fotos en ese mismo momento? —pregunto, y él le pone remedio enseñándome una.

Una vez que ambos hemos pasado al segundo donut, mi móvil se ilumina y muestra una notificación. Le doy con el dedo y veo un correo electrónico de Russell Barringer, de Deportes.

Si me está enviando un correo electrónico, solo puede ser sobre una cosa.

Chica del tiempo,

Seth ha puesto hoy carteles nuevos. Torrance se encontró uno en su leche de avena y está furiosa. Solo quería decirte que puede que acabes entrando en un huracán.

—Debería ir yéndome —le digo a Alex—. O deberíamos ir yéndonos y así me llevas.

—¿Pasa algo con tu jefa?

Hago lo que está en mi mano para suavizar mi suspiro para que no deje entrever todo el tiempo que llevo sufriendo.

—Pues como siempre, ¿no?

Estamos a punto de levantarnos cuando un chico de treinta y pocos años con un paraguas empapado se detiene delante de nuestra mesa y se queda mirándome.

—Yo te conozco —dice, moviendo un dedo en mi dirección mientras la lluvia gotea sobre el linóleo.

—¿De las noticias? —inquiero. En ocasiones pasa que personas desconocidas me reconocen, pero por mucho que lo intentan, no son capaces de averiguar de qué. Suele decepcionarles que no sea mi jefa y, para ser sincera, yo me sentiría igual.

Niega con la cabeza.

—¿Eres amiga de Mandy?

—No.

Mi hermano señala con la mano hacia la ventana, hacia la valla publicitaria.

—Canal seis. Es la del Tiempo.

—No veo mucho la televisión —contesta, y se encoge de hombros—. Lo siento. Habré pensado en otra persona.

Alex se está sacudiendo a causa de una risa silenciosa. Le doy un codazo mientras vamos a tirar la basura a la papelera correspondiente.

—Me alegro de que mi dolor te haga gracia.

—De alguna manera tengo que hacer que sigas siendo humilde. —Antes de irnos, Alex espera en la cola para comprar unos cuantos donuts para su clase de cuarto—. Donuts de la culpa —explica—. Es la semana de los exámenes estatales.

—Es un milagro que algunos de nosotros salgamos del colegio y del instituto solo con heridas psicológicas pequeñas.

Me dedica una media sonrisa que no llega a alcanzarle los ojos y luego baja la voz.

—Me escribirás si te encuentras mal o algo esta semana, ¿verdad?

Es tan fácil bromear cuando estoy con él, que a veces olvido que puedo hacer algo más que eso.

—Lo haré. —Miro la hora y toco el móvil con el dedo—. Si me dejas en el vestuario en veinte minutos, haré *rugelach* de Nutella para Hanukkah el próximo fin de semana.

—¡Marchando! —dice mientras busca las llaves y yo hago equilibrio con las cajas de donuts—. Te vendría bien ese tiempo extra.

—¡Oye, que estoy muy delicada ahora mismo!

Con la barbilla, vuelve a señalar al exterior una vez más.

—Vale, vale. Tienes tan buen aspecto como en tu valla publicitaria.

2

PRONÓSTICO:

Lluvia de papel triturado desplazándose esta tarde

Cuando era pequeña, de mayor quería ser Torrance Hale.

La veía todos los días en las noticias de la noche, hipnotizada por la confianza que tenía en sí misma y por la forma en la que se le iluminaba la cara cuando pronosticaba sol. La forma en la que miraba a la cámara, me miraba a *mí*, con una de las comisuras de la boca torcida en un cuarto de sonrisa mientras bromeaba con los presentadores. Tenía algo electrizante.

Como aficionada a la ciencia, me fascina la meteorología desde que una ventisca dejó la ciudad aislada durante dos semanas en la época en que iba al jardín de infancia. Más tarde aprendí que eso no era normal y que, de hecho, daba mucho miedo, pero por aquel entonces quería experimentar todos los fenómenos meteorológicos posibles. Vivir en Seattle lo hacía difícil, por lo tranquilo que es todo el año, pero aun así, vi lo suficiente para mantener mi curiosidad: un calor veraniego récord, un eclipse lunar, un tornado poco común que aterrizó en Port Orchard cuando mi familia estaba de vacaciones.

Torrance hizo que la ciencia, la meteorología, pareciera algo glamuroso. No tenía que estar encerrada en un laboratorio estudiando datos y escribiendo informes. Podía contar historias sobre el tiempo. Podía ayudar a las personas a entender, incluso a protegerse, cuando la madre naturaleza se volviera brutal.

Mi madre era una persona inestable y su mal humor la convertía a veces en una extraña, pero Torrance nunca lo fue. Era una fuente de consuelo y calma, porque siempre estaba donde debía estar: frente al croma a las cuatro en punto y luego de nuevo a intervalos de doce minutos. Los viernes por la noche presentaba un programa de media hora llamado *Halestorm* que se centraba en las tendencias climáticas, y no me avergüenzo de las veces que rechacé invitaciones a fiestas para verlo en directo. Incluso me decoloré el pelo para pasar de pelirroja a rubia cuando estaba en octavo curso para parecerme más a ella; un proceso durante el cual casi acabé quemándome el cuero cabelludo.

Ni siquiera cuando mi estado de ánimo se oscurecía de tal manera que coincidía con el de mi madre (los primeros síntomas de la depresión que no me diagnosticaron hasta llegar a la Universidad), mi amor flaqueó.

Un par de años más tarde, cuando, por suerte, me había vuelto a crecer el color pelirrojo, gané un premio de periodismo del instituto por un artículo sobre el ciclo vital de un panel solar, y la propia Torrance me lo entregó en el banquete. Estaba segura de que me iba a desmayar y no dejaba de pellizcarme el interior de la muñeca para asegurarme de que seguía consciente. Cuando me susurró al oído lo mucho que le había gustado el reportaje, no tuve ninguna duda. Iba a ser meteoróloga.

La realidad es que trabajar para Torrance Hale es un *Halestorm* muy diferente.

—¿Has visto esto? —Torrance golpea un papel contra mi escritorio, y sus uñas pintadas de marfil tiemblan de lo indignada que está—. Es inaceptable, ¿verdad? No se me está yendo la cabeza, ¿no?

Después de tres años en KSEA, sigue intimidándome Torrance, sobre todo cuando está totalmente maquillada, esa clase de maquillaje que parece natural en la cámara, pero que da miedo cuando estás a medio metro de distancia de la cara de alguien que tiene demasiado colorete y demasiada sombra de ojos. Como siempre, tiene la boca untada con su distintivo pintalabios, un tono de rojo cereza que cuesta cincuenta y seis dólares la unidad. Yo se lo pedí a mi madre todos los años para mi cumpleaños, sin éxito. Cuando por fin me lo compré de adulta, comprobé que quedaba horrible con mi tez. Así es la vida de una pálida pelirroja: mantenerte alejada del sol y de la mitad de la paleta de colores.

Me bajo la cremallera de la chaqueta y la cuelgo en la percha de mi cubículo. Aunque, técnicamente, no debemos llamarlos «cubículos». Durante la orientación, Recursos Humanos hizo énfasis en que se trataba de una «oficina con paredes divisorias bajas», que es… básicamente cubículos, pero las paredes menos altas. El personal estaba descontento con los cubículos, y un experto vino para hacer todos los cambios necesarios para aumentar la productividad. No estoy segura de que haya aumentado la productividad, pero sí que ha hecho que más gente hable de cómo se supone que va a aumentar la productividad.

Son las ocho en punto, lo que significa que el programa de la mañana acaba de terminar. En la sala de redacción de nuestra cadena de Belltown, la gente está encorvada sobre los escritorios bajo unos fluorescentes demasiado brillantes y un conjunto de televisores sintonizados con KSEA, que ahora mismo está emitiendo un anuncio de un limpiador de alfombras con una canción demasiado pegadiza. En un día normal, me faltarían unas horas para terminar mi turno, pero Torrance va a presentar una gala esta noche. Como pequeña celebridad de Seattle, siempre recibe invitaciones de esta clase, y si bien yo ya he superado la obsesión que sentía por ella, la ciudad no lo ha hecho.

Sin mirar el papel, e incluso sin la advertencia de Russell, sabría quién está detrás de este comportamiento inaceptable: Seth Hasegawa Hale, director de informativos de KSEA 6. El exmarido de Torrance.

Me arriesgo a echarle un vistazo.

Por favor, termínate la leche antes de abrir un cartón nuevo para no desperdiciar. Ya hay dos cartones abiertos que tienen más de la mitad. El medio ambiente te lo agradecerá. —SHH

Clásico de Seth. Como al director general le queda un año para jubilarse y retirarse por completo, Seth se ha encargado de dirigir la cadena de televisión a su antojo, a menudo en forma de carteles pasivo-agresivos como este. La ironía de que sus iniciales sean «SHH» no se me escapa.

No estoy segura de cuál de las preguntas de Torrance responder primero.

—No lo había visto todavía —comento—. Igual no sabía que era tuya.

—Sabe perfectamente que hace años que no tomo lácteos y que la soja me produce urticaria. Soy la única que bebe leche de avena. Está claro que iba dirigido a mí —dice, ahorrándome tener que tomar partido en el Gran Debate de la Leche. Apoya la cadera contra mi escritorio, con su vestido azul ajustado y sin arrugas incluso después de llevar en directo desde las cuatro de la mañana y su pelo rubio cayéndole por encima de los hombros. A los cincuenta y cinco años, Torrance está, y lo digo con un tremendo respeto hacia ella como científica, buenísima.

»No puede hacer esto y esperar que todos sigamos las reglas como él quiere —continúa—. Si quiere hablar de salvar el planeta, debería cambiar ese todoterreno que conduce. O dejar de gastar todo este papel.

Estoy bastante segura de que esto no tiene nada que ver con el medio ambiente, pero no pretendo entender los entresijos de la relación de los Hale. Por lo que he oído, estuvieron fatal durante un tiempo antes de que se divorciaran hace cinco años. A mí tampoco es que me encanten los carteles de Seth (la verdad es que podría vivir sin el que hay en el baño y que nos recuerda que la fontanería es demasiado delicada como para lidiar con tampones), pero imagino que me gustarían mucho menos si hubiera estado casada con él.

Hago todo lo posible por mostrarme optimista.

—Al menos ha dicho «por favor», ¿no? Y yo también bebo leche de avena a veces… Igual era una nota general. —Jamás he bebido leche de avena.

—¿Todo bien por aquí?

Seth se acerca a nosotras a grandes zancadas, con las manos en los bolsillos de su pantalón azul marino y con el dobladillo de su chaqueta a juego balanceándose mientras camina. Postura relajada, barbilla ligeramente inclinada hacia arriba. No le preocupa en absoluto la aflicción de su exmujer. Parece tan inocente que podría ir silbando una melodía y llevar una gorra inclinada de forma desenfadada.

—¿A ti qué te parece? —pregunta Torrance con dulzura mientras agarra el cartel con los dedos pulgar e índice y se lo pone delante de la cara—. Te das cuenta de que la gente haría lo que quisieras si se lo pidieras amablemente, en vez de hacer esta mierda pasivo-agresiva, ¿verdad?

—¡Qué sorpresa que prefiera ponerlo por escrito en vez de lidiar con esto! —responde, monótono. Si bien es cierto que no impone tanto como Torrance, supera con creces el metro ochenta y su pelo negro tiene canas en las sienes de esa forma tan distinguida que solo los hombres parecen capaces de conseguir, aunque me encantaría pensar que algún día un mechón gris podría llegar a quedarme genial.

En mi antigua cadena de Yakima, mi primer trabajo a tiempo completo tras graduarme en Ciencias Atmosféricas y en Comunicaciones por la Universidad de Washington, parecíamos una gran familia. Tal vez el problema aquí es que los Hale se parecen demasiado a una familia disfuncional.

Como director de informativos, Seth debería ser el jefe de Torrance, la meteoróloga principal, pero debido a la historia de ambos y a la antigüedad de ella, Torrance está directamente por debajo de nuestro director general, un hombre llamado Fred Wilson, con quien he hablado exactamente dos veces. Dado que el despacho de Wilson, situado en la tercera planta, permanece cerrado la mayor parte del día (cuando se molesta en aparecer, cosa que ni siquiera hizo para la fiesta que le organizamos el mes pasado por su setenta y cinco cumpleaños), esto sitúa a Torrance en igualdad de condiciones con Seth. Los dos están dispuestos a llevar esta cadena a la ruina con tal de que uno de ellos salga ganando.

—No necesito que me microgestionen, Seth —dice Torrance—. Lo que meto y saco de la nevera solo me incumbe a mí.

Seth cruza los brazos sobre el pecho, lo que puede que haga para alardear de cómo se le tensan unos ridículos bíceps contra la tela de la chaqueta. A veces pienso que Torrance y Seth están enzarzados en una batalla para demostrar quién está ganando el divorcio. Me los imagino en gimnasios situados en lados opuestos de la ciudad, jadeando sobre las cintas de correr mientras los entrenadores personales les gritan que vayan más rápido.

—No puedo decir que trabajar en equipo haya sido nunca tu fuerte.

—Y no ser un imbécil integral nunca ha sido el tuyo.

Me llevo una mano a la garganta y froto con el pulgar el pequeño rayo que hay en el extremo de mi collar. El colgante tiene el tamaño de la uña de mi dedo meñique y es de oro martillado, un regalo que me hizo mi madre cuando me gradué en la Universidad. Un día poco común en el que parecía estar feliz de verdad. Quiero desaparecer entre mis bajas paredes divisorias, pero precisamente para eso están, para que no se pueda.

—Me voy a… —empiezo, pero Torrance se endereza de repente, ya que algo le llama la atención al otro lado de la habitación, en su despacho. Va hacia allí y, con un rápido movimiento, arranca una hoja de papel del monitor de su ordenador. Otro cartel.

—¿«Asegúrate de apagar las luces de tu despacho para ahorrar energía cuando no las estés utilizando»? ¿Has puesto esto en mi *despacho* mientras estaba en directo?

—Quería asegurarme de que lo vieras —responde Seth mientras se encoge de hombros con inocencia.

Puede que las peticiones de Seth no sean del todo irracionales, aunque su método sí que lo sea. Sí, son mezquinas, pero Torrance tiende a olvidar su entorno cuando está trabajando. En cámara se muestra serena y profesional, pero fuera de ella es un poco desastre. Muchas veces le he limpiado la basura del escritorio, ordenado el maquillaje del vestuario y regado las plantas de su despacho. Si su ficus está floreciendo, no es gracias a ella. Lo más probable es que no sea la mejor manera de conseguir que mi jefa me preste atención, pero al menos creo que he evitado un par de peleas entre un Hale y otro.

Torrance vuelve a acercarse a mi mesa con el cartel hecho una bola dentro del puño.

—Esto es una invasión tan descarada de la privacidad que no sé ni por dónde empezar. —Alza la barbilla en mi dirección—. ¿Tú qué piensas, Abrams? ¿Te imaginas que te pusiera carteles en el centro meteorológico que dijeran «Asegúrate de consultar el Servicio Meteorológico Nacional» o «No olvides sonreír cuando estés en directo»? ¿Te gustaría que te trataran como a una niña pequeña? —Vuelvo a tener la sensación de que cualquier cosa que diga va a ser la respuesta equivocada.

—Tal vez el centro meteorológico funcionaría con mucha más eficacia si lo limpiarais de vez en cuando —dice Seth—. No sé cómo podéis trabajar así. Ese lugar es una pocilga.

—¡Porque acabo de terminar mi turno!

—Disculpad —me excuso mientras me levanto de la silla y agarro mi bolso, pero ya han dejado de escucharme. Si es que lo han hecho en algún momento.

Cuanto más me alejo de ellos, más fácil me resulta respirar, pero sus voces me siguen por el pasillo. Podría haber entrado a trabajar más tarde, ya que no estaré delante la cámara hasta las tres, pero soy una madrugadora empedernida. Y me venía bien pasar un tiempo terapéutico a solas con mi plancha de pelo (nunca he dominado mis rizos naturales y tengo que plancharme el pelo, que me llega hasta los hombros, antes de cada emisión) y mi nueva paleta de sombras de ojos. Las dependientas de Sephora me adoran. Soy una VIB Rouge desde antes de poder beber legalmente.

Puede que mi turno habitual requiera levantarme a las dos y media de la mañana, pero hay una ventaja que no figuraba en la descripción del trabajo: Torrance y Seth nunca están allí.

De camino al vestuario, veo a Russell saliendo del Banquillo, que es como llaman a la oficina donde se sienta el equipo de Deportes. El presentador de la mañana, Chris Torres, me contó (con amargura) que tenían su propia oficina porque una vez estaban lanzando un balón de fútbol y le golpearon a un periodista desprevenido en la cabeza, pero estoy bastante segura de que eso no es más que un rumor. Lo único que sé es que tienen su propia oficina y, en días como hoy, les odio por ello.

Señalo su taza de café vacía.

—¿De vuelta a la escena del crimen?

Russell lleva una chaqueta grisácea que va a juego con el cielo y una camisa azul debajo. Es un tipo grande, de hombros anchos y ángulos suaves que suele llevar el pelo castaño claro engominado para la cámara, pero esta mañana lo lleva un poco revuelto. Probablemente le pilló la lluvia mientras iba de camino a la oficina.

—Te lo advertí —dice, mirando por encima de mi hombro para asegurarse de que no hay nadie cerca que nos esté escuchando—. ¿Cómo de malo ha sido?

—Son unos niños. No, espera, eso no es justo para los niños. —Me detengo junto a un folleto que nos recuerda que debemos confirmar nuestra asistencia a la fiesta de vacaciones de la oficina que se celebra este viernes en un elegante hotel del centro. Ya he confirmado mi asistencia y me da miedo ir sin acompañante—. Tengo ganas de ir a la cocina y tirar lo que queda de leche de avena.

—Le echaría la culpa solo a Seth. —Se le tuerce la boca en una media sonrisa—. De hecho, igual deberíamos usarlo a nuestro favor. Podríamos hacer casi cualquier cosa y asumirían que ha sido el otro.

—Tú los distraes y yo me encargo de la leche.

—Trato hecho —accede con los ojos azules brillantes tras unas gafas negras rectangulares. Tiene las pestañas más largas que he visto en mi vida. Si yo tuviera unas pestañas así, no me querría tanto el Sephora de mi zona—. Bueno, buena suerte ahí fuera. —Hace un gesto hacia la cocina y me dedica una sonrisa amable pero algo apagada.

—Sí. Lo mismo digo.

Russell y yo deberíamos compartir un compañerismo del tipo «nuestros jefes son unos imbéciles», pero nuestra amistad profesional no ha evolucionado mucho más allá de esto. En el Banquillo es muy reservado, amable con sus compañeros de los deportes, pero con todos los demás es agradable de manera superficial. *¿Qué tal el fin de semana?*, sonrisa educada y a seguir. Termina las conversaciones demasiado rápido, y nunca he sido capaz de interpretarlo más allá del hecho de que podría estar pasándolo tan mal como yo.

Con la diferencia de que tiene una puerta para dejarlo todo fuera.

* * *

—Como pueden ver, nos espera un aumento de lluvia y de viento durante la vuelta a casa del trabajo —digo mientras muevo la mano por el croma que hay a mis espaldas. En el monitor que tengo delante y en los hogares de los telespectadores hay un mapa del oeste de Washington—. Durante la noche, veremos más chubascos, con temperaturas que rondarán casi los diez grados.

La mayoría de mis pronósticos duran treinta segundos, pero este es más largo y tengo dos minutos. Pienso en ello como si estuviera construyendo una historia. Empiezo con una vista de satélite en directo de la región para mostrar lo que está sucediendo en este momento y luego lo explico a través de los patrones de aire y los sistemas de presión. Siempre concluyo hablando de la semana que se avecina.

—Mañana las temperaturas alcanzarán los quince grados gracias a un frente cálido que se está desplazando. —El gráfico cambia a un modelo que muestra lo que ocurre en la cos ta—. Sin embargo, detrás de eso tenemos un frente frío más intenso que pasará por el oeste de Washington el miércoles y que aumentará la velocidad de los vientos, con rachas de hasta noventa y cinco kilómetros por hora y posibles cortes de electricidad. Seguiremos pendientes de dicho fenómeno, así que asegúrense de seguir consultando nuestros pronósticos mientras los perfeccionamos.

La pantalla vuelve a cambiar, ahora a la previsión de esta semana.

—Aquí está el pronóstico de siete días y, como pueden ver, no hay mucha variación. Va a haber humedad y viento, y existe la posibilidad de que salga el sol el viernes por la tarde. Al fin y al cabo, estamos en diciembre en el noroeste del Pacífico. —Contengo una risa, jugando con la audiencia mientras proporciono los altibajos de la semana—. Y parece que el próximo lunes podría volver a haber lluvia y viento.

—Y parece que eso te alegra bastante —me dice Gia DiAngelo a través del pinganillo mientras me dirijo a la mesa del presentador y me siento, al igual que hago cada mañana con Chris Torres.

—No puedo evitarlo, Gia. Soy de Seattle de la cabeza a los pies. —Levanto los brazos, todavía con una sonrisa—. Por estas venas corre agua de lluvia en lugar de sangre.

Es una broma recurrente que, mientras que la mayoría de los meteorólogos (la mayoría de la gente en general) se emociona cuando va a hacer sol según el pronóstico, yo soy todo lo contrario. Pero aquí no llueve tanto como se cree. Nueva Orleans y Miami reciben más precipitaciones anuales, mientras que el noroeste del Pacífico suele tener más días de lluvia de media. Aun así, hay algo en la lluvia de Seattle que me resulta profundamente romántico.

Gia se ríe y vuelve a mirar el apuntador electrónico.

—Pronto volveremos a escuchar a Ari. Estoy segura de que todo el mundo quiere saber cómo afectará todo esto a los planes para las vacaciones. A continuación: una mujer de la zona creía haber encontrado la casa de sus sueños, pero cuando empezó las reformas, la policía se presentó para decirle que la casa no era suya. Kyla Sutherland investiga.

Y corte a la publicidad.

Todavía estoy llena de adrenalina cuando dejamos de emitir en directo. Casi hace que se me olvide el hecho de que mi jefa apenas se da cuenta de que existo a menos que me necesite para cubrir un turno. Por una vez, me gustaría que me dijera: *¡Anda! Este reportaje meteorológico tan sustancioso sería genial para Ari; ve y encárgate de él.*

—Siempre es un placer tenerte aquí por las tardes —dice Gia, que se está sacando una polvera del bolsillo para comprobar que cada mechón de su brillante pelo negro está en su sitio—. Incluso cuando nos das malas noticias.

—La lluvia no es una mala noticia, Gia —contesto en tono cantarín mientras apago el micrófono que tengo enganchado al vestido, y me dirijo a la sala de redacción para rellenar mi botella de agua durante esta pausa de diez minutos.

Torrance está en su despacho, pasando una pila de carteles de Seth por una trituradora de papel con regocijo.

En lugar de dejar que me afecte, me pongo derecha, me detengo junto al conjunto de escritorios de los becarios situado en la parte más fría de la sala de redacción y les digo lo contentos que estamos todos en KSEA de tenerlos aquí y que, si alguna vez tienen dudas sobre la transmisión o sobre el tiempo, pueden sentirse libres de preguntarme en cualquier momento. Sus miradas de extrañeza valen la pena por cómo se alivia la tensión que tenía en el pecho, aunque sea un poco.

—¡¿Alguien sabe cómo arreglar una trituradora de papel?! —grita Torrance.

Dicen que no hay que conocer a tus héroes. Tampoco hay que trabajar para ellos.

3

PRONÓSTICO:

*Refúgiense y prepárense
para el Huracán Torrance*

—Bueno, lo han intentado —digo.

—¿De verdad? —pregunta la periodista de Tráfico Hannah Stern mientras aparta la rama de un árbol.

Nos acercamos para inspeccionar el árbol de Navidad del salón de baile del hotel, más concretamente, el único ornamento de la menorá, el cual cuelga con todo su esplendor azul y plateado detrás de un Papá Noel surfista que lleva una bolsa roja. Parece una forma ineficiente de entregar regalos, pero vale.

—Es un adorno judío más que el año pasado —respondo en busca de algo positivo. Y como parece que un cumplido siempre ayuda, señalo los tacones dorados de Hannah—. Y estoy obsesionada con tus zapatos.

Esta judía no va a echarse atrás e irse de una fiesta de Navidad, sobre todo porque he tardado tres horas en arreglarme.

Me alisé el pelo y luego temí dar la impresión de que me había esforzado demasiado, así que le rocié agua y lo estrujé para devolverle las ondas. Luego saqué la plancha para rizar más las puntas y me quemé la palma de la mano durante el proceso, por lo que tuve que ir corriendo a la cocina en busca de una bolsa de hielo. Lo único que encontré fue un paquete de raviolis de Amyès demasiado caro que había estado guardando para una ocasión especial. Es bastante triste que me hicieran tanta ilusión esos raviolis, que compré la primera vez que fui a la tienda de comestibles después de lo de Garrison. Puede que mi vida no vaya por buen camino si el único punto positivo es una caja de pasta congelada.

Tal vez esa valla publicitaria sí que era un presagio.

El salón de baile del hotel está adornado con guirnaldas, copos de nieve y luces multicolores, y una banda en el escenario está tocando *Jingle Bell Rock*. La fiesta es de etiqueta según Seattle, lo que significa que se puede ir en vaqueros. Me probé no menos de cuatro trajes antes de decidirme por el vestido de encaje negro que llevé en mi fiesta de compromiso. Le estoy dando una nueva vida, liberándolo de la asociación que tiene con mi expareja. Para convencerme más a mí misma, me cambié el collar con forma de rayo de siempre por un broche *vintage* que Alex encontró en una tienda de antigüedades y que me regaló hace tiempo por mi cumpleaños, compuesto por una pequeña nube salpicada de piedras preciosas. Le faltaban la mitad de las piedras preciosas, así que busqué en Etsy y en las tiendas de abalorios de Seattle para arreglarlo y le colgué unos cuantos cristales azules para que fuera la lluvia. O soy trágicamente predecible o no soy nada. Esa misión de reparación se convirtió en un pasatiempo en toda regla, el cual ocupa la mitad de la mesa de mi cocina además de una cajonera entera y todo tipo de herramientas de las que no sabía el nombre hace un año, y me relaja cuando el mundo me resulta demasiado.

¡Me va genial!, dice el conjunto que llevo puesto, solo que no estoy segura de a quién se lo está afirmando. A lo mejor estoy tratando de demostrármelo a mí misma.

Hannah y yo somos las únicas judías en KSEA, aunque como Hannah trabaja por las tardes, no nos solemos cruzar. Como resultado, no hemos abordado la brecha que hay entre la amistad dentro del trabajo y la amistad fuera de él, lo que está empezando a ser un patrón. Tal vez yo sea el denominador común, lo que requeriría un montón de introspección para la que no estoy segura de estar preparada.

La sigo de vuelta hacia una mesa con su novio, Nate, y otros periodistas, momento en el que queda claro que soy una de las pocas personas en la fiesta que no ha traído a su pareja. A pesar de lo cómoda que me siento ante la cámara, nunca he sido una persona extrovertida por naturaleza, capaz de entablar una conversación con desconocidos. No tengo mis previsiones ni mis gráficos que hagan de red de seguridad.

—¿Existe la posibilidad de que nieve este año? —me pregunta el marido de Gia DiAngelo con esa amabilidad que se usa para preguntarle a alguien de quien sabes exactamente una cosa. Imagino que es similar a cuando le preguntas a un conocido médico si te echará un vistazo a un lunar que te ha salido en la parte interior del muslo.

—Todos mis modelos predicen un tiempo más cálido de lo habitual —respondo—. En el caso de que nieve este invierno, dudo que sea en diciembre.

Deja escapar un largo suspiro, como si el aumento de las temperaturas globales fuera culpa mía.

—Menuda decepción para mis hijos. Por una vez me gustaría vivir una Navidad blanca. —Señala con la mano la nieve falsa que forma parte del centro de la mesa—. ¿No sería increíble? Que todo el mundo salga en directo llevando gorros de Papá Noel; seguro que a los telespectadores les encanta.

—Desde luego que sí —coincido con una sonrisa falsa. Hannah está sentada a mi otro lado hablando animadamente con nuestro meteorólogo del fin de semana, A. J. Benavidez. Me pongo de pie para dirigirme al bufé—. Disculpa. —La cola ya es larga porque hay pocas cosas que entusiasmen a una sala llena de adultos como la comida gratis. Para ser sincera, yo soy uno de esos adultos.

Sé que vivo en una ciudad con una población judía de menos del dos por ciento, pero la suposición de que todo el mundo celebra la Navidad nunca ha dejado de rozarme como la etiqueta afilada de un jersey muy suave. En esta época del año es casi constante. He sido la única persona que no ha llevado un gorro de Papá Noel durante una retransmisión, y nuestras redes sociales estallaron con acusaciones de que odiaba Estados Unidos.

—Chica del tiempo —dice alguien detrás de mí en la cola, y siento que me relajo cuando me giro y veo a Russell, que lleva unos vaqueros negros y una chaqueta de *tweed* color burdeos sobre una camiseta negra abotonada. Sus chaquetas son siempre un poco más coloridas que las de cualquiera de nuestros compañeros de trabajo. Esta noche va más informal que ante la cámara: sin corbata y con el botón superior de la camisa desabrochado. Una sombra de barba incipiente a lo largo de la mandíbula que no recuerdo haber visto a principios de la semana.

—Chico de los deportes —contesto, y acto seguido arrugo la nariz—. No tiene el mismo gancho, ¿verdad?

Esboza una sonrisa.

—Me temo que no.

Las primeras veces que Russell usó el apodo, temí que estuviera trivializando lo que hago. Que lo estuviera degradando. Sin embargo, siempre lo ha dicho con simpatía, y eso es parte del problema: todo en Russell es tan simpático que no estoy segura de cómo conocerlo más allá de eso.

—El partido de hoy ha sido... ¿bastante intenso? —inquiero, dándome cuenta demasiado tarde de que estoy haciendo lo mismo que el marido de Gia ha hecho conmigo.

—No sigues los deportes, ¿verdad?

Le hago una mueca.

—Es por el horario. Si los partidos fueran a las tres de la mañana, los vería seguro.

La sonrisa da paso a una carcajada.

—Veré lo que puedo hacer. Estoy seguro de que te encantará saber que el partido que cubrí fue de fútbol universitario, y el resultado final fue 66 60.

—Puede que no sepa mucho de fútbol, pero esos números parecen... altos, ¿no?

—Así es. Nunca había visto nada igual. Un gran ataque, una defensa vergonzosa.

La fila del bufé avanza, y por una fracción de segundo tardo demasiado en reaccionar, y los pocos sorbos de vino que me he tomado en la mesa se me suben a la cabeza. El viento debe de haber hecho de las suyas con el pelo de Russell durante el partido, y hay algo en los hombres que llevan el pelo revuelto que me encanta. Ahora que ya no estoy en una relación, mi cerebro se ha vuelto loco mirando a hombres. No paro de tener flechazos.

El hombre cuyo buzón está al lado del mío y que está suscrito casi exclusivamente a revistas de cannabis: guapo.

El hombre que me sonrió en el autobús la semana pasada y que, al mirarlo más de cerca, escondía no uno, sino dos hurones dentro de su abrigo: muy guapo.

El hombre de la cafetería para los empleados que, no sé cómo, pero se las apaña para que una redecilla para la barba parezca atractiva contra todo pronóstico: *extremadamente* guapo.

No obstante, eso es lo único que son: fugaces «¡Oh! ¡Qué guapo!». Teniendo en cuenta lo mal que acabó la cosa con Garrison, tienen que mantenerse así, lo que significa renunciar a mi sueño de convertirme en la Sra. Redecilla para la Barba.

—Siempre me siento un poco raro en este tipo de cosas —dice Russell mientras se tira del cuello de la chaqueta—. Si alguien me habla, suele ser porque quiere saber cómo es su jugador favorito fuera del campo y si fulano es tan idiota como todo el mundo dice que es.

—A mí igual, excepto que quieren quejarse del tiempo. Al menos la comida es buena. Posiblemente es lo único que hace que todo esto merezca la pena.

Señala con la cabeza un expositor que hay en una esquina.

—¿No te gusta el niño Jesús montando a Rudolph?

—Esto... Soy judía —respondo, deseando no haber sacado el tema—. No es que sea precisamente la fiesta más inclusiva.

Se queda callado mientras mira a su alrededor, y mi arrepentimiento se cuadruplica. Russell y yo no somos cercanos. Todas las quejas que hacemos sobre nuestros jefes son de forma desenfadada. No quiero que piense que soy todo lo contrario a la chica alegre que soy ante la cámara. Hago todo lo posible para que nadie lo piense.

—Sin duda es festiva —dice de una manera extraña y plana.

Aun así, hay costillas de primera, espárragos con miel y limón, y macarrones con queso y cebolla caramelizada. Puede que nuestra cadena sea disfuncional, pero no nos falta dinero. Russell y yo llenamos los platos en relativo silencio, salvo un momento en el que me dice que un espárrago corre el peligro de caerse de mi plato, y volvemos a nuestras respectivas mesas: Russell con el resto de los de Deportes, yo como la sujetavelas de ocho parejas.

Una vez que el bufé ha sido arrasado, las luces que tenemos sobre nuestras cabezas se atenúan y se quedan solo las luces parpadeantes que cuelgan del techo y las que envuelven los árboles de Navidad. Torrance y Seth suben al escenario del salón de baile. Torrance lleva un mono plateado que le hace parecer una feroz diosa de las nieves, y Seth lleva un esmoquin gris pizarra y una corbata con estampado de bastones de caramelo y se ha peinado el pelo oscuro hacia atrás de una forma que le da el aspecto de una estrella de cine de los años cuarenta.

Nuestros magníficos y terribles jefes supremos.

—Buenas noches a todos —dice Torrance frente al micrófono, y la iluminación hace que sus rizos se vuelvan dorados—. Queremos daros las gracias por otro año increíble.

—Somos capaces de contar historias importantes y mantener altos índices de audiencia gracias a todos y cada uno de vosotros. Desde las noticias hasta los deportes pasando por el tiempo. —Los ojos de Seth se posan en Torrance con la boca curvada hacia arriba—. ¡Y muchas felicidades a Torrance por haber sido nombrada la meteoróloga favorita de Seattle por séptimo año consecutivo por la revista *Northwest Magazine*!

Un amplio aplauso. Hace casi tres décadas que empezó a trabajar aquí, y Torrance sigue clavándolo cada noche.

A su lado hay un estante que muestra una colección de premios, algo que también les gusta hacer cada año. Es agradable, tengo que admitirlo, ver esta clara medida del éxito en forma de estatuillas aladas.

—¡Y enhorabuena, también, a nuestra cadena por las dieciséis nominaciones a los Emmy regionales y las cinco victorias! —exclama Torrance—. Incluyendo el reportaje estelar de Seth sobre la revitalización de la zona costera de Seattle.

Le da una palmada en el hombro y Seth le dedica una sonrisa de asombro. Hay un momento (o, al menos, creo que hay un momento) en el que se miran a los ojos y retraen las garras y parecen dos personas que solían amarse. Que solían respetarse. El hielo que cubre el exterior de Torrance parece derretirse, y Seth incluso le toca la mano y le da unas palmaditas. Es una gran actuación; casi me creo que no se desprecian el uno al otro.

Torrance y Seth llevándose bien; puede que sí que sea la época más maravillosa del año.

Está claro que esta noche Torrance está de buen humor. Me encantaría pillarla a solas, tener una conversación de verdad. Juro hacerlo en cuanto esté libre.

—Como la cena está llegando a su fin… Sí, ¡démosle un aplauso al personal del *catering* del Hilton! —Seth hace una pausa para aplaudir—. Como la cena está llegando a su fin, queríamos empezar con la que siempre ha sido nuestra tradición favorita de KSEA. Ya sabéis lo que eso significa… Es hora del amigo invisible anual edición «Trastos que nadie quiere».

Nuestras mesas están dispuestas en semicírculo alrededor del árbol más grande del salón de baile, y dado que hay más de sesenta personas presentes, la pila de cajas que hay debajo de él es importante. He traído una tabla de quesos con la forma del estado de Washington que encontré en una tienda que hay cerca de mi apartamento.

—Por favor, no traigas nada vergonzoso —le pide Hannah a Nate.

—Me siento ofendido. Sabes que has usado los guantes para el horno del año pasado tanto como yo, si no más.

Cuando llegamos, los sitios que ocupamos en la mesa tenían unos números que designaban el orden que tenemos que seguir en el juego. Hannah es la primera y desenvuelve un trío de velas perfumadas. La periodista Bethany Choi es la siguiente, y escoge un paquete que tiene una forma extraña y que resulta ser una pequeña aspiradora que funciona mediante USB.

Luego es el turno de Seth. Pasa por alto los regalos de Hannah y Bethany y elige algo nuevo, y nunca he visto la cara de un hombre adulto iluminarse tanto como la suya cuando saca una sandwichera.

—No puede ser —dice mientras la sostiene como me imagino que un padre sostiene por primera vez a su bebé recién nacido—. ¿Esto puede hacer panecillos, huevo y jamón al mismo tiempo?

—Y queso —añade Chris Torres—. Tengo una de esas. Marca un antes y un después.

—Me encanta desayunar sándwiches de queso, huevo y jamón. —Seth se lo mete bajo el brazo y vuelve a su asiento—. Como alguien venga a por esto, espero que esté dispuesto a renunciar a su próximo aumento. Estoy de broma, claro.

—No creo que esté de broma —le susurro a Hannah.

—Es curioso que te haya gustado tanto —interviene Torrance en un tono que sugiere que no es nada curioso—. Porque que yo recuerde hubo un año en el que te compré algo muy parecido, algunos incluso dirían que idéntico, por Navidad.

—Sí, es verdad. Y te lo llevaste en el divorcio —contesta Seth con calma.

Desde una mesa más allá, capto la mirada de Russell, y el movimiento que hace con la mandíbula no me pasa desapercibido.

No ocurre ningún incidente mientras continúan los siguientes jugadores, y luego me toca a mí. Elijo un *kit* de cócteles artesanales que me roban en la siguiente ronda. Eso hace que vuelva a ser mi turno, y ahí es cuando veo la oportunidad.

Torrance sigue enfurruñada mientras Seth lee la caja de la sandwichera con teatralidad, como si fuera lo más importante del mundo. El juego tenía un límite de cincuenta dólares, así que no es que sea algo que no haya podido comprarse a sí mismo, pero me doy cuenta de que es cuestión de principios. Y si quiero caerle bien a Torrance, o al menos que me respete (soy realista; sé que no puedo tener ambas cosas), tengo que hacer algo para ganármelo.

Evidentemente, ese algo no ha sucedido todavía durante las horas de trabajo. En la cadena o bien desaparezco o bien me desentiendo, aunque normalmente acaba siendo lo primero. Esta noche, tal vez pueda suavizar algunos de los roces que hay entre ellos.

—¿Me llevo la sandwichera? —digo. Lo pronuncio como una pregunta.

Las cabezas de Seth y Torrance se giran hacia mí. Hay una regla tácita en el amigo invisible: no le robas a tu jefe.

—No quieres esto, Ari —responde Seth—. Es un pedazo de chatarra. Lo más seguro es que se rompa la primera vez que lo use.

—Puede decidir por sí misma, Seth. —Torrance no está haciendo un gran trabajo reprimiendo su alegría. Unos segundos más y podría saltar al otro lado del círculo para arrancarle el regalo a Seth de las manos—. Si quiere la sandwichera, debería quedársela. Parece que también puede hacer minipizzas, ¿no?

—Sí. —Seth cruza los brazos, y los bíceps se le tensan contra la tela del traje—. Así es.

De repente, ya no estoy segura de querer meterme en medio de la mezquindad existente entre Torrance y Seth. Miro alrededor del círculo, y la mayoría de la gente desvía la mirada. No sabía que un juego pudiera ser tan tenso. Pero, claro está, esto es lo que hacen los Hale. Ellos son la razón por la que no podemos tener cosas bonitas. Convierten cualquier cosa, incluso un simple juego de una fiesta de vacaciones, que es una fiesta de Navidad con un triste ornamento de la menorá, en un enfrentamiento.

—Pu-Puedo quedarme otra cosa —afirmo—. Robaré algo o elegiré un regalo nuevo o...

Sin embargo, Seth ya está dando un paso adelante y entregándomelo, y así es como aprendo que es posible sentirse triunfante y como una mierda absoluta al mismo tiempo.

Agarra otro regalo, uno con un envoltorio con dibujos de pingüinos.

—Un juego de pajitas reutilizables. Mola —dice con toda la emoción de un niño al que le han regalado calcetines por su cumpleaños.

—¡Genial! —La sonrisa de Torrance brilla más de lo que lo hace en la televisión—. ¿Quién es el siguiente?

* * *

La fiesta se alarga, y hay postre y la gente baila y se ríe de sus regalos. Durante un breve momento, me pregunto por qué Garrison no podría haber esperado a que pasara Año Nuevo para dejarme. Así al menos no habríamos tenido que sufrir estas fiestas solos. Aunque lo más probable es que se lo esté pasando genial en la fiesta que su empresa de inversiones hace todos los años en un yate.

Estoy picoteando un plato de galletas «festivas» (un Papá Noel, un árbol, un trineo) y debatiéndome si renunciar a todo, cuando Torrance se deja caer en la silla de al lado.

—Hola, Ari Abrams —saluda, y las palabras se funden las unas con las otras. Está borracha. Y, aun así, no se le ha corrido el pintalabios. Si alguna vez nos volvemos amigas íntimas, para lo que haría falta que una de las dos desarrollase una amnesia incurable, le rogaré que me enseñe sus trucos—. Ari Abrams. Es un buen nombre para la televisión, ¿no?

—Eso espero, dado que ya salgo en la televisión. —Le tiendo un vaso de agua con la esperanza de que capte la indirecta.

Me gusta aún menos la Torrance descuidada que el huracán Torrance.

—Perdón por lo de antes —dice al tiempo que agita el vino hacia el caos de papel de regalo y cajas vacías, lo que hace que el líquido forme un tsunami de merlot dentro de la copa.

—No pasa nada —me apresuro a contestar, porque estoy tan acostumbrada a que me aplasten cuando se trata de Torrance que incluso puedo hacérmelo a mí misma. Y entonces, como tengo la esperanza de no haber sonado demasiado despectiva, añado—: Felicidades de nuevo por los premios. No hay nadie que se merezca más que tú el de meteorólogo favorito. —Positividad. Eso es.

No obstante, ignora el cumplido y me lanza una mirada que no sé si he visto antes en ella. ¿De disculpa? Unos cuantos trocitos de rímel le salpican los pómulos y tiene la cara sonrojada con un cálido color rosa, y esas grietas en su fachada hacen que me ablande un poco.

—Sí que pasa, Abrams. Y no tienes que decir que no pasa solo porque soy tu jefa.

Algo de la tensión que he estado reteniendo toda la noche, o tal vez incluso durante los últimos tres años, se afloja. No mucho, pero es un comienzo.

—Ojalá la relación entre Seth y yo no fuera tan escabrosa —continúa. Si su relación es escabrosa, el monte Everest es un badén—. Siempre ha sido intensa. Cuando estábamos enamorados, la pasión era tan grande que a veces ni siquiera podíamos estar en la misma habitación sin querer arrancarnos la ropa. Y luego, cuando dejamos de estarlo... esa intensidad seguía ahí; solo que se transformó.

No sé si necesitaba oír hablar de mi jefa y de esa clase de pasión en la misma frase, pero más poder para ella. Espero que alguien siga queriendo arrancarme la ropa cuando tenga cincuenta años.

—¿Qué pasó? —pregunto.

—Un montón de cosas pequeñas que probablemente parecían tan insignificantes como las discusiones que hemos tenido estos días. No creo que ninguno de los dos pueda señalar un único suceso que lo haya causado —dice esto con un tono despreocupado, pero no hace contacto visual. En su lugar, observa a Seth, que está al otro lado del salón riéndose con un trío de presentadores y sus cónyuges—. Supuse que uno de los dos dejaría KSEA y le daría al otro un poco de espacio para respirar. Pero o los dos estamos demasiado comprometidos con la cadena o estamos teniendo el pulso más largo del mundo.

Lo pienso durante un largo rato mientras la banda empieza a tocar una versión *jazz* de *Winter Wonderland* y las parejas se dirigen a la pista de baile. Tengo la sensación de que hay algo más, pero no voy a insistir.

—Además —continúa—, nuestro hijo Patrick… Su mujer está embarazada. Nacerá en mayo. Nunca pensé que me sentiría así, pero estoy deseando ser abuela. —En ese momento, se le cambia la cara y la sonrisa se vuelve genuina—. No estuve muy unida a mis abuelos, y siempre deseé haberlo estado. Me encanta la idea de poder hacer de canguro siempre que lo necesiten, estar ahí en cada cumpleaños y fiesta. No creo que pueda irme de Seattle. Y supongo que Seth se siente igual.

—Eso es genial —digo, y lo digo en serio. De todas las cosas que no me esperaba que hiciera Torrance esta noche, que confiese que está deseando ser abuela está casi en lo más alto de la lista. La parte cursi de mi corazón se activa por completo—. Mi hermano tiene dos mellizos de cinco años y son fantásticos.

—Deberías traértelos a la tele alguna vez y enseñársela. —Torrance me cubre la mano con la suya. Lleva las uñas pintadas de plata con pequeños copos de nieve blancos—. Y Ari, deberíamos hablar más. —No señalo que ha sido ella la que más ha hablado y no me importa que esté borracha, ya que esto es demasiado bonito. Quiero disfrutarlo todo lo que pueda.

Animada, vuelvo a mis galletas y muerdo la cara de mejillas redondas de Papá Noel. Está mucho más dulce que hace unos minutos.

Seth se acerca a nosotras.

—Disculpen, señoritas —dice con un tono de falsa elegancia que hace que me estremezca—. He venido con una ofrenda de paz. ¿Me concederías un baile, Tor? Por los viejos tiempos.

—Te acuerdas —responde con los ojos iluminados.

—Por supuesto. ¿Cuántas personas tienen como canción navideña favorita *Run Rudolph Run*?

—*Muchas* —insiste, como si fuera algo con lo que hubieran bromeado durante años.

—Siento que te lo debo después del desastre de los regalos. —Seth se medio encoge de hombros en mi dirección, como si eso fuera lo único que tiene que hacer para que lo perdone—. Lo siento, Ari.

—Supongo que no puedo decir que no a eso.

Torrance me lanza una mirada por encima del hombro mientras toma la mano de Seth como si dijera: *A esto es a lo que me refería.*

Y, para mi sorpresa, los dos empiezan a bailar *swing*, y Torrance se ríe mientras Seth la hace girar por la pista. Hemos retrocedido en el tiempo. Son *buenos*, y no me queda más remedio que suponer que bailaban mucho cuando estaban juntos. No puedo evitar preguntarme cuándo empezó a ir mal, si fue justo hace cinco años o si fue *in crescendo*, y si ocurrió como dice Torrance: un montón de pequeñas cosas que al final se volvieron imposibles de ignorar. Con mis padres fue una cosa grande (estoy segura de ello, aunque no haya tenido noticias de mi padre desde hace unos quince años). Y con Garrison fue una cosa pequeña que él convirtió en una grande, aunque sé que para él no era pequeña en absoluto.

Mientras la canción cambia a algo que no he escuchado antes, empiezo a pensar que tal vez esto esté bien. Tal vez Torrance y Seth se han dado cuenta de que nos están fastidiando a todos. Tal vez sí que sea una ofrenda de paz.

Es entonces cuando lo escucho.

—Nunca has apreciado nada de lo que te he dado —dice Torrance desde el centro de la pista de baile mientras baja los brazos que le estaban rodeando el cuello.

—¿Todavía sigues con lo de la puta sandwichera?

—¡La sandwichera es una puta metáfora! —grita—. Nunca has apreciado los sacrificios que he hecho ni el esfuerzo que supone hacer bien mi trabajo. ¿Y ahora ni siquiera eres capaz de apreciar lo mucho que ha costado hacer esta fiesta?

Lado positivo, lado positivo… Tiene que haber uno. Es lo que hace que no me derrumbe: centrarme en algo más optimista, en algo alegre.

Pero estoy sola en la mesa, y todo el mundo está centrado en los Hale.

Unos cuantos empleados del hotel vestidos de negro han empezado a acercarse, dispuestos a intervenir en caso de que sea necesario. Me pongo en pie por instinto, sin saber qué hacer, pero sea lo que sea, no puedo quedarme sentada. Estoy furiosa, decepcionada y, sobre todo, *avergonzada*. Son mis compañeros de trabajo adultos, *jefes* adultos, y están montando una escena en público.

—Oye, tío, vamos a dar un paseo —dice el presentador de las mañanas, Chris Torres, mientras estira la mano hacia la manga de Seth, pero este se aparta.

—Lo tenemos controlado —afirma con los dientes apretados.

Torrance se acerca a la estantería de premios.

—Puede que a ti no te importara ese reportaje, pero para mí era importante. —Pasa su manicura con copos de nieve por el Emmy de Seth—. Al igual que esto es importante para ti.

Antes de que nadie pueda detenerla, Torrance agarra la estatuilla, echa el brazo hacia atrás y la lanza por la ventana del salón de baile.

4

PRONÓSTICO:

Toda una noche de lamentos da paso a una pequeña conspiración a primera hora de la mañana

El personal del hotel se apresura a limpiar los cristales rotos. Una lona cubre la ventana. Las galletas de azúcar se rebelan dentro de mi estómago.

Durante un breve instante, cuando se rompió el cristal, me asombró la fuerza de Torrance. Aunque, pensándolo bien, igual no debería sorprenderme viniendo de la mujer que una vez se comió un chile fantasma en directo.

Les piden a Torrance y a Seth que se marchen inmediatamente, y con el optimismo que me queda, hago todo lo posible por salvar lo que queda de la fiesta. La mayor parte de ese optimismo se fue por la ventana junto con el Emmy de Seth, pero queda una pizca.

—Tenemos la banda contratada hasta dentro de una hora —les digo a la productora de noticias Avery Mitchell y a su mujer mientras se ponen los abrigos. Sí, me sentía intimidada por esta fiesta, pero no puede acabarse así.

—Niñera —explica Avery—. Lo siento. Esta vez sí que se han pasado, ¿eh?

Hannah me mira con simpatía mientras se lleva una última galleta.

—Creo que ya nos hemos quedado más de lo que deberíamos. Dudo que el Hilton nos vuelva a recibir pronto. —Me pone una mano en el brazo y me da un apretón—. No tienes que intentar arreglarlo, Ari. No creo que nadie pueda.

—No todo es malo —digo en voz baja, aunque no termino de creerme a mí misma. Ha habido momentos en los que Torrance y Seth no se odiaban del todo. Muy fugaces, sí, pero estaban ahí.

Cuando queda claro que el resto de mis compañeros prefieren irse a casa a dormir después de este fiasco en lugar de hacerse más *selfies* con el niño Jesús y Rudolph, acabo deambulando en dirección al bar. Lo único que quiero ahora es una bebida fuerte y una horrible resaca, porque ya no estoy segura de poder encontrar el lado positivo.

Solo hay otra persona en la barra, una figura que lleva una chaqueta burdeos y que está encorvada sobre un vaso.

—¿Ahogando las penas en alcohol? —inquiero mientras me deslizo en el taburete que hay junto a Russell, y me recoloco la falda para no hacer exhibicionismo delante de él. El bar tiene una iluminación cálida y muebles de caoba. Acogedor. No es lo bastante lujoso como para que me sienta fuera de lugar, dado que no tengo la costumbre de frecuentar los bares de los hoteles.

—Algo así. —Le da otro sorbo a su bebida antes de dejarla sobre una servilleta negra—. ¡Qué bien que me acompañes!

Supongo que tú también estás aquí para ahogar las penas en alcohol, ¿no? Posiblemente por el mismo motivo.

—Por desgracia. Por cierto, ¿qué es eso?

—Whisky sour —responde, y le hago una señal al camarero y pido uno para mí.

—Un brindis por las penas —digo cuando llega, y choco mi vaso contra el suyo. Me mira mientras me bebo tres cuartas partes del vaso de un tirón. Y, ¡madre mía!, eso ha sido un error. Entra tan bien como una bolsa de gominolas. Me siento agradecida cuando el camarero pone un vaso de agua al lado del cóctel—. ¿Cómo de horrible va a ser ir a trabajar el lunes?

—Categoría setenta. Por lo menos.

Russell lleva el cuello de la camisa desabrochado y el pelo castaño claro un poco desordenado, nada que ver con el aspecto hábilmente peinado que tiene en la televisión. Es interesante hablar con alguien en la vida real cuando también conoces la imagen que muestra en la televisión. Ambas personas son la misma, pero una versión deja ver sus defectos y la otra no.

—Ha sido el amigo invisible más agresivo al que he jugado nunca —dice—. Y luego… Bueno, ya sabes. —Señala la salida del bar. *La ventana. El Emmy de Seth. Cualquier atisbo de dignidad que le quedara a KSEA.*

—¡Uffff! —Dejo caer la cabeza sobre la barra con dramatismo—. Hablemos de otra cosa. —Se hace el silencio, y de repente temo que Russell y yo no tengamos «otra cosa» de la que hablar. Solo hemos hablado en el trabajo y sobre el trabajo.

Pero, en ese momento, me pregunta:

—¿Has venido sola esta noche?

Y nunca me había sentido tan aliviada de sacar a relucir mi compromiso roto.

Inclino mi bebida en su dirección.

—Es lo que pasa cuando tu prometido te deja en Halloween. Mientras está disfrazado de una de esas cosas hechas con tubos que se agitan y que hay en los concesionarios. —Había pintado un par de cajas de cartón de color rojo para convertirme en un Toyota Camry usado. Habríamos arrasado en el concurso de disfraces de parejas de su empresa, si hubiéramos conseguido salir del apartamento. Cuando Russell me mira fijamente, añado—: No pasa nada. Puedes reírte. Es casi divertido.

Incluso mientras lo digo, noto un tirón en el corazón que hace que sienta algo parecido al anhelo. No quiero pensar en Garrison, no ahora, no después de esta noche. Estaba tan convencida de que pasaríamos el resto de nuestras vidas juntos: matrimonio, hijos, una casa en las afueras, aunque bromeé un par de veces con Garrison diciéndole que tendría que sacarme de la ciudad a rastras.

Cuando pasas tanto tiempo imaginando tu vida con una persona, después de que esta se vaya no solo lamentas su pérdida. Tienes que llorar por cada parte de tu vida que una vez tocaron y que ya no. Cada imagen del futuro que planeasteis juntos.

—No iba a reírme —contesta—. Siento mucho escuchar eso. —Suena comprensivo de verdad.

Me encojo de hombros con la mirada puesta en los cubitos de hielo de mi bebida.

—Está bien; al menos no ha tenido que presenciar este puto caos. —Casi le pregunto lo mismo, pero está claro que él también ha venido solo. Si no, no estaríamos bebiendo juntos en el bar de un hotel.

—¿Qué ha pasado con eso de hablar de otra cosa?

—¡Es que no hay nada más! —He tenido que decirlo con demasiado dramatismo y golpear demasiado fuerte la barra con el puño para hacer énfasis, porque los ojos de Russell se abren de par en par—. ¿Sabes que Torrance lleva tres años sin hacerme una verdadera evaluación de desempeño? Es mi *jefa* y no le importa que sus empleados mejoren en su trabajo. —Echo un vistazo al bar, preocupada por estar hablando de ellos con tanta franqueza, incluso después de que los echaran—. Puede que la mayoría de la gente quiera que sus jefes les preste menos atención, no más. Lo sé. Pero Torrance es la única razón por la que quería trabajar aquí. Crecí viéndola, y estaba muy emocionada por conseguir este trabajo, por tener la oportunidad de aprender de la mejor. Y me ignora por completo. A veces tengo la sensación de que, si fuera más feliz, si no hubiera todo este drama en el trabajo… estaría más disponible.

»Quizá algún día me gustaría estar entre los diez mejores del mercado o tener un alcance nacional, pero no tendré ninguna oportunidad si no tengo una formación o tutoría mejores. Por ahora, me encanta este trabajo y quiero ser buena. Quiero que me diga que no estoy metiendo la pata con mis previsiones. O mejor aún, que me dé consejos sobre cómo mejorar. Eso es todo. Sí, me encantaría que nos trajera un *coach* que desarrolle nuestras aptitudes y me encantaría ir de invitada a *Halestorm* o hacer algún reportaje sobre el terreno, pero ni siquiera estoy en su radar. Llegados a este punto he perdido la esperanza de que me asciendan. Lo máximo que consigo es una palmadita en el hombro y un «Sigue así, Abrams».

Noto la cara caliente y, cuando agarro el vaso de agua, me falta poco para tirarlo.

Russell no parpadea, y me percato de que es más de lo que le he llegado a decir nunca de una sentada. Y, ¡madre mía!, ha sido demasiado. Más que demasiado.

Está claro que el alcohol ya está haciendo su trabajo, que está estropeando el filtro que tengo entre el cerebro y la boca y dejando salir toda esta negatividad. Es la única explicación. Yo no soy así. No con alguien que no sea mi hermano, al menos. Cada vez que Russell y yo nos quejamos de nuestros jefes, nos acabamos encogiendo de hombros como diciendo: *Bueno, ¿qué le vamos a hacer?* Esto no ha tenido nada que ver con la Ari Abrams que soy en la televisión, y menos aún con mi verdadero yo. Estoy convencida de que pedirá la cuenta, desaparecerá en un Uber y me dejará que siga ahogando las penas en alcohol yo sola.

—No es mala en su trabajo —añado, reculando—. Sigo admirándola muchísimo. Es solo que está…

—Distraída —completa Russell—. Sí. Seth también.

—Nos tiene que ir bien si el mayor problema que tenemos es que nuestros jefes no nos prestan atención. —Fuerzo una risa, deseando en silencio que Russell diga más de tres palabras—. O, bueno, no sé Seth, pero…

Russell se queda callado un momento, mirando los estantes con licores que hay detrás de la barra antes de girar la cabeza hacia mí con una determinación nueva en los ojos.

—Cuando me contrataron… debió de ser muy poco después de que se divorciaran. Estuve en una reunión con él y con Wilson, que al principio no quería que estuviera ante la cámara. Dijo que no daría buena imagen tener un periodista deportivo que estuviera gordo. Y como es el director general, temía que tuviera la última palabra.

Nunca había oído a nadie hablar tan abiertamente de su tamaño, y no sé muy bien cómo reaccionar. Tras una breve pausa, opto por la sinceridad.

—Eso es una mierda bien gorda.

—Durante todo el proceso de la entrevista, Seth estuvo muy emocionado por tenerme a bordo y no dijo nada. La peor reunión de mi vida. Tampoco es que esperara que me defendiera, necesariamente. En plan, apenas me conocía, pero pensé que diría *algo* al menos. Después de eso se retiró, como si pensara que había cometido un error al contratarme. Pero cuando obtengo unos índices muy buenos, porque se me da bien mi trabajo, se pone eufórico. Feliz de reclamarlo como un logro suyo. —No lo dice con arrogancia, sino que está afirmando un hecho. Los índices de audiencia de Russell son muy buenos—. Lo más frustrante es que llevo cuatro años trabajando aquí y sigo cubriendo los deportes universitarios.

No sé mucho sobre la jerarquía deportiva de KSEA.

—¿En lugar de los profesionales? —inquiero, y asiente. Tiene sentido que un Seth más feliz conlleve también un ascenso para Russell—. El año pasado Torrance me puso a trabajar todas las noches de Janucá porque no se dio cuenta de que no todos los años caen en los mismos días y no se le ocurrió preguntar.

—Una vez, Seth cortó un reportaje mío después de una pelea con Torrance porque su equipo favorito había perdido.

—A Torrance solo le importa mi opinión cuando me utiliza como peón para que tome partido.

—A Seth nunca le importa mi opinión.

Es como si intentáramos demostrar quién tiene el peor jefe, y es un juego que, al igual que en el amigo invisible, nadie gana.

—Es una auténtica lástima que se hayan divorciado —digo—. Son tal para cual.

—Es difícil imaginar que fueran más desdichados de lo que son ahora. —Señala con la cabeza mi vaso vacío—. ¿Quieres otra?

Ya estoy llamando al camarero.

* * *

—Te juro que un día de estos se me va a escapar la mano y voy a echarle jabón a Seth en el café —dice Russell mientras agita el brazo para hacer énfasis, como si quisiera ilustrar lo fácil que sería.

Una media docena de vasos vacíos cubren la barra que tenemos delante, y estamos hechos un *desastre*. La chaqueta burdeos de Russell está colgada en el taburete que tiene al otro lado y se ha desabrochado las muñecas de las mangas de la camisa negra y se las ha remangado. No deja de empujarse las gafas cuando hace gestos demasiado exagerados con las manos, tal y como está haciendo ahora mismo. Cada vez que lo hace, tengo que luchar contra el impulso de estirar el brazo y evitar que tire las gafas.

Yo me he hecho un moño con una gomilla que he encontrado en el bolso, y estoy demasiado borracha como para que me preocupe el hecho de que lo más seguro es que tenga pelos que sobresalgan en todas las direcciones. Mantenerme erguida en el taburete: otra habilidad que no domino.

—¡No me digas eso! —exclamo, pero me río—. No quiero ser cómplice. No necesito que mi conciencia cargue con eso.

61

—Oye, tengo que decírtelo para que seas mi coartada.

Es genial quejarse del trabajo con alguien a quien le ha tocado la misma mierda que a mí. El trabajo de analista de Garrison era tan estresante que procuraba no hablar del mío cuando estaba con él, excepto en las raras ocasiones en las que ya no podía contenerlo más. Aun así, siempre temía que reaccionara rechazándome cuando se me escapaba algo.

Tengo la sensación de que ya no sé quién eres, me dijo durante la última pelea que tuvimos, que también fue una de las primeras. Halloween. *Nunca te has mostrado tal y como eres conmigo, ¿verdad?*

Fue el peor insulto, porque no sabía cómo mostrarme tal y como soy y ser más real, cómo ser la auténtica Ari Abrams. Yo me sentía bastante humana; no era un monstruo de otro mundo desfilando con un disfraz de ser humano. Sin embargo, Garrison pensaba que nunca me había quitado la máscara brillante como el sol que llevaba ante la cámara, la que me ayuda a sonreír incluso cuando todo se está desmoronando.

Las únicas cosas que le oculté fueron por su propio bien. Aunque últimamente me he preguntado hasta qué punto era feliz con él si ocultaba tanto de mí misma.

—¿Has pensado en dejarlo? —le pregunto a Russell, tratando de alisarme los bultos del moño de una manera que espero que parezca natural.

—¿A veces? —responde, formulándolo como una pregunta—. Hace un par de años llegué bastante lejos en el proceso de entrevistas para un canal de televisión de Tacoma, pero al final no conseguí el puesto. Y las cadenas más pequeñas no pagan tan bien, aunque el sueldo aquí tampoco es que sea tan increíble. Necesito la estabilidad.

—¡Ah! ¿Préstamo estudiantil?

—Algo así. —Sus mejillas brillan con una tonalidad rosa intenso. La borrachera le sienta bien.

Alzo las cejas, pero se limita a agarrar su vaso. Modo agente secreto activado. Podría decirme que está manteniendo económicamente a una familia de elfos del bosque que se han instalado en su sótano y subsisten a base de purpurina y malvaviscos y le creería.

—Para mí es que se suponía que este era el trabajo de mis sueños —digo—. Ir de Yakima a Seattle, llegar a trabajar en el lugar en el que crecí... era algo increíble. Es decir, por fin tengo una valla publicitaria.

—Por fin *tenemos* una valla publicitaria —corrige.

—¿También ha sido tu primera?

—¿En Aurora, cerca de lo de los donuts? —Entonces, al darse cuenta de lo que ha pasado con la valla publicitaria, su sonrisa se convierte en una mueca.

—¡Oh, no! La mierda de pájaro sigue ahí, ¿verdad?

Russell se lleva una mano al corazón con solemnidad, como si estuviera jurando que va a vengarme.

—¿Cómo se atreve ese pájaro a desfigurar la imagen de una de las mejores de KSEA?

Vuelvo a notar la cara caliente. Debería parar. Debería haber parado hace un par de bebidas, aunque solo sea porque mi escaso salario no puede permitirse las bebidas que se sirven en los bares de los hoteles, da igual lo mucho que las necesite.

—¡Dios! No recuerdo la última vez que bebí tanto.

Me llevo las manos a las mejillas con la intención de indicarle que por eso estoy tan sonrojada, no por otra razón. Para nada porque al estar sentados tan cerca veo que por el único botón abierto de su camisa asoma una mancha de pelo, y siempre me han atraído los hombres con pelo en el pecho. No hasta el punto de buscarlos, pero sí que he sentido una pequeña emoción al desnudar a alguien por primera vez. ¿Hombres de pelo en pecho y redes de pelo para la barba? Vale, sí, lo admito.

—Una fiesta de Navidad en toda regla —coincide.

—Fiesta de vacaciones —corrijo.

En ese momento, me mira como si estuviera avergonzado.

—Debería haberlo mencionado antes, pero supongo que me he acostumbrado a no hablar de religión en el trabajo. Yo también soy judío. Y, sin duda, ha sido una fiesta de Navidad.

—Espera… ¿Qué? —Le golpeo el brazo con el mío, una acción que me envía una descarga eléctrica a través de la piel. Puede que sea la primera vez que toco a Russell Barringer, quien acto seguido mira hacia abajo, allí donde mi brazo se ha encontrado con el suyo, como si también se hubiera percatado de ello—. ¡Creía que solo éramos dos! Deberíamos crear un club. Hannah Stern, tú y yo.

Se rasca la barba incipiente, fingiendo una actitud pensativa.

—¿Qué haríamos durante las reuniones del club?

—No lo sé. ¿Aprender a hacer *hamantash*? Siempre he querido aprender. —Hago un gesto con las gafas—. Míranos, dos judíos, las dos últimas personas en irnos de una fiesta de Navidad.

—Bueno, hacemos que Janucá dure ocho noches. No escatimamos en celebraciones.

—Tengo la sensación de que la mayoría de las fiestas judías son de observancia y reflexión más que de celebración.

—Bien visto —contesta, y les da un toquecito a mis gafas con las suyas. El alcohol ha desinhibido y convertido a mi compañero siempre agradable en alguien honesto y divertido.

Todavía no consigo superar eso sobre él. No tendría que ser algo revolucionario, pero ahí está: Russell Barringer es judío y está borracho y es adorable, y su pierna está a menos de quince centímetros de la mía. Si me resbalara del taburete, lo que es muy probable que suceda, me caería en su regazo.

Mira hacia abajo antes de volver a mirarme a los ojos con una intensidad que no estaba ahí hace unos minutos. ¿Se está fijando en mí? He perdido mucha práctica.

—Me gusta tu broche —dice, y su voz es dos tercios más baja de lo que es cuando está haciendo un reportaje desde un campo de fútbol.

O sea, que no se estaba fijando en mí, a pesar de lo cerca que está el broche del pecho.

—¡Oh! Gracias. No sé cuándo dejamos de llevar broches como sociedad, pero estoy decidida a que vuelvan. —Hago el intento de tocar el broche, pero he perdido tanta coordinación que fallo y acabo rodeándome la teta con la mano. ¡Qué estilo!—. ¿De qué sirve ser meteoróloga si no puedo usarlo como excusa para hacer estos accesorios tan guays? —Me meto un mechón de pelo en el moño para desvelar un par de pendientes a juego de un sol y una luna.

No estoy coqueteando. No estoy coqueteando con él porque él no está coqueteando conmigo. Es el *whisky* el que me está convenciendo de que se queda mirándome durante demasiado tiempo.

—¿Los has hecho tú? —pregunta, y suena sorprendido de verdad.

—No fue tan difícil. Encontré los abalorios y luego añadí los cierres. También le añadí las gotas de lluvia al broche. *Broche*. Es una palabra graciosa, y no estoy nada sobria. —Y ahí estoy, rodeándome la teta otra vez—. Algo que hago durante el tiempo libre que no me paso agonizando sobre mi futuro.

—Es bastante impresionante. Son preciosos.

Es un halago tan dulce que siento que el calor de mi rostro aumenta incluso más.

—¿Me estás diciendo que tú no tienes gemelos o algo de baloncesto? ¿O cucharas con forma de palos de golf?

—Me va más el *hockey* —responde—. Solía jugarlo, de hecho. En el instituto. —En ese momento, se aclara la garganta y cambia de tema—. Esto es lo que no entiendo. Si lo que hizo que rompieran es tan malo como para que sigan atacándose entre ellos, ¿por qué siguen trabajando juntos? ¿Por qué someterse a sí mismos a verse todos los días?

—Es imposible saber lo que ocurre en una relación. —Vuelvo a pensar en Garrison. En mis padres. En cuando mi padre seguía estando. Apenas me acuerdo de él, pero solía preguntarme cuánto tiempo estuvo planeando irse—. Lo peor es que para ellos esto es lo normal, y nadie puede decir nada porque son los que están al mando. Seguro que al director general se la suda. Recursos Humanos les tiene miedo. Hacen que el trabajo sea un infierno, pero no podemos hacer absolutamente nada.

Russell deja de pasar el dedo por la condensación que se le ha formado en las gafas y me mira a través de sus gruesas pestañas.

—¿Y si pudiéramos?

—¿Vuelves a referirte a ponerle algo en el café? Porque no creo que me vaya bien en la cárcel. A las personas pelirrojas nos queda horrible el naranja.

Se inclina para acercarse más, y la esencia a bosque de su detergente se mezcla con el olor fuerte a alcohol y a un poco de sudor.

—¿Y si averiguáramos la forma de que volvieran a estar juntos?

Me quedo mirándolo antes de estallar en carcajadas.

—¿Que vuelvan a estar juntos? Russell, se *odian*.

—El odio y el amor son dos caras de la misma moneda. Como dice el dicho.

—Es ridículo. —Le doy otro sorbo al *whisky*, pero ya no me sabe amargo. Puede que me haya quemado todas las papilas gustativas.

—¿Segura? Están amargados y nos están amargando en el trabajo. No solo a nosotros dos. ¿Y si hubiera una forma de averiguar lo que les pasó? ¿Una forma de arreglarlo?

Me viene a la mente lo que Torrance me ha dicho en la fiesta sobre la pasión intensa que había entre los dos. La mirada que intercambiaron en el escenario. Cómo se le iluminaron los ojos cuando Seth le pidió que bailaran juntos.

Todavía hay una chispa.

—En el caso de que te siga el rollo —digo—, lo cual estoy haciendo, porque no me lo estoy tomando en serio, ¿cómo vamos a hacerlo? ¿Vamos a seguir el ejemplo del clásico de 1998 *The Parent Trap**, protagonizado por Lindsay Lohan y Lindsay Lohan? Porque sí, es una película perfecta, pero no

---

* N. de la T.: Traducida en España como *Tú a Londres y yo a California* y en Hispanoamérica como *Juego de Gemelas*.

estoy segura de que esté hecha para ser una guía práctica. —Aunque me paso los veranos deseando que me encuentre una gemela desaparecida en un campamento—. Y de ser así, en este contexto, ¿eres la Lindsay Lohan esnob y rica o la Lindsay Lohan malota que juega al póker?

—Esa es la película en que una de las Lindsay se hace un pendiente en la oreja con una manzana, ¿no? —Imita la escena con mímica y vuelve a torcerse las gafas—. Me dio mucho miedo de pequeño.

—*Sip*. Icónica. ¡Dios! Dennis Quaid estaba buenísimo en esa película. Fue mi primer amor platónico, de hecho. Y mi primer… —me interrumpo, ya que Russell no necesita saber que Dennis Quaid haciendo de un enólogo de rasgos duros de Napa Valley influyó tanto en mi floreciente sexualidad que fue el primer hombre que me vino a la mente cuando descubrí qué otro uso tenía una alcachofa de alta presión—. Era un DILF* con todas las letras —termino con incomodidad.

—¿DILF?

—Padre que me gustaría f…

—¡Oh! —La expresión de Russell tiene algo extraño, y ya he deducido que es la expresión a la que suele recurrir—. Creo que nos estamos yendo por las ramas. Lo que quiero decir es que de verdad creo que podemos conseguirlo. Trabajamos más codo con codo con ellos que el resto, ¿verdad?

Puede que sí, pero aun así apenas conozco a Torrance. El primer año que trabajé para ella, estaba reconciliando su versión real con el ídolo con el que crecí. Borrar esa visión

---

* N. de la T.: Acrónimo en inglés de Dad *I'd Like to Fuck*.

que tenía de ella hizo que bajara a la realidad. Ahora me limito a intentar mantenerme fuera de su camino. No sé lo que hace para divertirse. No sé qué causó el fin de su matrimonio ni qué haría falta para que le diera otra oportunidad a Seth.

Sigue siendo ridículo, pero puedo seguirle el juego.

—Entonces, ¿qué? ¿Escribimos cartas de amor eróticas y las firmamos con su nombre? —inquiero.

—O los dejamos atrapados en un ascensor y que se acuerden de los buenos momentos que pasaron juntos.

—Encender velas en uno de sus despachos y reproducir algo de Marvin Gaye.

Se da un toque en el puente de las gafas.

—¿Ves? Seríamos imparables si uniéramos fuerzas.

Me permito imaginarme a una Torrance que programa dos reuniones por semana conmigo y ve mis clips para darme consejos. Quiero pensar que sería algo posible sin todo el conflicto de su antiguo matrimonio.

—Vale, vale —digo. Sigo de broma. Al menos, estoy bastante segura de que lo estoy—. Cuenta conmigo.

Alza su quinta o sexta bebida y apunta en dirección a la mía.

—Por la paz y la armonía en KSEA 6.

—Brindo por eso.

Russell suelta el vaso y mira la hora.

—¡Joder! Son casi las dos de la mañana.

—Esta es la hora a la que suelo despertarme.

Niega con la cabeza.

—No sé cómo lo hacéis los que madrugáis.

—Me gusta —afirmo—. Por las mañanas hay una energía distinta. Es emocionante saber que eres la primera persona que alguien está escuchando ese día. —He tenido compañeros de trabajo que se inyectan pastillas de cafeína para superar la mañana, pero yo nunca he necesitado más que un poco de café y el placer de los modelos de previsión meteorológica—. Aunque mañana va a ser mortífero.

Pagamos la cuenta (¡uf!) y, cuando nos levantamos, alarga el brazo y con una mano firme evita que me caiga.

Mañana voy a arrepentirme de esto. Será algo de lo que nos reiremos en la sala de descanso. *¿Puedes creerte que queríamos hacer que Torrance y Seth volvieran a estar juntos?*

Al menos me ha dado una pizca de esperanza durante unos minutos.

—Buenas noches, chico de los deportes. —Pronuncio esa despedida con la intención de que sea graciosa, pero lo más probable es que parezca trastornada dado mi estado actual de ebriedad. No estoy segura de haberlo hecho antes con alguien, pero de repente me parece la forma correcta de despedirme.

Me la devuelve. Cuando lo hace él, sí que es gracioso.

—Y que tú tengas una buena mañana, chica del tiempo.

5

PRONÓSTICO:

*Un poco de introspección no deseada
con un rayo de esperanza en el horizonte*

La mañana no empieza bien. La luz del sol se cuela por la ventana y da a la cama, ya que las cortinas opacas están corridas hacia un lado. La cabeza me está martilleando, mi lengua es demasiado grande para mi boca y noto la garganta como si me hubiera tragado el filtro de una aspiradora y lo hubiera bajado con vinagre. Es la resaca más cara que he tenido en mi vida.

Casi me desmayo cuando miro qué hora es en el móvil. La una de la tarde del sábado, lo que significa que he dormido el equivalente a un turno de mañana completo. Cuando empecé en el trabajo, recurrí al paracetamol para que me ayudara a quedarme dormida y a bebidas energéticas para mantenerme despierta. Ahora mantengo el mismo horario los fines de semana, o casi, al menos.

A Garrison nunca le gustó mi horario al revés, a pesar de que a mí sí. Lo que sí echo de menos es cómo me abrazaba al despertarme cuando todavía era de noche, cómo su calor casi bastaba para mantenerme en la cama. Llevo dos semanas sin llorar, lo cual es un avance. La última vez fue cuando estaba viendo Netflix y *The Crown* apareció como «Algo que puede interesarte», y empecé a llorar porque no solo me interesaba, sino que me había visto la serie entera en la cuenta de Garrison. En ese momento, la idea de que mi cuenta de Netflix no supiera que amo los melodramas de la realeza y, por tanto, que le diera igual mi ruptura fue muy desconsiderado.

Lo que le oculté, la causa de nuestra última pelea, no era algo grande. De hecho, era bastante pequeño. Treinta pastillas más o menos del tamaño de mi uña del dedo meñique, surtidas cada mes en la farmacia de al lado. El bote se me cayó del bolso con las prisas de tener los disfraces de Halloween listos. Mi depresión estaba bajo control, era manejable, al igual que llevaba siéndolo durante años, con la excepción de un par de cambios en la medicación cuando los efectos secundarios no se iban y de una psicóloga nueva cuando me volví a mudar de Yakima a Seattle. Me tomo esas pastillas cada mañana, al igual que estoy haciendo ahora tras arrastrarme hacia el baño y abrir el botiquín.

Era más fácil si no lo sabía. No quería que estableciera una conexión entre mi madre y yo, que me hiciera más preguntas sobre por qué mi padre se fue y con quién estaba saliendo mi madre ese mes.

Lo que necesitaba hacer era simple: evitar lo que pasó con mis padres. Ninguna de mis exparejas tuvo el problema de Garrison. Parecían perfectamente contentos sin saber nada. Les encantaba lo alegre y positiva que era, cómo les dejaba descargar su ira mientras que yo nunca descargaba la mía.

Era la chica tranquila, la chica despreocupada, y me encantaba. Si estaba disgustada por algo, lo escribía en mi diario o me desahogaba con Alex. Si se les olvidaba un aniversario, me compraba flores a mí misma. Era (soy) de mirar el lado bueno y encontrar un rayo de esperanza, y siempre me ha funcionado.

Si me empeñara en ser una persona difícil, si dejase salir la oscuridad…, bueno, acabaría como mi madre.

—No puedes brillar como un sol todo el tiempo, Ari —dijo Garrison durante esa pelea, momento en el que su disfraz del hombre tubo inflable perdió toda su gracia y estaba aplastado sobre un cojín del sofá. Él no lo entendía. Yo vivía en dos realidades, y solo podía estar conmigo en una de ellas. Si algo había aprendido sobre mi madre, era que brillar como el sol era la única forma de hacer que alguien se quedara—. Nadie puede.

Es gracioso, la verdad, ya que no me gusta nada el sol.

Decidida a recuperar el ritmo, voy a una clase de yoga y al mercadillo, y me mantengo ocupada cocinando un plato para una persona elaborado y demasiado caro. Por lo menos, he descubierto una cosa estupenda de vivir sola: no tengo que esconderme de nadie.

El domingo por la tarde, mi objetivo es agotarme para poder acostarme lo más cerca posible de las ocho y media, la hora a la que suelo dormirme. Me subo una hora en la bicicleta estática barata que casi me rompió la espalda cuando la subí por las escaleras. Luego me encorvo sobre la mesa de la cocina, donde doblo alambre y ensarto cuentas para hacer un par de pendientes de lámparas de araña. Es reconfortante perderme en esa tarea durante un par de horas. Una vez que los he terminado, enciendo velas por todo el apartamento, abro algunos de mis vídeos favoritos en el modo incógnito del navegador y me provoco dos orgasmos antes de que el vibrador se me quede sin pilas y no pueda encontrar unas nuevas, incluso después de poner patas arriba el apartamento y abrir todos los dispositivos. Al parecer no tengo nada más que utilice las triple A.

Excepto que, cuando me meto en la cama, sabiendo que tengo que levantarme en seis horas, me es imposible dormirme. Cuando estuve entrenando a mi cuerpo para esto, cuanta más ansiedad me daba el tener que irme a dormir, más difícil me era conciliar el sueño. No le mentí a Russell. Sí que me encantan las mañanas, pero me gustan un poco menos cuando son las nueve, las diez, las diez y media, y tengo que levantarme en tres horas y media.

Al final, agarro el portátil, pago 3,99 dólares para alquilar una versión en HD de *The Parent Trap* y me quedo frita justo en el momento en el que la Lindsay Lohan británica vuela a Napa Valley para conocer a Dennis Quaid por primera vez.

* * *

La alarma suena a las 2:30, a las 2:40 y finalmente a las 2:47. Me obligo a salir de la cama y a contentarme con el par de horas de sueño que he tenido, aunque al recordar el incidente del Emmy me entren ganas de hibernar durante lo que queda de invierno.

Meto el maquillaje en un bolso y salgo a trompicones hacia el coche, con los ojos adormilados. A veces me maquillo en casa, a veces en el trabajo y a veces mientras estoy parada en un semáforo, y hoy toca día de semáforo. He elegido uno de mis vestidos favoritos para combatir el cansancio, un vestido tubo violeta con mangas de tres cuartos combinado con unas botas de ante marrones. Tengo cinco vestidos de este estilo porque la cámara prefiere los colores vivos y lisos. Nada de verde, o desaparecería en el mapa del tiempo. Los estampados pueden tambalearse y agitarse, lo cual es una mala noticia para la enorme cantidad de ropa con temática meteorológica que he ido acumulando a lo largo de los años.

Nunca estuve del todo preparada para los comentarios de los espectadores sobre mi ropa. Al principio me chocó que la gente no solo juzgara mi aspecto, sino que calificara directamente si soy atractiva o no. Suelen puntuarme peor cuando llevo pantalones. Odio haberme acostumbrado a ello, pero son los gajes del oficio. Durante mis primeros dos años de trabajo a jornada completa, a la hora de vestirme pensaba en qué clase de comentarios iba a recibir, pero llevo sin hacerlo desde que empecé a trabajar en Seattle. Si los *haters* quieren gastar energía hablando de ello, es su elección. Y es nuestra elección darle a borrar. Lo más probable es que no haya una prenda que pueda llevar y que no atraiga el escrutinio o una sucesión de los emojis del fuego y de la berenjena. No vale la pena vestirse para alguien que no sea yo y, sobre todo, para el mapa.

Tras dejar el bolso en mi escritorio, me dirijo al centro meteorológico, un conjunto de ordenadores situado en el estudio que utilizamos principalmente para las previsiones, aunque a veces también grabamos allí. Compruebo todos mis modelos y datos habituales, empezando por el Servicio Meteorológico Nacional y por la Universidad de Washington, y tomo notas y hago cálculos antes de elaborar un pronóstico diario y otro de siete días en una de las hojas de previsión. Dicha hoja de trabajo puede parecer básica, pero los meteorólogos llevan años usando ese método, y muchos de nosotros todavía lo hacemos a mano. Una vez termino, empiezo a construir los gráficos que los espectadores verán durante la emisión.

Grito cuando siento una mano en el respaldo de la silla.

—Lo siento —dice Torrance, y antes del viernes no habría estado segura de haberle oído pronunciar esas dos palabras—. ¿Puedo hablar contigo?

Dejo el bolígrafo en medio de unos rayos crepusculares del miércoles y me giro en la silla para mirarla.

—Claro. —Es demasiado temprano para que esté en la cadena. Pasa algo.

El café que me he bebido demasiado rápido se me revuelve en el estómago. Es imposible que nos haya escuchado a Russell y a mí. No obstante, ahí estuvimos, cagándonos tan abiertamente en nuestros jefes en un lugar semipúblico. No es imposible que se haya enterado.

Se sienta en la silla que hay a mi lado con un aspecto un poco menos rígido de lo habitual, con vaqueros y un jersey blanco. Sin maquillaje para la cámara, solo un toque de sombra de ojos y rímel.

—Esperaba encontrarte aquí y que no hubiera demasiada gente —dice—. Quería disculparme personalmente por lo que ocurrió el viernes. Esta vez sobria. Lo que hicimos, lo que *hice*, fue inaceptable, y en una fiesta, nada menos.

Torrance Hale se está disculpando conmigo. *Otra vez*.

Es casi tan impropio como el meme de ella que se hizo viral antes de que yo empezara a trabajar en KSEA. Estaba cubriendo una ola de calor y obteniendo algunas imágenes de los ciudadanos de a pie en el Hempfest, el festival anual de la marihuana de Seattle, cuando un tipo le ofreció un porro ante la cámara. Torrance lo rechazó con una risa y un «Puede que más tarde», y nunca supe si lo dijo en serio o si estaba bromeando. En cualquier caso, Internet lo convirtió en un GIF que todavía me hace dudar cada vez que lo veo. Algunas personas juran que pueden ver cómo guiña el ojo mientras responde, mientras que otros han argumentado que solo estaba parpadeando.

—¡Oh! ¿Vale? —consigo decir mientras me paso el pulgar por el rayo que tengo en la base de la garganta.

Torrance endereza algunos papeles, y me pregunto si está pensando en lo que dijo Seth de que el centro meteorológico estaba hecho un desastre.

—Seth y yo no deberíamos haberte metido en ese juego. Estábamos actuando de forma inmadura. Era algo personal, y tendríamos que habernos controlado antes de llegar tan lejos. Tendría que haberme controlado antes de lo que pasó con el Emmy.

Quiero decirle a Torrance que no ha sido solo lo que pasó en la fiesta. Han sido cientos de cosas diferentes; esta solo es la que ha causado un destrozo más visible.

—Te lo agradezco.

A pesar de todo, mi optimismo se impone. Quiero creerla. Y puede que sea una ingenua, pero una parte de mí lo hace. Creo a la Torrance que aparecía en mi televisión cuando era pequeña, la que estaba ahí para mí cuando mi madre estaba hundida en su profunda depresión.

No estoy segura de cuánto de esa Torrance es la que está sentada a mi lado en este momento.

Sonríe como si estuviera a punto de decirle a varios miles de espectadores que hoy no hay tráfico en hora punta.

—¿Me dejas llevarte a comer hoy para compensarte? Tú eliges el sitio.

Una invitación para comer, como si realmente fuera tan fácil para nosotras dos ser algo más que empleada y jefa distraída. Como si a lo mejor hubiera en ella más de mi ídolo de la infancia de lo que pensaba.

—No tienes por qué hacerlo, de verdad —respondo.

—Insisto. —Torrance me agarra el hombro con la mano y vuelve a dedicarme esa sonrisa radiante—. Lo estoy deseando, Ari.

Brillo el resto de la mañana; la conversación me ha despertado más que cualquier dosis de cafeína. En mi primera previsión, soy todo sonrisas, a pesar de que solo he dormido tres horas. Estoy medio tentada de ponerle emojis a mis gráficos de nube. A lo mejor Torrance y yo hablamos de *Halestorm*, de los reportajes importantes que quiero hacer. A lo mejor saca el tema de mi evaluación anual, y si bien no voy a decirle lo decepcionada que me sentí el año pasado cuando se limitó a decirme «Lo estás haciendo muy bien, Abrams» y me dio el aumento del 1,5 % exigido por el sindicato, me aseguraré de que sepa las ganas que tengo de aprender, de mejorar.

Para las once en punto estoy ojeando los menús de los locales de Belltown que aún no he probado y publicando en las redes sociales las fotos que los espectadores hicieron de la tormenta de la semana pasada, cuando oigo la voz de Seth resonar desde el despacho de Torrance.

—Te dije que no podemos emitir esto —dice. La puerta del despacho está entreabierta.

Avery Mitchell me mira desde un par de mesas más allá.

—El reportaje de Torrance sobre los cangrejos Dungeness y el cambio climático —explica—. Sobre cómo el aumento de la acidez en el océano está dañando sus caparazones. Estuvimos todo el mes pasado trabajando en él, hablamos con un montón de científicos. Se suponía que se iba a emitir esta tarde como parte de una serie sobre la vida marina, y supongo que Seth acaba de verlo.

—¿Qué tenía de malo? —pregunto justo cuando Torrance grita:

—¡No es tendencioso, es ciencia!

Avery se encoge de hombros como si dijera: *Eso*.

—Lo sabemos tú y yo —contesta Seth—, pero los anunciantes no, y prefiero no recibir una decena de llamadas furiosas al respecto.

—Recibimos llamadas furiosas cada vez que hablamos del cambio climático. Yo informo del tiempo. No puedo no hablar de ello.

—¡Soy consciente de ello! Pero tenemos que tener cuidado con cómo lo hacemos. Se trata de *todos* nuestros espectadores, no solo de los que están de acuerdo contigo.

—Pues los que no lo están se equivocan.

Estoy firmemente del lado de Torrance. Es algo con lo que tenemos que lidiar de vez en cuando en las redes sociales, aunque no tanto como los comentarios que recibimos sobre si mostramos demasiada piel o poca. Es descorazonador ver cómo hay mucha más gente preocupada por nuestros cuerpos que por el aumento del nivel de los océanos.

Seth se queda callado, tan callado que ni se le escucha. Y entonces:

—¿Y si cortas la parte al final o...?

Se ve interrumpido por una risa aguda de Torrance.

—Ya sé lo que pasa. Estás intentando vengarte de mí por lo del viernes. Lo de tu Emmy.

—Eso es falso. Solo estoy haciendo mi *trabajo*, Tor.

—No lo creo. Creo que estás tratando de silenciarme para demostrar que eres el jefazo. Para que puedas sentirte mejor con tu patético y pequeño...

Y he tenido suficiente.

Con las manos temblorosas, empujo la silla, haciendo más ruido del que pretendía al ponerme en pie y salir de la sala de redacción. Me pitan los oídos y noto una presión en los pulmones. Nadie puede verme así, y como me quede en esta habitación un segundo más, voy a gritar.

Cuando se abre la puerta del Banquillo y alguien dice: *Entra*, estoy en tal estado que tardo un momento en identificar la voz de Russell. Abre la puerta y me hace señas para que entre. El Banquillo no es de alta tecnología ni nada parecido, pero es tranquilo. Está el escritorio de Russell y los de los demás periodistas y presentadores de deportes, la mayoría de ellos repletos de material deportivo y recuerdos, y las paredes están cubiertas de camisetas, banderines y posters de atletas. Quizá la teoría sobre el fútbol de Chris Torres era un poco cierta.

Es increíble y maravilloso lo vacío que está.

—Pensé que quizá necesitabas esconderte tanto como yo. —Señala una silla libre junto al escritorio vacío que hay al lado del suyo antes de recostarse en su asiento. Aquí parece tan despreocupado, como si *perteneciera* a este sitio. Esa clase de comodidad que yo nunca he conseguido tener en la cadena—. Todo el mundo ha salido a comer, pero tenía que terminar un reportaje.

Finalmente, suelto un suspiro y me derrumbo en la silla que me acerca. Ahí fuera mis emociones han estado a punto de dominarme. Aquí estoy a salvo.

—Gracias.

—Oye —dice mientras se inclina hacia delante, y aparece un pequeño surco de preocupación entre sus cejas, justo encima de las gafas—. ¿Estás bien?

—Todavía no estoy segura.

Alcanza un tarro de caramelos de su escritorio y me lo tiende.

—Sí que tenéis intimidad aquí —comento mientras agarro un puñado. El azúcar ayuda. Un poco—. Allí lo único que tenemos son nuestros espacios de trabajo y sus paredes divisorias bajas. Y digamos que no hacen nada para protegernos de los Hale.

—No sé cómo, pero tengo la sensación de que no has venido aquí para hablar de feng shui.

Me trago un mini Snickers.

—Soy una puta ingenua.

Al principio, me sorprende que lo diga en voz alta. No tengo la costumbre de decir palabrotas en el trabajo y nunca hago nada tan agresivo como la forma en la que mis dientes están destrozando el Snickers. Debe de ser el festival de los lamentos que montamos borrachos la semana pasada lo que ha hecho que me parezca bien hablarle así a Russell. Dejarle ver una versión menos pulida de Ari Abrams.

Las cejas de Russell se vuelven a fruncir y en sus ojos crece la preocupación. Sí que son de un tono azul brillante.

—¿Qué quieres decir?

—Torrance se ha disculpado conmigo esta mañana. Ha llegado temprano y me ha contado lo avergonzada que estaba por lo que pasó en la fiesta. Incluso me ha dicho que me iba a llevar a almorzar, como si fuéramos amigas, cuando nunca hemos salido a comer juntas. —Sacudo la cabeza y desenvuelvo un 3 Musketeers—. De verdad que la creí.

—Lo entiendo. Incluso aquí a veces me siento completamente... —señala las paredes que nos rodean— atrapado.

Atrapado. Esa es la palabra correcta.

—Lo que hablamos el viernes —empiezo despacio—. ¿Sigues... Sigues estando dispuesto a hacerlo?

—Los dos estábamos bastante borrachos. El dolor de cabeza que he tenido durante todo el fin de semana lo demuestra. —Coloca la mano sobre una pelota de béisbol que tiene en el escritorio y la hace rodar en círculos—. Pero... lo digo en serio si tú lo dices en serio, Ari.

No estoy acostumbrada a escucharle decir mi nombre. Siempre he sido «chica del tiempo», y hay algo en mi nombre que me llama la atención. Algo que me pone seria, si no lo estaba ya.

—Lo único que quiero es que no me dé miedo venir a trabajar —digo sin rodeos—. Sí, me encantaría que me valoraran un poco más. Me encantaría encargarme de reportajes meteorológicos más importantes. Pero antes siempre estaba deseando venir a trabajar, lo cual puede que parezca raro cuando requiere levantarse a lo que la mayoría de la gente consideraría una hora infame. Pero es cierto. Me encanta mi trabajo. No me encanta cómo Torrance y Seth dirigen la cadena, y está claro que ninguno de ellos tiene planes de irse. Aunque implique que pasemos más tiempo con ellos y que posiblemente perdamos la cabeza en el proceso... quiero intentarlo al menos.

—Sé que no te gustan los deportes —contesta Russell mientras lanza la pelota de béisbol al aire una vez antes de recogerla—, pero eso ha sonado como si fueras un entrenador que le está dando una charla al equipo perdedor durante el descanso para animarlos.

—En ese caso, espero que no haya sido vaticinador.

Alza un dedo y una de las comisuras de su boca se convierte en una sonrisa.

—Pero eso es lo bueno de los deportes. Nos encantan los reportajes sobre los que tienen las de perder.

6

PRONÓSTICO:

Llueve gelt (y Chardonnay)

Hay un límite en el número de veces que una puede escuchar la canción del *dreidel* sin perder la cabeza. Yo llegué a ese límite hace como una decena de «Tengo un pequeño *dreidel*», y aun así no dejo de esbozar mi sonrisa brillante como el sol para mis sobrinos, quienes con toda probabilidad podrían seguir jugando hasta las doce de la noche sin aburrirse.

—Tengo un pequeño *dreidel*; lo he hecho de... —canta Cassie desde donde está sentada en la alfombra del salón, donde hay un montón de *gelt* y de centavos repartidos entre ella y su hermano. Todos llevamos los jerséis con luces de la menorá a juego que Alex nos regaló el año pasado para Janucá, y ella sigue rascándose el cuello del suyo.

—¡Pizzadillas! —grita Orion, y muestra su adorable sonrisa de calabaza de Halloween. El fin de semana se le cayó por fin su primer diente, y no recuerdo haber estado nunca tan orgullosa de algo. ¡Ay! ¡Quién pudiera volver a tener cinco años!

—¿Qué es una «pizzadilla»? —pregunto desde el sofá, donde Javier y yo hemos estado jugando y haciendo de árbitros.

—¡Una quesadilla con una *pizza* encima! —Orion se emociona tanto que lanza el *dreidel* a la otra punta de la habitación—. Pensaba que eras *lista*, tita Ari.

—Lo siento, lo siento. Tendría que haberlo sabido. Mis conocimientos sobre la *pizza* son muy escasos —le digo mientras se apresura a recoger el *dreidel*—. La próxima vez tendrás que hacerme algunas.

—¡Vamos a hacerlas ahora! —Cassie se acerca a mí, con su pelo oscuro y rizado brotando en todas direcciones. El jersey de la menorá le queda enorme y le llega hasta las rodillas, y lleva unos *leggings* de rayas azules y blancas—. Te voy a hacer la mejor, pero papá tiene que meterla en el horno.

—Peques, no vamos a hacer nada. Acabamos de comer —interviene Javier, que pasa la mano por el pelo alborotado de Cassie, el cual hace juego con el suyo—. Y creo que ya ha habido suficiente *dreidel*. ¿Por qué no guardamos algo para las siete noches restantes? La tita Ari tiene que levantarse temprano.

—Y eso es única y exclusivamente porque la cadena no respeta las fiestas judías. —Lo sopeso durante un momento—. Aunque, siendo sincera, yo tampoco lo hago a veces. La línea que lo separa es muy fina.

—Una ronda más. —Cassie mira a su padre con unos ojos suplicantes a los que es imposible resistirse—. ¿Por favor?

—En las clases de paternidad no te enseñan a decirle que no a esa cara —me dice Alex mientras se dirige a la habitación, secándose las manos en los vaqueros.

Con regocijo, los mellizos vuelven a recoger el *dreidel*. *Tengo un pequeño dreidel; lo he hecho con la angustia existencial de la tita Ari.*

Hasta que Alex no tuvo hijos estaba convencida de que yo no quería tenerlos, estaba segura de que mis genes me convertirían en una madre pésima. Sin embargo, pasar tiempo con ellos me ha hecho cambiar de opinión por completo. No estoy segura de cuántos y no estoy segura de cuándo, pero lo que sí sé es que quiero que sea una familia como esta. Quiero esta alegría que no siempre tuvimos al crecer.

—Pareces agotada —me comenta Alex mientras se acomoda en un sillón y estira sus largas piernas. La luz del *shamash* de su jersey no para de parpadear, a pesar de que le ha cambiado las pilas antes de la cena—. ¿El *dreidel* es demasiado intenso para ti?

—Estoy bien —afirmo. Ese ha sido mi mantra últimamente. Estoy «bien» aunque Garrison me haya dejado. Estoy «bien» aunque Torrance prefiera resucitar discusiones insignificantes antes que ser una jefa de verdad. Vuelvo a invocar esa sonrisa de «Aquí tienen el pronóstico del fin de semana». Sin embargo, incluso «bien» suena forzado cuando tienes que insistir en que así es como estás. Así pues, lo corrijo—. Estoy genial. De verdad.

Y estaré aún mejor cuando me reúna con Russell mañana por la noche para discutir nuestro plan. Un par de horas antes de la hora a la que suelo acostarme, pero no cabe duda de que vale la pena quedarme despierta.

—Habéis perdido —nos informa Orion cuando el *dreidel* cae sobre *gimel* y se lleva todo mi *gelt* y el de Cassie—. ¡Habéis perdido todos!

Finjo un mohín.

—¿Otra vez? ¡Menudo jugador empedernido!

Tanto Orion como Cassie estallan en carcajadas, y sus risas de niños pequeños me alivian un poco el alma. Siempre ha sido una incógnita si una fiesta, cumpleaños u otra celebración incluiría a mi madre, ya que dependía del estado de ánimo en el que estuviera esa semana. Supongo que Alex la ha invitado, y es casi un alivio que no haya aparecido.

—Así es el juego. —Javier recoge el *dreidel* y transfiere las ganancias de Orion a la mesa de café. Cassie debe de estar demasiado hasta arriba de azúcar (he traído *mucho gelt*) como para rebatir la victoria de Orion—. Voy a acostarlos, seguid hablando si queréis.

—Genial, gracias —contesta Alex.

Los mellizos me echan los brazos al cuello y yo finjo que me abrazan con demasiada fuerza.

—¡Sois demasiado fuertes! No estoy segura de cuánto podré aguantar. —Gimo como si me doliera. Como es lógico, eso hace que se rían más y que me abracen con más fuerza, y al final acabo cediendo y les devuelvo el abrazo—. Feliz Janucá —les digo, y les alboroto el pelo y les doy unos besos en la cabeza, de esos que suenan demasiado y que fingen odiar.

—¡Asegúrate de que Cassiopeia se beba su agua en la taza morada! —grita Alex, y Javier la alza, sonriendo.

—¿Cómo hacéis para disciplinarlos? —pregunto mientras el trío sube las escaleras, y Cassie ya le está diciendo a Orion cómo va a devolvérsela en el *dreidel* mañana por la noche.

—Bueno, nos las acabamos apañando de alguna manera.

Estoy retrasando mi hora de dormir otra vez, pero creo que necesitaba esto. Alex desaparece en la cocina, vuelve con dos copas de vino y observa cómo me trago la mitad de un solo buche.

—¿Te traigo la botella entera?

—Ya corto —respondo mientras me hecho en la copa el contenido de la suya—. Después de esta.

—Estaba a punto de preguntarte si ha sido una semana larga, pero solo estamos a lunes. —Agito la mano.

—Semana larga, mes largo, año largo.

—¿Hay algo de lo que quieras hablar?

—Mi jefa. Como siempre. ¿Cuándo no es mi jefa? Y gracias, pero… me estoy encargando de eso. —O lo haré, con el siempre educado pero aún misterioso Russell Barringer. Mañana.

—Bueno, vale —contesta Alex al tiempo que se sienta junto a mí en el sofá—. Hay algo de lo que quería hablarte. —Juguetea con el borde deshilachado de una manta, y… ¡Oh! Javier debe de haber acostado a Cassie y a Orion arriba para dejarnos un momento a solas—. Es sobre mamá.

Ojalá pudiera deshacer la reacción visceral que me provoca. Odio que esas tres palabras conjuren esa clase de ansiedad que hace que quiera subir corriendo las escaleras y esconderme en una cama de tamaño infantil.

—De acuerdo.

Alex respira hondo.

—Está en un centro de tratamiento psiquiátrico.

Un frente frío entra de repente y me llena el cerebro de ruido estático.

—¿Que está…? ¿Qué? ¿Está bien?

Se le suaviza la expresión, pero sus palabras siguen siendo serias.

—Ari, es algo bueno. O, al menos, lo va a ser. Ayer fue a urgencias después de llamar al 911. El hombre con el que estaba saliendo, ¿Ted?, rompió con ella la semana pasada. Y eso hizo que sacara todas sus emociones a la superficie de una forma muy extrema. Me dijeron que estaba teniendo un ataque de pánico cuando llamó y que estaba convencida de que iba a morir y que... que iba a morir sola. —Hace una pausa para recomponerse mientras se pasa la mano por su rostro pecoso—. Era como si no creyera que fuera capaz de cuidar de sí misma. Pero ahora está a salvo. Eso es lo más importante.

Vale. Está bien. Está a salvo.

Apenas proceso el resto porque soy incapaz de cuantificar el número de veces que he querido que mi madre reciba ayuda. Me es imposible visualizarla en uno de esos hospitales que solo he visto en los dramas sobre médicos.

No fue hasta que me hice adulta que comprendí de verdad que algo iba mal, y entonces lo vi tan claro como el agua. A posteriori vi esa cosa precisa y dolorosa que hizo que todos los fragmentos de «Así es mamá» encajaran. En el instituto, cuando me estaba enseñando a conducir y rompió a llorar en medio de la autopista porque su novio la había dejado por SMS. En el instituto, cuando se encerró en su habitación y se negó a salir durante tres días, y yo le rogué a Alex que me ayudara a forzar la cerradura porque no sabía si seguía viva. En la escuela primaria, cuando nuestro padre le dijo que ya no podía estar cerca de ella, que lo estaba deprimiendo y ¿es que no podía simplemente ser feliz por una vez en su puta vida? Después de que se marchara estuvo unos años enviándonos tarjetas por nuestros cumpleaños. La última fue para mi bat mitzvá, y no me molesté en conservarla.

Cuando mi madre estaba sumida en uno de esos estados de ánimo, parecía que nada la alegraba. Ni su trabajo, ni las salidas familiares, ni encargarse del jardín, lo cual le encantaba hacer en sus días buenos. Si Alex y yo estábamos emocionados por algo, ella no podía reunir ni la décima parte del entusiasmo. Utilizaba tantos días de baja por enfermedad que me sorprendía que no perdiera el trabajo, y hacía comentarios sarcásticos sobre mi aspecto y yo me decía que no iban en serio.

Luego estaban los novios que iban y venían y que oscilaban desde escoria hasta manipuladores que la llamaban «histérica», «majara» o «loca». Alex y yo aprendimos a ser independientes, a cocinar si lo necesitábamos, a utilizar el transporte público si ella no estaba dispuesta a llevarnos a algún sitio. No pasaba siempre, lo que hacía que nos fuera más fácil fingir que no pasaba nada. A veces se pasaba semanas o meses sin sufrir un episodio. Volvía a la jardinería y nos apilábamos en el sofá para ver una película juntos y yo pensaba: *Está bien. Ya está todo bien.* Pero entonces volvía.

En el instituto, empecé a sentirme rara. Me encerré en mí misma. Se coló una tristeza aguda que solo era capaz de asociar a algo específico en ocasiones. Al principio era fácil de ignorar porque por lo general estaba demasiado preocupada por mi madre. Así pues, no se lo conté a nadie, simplemente dejé que viviera a mi lado y que volviera mi mundo más gris.

La primera vez que fui a terapia fue en la Universidad, ya que la pesadumbre con la que llevaba viviendo unos años hacía que me fuera imposible concentrarme, a pesar de lo mucho que amaba lo que estaba estudiando. Me asustaba lo mucho que se parecía a lo que estaba pasándole a mi madre, por lo que durante un tiempo asumí que tenía que ser normal. Dormía demasiado y me costaba hacer amistades. No sé cuándo se arraigó, solo que cada vez tenía menos días buenos entre los episodios de desesperanza y apatía. No sabía si alguien de la clínica del campus podía ayudarme, pero, en cualquier caso, pensé que era imposible que me sintiera peor de lo que ya me sentía.

—Simplemente me siento… rara —le dije a la psicóloga.

Aprendí que había un nombre para lo que tenía mi madre, a pesar de que nunca la diagnosticaron, nunca habló con nadie, nunca tomó medicación. Aprendí que todos los motivos por los que estaba enfadada con Amelia Abrams y por los que me agotaba tanto a nivel emocional que necesitaba dormir doce horas para recuperarme después de visitarla estaban fuera de su control hasta cierto punto. Ella también estaba sufriendo. Pero no podía evitarlo.

Y entonces aprendí que lo que me estaba hundiendo no era solo un adjetivo, sino un sustantivo. Depresión. Tenía depresión clínica y no iba a permitir que me controlara. Mi madre siempre ha estado en contra de las medicinas. Decía que era por los efectos secundarios, pero ni siquiera se tomaba un ibuprofeno cuando le dolía la cabeza. No obstante, yo quería una vida que estuviera en el extremo opuesto al de mi madre, por lo que fui a la farmacia a por la medicación.

Supuso un alivio enorme darle nombre, hasta que fui a casa durante las vacaciones de invierno e intenté explicárselo a mi madre. Una parte de mí tenía la esperanza de que se viera reflejada en mi diagnóstico, que la animara a pedir ayuda.

—Todos estamos deprimidos —respondió mientras hacía un gesto con la mano para restarle importancia—. El mundo es un lugar de mierda. Simplemente tenemos que aprender a lidiar con él.

No iba a permitir que me hundiera. Llevo medicándome y yendo a terapia casi diez años, y me han cambiado la vida.

—Es un sitio genial. Lo he buscado en Internet y tiene muy buenas reseñas —dice Alex, y por un momento me imagino un Yelp para los hospitales psiquiátricos—. Quiere cambiar, Ari.

—Y tú la crees.

—Siempre ha querido cambiar. Es solo que... ha tardado un tiempo en hacerlo.

Siempre ha querido cambiar. Esas palabras me sumen en otra espiral. Cuando mi primer novio me dejó después del baile de graduación porque pensaba que no era lo bastante divertida y mi madre me preguntó qué había hecho para ahuyentarlo. *Somos demasiado para ellos*, me dijo, y la creí. Cuando el novio que tuve en la Universidad, un chico llamado Michael con el que solo llevaba saliendo unas semanas, me dejó porque le conté todo (lo de mi madre, lo de la terapia, lo de los nuevos antidepresivos) y me dijo que no estaba preparado para tener una relación seria conmigo.

A partir de ese momento, juré mantenerlo todo en secreto, ser la persona que rebosa alegría y feliz en la que me convierto para la televisión.

—¿Cómo lo sabes? —pregunto mientras me tapo las piernas con una manta de croché—. ¿Lo has hablado con ella?

—Soy, mmm, su contacto de emergencia.

—Claro. —Me pongo tensa e intento decirme a mí misma que no debería dolerme. Después de todo, es el hermano mayor.

Dejar que sus llamadas fueran al buzón de voz y tardar días en responderle a los mensajes ha ocurrido de forma gradual. Ni siquiera sabe todavía lo de la ruptura. Mi actual psicóloga, Joanna, me aconsejó que dejara espacio para que pudiera centrarme en mí, ya que se le da muy bien hundirme. A pesar de que a veces me gustaría que tuviéramos una relación que nos permitiera tomar margaritas e irnos de *brunch* juntas, no es inusual que me pase meses sin tener noticias de ella, y cuando aparece siempre es con malas noticias.

—Quiero apoyarla —digo en voz baja—. Quiero que se mejore. De verdad. Es solo que… Lo siento, me cuesta creérmelo. ¿Por qué ahora, después de todos estos años?

Lo que no digo: *Nosotros no éramos suficiente.*

Me da un golpecito en el pie con su calcetín con dibujos de *latkes*.

—Ahora mismo, lo mejor que podemos hacer es estar ahí para ella y estar preparados para seguir apoyándola cuando venga a casa. Ha pedido excedencia por asuntos personales en el trabajo. —Lleva décadas en Boeing, abriéndose paso para obtener un puesto de asistente ejecutiva—. El sitio este tiene horario de visitas de forma regular, y estaba pensando en ir pronto. Sé que para ella significaría mucho que fueras tú también. Todavía te ve —añade—. Casi todos los días.

Esto es mucho que procesar. Me rodeo más fuerte con la manta, ya que la emoción contra la que he estado luchando la última semana amenaza con salir a la superficie.

—No estoy segura de que pueda decidirlo ahora. Entiendo que está lidiando con algo enorme, pero lleva lidiando con ello *años*, Alex. Y no le importamos lo suficiente como para que pidiera ayuda cuando éramos pequeños o cuando éramos adolescentes o cuando nos fuimos de casa. Así que lo siento si ahora mismo siento poca compasión por ella.

—Lo entiendo. —Me rodea los hombros con el brazo y me da un abrazo amable. Se le da bien cuidar de la gente. Es un buen padre—. Lo entiendo, y es una mierda. Decidas lo que decidas, te apoyo. Cien por cien.

—Te lo agradezco —contesto, y lo digo en serio—. Ya te avisaré.

Después de unos cuantos minutos más, Javier aparece al pie de las escaleras.

—Cassie está pidiendo que su tita favorita le lea un cuento antes de irse a dormir. ¿Te apetece?

—Claro —respondo, y si bien espero que parezca natural una vez vea a mi sobrina, activo la sonrisa antes de subir las escaleras.

7

PRONÓSTICO:

*Una brisa suave de la tarde
interrumpida por una ráfaga brusca
de realidad*

—Conque de verdad vamos a hacerles un *Yo a Londres y tú a California* a nuestros jefes —digo con la esperanza de que suene más creíble una vez que salga de mi boca. *Nop.* Sigue siendo absurdo.

—Así es. —Russell se inclina sobre la mesa de la taquería de Ballard que elegimos porque siempre está llena y no queríamos que nadie nos escuchara—. Mira esto —dice al tiempo que me enseña su móvil. Es un artículo de cuando contrataron a Torrance en KSEA, uno insignificante sobre los planes de los Hale para revitalizar la cadena—. La prueba de que una vez fueron felices.

Aparecen sentados en la mesa del presentador, mirándose el uno al otro en lugar de a la cámara. No es difícil fingir una sonrisa para la cámara, pero ¿la alegría que hay en sus

ojos? ¿La forma en la que Seth la mira, todo orgullo y adora-
ción? Eso es real.

Russell pasa a otra foto.

—¿Esa es una foto de ellos… bailando *swing*? —Tal vez
no debería sorprenderme tanto, teniendo en cuenta cómo se
movieron en la fiesta. En la foto, el pelo rubio de Torrance
está rizado y Seth lleva un sombrero tipo fedora, lo que hace
que parezcan de otra época. Le está sosteniendo mientras
ella se inclina hacia atrás con dramatismo y con la espalda
arqueada en un ángulo que debería ser imposible.

¿De verdad vamos a hacerlo?, pienso en un bucle casi constante. Cada vez que me pregunto si es demasiado manipula-
dor, recuerdo lo que dijo Torrance la noche de la fiesta. En
algún lugar debajo de todas esas pullas y fanfarronadas hay
dos personas que estaban enamoradas. Solo vamos a darles
un empujón.

Y si además es una forma de distraerme de lo que está
ocurriendo con mi madre, bueno, eso que me llevo.

Me trago un trozo de tortilla y le devuelvo el móvil a
Russell, quien lleva un jersey verde bajo una chaqueta de
pana color caramelo con parches en los codos. Junto con las
gafas rectangulares y la barba incipiente que le recorre la
mandíbula, parece un profesor que, finalizadas sus horas
lectivas, se queda mucho tiempo en el centro para asegurarse de que cada uno de sus estudiantes entiende el material
porque eso es lo mucho que le importa.

—Seguiremos investigando. —Cuando terminé el trabajo,
me quité el maquillaje que me puse para la cámara y me vestí
con unos vaqueros y una rebeca de rayas. Eso hace que parezca menos una reunión de trabajo y más…, bueno, no estoy
segura de cómo llamarlo. ¿Una sesión intensa de complots?

¿Una asamblea de planificación?—. Pero creo que tenemos que exponer lo que sabemos sobre ellos para que podamos tener una mejor idea de quiénes son.

Russell abre la aplicación de las notas en el móvil y me indica que continúe.

—Llevo tres años trabajando para Torrance —empiezo—. Es buena en su trabajo. Obviamente. Y es una apasionada de la meteorología y de la ciencia. Le encanta hacer obras de caridad, sobre todo por causas medioambientales. Le gustan las flores, pero prefiere las suculentas. Solo toma leche de avena porque no le gustan los lácteos y es alérgica a la soja. En ocasiones tolera la leche de cáñamo. Su pintalabios nunca se corre ni se transfiere, y juro por Dios que antes de que me muera descubriré cómo lo hace. —Me detengo para respirar mientras sigo devanándome los sesos—. Ella y Seth tienen un hijo, Patrick. Creo que trabaja en algo relacionado con la tecnología. Su esposa Roxanne está a punto de tener un bebé.

—Es un buen comienzo —dice Russell mientras escribe.

—¿Qué sabemos de Seth?

—Le gusta tener una mano puesta en todo lo que sucede en la sala de redacción, pero a veces se pasa un poco. Se involucra demasiado. Todo tiene que ser «justamente así» o pierde la cabeza. —Moja una patata en la salsa—. Eh… Veamos. Al menos una vez a la semana pide comida para llevar de ese sitio griego situado en Vine. ¡Ah! Y le encanta escribir en Garamond; es la que usa para todos sus carteles. Como si pensase que van a sonar menos agresivos porque Garamond es una fuente inofensiva.

—Me gusta Garamond. Es profesional, pero de una forma amistosa. —Alargo la mano para pillar otra patata—.

Bueno, pues esto es lo que tenemos. Fuentes tipográficas y leche.

Una mujer dice nuestro número de pedido desde la barra, y Russell se levanta para recoger los platos de tacos con guarniciones de frijoles negros cubiertos con queso Cotija. Durante unos minutos comemos en silencio, salvo por el ocasional sonido de aprobación. Ese empujón que vamos a darle a Torrance y Seth... Vamos a tener que usar maquinaria pesada.

—¿Siempre quisiste cubrir los deportes? —pregunto una vez que he arrasado con mi primer taco, hecho de carne asada con una salsa verde tan picante que casi me hace llorar. Lo sé, esta cena no es estrictamente para socializar, pero es la primera vez que Russell y yo salimos solos, sin contar aquella noche en el bar del hotel, y siento curiosidad por él. Esta es mi oportunidad de saber qué hay debajo de esa fachada exterior profesional.

—La verdad es que no —responde—. Siempre me han gustado, pero no pensaba que esto fuera algo a lo que uno se pudiera dedicar. En plan, ¿que te paguen por ir a los partidos? Suena falso. Pero me gustaba escribir y me gustaban los deportes, y no fue hasta la Universidad que asistí a una clase de periodismo deportivo y me di cuenta de que quería hacerlo de forma profesional.

—Y tampoco empezaste transmitiendo por la televisión.

Niega con la cabeza.

—Cubría los deportes para un periódico de Grand Rapids, donde crecí. Al principio escribía sobre los deportes de la escuela secundaria. Así es como empieza la mayoría.

Tengo que contener una carcajada.

—Lo siento —digo—. Te estoy imaginando en un partido de fútbol del instituto, tomando notas muy serias mientras el rey y la reina del baile salen al campo en un descapotable.

—Te ríes, pero… —La única bombilla que hay sobre nuestra mesa se le refleja en las gafas cuando se inclina hacia delante—. Durante mi primera temporada allí, hice un reportaje sobre la reina del baile. Que también era la *quarterback* titular. Hizo que llegaran a los campeonatos estatales por primera vez en la historia del instituto. El deporte no es solo una cuestión de números. No se trata solo de victorias y derrotas, al igual que la meteorología no se trata solo de los pequeños soles y nubes que aparecen en la pantalla. Hay personalidades e historias enteras detrás de los jugadores, y eso es lo que siempre me ha gustado. Se trata de la gente más que nada.

—No sé si alguna vez lo he pensado de esa forma —confieso—. Pero me gusta. No fui a ningún partido de fútbol en el instituto ni en la Universidad. No llegaba a entender todo eso del espíritu estudiantil.

—No tiene por qué estar motivado únicamente por el espíritu estudiantil. Cuando vas siendo adulto supongo que no es porque seas todo un forofo del equipo de Seattle. La mayoría de la gente va por el ambiente.

Hago una mueca llena de culpa.

—¡Joder! —Hace una pausa con una patata frita a medio camino de la boca—. Nunca has ido a un partido.

—No es que no me gusten los deportes —me apresuro a decir, ya que no quiero ofenderle—. No practiqué ninguno cuando era pequeña y mi hermano tampoco, y nadie de nuestra familia veía nada. Supongo que no formaba parte de la cultura Abrams.

Russell se acerca para ponerme una mano comprensiva sobre el hombro.

—Ari Abrams, esto es toda una tragedia. —A través de la tela de mi camisa noto la calidez que desprende su mano, y cuando la retira, me doy cuenta de que deseo que se hubiera quedado ahí unos segundos más. Rompimos la barrera del contacto la noche de la fiesta, pero hay algo distinto en esto—. ¿Me estás diciendo que nunca has ido a un partido de los Sounders? Dentro de los deportes es lo menos deporte. La mayoría de la gente ni siquiera va porque le guste el fútbol; solo están allí para beber o comer patatas fritas con ajo.

—Espera, espera. ¿Qué? ¿Patatas fritas con ajo? Nadie me ha hablado nunca de las patatas fritas con ajo.

—Los mejores ocho dólares con veinticinco que te vas a gastar. —Cuando suelto un jadeo, hace una pequeña mueca—. Vale, sí, cuestan demasiado para ser unas patatas fritas, pero la comida cara forma parte de toda la experiencia. Los estadios desprenden una energía contagiosa que no he encontrado en ningún otro sitio, con toda esa gente que se ha reunido con el mismo motivo.

—Me has convencido. Iré a ver un partido de algo.

Se limita a sacudir la cabeza, y los ojos se le arrugan en los extremos cuando sonríe. No estoy segura de haber notado eso en él antes.

—¿Y tú? ¿Cómo acabaste en el Tiempo?

—Sobre todo, por esos pequeños soles y nubes —respondo, y su sonrisa se vuelve más amplia—. Era una de esas niñas que estaban obsesionadas con las tormentas. El mal tiempo en general, en realidad. Solía hacer un seguimiento en un cuaderno, semana a semana, e intentaba hacer predicciones. A medida que fui creciendo, sentí más curiosidad por la ciencia que hay detrás. Las noticias pueden ser muy sombrías y oscuras. Muy devastadoras. Pero yo tengo la oportunidad de salir en la pantalla y ponerme en plan graciosa y darle a la gente buenas noticias. Noticias que pueden ayudarles a tomar decisiones inmediatas. Como te dije durante la fiesta, crecí viendo a Torrance, y lo que hacía me parecía tan poderoso... Todavía me asombran los elementos, y todos nosotros, da igual quiénes seamos, tenemos que obedecer.

—Puede ser aterrador —coincide Russell—. En el Medio Oeste estábamos acostumbrados a la nieve, pero un invierno alcanzó los setenta y cinco centímetros, y aun así solo cortaron las clases durante unos días.

—En el noroeste tenemos suerte. La Ari de diez años habría estado muy celosa de ti por vivir en Míchigan. Para ella nunca era suficiente la pizca de nieve que tenemos cada dos años. —Sinceramente, tampoco es suficiente para la Ari adulta. Me obligo a parar. Típico de Ari Abrams: hablar de forma poética sobre el clima—. Lo siento. ¿Estoy hablando demasiado del tiempo?

Russell alza una ceja.

—Literalmente te he preguntado por el tiempo.

—Lo sé, lo sé. Es que hay gente que piensa que es el tema que se saca cuando no se sabe de qué hablar, que no es una conversación inteligente o lo que sea. O al menos, eso es lo que me han dicho.

Cada vez que estaba en una fiesta con Garrison y alguien decía algo del mal tiempo que estábamos teniendo, me apresuraba a dar una explicación. No tardé en aprender que a la gente no suele interesarle la ciencia que hay detrás.

—Y luego hay gente que piensa que estás haciendo una declaración política sobre el calentamiento de la tierra, sobre el clima extremo que estamos experimentando con más frecuencia que nunca. Aunque, en mi opinión, no hay nada relacionado con el cambio climático que deba ser político.

Siento alivio cuando responde con un firme asentimiento. No es que me estuviera esperando otra cosa, pero sentiría cosas muy fuertes si tuviera que conspirar con un negacionista del cambio climático.

—Total —dice—. Y, bueno, a veces los partidos se retrasan o se cancelan por el tiempo. Lo que tú haces afecta directamente a lo que yo hago. Afecta a todo el mundo, en realidad.

—¡Exacto! —exclamo mientras agito un trozo de patata a modo de énfasis, lo que hace que acabe salpicándome salsa en la manga—. He oído a gente decir que no cuesta nada cubrir el tiempo, que la cadena podría poner a cualquiera para dar un pronóstico, y lo que insinúan es que no es importante. Pero nada más lejos de la realidad.

En la esquina de su boca comienza a formarse una sonrisa que se le extiende lentamente por el rostro. Me doy cuenta de que tengo las mejillas calientes, un efecto secundario de haberme animado tanto con este tema.

—Me estás mirando raro. Sí que estoy hablando demasiado del tiempo. Lo sabía. Voy a parar. Mi hermano dice que tengo tendencia a emocionarme con la lluvia. —Rozo el rayo de mi cuello con la punta del dedo—. Y no se equivoca.

—Ari —dice Russell, riéndose. Cuando lo hace, su rostro tiene una franqueza agradable y hace que me pregunte si se ha estado conteniendo cada vez que se ha reído conmigo—. No. Por favor, no. Es que tu expresión cambia por completo cuando hablas de ello. Se nota que para ti es más que un trabajo. No es solo algo que te entusiasma. Es tu pasión.

Siento que mi pecho florece con un calor diferente. Sea cual sea el aspecto que tengo ahora mismo, quiero decirle que él tenía el mismo cuando estaba hablando de los deportes.

—¿«Ari» es el diminutivo de algo? —inquiere.

—Arielle.

—¿Por qué pones esa cara?

Suspiro y dejo de arrugar la nariz.

—Porque, aunque es A-ri-elle, todo el mundo pensaba que era Ariel. Como *La Sirenita*. —Levanto un mechón de mi pelo rojo, el cual ha rechazado el alisado al que lo he sometido para la cámara—. No te creerías la cantidad de niños de primaria que me preguntaban dónde estaban mis aletas o que empezaban a cantar *Bajo el mar* cuando me veían. Era más fácil decir que me llamaba Ari.

—Me gustan los dos. Y estás a salvo, porque te aseguro que no quieres oírme cantar.

Conspirar para que nuestros jefes vuelvan a estar juntos es *divertido*, aunque no hayamos mencionado a ninguno de los dos en los últimos veinte minutos. Aparte de Hannah, no tengo realmente amigos del trabajo en KSEA, y echaba de menos tener esta clase de conversaciones con los amigos que Garrison se llevó tras la ruptura.

Pero Russell Barringer y yo… podríamos ser amigos.

Hablamos más sobre Torrance y Seth y hacemos algunos planes de espionaje de bajo nivel. La mayor parte tendrá que esperar hasta después del año nuevo.

—Vamos a tener que hacer que se vean fuera del trabajo —dice Russell—. Acabas de mudarte, ¿verdad? ¿Qué te parece celebrar una fiesta de inauguración?

—¿En mi estudio? Respeto demasiado mis posesiones. —Lo sopeso durante un momento—. Pero tienes razón.

Tenemos que forzar la proximidad a tope. Es una pena que no hagamos una acampada o algo así como hacen en la película, aunque supongo que eso era más bien para asustar a su posible nueva madrastra.

—Ya —coincide—. Pero el mes que viene tenemos el retiro de KSEA. Vas a ir, ¿verdad?—. Asiento con la cabeza. Cada año va gente distinta, ya que la cadena no puede funcionar si estamos todos fuera—. Será casi como estar de vacaciones, y ¿quién no quiere enamorarse en vacaciones?

En cierto modo, todos estos planes me hacen sentir un poco poderosa. ¿Garrison pensaba que era demasiado sol? ¿Que no era lo bastante real? Bueno, pues ¡chúpate esa! Esa versión televisiva de mí misma, la que él pensaba que no apagaba nunca, no actuaría a espaldas de su jefa de esta forma, aunque fuera por un bien mayor.

Solo nos quedan migajas cuando suena su móvil. Ha estado en la mesa todo el tiempo, pero apenas hemos mirado los móviles. Sin embargo, cuando ve quién es, acepta la llamada.

—Lo siento, tengo que contestar —dice, con la boca en una línea recta.

Un camarero pasa por la mesa y nos cambia la cesta vacía por una nueva, con las patatas fritas recién salidas de la freidora y relucientes de sal. Articulo un «Gracias», intentando no escuchar la conversación de Russell, a pesar de que está sucediendo a poco más de medio metro de mí.

—Claro. Puedo estar allí en veinte minutos. Aguanta un poco. —Cuelga mientras se alisa el cuello de la chaqueta con la mano que tiene libre—. Era mi hija. Tiene ensayo de teatro después de clase, y supongo que no se encuentra bien y...

El resto de la frase se pierde mientras mi mente intenta darle sentido a esta nueva información.

—¿Tu... hija?

—Elodie. Tiene doce años. —Le hace una señal al camarero para que traiga la cuenta.

Me quedo mirándolo fijamente. Apenas parece mayor que yo. ¿Cómo puede Russell Barringer, periodista deportivo de KSEA, tener una hija de doce años llamada Elodie?

Cuando me quedo callada durante demasiado tiempo, dice:

—¡Oh, no! Espero que no pienses que soy el peor padre de la historia por emborracharme contigo en la fiesta. Ese fin de semana estaba en casa de su madre, y ni siquiera suelo salir cuando está conmigo. Nunca bebo tanto, y nunca delante de ella y...

—No, no. No estaba pensando eso en absoluto. Lo juro. ¡Es increíble! ¡Vaya! Esto... ¡Felicidades! —balbuceo. Porque felicitar a alguien por su hija de doce años es supernormal. Hallmark seguro que vende tarjetas para eso. *¡Felicidades por mantener a un humano con vida durante una década!*

—¿Gracias?

Me tapo la boca con una mano.

—¡Dios mío! Lo que dije. Sobre los DILF. Lo siento mucho, espero que no te haya ofendido ni nada... —Tengo que dejar de hablar. Puede caerme encima un rayo en cualquier momento, la verdad, aunque las probabilidades de que eso le ocurra a alguien en un año cualquiera son de una entre un millón, según el Servicio Meteorológico Nacional.

—No, para nada. En plan, tuviste que decirme lo que significaba, así que... —Se interrumpe, se frota la nuca mientras el carmesí le ataca las mejillas—. ¿Continuaremos con esto pronto?

—Claro. Sí —respondo, todavía sorprendida—. Espero que tu hija esté bien.

Me lanza una sonrisa tensa y, acto seguido, se va.

8

PRONÓSTICO:

*Cielos despejados e intento de optimismo
para inaugurar el nuevo año*

El año pasado, pasé la Navidad con la familia de Garrison en una cabaña de postal situada en la costa de Washington. Acabábamos de prometernos tras un paseo a la luz de la luna por nuestro vecindario en el que se paró para atarse los zapatos y sacó la caja con el anillo, una reliquia de la familia, y estábamos embriagados el uno del otro, embriagados con la idea de que nuestros futuros se entrelazaran.

La mayoría de los chicos con los que había salido no eran judíos, y si bien había pasado dos Navidades con los Burke, la piedra que tenía en el dedo hizo que volviera a sentirme incómoda con ellos. Los cafés con ponche de huevo y las tortitas con forma de Papá Noel con sus sobrinos y sus padres preguntando cómo estaba mi madre y mis respuestas escuetas. Acosándonos sobre cuándo iban a tener más nietos (*Pero, en serio, ¡cuando estéis preparados! ¡Siempre y cuando sea pronto!*), lo que hacía que me sintiera más como un par de ovarios que como un ser humano. Incluso nos regalaron unas medias navideñas diminutas para nuestro futuro mini Burke, aunque cuando les dije a sus padres que tenía pensado mantener mi apellido, hicieron como si no me hubieran oído.

Busqué el lado positivo por toda la costa, forzando una sonrisa tan amplia que me dolía la mandíbula. *Serán diferentes cuando nos casemos.* Seguramente no. *Quizá el año que viene les importe que sea judía.* Poco probable. *Al menos las tortitas estaban buenas.* Bien, podía aferrarme a eso.

Cada vez que Garrison me preguntaba si algo iba mal, le decía que no y seguía sonriendo.

Este año, al menos, no tengo que fingir que me gusta el ponche de huevo. Janucá ha terminado y aprovecho la paga de las vacaciones para trabajar tanto en Nochebuena como en Navidad. Cuando eres judío en la industria de los medios de comunicación, todo el mundo asume que vas a trabajar el 25 de diciembre, lo cual puede que no sea una suposición, pero digamos que no me molesta ese dinero extra en mi cuenta bancaria.

Incluso con la depresión a niveles manejables, de vez en cuando tengo un día oscuro. Un día en el que todo pesa, las tareas más pequeñas se vuelven imposibles y mi cerebro solo es capaz de conjurar los peores escenarios.

Seré desdichada en esta cadena para siempre.

O Torrance descubrirá lo que Russell y yo estamos planeando y se asegurará de que no vuelva a trabajar en esta industria.

Mi madre rechazará toda la ayuda que está recibiendo.

Nunca tendré una conexión significativa con otra persona.

Aunque suene obvio, me siento extremadamente *triste*, y si bien puedo intentar distraerme o acudir a mi psicóloga, a veces tengo que dejar que la niebla siga su curso, ya que la parte lógica de mi cerebro sabe que no me sentiré así para siempre. En relaciones anteriores hacía todo lo posible por ocultar mis días oscuros. Pedía cita en un balneario que no me podía permitir o decía que tenía que hacer unos recados y me metía en el coche para simplemente conducir. Aunque a veces «simplemente conducir» significaba comprar algo en el Taco Bell y quedarme en un aparcamiento durante horas intentando no llorar porque me era imposible reunir la energía necesaria para volver a arrancar el coche. La mayor parte del tiempo no quiero estar cerca de nadie, ya que forzar una sonrisa en un día oscuro es un poco como intentar convertir el hormigón en oro.

Por desgracia, este día oscuro coincide con un mensaje de Garrison. Dos días después de una Navidad que paso en un restaurante chino con la familia de mi hermano, mi ex me pide que vaya a recoger algunas cosas. Estoy tentada a responder con el GIF de Torrance de «Puede que más tarde», pero en lugar de eso, me dirijo desde Ravenna hasta la parte alta de Queen Anne con la intención de entrar y salir lo más rápido posible. No obstante, buscar aparcamiento en mi antigua calle resulta inexplicablemente desgarrador. A veces tardábamos media hora en encontrar un sitio y dábamos vueltas y vueltas porque ni en broma íbamos a pagar doscientos dólares al mes por aparcar en el garaje del edificio. Nunca pensé que rememoraría lo mucho que cuesta encontrar aparcamiento, pero aquí estoy.

En cuanto abre la puerta y me deja entrar, quiero fundirme en la alfombra de felpa, usar la de macramé a modo de manta, extender mi cuerpo sobre el aparador de nogal. La idea de tener espacio suficiente como para poner un aparador de repente me parece revolucionaria. ¡Dios! Me encantaba este apartamento. Muchos de los toques que le di siguen aquí, y me doy cuenta de que no hace tanto que lo dejamos. Por supuesto, el tapiz que encontré en el mercadillo de Fremont sigue colgado, y todavía no ha reemplazado la lámpara de pie de latón arqueada.

Garrison se lo quedó porque podía permitirse un apartamento de dos dormitorios y yo no. Hablamos de comprar una casa después de casarnos, pero éramos reacios a dejar atrás este lugar. Puede que eche más de menos nuestro apartamento que a él, lo cual es, como mínimo, una señal de que estoy pasando página.

Garrison es alto y blanco y tiene el cabello y los ojos oscuros, lo que hace que sea el Hombre Atractivo Estándar de Entre 25 y 34 Años. Un pequeño lunar bajo el pómulo izquierdo, una hendidura en la barbilla en la que solía meter el pulgar porque le hacía reír.

—Hola —dice, y suena mucho más tierno que lo que sonó con el mensaje—. Te veo... muy bien.

Está mintiendo. Acabo de pasarme quince minutos subiendo una colina después de encontrar aparcamiento. Tengo el pelo revuelto por el viento y los pechos pegados al sujetador. La nostalgia se ha evaporado en unos diez segundos y el fastidio ha ocupado su lugar. Ahora mismo me gustaría tener uno de esos días de *spa* tan caros.

—He aparcado en una zona de carga y descarga. No puedo quedarme mucho tiempo.

—El aparcamiento por aquí sigue siendo una mierda, lo siento. —El tono avergonzado de su voz me conmueve.

También hubo buenos momentos, aunque es más difícil recordarlos cuanto más tiempo pasa desde la ruptura. Durante el verano cargábamos el coche de aperitivos y nos íbamos al autocine, donde nos besábamos en el asiento trasero hasta que alguien nos obligaba a irnos, y entonces nos reíamos porque nos habían pillado como si fuéramos un par de adolescentes enamorados. Se tomaba una pastilla para la alergia y nos íbamos a un café de gatos, donde nos tomábamos un café con leche con gatitos subidos en el regazo. Dondequiera que estuviéramos, si alguien me reconocía por salir en la televisión, brillaba de orgullo. *Mola mucho que la gente te conozca*, decía.

—¿Esto es todo? —le pregunto cuando me entrega una caja que contiene algunos utensilios de cocina y otros cachivaches. El resto de mi agenda para el día oscuro me espera en casa: manta, *reality shows* y macarrones Kraft con dos paquetes de queso en lugar de uno. Pensar en ello hace que me sienta mejor y peor al mismo tiempo.

—Sí. Espera. No tienes que irte todavía, ¿verdad? —Tiene un aspecto tan desolado al decirlo que se me hunden los hombros y dejo la caja en el suelo—. Esperaba que pudiéramos hablar un poco.

Nada de eso parece una buena idea. Nada en absoluto parece una buena idea, excepto el cheddar procesado. No obstante, como aparentemente volver a este sitio me ha extirpado la columna vertebral, le sigo hasta el sofá. Me pregunta si quiero beber algo y le digo que no, aunque me arrepiento de no haber pedido alcohol fuerte en cuanto me agarra la mano y me dice:

—Te he echado de menos, Ari. —Con suavidad, me traza un círculo en la palma con el pulgar, y le dejo—. ¿Cómo has estado? De verdad.

—Bien —respondo entre dientes. La sensación de su piel sobre la mía me distrae demasiado. Echaba de menos que me tocasen así. Echaba de menos que me *tocasen*, punto, y la depresión me dice que no me lo he merecido.

—No voy a mentir. Una parte de mí tenía la esperanza de que me dijeras que has estado fatal los últimos dos meses —confiesa—. Pero supongo que siempre has sido así. Decidida a ver el lado positivo.

—No hay nada malo en eso. —Aunque últimamente me he estado preguntando cuánto de ese positivismo bloquean los Hale.

Se queda callado un momento, y luego se acerca para pasarme la otra mano por el pelo, el cual llevo ondulado al natural.

—Puede que tengas razón. Tal vez... a todos nos vendría bien mirar un poco más el lado positivo.

Sucede tan rápido que no sé cómo procesarlo. Un segundo, hay más de medio metro entre nosotros. Al siguiente, me está sujetando la cara con las manos, le estoy agarrando el cuello de la camiseta y está encima de mí, presionándome contra el sofá en el que hemos hecho esto demasiadas veces como para contarlas. Su boca está caliente sobre la mía, demasiado ansiosa, igual que el bulto de sus pantalones. Es muy gratificante saber lo mucho que se ha excitado al instante, y eso hace que mi autoestima se ponga por las nubes.

Nadie más te va a querer, dice la depresión. *Al menos él ya conoce todos tus problemas.*

Y tampoco me quería.

—Sienta tan bien estar contigo... —me dice al oído, y gracias a Dios, el sonido de su voz me despierta. Me vuelve a crecer la columna vertebral.

Ver a Garrison de nuevo ha enredado mis emociones tanto que no soy capaz de ceñirme a una sola decisión. Mis trenes de pensamiento están en cien vías diferentes rumbo a cien estaciones diferentes. Pero esto no puede ocurrir, no después de que me haya hecho sentir tan mal conmigo misma, de que me haya obligado a cuestionar lo único que me ha protegido todos estos años. Esto solo empeoraría mi día oscuro y mañana me despertaría incapaz de salir de la cama.

Se me tensan los pulmones mientras le coloco una mano en el pecho y empujo. Cuando hacerlo suave no funciona, uso más fuerza.

—No puedo. No puedo hacerlo.

Garrison se echa hacia atrás y se apoya sobre los talones con la cara torcida en una mueca de frustración.

—¿Lo dices en serio?

—Sí. —Respirando con dificultad, me pongo de pie, me aliso el jersey y me peino el pelo con una mano—. Fuiste tú quien rompió conmigo, ¿recuerdas? Porque no era lo bastante «real» para ti.

—Espera, espera, espera —dice—. No estaba intentando volver contigo. Solo ha sido… Solo ha sido algo físico.

Me río, porque me encantaría que fuera algo físico solo. Nada me gustaría más que enviarle un mensaje todos los viernes por la noche para que viniera y me lo comiera durante quince minutos sin ningún vínculo emocional. Pero si tengo alguna esperanza de pasar página, no puedo hacer eso.

—No importa. Incluso «solo algo físico» sería un error. ¿Es lo bastante real para ti?

Agarro la caja con mis cosas, dejándole en el sofá con el pelo despeinado y una furiosa erección.

—Feliz Año Nuevo —digo desde el pasillo antes de cerrar la puerta.

Cuando vuelvo al coche, hay una multa por mal estacionamiento encajada entre los limpiaparabrisas.

* * *

Convierto los últimos días del año en un exorcismo. Me pruebo todo el armario y dono todo lo que me recuerda a él, un vestido que le encantaba o un accesorio que me compró. La única excepción es un par de vaqueros que, según él, me hacían un culo increíble porque, bueno, es verdad.

Le estoy dejando en diciembre porque no puedo volver a Halloween y ser yo la que lo deje, y no puedo entrar en enero cargando con él.

Este año voy a ser buena conmigo misma. Voy a hacer las cosas de manera diferente. Voy a tener una cita y voy a volver «¡A salir ahí afuera, reina!», como cada página web de estilo de vida *millennial* me dice que haga. Tal vez aprenda a hacerlo de forma natural y no me parecerá mal pasar las noches de los viernes a solas, a diferencia de mi madre.

Si tengo relaciones esporádicas, no tengo que hablarle a nadie sobre mi familia o mi medicación o mis días oscuros. Porque, aunque Garrison pusiera todo eso en duda, todavía no tengo ni idea de cómo hablar de eso con alguien. ¿En la tercera cita? ¿En la séptima? ¿Justo antes de acostarte con esa persona? Nunca me sentí bien al hacerlo, nunca me pareció natural, y eso me hace pensar que nunca lo hará.

Así pues, vuelvo a instalarme la aplicación con la que Garrison y yo nos conocimos, la que borré a las pocas semanas de empezar nuestra relación. Y cuando Alex me envía un mensaje preguntándome si estoy libre para ver a nuestra madre después del retiro de KSEA la semana que viene, debe de ser la nueva versión de mí misma la que responde un «Vale».

Rechazo una invitación suya para celebrar la Nochevieja juntos en favor del autocuidado. Nunca he comido sola en un restaurante *fast casual*, pero hago una reserva en mi italiano local favorito y simplemente niego con la cabeza cuando el camarero pregunta:

—¿Esperamos a alguien más?

—No —respondo—. Solo yo.

Me obligo a dejar el móvil en el bolso para saborear el ambiente y la independencia. Y es genial. No siento la presión de hablar mientras escucho a un cuarteto de cuerda tocar piezas de Sinatra.

Hay una excepción, entre plato y plato, en la que saco el móvil y me encuentro un mensaje de «Feliz Año Nuevo» de Russell. Le respondo lo mismo y añado algunos emojis, pero dudo antes de pulsar «Enviar».

La revelación sobre su hija me desconcierta. Me avergüenza admitir que después le busqué en las redes sociales, pero no encontré ninguno de sus perfiles. Inteligente por su parte, frustrante para mí. Aun así, no está casado, de eso estoy bastante segura. No hay anillo ni mención de un cónyuge. Además, era la primera vez que oía hablar de su hija.

Me lo quito de la cabeza. Este podría ser el año en el que tenga citas y relaciones esporádicas, en el que aprenda a estar soltera, en el que cene sola.

Así pues, de postre pido una tarta doble de chocolate y dejo el plato impoluto.

* * *

El primer día del nuevo año, me inscribo como miembro de
Costco y compro un paquete de sesenta y cuatro pilas triple A.

9

PRONÓSTICO:

Temperaturas heladas y sentimientos cálidos y empalagosos

Empezamos poco a poco.

En el septuagésimo quinto cumpleaños de nuestro director general, ese al que se negó a asistir, me enteré de que Torrance y Seth son las únicas personas de la cadena que sienten un profundo y eterno amor hacia la tarta de zanahoria. Incluso llegué a preguntarme si Torrance, quien planeó la fiesta, la encargó solo porque sabía que nadie más se la iba a comer.

El primer día que volvimos a la oficina, Russell encargó una en una panadería situada en el centro y la colocó en la cocina con una nota que decía ¡FELIZ AÑO NUEVO! debajo del dibujo de una televisión con un sombrero de fiesta.

—Hay tarta de zanahoria en la cocina —le digo a Torrance mientras llamo a la puerta entreabierta al tiempo que Russell hace lo mismo con Seth al final del pasillo. Estrechar lazos mediante su comida favorita tiene que ponerlos de buen humor.

Esa misma semana, me paso una tarde en el invernadero eligiendo la suculenta más atractiva y menos exigente que pude encontrar. A ella le encantan las plantas, pero cuanto menos tenga que regarlas, mejor. No es barata, pero valdrá la pena. Programo la entrega y no incluyo ninguna tarjeta.

—Es una suculenta bonita —dice Seth, apoyado en la pared del despacho de Torrance, cuando aparece la planta al día siguiente. Eso es justo lo que haría alguien que le ha enviado una planta de forma anónima, y le envío mil agradecimientos mentales.

—Lo es. —Torrance reorganiza algunas de sus macetas para encontrarle un sitio en el escritorio. Me doy cuenta de que está haciendo uso de todas sus fuerzas para contenerse y no preguntarle si ha sido él quien se la ha enviado.

Sin embargo, el problema es que no estamos lo bastante cerca de ninguno de ellos para saber cómo están reaccionando en realidad. Si algo de esto está teniendo impacto.

Al final de la semana, tras un intercambio casi constante de ideas a través de mensajes y correos electrónicos, tenemos suerte.

Me enrollo la bufanda alrededor del cuello, tiritando dentro de mi abrigo acolchado, mientras ojeo las filas de asientos del estadio. Russell me hace señas para que me acerque.

—Lo siento, perdona —murmuro mientras trepo por encima de piernas, bolsas y vasos de cerveza espumosos para llegar hasta él.

—Has venido —dice con una sonrisa. El pelo se le escapa por debajo del gorro de lana y se le enrosca por encima de las gafas. No va tan abrigado como yo, probablemente porque está más acostumbrado al frío—. Por un momento temí que hubieras cambiado de opinión. O que te hubieras perdido.

—Aquí fue donde traje a mis sobrinos a ver *Frozen on Ice*. —Me siento a su lado y me froto las manos, tapadas con mitones—. Lo cual, en retrospectiva, fue un poco redundante.

No pensé que mi primera incursión en los deportes fuera a ocurrir tan rápido, pero el partido se presentó como una oportunidad de oro para conocer a una mitad de los Hale, la mitad que menos conozco. Seth tiene dos pares de abonos de temporada que suele compartir con la redacción de Deportes, y Russell aceptó su última oferta.

Asumí que la semana de Año Nuevo no estaría muy concurrido, pero el estadio está lleno. El sitio entero zumba con una energía inquieta, teñida por la sal de la comida del estadio y la salmuera de la cerveza, y no puedo negar que es contagiosa.

—Que sepas que, como digas que es gente dándole golpes a una pelota, tendrás que sentarte en los asientos de arriba —dice Russell.

—Jamás. Pero ¿y si digo que es gente dándole golpes a una pelota sobre el hielo?

—Ya que estamos, deberías gritar «¡Vamos, Edmonton!», sobre todo cuando vuelva Seth.

Me doy un golpecito en la nariz.

—Entendido.

Seth vuelve a nuestra sección con un amigo suyo, un hombre llamado Walt al que nos presentó como «mi mejor amigo desde hace siglos», tras lo que Walt se pasó una mano por su escaso pelo gris y fingió estar dolido.

—¿Qué te parece, Ari? —inquiere Seth, que mete su cerveza en un portavasos situado al otro lado de Russell—. Russ dijo que era tu primer partido de *hockey* sobre hielo.

—Hace frío —admito, lo que provoca un par de risas que dicen: *Obvio*—. Aunque en realidad estoy emocionada. Muchas gracias por traernos.

—Ahora vuelvo —dice Russell, y me pongo de pie para facilitarle la salida.

Con un asiento vacío entre nosotros, Seth inclina su cerveza hacia mí y me hace un gesto incómodo con la cabeza. Esboza una sonrisa tensa.

—¿Te va bien en la tele? —me pregunta. El tema de conversación típico entre compañeros de trabajo que no han tenido ninguna razón para pasar tiempo juntos fuera del trabajo hasta ahora.

—Sí, me va genial.

—Bien —contesta—. Y estás en esa valla publicitaria en Aurora, ¿no? ¡Qué emocionante!

Asiento con tanta fuerza que me preocupa que mi sombrero salga volando. No sé por qué la gente piensa que el tiempo es el peor tema de conversación. Los compañeros de trabajo que no tienen nada en común y que, por defecto, hablan del trabajo, son lo peor.

Russell reaparece con dos chocolates calientes y unas patatas fritas con ajo, y el vapor que emana de la cesta huele de maravilla. No sé quién está más aliviado, si Seth o yo. Probablemente Seth, quien hace que Walt entre en un debate sobre uno de los jugadores.

—Sin duda no tenían de esto en *Frozen on Ice* —digo, maravillada por la cesta de delicias doradas y salpicadas con ajo—. Eres increíble. Gracias.

—Solo… quería que te lo pasaras bien. Formar parte de tu primer partido es… algo importante. Puede que suene cursi, pero me siento un poco honrado, no sé. —Lo dice con cierta timidez, y se gana mi cariño de una manera que no esperaba.

Me quito uno de los mitones y agarro una patata frita demasiado cara, rozándole la mano enguantada en el proceso.

Una mano enguantada no debería provocarme una descarga eléctrica en la columna vertebral.

Tiene una hija, me recuerdo. Una niña de doce años llamada Elodie. Si no hubiera metido la pata hasta el fondo aquella noche en la taquería, le habría dicho que es un nombre precioso.

—Mi primer partido —digo mientras mojo la patata frita en kétchup—. Y ni siquiera tenemos que preocuparnos por el tiempo.

Russell, bendito sea, se esfuerza por explicarme el juego mientras los jugadores salen al hielo y un locutor dice sus nombres.

—Esos dos en la línea roja son los jugadores centrales —explica—. Y lo que están haciendo ahora se llama *faceoff*. Así es como empiezan cada tiempo y cada vez que alguien marca.

El *puck* cae directamente entre los dos jugadores centrales y, tras un breve choque de palos, Seattle toma el control y se lo devuelve a otro de sus jugadores mientras el público estalla en vítores.

Es un partido estridente con un ritmo rápido, casi vertiginoso. En más de una ocasión pierdo de vista el *puck*.

—¿Tú en qué posición jugabas? —le pregunto a Russell.

—Portero. —Señala la portería de Seattle—. Esa zona azul sombreada delante de la portería se llama «círculo de portería». El portero tiene permitido jugar en esa zona sin que los jugadores contrarios interfieran. Muchos porteros son tíos más grandes. También hay que ser rápido y flexible. —Se detiene cuando uno de nuestros jugadores lanza un tiro a la portería de Edmonton y falla, lo que es recibido con un «¡Ooooooh!» colectivo del estadio—. No tienes ni idea de lo emocionado que estaba cuando por fin tuvimos un equipo de *hockey* en Seattle. Había aceptado que nunca iba a suceder y que iba a tener que ir a Vancouver para ver los partidos, así que esto… Esto es increíble.

Es adorable lo friki que se pone con el *hockey*, cómo es capaz de recitar no solo las estadísticas, sino todos esos detalles relacionados con los jugadores, como que el jugador central de Seattle, Dmitri Akentyev, siempre duerme con una camiseta del equipo contrario la noche antes de un partido y que el portero de Edmonton, Bo Madigan, come exactamente dos galletas *snickerdoodle* antes de salir al hielo. A mucha gente le gusta el deporte, soy consciente de ello, pero no estoy segura de cuántos de ellos ven un partido igual que Russell, como si estuviera conteniendo la respiración, animando en silencio a su equipo a que avance. No es alborotador ni agresivo, sino que está tranquilo, concentrado.

Aun así, soy consciente de que, por mucho que nos conozcamos, hay una gran parte de su vida de la que no sé nada. Estoy a punto de preguntarle varias veces por Elodie, pero no quiero que piense que me estoy entrometiendo o que le estoy juzgando. Solo tengo curiosidad, ganas de saber más sobre la persona con la que me he comprometido a emparejar a nuestros jefes.

Si Russell y yo somos amigos, no pasa absolutamente nada si resulta ser guapo. Un amor platónico inofensivo de la sala de redacción.

* * *

—¿Torrance es fan del *hockey*? —pregunta Russell en el intermedio entre el primer tiempo y el segundo. Edmonton va ganando 1-0. A nuestro alrededor, la gente estira las piernas y va a por más comida.

Seth acaba de volver de comprar un perrito caliente, pero Walt aún no ha regresado.

—Le encanta —responde Seth—. Solíamos vivirlo a tope, nos pintábamos la cara, nos disfrazábamos. —Le da un bocado al perrito caliente y me impresiona que se las arregle para hacerlo sin mancharse el bigote de mostaza.

Intento imaginarme a los dos juntos en un partido y no puedo evitarlo: se me escapa una carcajada. Seth hace una pausa entre bocado y bocado.

—Lo siento. Me estoy imaginando a Torrance vestida como ese de ahí. —Señalo a un aficionado situado unas filas más abajo que tiene la cara pintada de verde y que se está apartando la salvaje peluca azul mientras se dedica a comerse un *pretzel*—. Es que… llevo tres años trabajando con ella y todavía siento que apenas la conozco. Excepto por, bueno… —*Todo lo que pasa entre vosotros dos.* E incluso eso es un misterio.

Hago lo mejor que puedo para sonar lo más natural posible. Nada de lo que he dicho es una mentira, lo que me hace sentir un poco menos maquiavélica. Aun así, no tengo la costumbre de interrogar a la gente para obtener información, sobre todo cuando se trata de sus vidas personales. Cada vez que informo sobre el tiempo en la calle, las preguntas son superficiales. *¿Qué opina de toda esta lluvia? ¿Cómo afecta esto a los planes que tenía para el fin de semana?*

—¿Todas las peleas? —inquiere Seth. Asiento lentamente con la cabeza, preparándome para que dé por concluida la conversación. No obstante, sus ojos oscuros se suavizan—. No tienes por qué ir con rodeos. Sé cómo somos. —Se termina el perrito caliente y agarra la cerveza—. ¿Es muy malo?

Hace una mueca, esperando nuestro veredicto. Todo en mí pide a gritos que le diga que no, que no es tan malo, que evita el conflicto a toda costa.

—Bueno… —empieza Russell, y veo cómo la indecisión recorre sus rasgos. Seth es su jefe. No va a insultarle en la cara.

Sin embargo, su silencio le dice lo suficiente.

Seth se pasa la mano por la cara, por los ángulos marcados de su mandíbula y por la barba canosa. En el trabajo es tan refinado que no consigo creerme que sea la misma persona. Esa versión de Seth nunca admitiría un fallo. Las cervezas del estadio están haciendo un trabajo duro.

—¡Mierda! —murmura—. Supongo que es posible que últimamente nos hayamos pasado de la raya. Seremos menos intensos. A veces es fácil fingir que estamos en nuestro propio mundo, ¿eh? Creo que estoy un poco… —Se ríe, como si no pudiera creer lo que va a decir—. Un poco avergonzado.

—No deberías estar… —empiezo antes de poder contenerme.

—No tienes que dorar la píldora, Ari. —Seth mira la pista de hielo, y tal vez se está dando cuenta de lo duro que ha sido para el resto de nosotros—. Quiero que a nuestros empleados les guste venir a trabajar. Que se sientan a gusto en la oficina. ¿Me diríais honestamente que eso es cierto?

—Me encanta lo que hago —digo con rotundidad, sin necesidad de forzar el sol.

Russell me apoya de inmediato.

—Totalmente. Pero a veces, la cadena en sí…, bueno, no siempre es el ambiente más acogedor.

—¡Dios! Tiene que parecer tan infantil… A veces me pregunto, si hubiéramos resuelto las cosas… —Estira el cuello para mirar más allá de nuestra fila, como si estuviera deseando en silencio que Walt vuelva y lo salve de la conversación—. Mirad, lo más seguro es que ya haya dicho demasiado. Trabajamos juntos y no quiero que os sintáis incómodos cuando estéis con ella.

—No lo haces —le digo con toda la delicadeza que puedo. Su expresión ha cambiado, y creo que la reconozco. Así pues, me lanzo—: Sé lo que se siente cuando algo termina y no ha sido elección tuya. Cuando todavía estás involucrado, pero la otra persona simplemente ha… tenido suficiente.

—¿A ti también te ha pasado?

—Estaba prometida. Hasta hace tres meses. Ahora veo que quizá tendría que haber acabado antes, pero cuando rompimos me pilló por sorpresa.

—Lo siento. —Parece que lo siente de verdad—. Las relaciones son complicadas —dice de esa manera que consigue hacer que suene profundo.

—Brindo por eso. —Russell levanta su vaso de cerveza y todos le damos un trago.

Mi confesión anima a Seth; parece que hace que se sienta más cómodo.

—Tor era la que quería el divorcio —dice—. Yo quería solucionar las cosas. Intentarlo con más ahínco. Pero no tenía ni puta idea de cómo.

Tengo que hacer uso de toda mi fuerza para no desviar la mirada hacia Russell. Torrance quería el divorcio. Eso es un dato importante. Siento una curiosidad dolorosa por saber qué «cosas» había que resolver, pero estamos progresando y no quiero arruinarlo metiendo demasiado el dedo en la llaga.

—¿Lo hiciste? —inquiero—. Intentarlo.

Una mirada culpable de Seth.

—Apenas. Quería, sí, pero no tenía las herramientas adecuadas. Unos seis meses después de finalizar el divorcio, fui a terapia. Es lo más duro y lo más gratificante que he hecho en mi vida. Y creo que tenía que hacerlo por mí primero. —Cierra el puño alrededor de una servilleta, luego lo afloja—. Seguro que por aquel entonces no le puse las cosas fáciles, pero he cambiado. No soy el mismo hombre que era hace cinco años.

Esta conversación está empezando a demostrarlo. Habla abiertamente sobre ir a terapia, mientras que yo nunca he sido capaz de hacerlo. Tal vez sea el alcohol lo que le está soltando, pero esta versión de Seth es diferente. Consciente.

Tiene el corazón roto.

Darme cuenta de eso me envalentona.

—¿Y quieres que sepa que has cambiado? —le pregunto—. Porque… probablemente los carteles no estén ayudando.

—Ya. Tienes razón —contesta con un suspiro—. Pero hemos entrado en ese patrón. Uno de nosotros provoca al otro y el otro reacciona. No es que no sepa que los carteles son una mierda. Creedme, me siento como un idiota cada vez que pongo uno. Pero saber cómo molestar a otra persona tiene un algo.

—Así que es una forma de hablar con ella —interviene Russell.

—Seguro que no es la mejor forma, pero al menos habla. Aunque la mayor parte del tiempo sea a gritos. Al menos, si reacciona…, bueno, una parte de mí cree que es porque aún le importa. Es un alivio, casi, que todavía tengamos eso.

—¿A qué te refieres exactamente? —pregunta Russell despacio, y me da un vuelco el corazón. Es muy posible que nuestro poderoso director de informativos nos esté diciendo que quiere volver con su exmujer.

Seth le da otro sorbo a la cerveza.

—No es fácil seguir amando a alguien que ha renunciado a ti.

—Quizá no lo haya hecho. —Lleno mis palabras de esperanza. No es una mentira si creo que es verdad—. Si querías cambiar las cosas, quiero decir, si es algo que querías hacer. ¿Y si emitieras el reportaje del cangrejo de Torrance? ¿No vale la pena hacer que los espectadores se enfaden un poco si eso hace feliz a Torrance? Si estás destinado a estar con ella, ¿no vale la pena ceder un poco?

—Me lo pensaré —accede, y me siento como si fuera una pequeña victoria. No tenía ni idea de que este hombre tan sensible estuviera enterrado bajo esos carteles escritos con Garamond—. Podría ser un comienzo, al menos.

Walt vuelve con un *pretzel* y otro vaso de cerveza.

—Hay una cola tremenda ahí atrás —dice.

Cuando comienza el segundo tiempo, hago lo posible por concentrarme porque sí que me está gustando el partido, pero lo único en lo que puedo pensar es en la revelación de Seth. Quiere recuperarla. Quiere recuperarla y ha estado intentando cambiar.

El marcador no tarda en empatar, y cuando Seattle mete otro gol para ponernos 2-1, la mano de Russell me cae sobre la rodilla. Es un gesto suave y victorioso, uno que transmite «¡Síiiii, nuestro equipo ha marcado!», y tal vez apenas pueda sentirlo a través de las mallas polares que llevo debajo de los vaqueros, pero cada célula de mi cuerpo se concentra en esos pocos centímetros de tela vaquera.

Trago saliva, preguntándome cómo es posible que una mano en la rodilla baste para que tenga más calor bajo todas estas capas del que he tenido durante todo el partido.

Hay tanto ruido que tiene que inclinarse y colocar la boca justo al lado de mi oído.

—¿Te lo estás pasando bien? —pregunta.

—Mucho —respondo con una voz tensa que no reconozco como propia.

Finalmente, parece darse cuenta de dónde tiene colocada la mano, porque mira hacia abajo y la aparta. Un rubor se extiende por sus mejillas. A lo mejor creía que era su rodilla. A lo mejor el calor que sentía era simplemente porque me había abrigado demasiado.

Seattle gana 3-1, y me dejo llevar por el caos mientras nos movemos por el estadio y todos gritan y chillan y los desconocidos se abrazan y chocan los cinco.

—Ya veo por qué te gusta tanto —le digo a Russell cuando salimos, y las gafas se le empañan de inmediato. La ciudad se ha vuelto oscura y los bares cercanos se llenan de aficionados—. Me siento un poco victoriosa, no sé. Aunque yo no haya influido en el juego.

—¿Sí? —Russell se quita las gafas para limpiar los cristales con los flecos de su bufanda, y puede que sea lo más adorable que le he visto hacer a un hombre adulto—. ¿De verdad te ha gustado?

—Sí, de verdad.

Un Seth borracho se tambalea hacia nosotros y nos pasa un brazo por los hombros.

—¡Mis compis de *hockey*! —grita, y no sé si reírme o esconderme de la vergüenza—. Sois los mejores. Tenemos que repetirlo.

—Sin duda —digo mientras lucho por mantener el equilibrio—. Ahora vamos a llevarte a casa.

10

PRONÓSTICO:

Pasos de swing y una atracción como un relámpago

—Y si te fijas, ¡creo que está sonriendo!

—Bueno, creo que todos estamos de acuerdo en que Bobo el pianista primate le da un significado nuevo a la expresión «Hacer el mono». —David Wong y Gia DiAngelo comparten esa risa perfeccionada por los presentadores de noticias que han informado sobre demasiadas historias conmovedoras y ligeramente ridículas de animales como para contarlas.

—A continuación, uno de los deportes que más rápido está creciendo en Estados Unidos podría ser el que tiene el nombre más tonto —dice Gia—. ¿El deporte? El *pickleball*.

Hace tiempo que no veo un programa en el estudio, pero el viernes hago una excepción. KSEA no es lo bastante grande como para tener público en el estudio, así que me sitúo detrás de las cámaras, haciendo lo posible por no estorbar a nadie.

—Recuerdo haber jugado de niño en clase de gimnasia —cuenta David, que finge golpear una pelota imaginaria—. Y no creo que fuera demasiado bueno. A diferencia de la mayoría de las personas de las que vamos a hablar a continuación. El *pickleball* profesional ha cobrado fuerza, sobre todo aquí en el noroeste, donde siempre buscamos deportes de interior durante los húmedos meses de invierno. Russell Barringer nos trae más.

El reportaje comienza con unos golpes de la pelota de *pickleball* en una pista cubierta. Y luego suena la voz en *off* de Russell.

—Puede que todavía no lo veáis en las Olimpiadas, pero el *pickleball* es un deporte que está creciendo con rapidez y que tiene multitud de jugadores comprometidos.

El sonido de su voz hace que reprima una sonrisa. Después de poner a Seth a salvo en un Uber, Russell mencionó que este reportaje iba a emitirse hoy y que estaba muy emocionado por tener la oportunidad de hacer un reportaje sobre el terreno que no fuera un partido universitario.

Russell explica que el *pickleball* es un deporte local del estado de Washington, inventado en la isla de Bainbridge en 1965. Entrevistó a algunos jugadores y a la directora de una liga de *pickleball*, durante lo cual iba intercalando imágenes de la gente jugando.

—Hasta me han dado la oportunidad de probarlo —dice, y la cámara muestra a Russell en pantalones cortos y camiseta, dos prendas que nunca le he visto llevar en el trabajo. Obligo a mi mirada a que se aparte de los músculos de sus gemelos, como si todo el estudio pudiera saber exactamente dónde estoy mirando.

—Bien, tienes que sostenerlo así —le indica la directora de la liga.

Una pelota se dirige hacia Russell, que falla y se ríe de buena gana.

—Supongo que hay una pequeña curva de aprendizaje.

Resulta entrañable el hecho de que no sea perfecto al instante, de que no le importase que se grabara. Habría sido muy fácil descartarlo como un reportaje banal, y tal vez eso es lo que la gente está haciendo en sus salones en este momento: burlarse, cambiar de canal, poner a uno de nuestros competidores.

No obstante, sería un error juzgarlo de esa manera. Viéndolo, entiendo lo que decía sobre las personalidades que hay detrás de los jugadores. De la directora de la liga, que conoció a su marido jugando al *pickleball* y, tras su fallecimiento, creó esa liga en su honor, la cual dirige con la ayuda de sus hijos. Todos los años, el día de su cumpleaños, organizan un gran torneo de *pickleball* que atrae a jugadores de todo el mundo. Es un testimonio del poder que tiene la recreación para crear una comunidad, tal y como dice Russell al final del reportaje.

Tras una pausa publicitaria, llega el momento de *Halestorm*, que es la razón por la que estoy aquí. Torrance tiene el ánimo por las nubes después de la emisión, y provistos de lo que sabemos de Seth, voy a necesitar que esté de buen humor.

Tiene que ayudar que Seth no haya puesto ningún cartel esta semana.

Suena una música introductoria demasiado pegadiza que de vez en cuando tarareo inconscientemente y que aparece junto a una animación de una Torrance de dibujos animados atrapada en una tormenta, con el paraguas al revés y casi siendo arrastrada antes de que aparezca el sol. *Halestorm*, que es la plataforma de Torrance en la que analiza las tendencias climáticas y a la que trae a expertos en meteorología como invitados, es un segmento de treinta minutos, lo cual me parecía poco cuando era pequeña y siempre quería más.

Hoy habla de los efectos a largo plazo que tienen los incendios forestales en nuestra región. Han ido empeorando cada año, hasta el punto de que durante el verano el humo es tan denso que se nos aconseja no salir durante una semana o más. Con su habitual magnetismo, consigue comunicar lo aterrador que es, entrevista a una mujer que ha perdido dos casas en incendios forestales de un año para otro y concluye con cómo pueden los espectadores ofrecerse voluntarios para ayudar.

—Ha sido muy impactante —le digo a Torrance cuando sale del escenario.

—Espero que haga que la gente se preocupe por los incendios durante todo el año y no solo durante el verano —contesta—. ¿No llevas aquí desde las tres de la mañana? ¿No estás agotada? Puedes irte a casa, Abrams.

—Lo sé.   Tal y como he ensayado, oculto un bostezo con el dorso de la mano, a pesar de que me eché una siesta antes del programa del mediodía—. Estoy intentando ajustar mi horario de sueño para poder ir a bailar *swing* mañana por la noche.

Torrance se detiene cuando llegamos a la sala de redacción.

—¿A bailar *swing*? No sabía que bailabas *swing*.

—Me encanta bailar *swing*. Solo llevo haciéndolo unos meses, así que no se me da increíble, pero estoy obsesionada. En el Century Ballroom en Capitol Hill.

—Mmm. —Sus cejas se juntan—. *Swing* de la costa este y no de la costa oeste, ¿verdad?

—Costa este y Lindy Hop —respondo, como si no hubiera buscado las diferencias entre ellos anoche después de analizar esa vieja foto de Torrance y Seth en la pista de baile. Esa en la que parecían tan felices.

—Solía ir siempre, pero hace tiempo que no voy —dice—. Me sorprende que nunca hayamos hablado de eso.

—Tal vez porque nunca hablamos de nada.

Sigo a Torrance hasta su despacho, intentando disimular la alegría que siento cuando veo la suculenta sobre el escritorio.

—Es preciosa.

Con la punta del dedo, roza una de sus hojas de color verde violáceo.

—Es extraño. Apareció sin tarjeta. Ni idea de quién es. —Baja la mano y se sienta—. Seth solía enviarme suculentas cada dos por tres. Nunca flores. No duraban mucho tiempo y nunca se me dio bien regarlas. —Se ríe, como si la idea fuera absurda—. Pero dudo que haya sido él. Lo más probable es que haya sido uno de los becarios tratando de hacerme la pelota para que les escriba una recomendación. ¿Qué estábamos diciendo del *swing*?

—Eso. Deberías venir esta noche —propongo—. Podríamos hasta hacerlo a lo grande. Que participe toda la plantilla.

—Muchos de nosotros estaremos en el retiro la semana que viene.

—Nunca se estrecha lazos lo suficiente. —Es un milagro cómo soy capaz de luchar contra una mueca mientras lo digo. Años de sonreír en la televisión me han preparado para este momento.

—Vale, de acuerdo —accede con los labios color cereza curvados en una sonrisa—. Adelante. Envía un correo electrónico a todo el personal.

* * *

—Dudo que vengan —dice Russell mientras se frota las manos para entrar en calor.

Estamos en el exterior del Century Ballroom, en Capitol Hill, junto a una heladería con colas que dan la vuelta a la manzana incluso en las frías noches de invierno. Llevamos toda la semana con una temperatura de entre cinco y diez grados, y por la tarde noche llegamos a alcanzar los cero grados.

—Torrance parecía... levemente emocionada —afirmo en un intento por parecer más segura de lo que me siento—. Aparecerá en cualquier momento. Y si Seth está tan enamorado de ella como dijo, espero que también lo haga.

—¡Ari! —llama alguien, y aunque me alegra ver a Hannah y a Nate, también me decepciona que no sea ninguno de los dos Hale. Otras personas de la cadena están ya dentro—. Muchas gracias por organizar esto. Siempre hemos querido probar este sitio, y era justo el empujón que necesitábamos.

—Aunque Hannah nos va a hacer quedar mal a todos —interviene Nate—. Bailó durante doce años cuando era pequeña. —Se vuelve hacia Russell y le tiende la mano—. Creo que no nos conocemos. Soy Nate, la mitad menos talentosa de Hannah.

—Russell.

Hannah alza las cejas con respecto a Russell, y yo hago un gesto rápido con la cabeza a modo de negación. No hay necesidad de alimentar el hervidero de rumores que hay en la oficina, sobre todo cuando no hay nada.

—Nos vemos dentro —digo con un gesto.

Unos minutos después, una mujer menuda con un vestido de lunares aparece en la puerta.

—Estamos a punto de empezar —nos comunica—. Si estáis esperando a alguien, me temo que tendrá que unirse durante el baile social de después.

Sigo a Russell con desgana, doy diez dólares y guardo el abrigo. La primera hora del baile es una clase. Como Torrance y Seth ya saben bailar, probablemente se la salten. Tiene que ser eso.

Me meto el collar por dentro de la camiseta que he combinado con una falda acampanada y zapatillas de tela azules, además de unos pequeños pendientes pegados de soles que he elegido para que no me estorben mientras bailo. Con un poco más de ánimo, me sitúo en el grupo formado por unas veinticinco personas que se ha reunido en torno a nuestros instructores, la mujer del vestido de lunares, que no debe de medir más de un metro y medio, y un hombre con unos zapatos estilo *oxford* brillantes y una gorra. Han empezado la clase bailando una canción de Ray Charles con tanta energía que parece que el chico está lanzando a la chica. Esta no pierde el control, sino que gira las piernas, alza los brazos y, en un momento dado, le roba la gorra al chico y se la pone en la cabeza.

Cuando la canción termina, todos aplauden.

—¡Buenas noches a todos! —dice la chica con una voz alegre y retumbante—. Bienvenidos a Lindy Hop 101. Yo soy Zara y este es Theo. Seremos vuestros instructores.

—Nos gusta mucho el *swing*, así que estamos encantados de que hayáis venido a aprender aquí. —Ante su pareado,

Theo nos dedica una sonrisa pícara—. Una cosa increíble del *swing* es que todo es improvisado. Nada está coreografiado. Así que, si nos estabais viendo hace un momento... Me lo he estado inventando todo sobre la marcha.

—Y yo le seguía basándome en las señales que me daba —continúa Zara—. Lo primero que vamos a hacer es dividiros en dos grupos: los que quieren liderar y los que quieren seguir. Tradicionalmente el liderazgo se le ha asociado más al hombre, pero esa es una idea muy anticuada y la odio. De hecho, yo prefiero liderar a seguir. Así que, por ahora, si eres un bailarín con más experiencia, sea cual sea esa experiencia, te recomiendo liderar. Pero también puedes sentirte libre de elegir el que más te convenga, ¡y los igualaremos si es necesario!

—No tengo nada de ritmo —le susurro a Russell mientras elijo el grupo de los que siguen junto con Nate, mientras que él y Hannah, la bailarina experimentada, se dirigen al lado de los que lideran.

Zara y Theo nos hablan del paso más básico, el que será la base de todo lo que haremos, el *rock step*, en el que el peso se transfiere de un pie a otro. Luego añadimos dos *triple steps* o triples (*Rápido, rápido, lento*, corea Zara mientras lo hacemos con ella) y lo encadenamos todo.

—Perfecto —dice Theo una vez que lo hemos bailado varias veces con música—. ¡Ahora toca ponerse por parejas! Buscad a alguien del lado opuesto y, una vez que estéis emparejados, formad un círculo.

De alguna manera, no es hasta ese momento que me doy cuenta de que no estoy solo en una clase de baile. Estoy en una clase de baile con *Russell*, y eso significa que voy a bailar con él.

Haberme dado cuenta de eso hace que me quede congelada durante un instante, por lo que apenas me he movido
cuando Russell se acerca. Lleva una camiseta de rayas grises
y unos vaqueros oscuros combinados con unas Adidas. Un
Russell informal.

—¿Quieres ser mi compañera? —me pregunta con una
media sonrisa tímida.

—Sí. Sálvame de los *flashbacks* traumáticos del instituto.

—Me niego a creer que Ari Abrams haya sido elegida la
última para lo que sea.

Mi cerebro enloquece con esa frase. No sé si es un cumplido o no.

—Estoy bastante segura de que es un rito de iniciación
—digo, lo que suena lo bastante seguro.

Encontramos un lugar en el círculo junto a Hannah y
Nate, y David Wong y la productora de las mañanas Deandra Fuller están en el lado opuesto. Zara y Theo nos demuestran cómo tomarnos de la mano, con los codos aflojados y a
la altura de la cintura, las manos de Russell abiertas y con las
palmas hacia arriba, mis dedos enroscados suavemente sobre los suyos.

—¿Está bien así? ¿No aprieto mucho?

—Está perfecto —respondo en voz baja, demasiado
concentrada en lo perfecto que está siendo. Cada ligero
movimiento es como una noticia de última hora. *Russell
Barringer acaba de pasarme el pulgar por los nudillos. ¿Dónde
atacará ahora? Más a las once.* Sus manos hacen que las mías
parezcan diminutas, y soy más consciente de su olor, a
bosque y a cítricos, de lo que he sido nunca. Va directo a la
parte de mi cerebro que se encarga de elaborar las fantasías.

No sé cómo, pero aquella noche en el bar del hotel fue hace solo unas semanas y ahora está en mi vida e ilumina mis pensamientos.

Pueden ser tres minutos o treinta los que practicamos juntos el *rock step-triple step-triple step*, y el ritmo hipnótico y repetitivo me adormece. Estoy desesperada por aprender un paso nuevo, algo que me acerque o me aleje de Russell. No estoy segura de qué prefiero.

Entonces, Zara y Theo nos piden que cambiemos de pareja, y lo hacemos cada cinco minutos. Mi cabeza se despeja, lo que me da la oportunidad de seguir vigilando la puerta, lo que también significa que no paro de disculparme por pisarle los pies a mis compañeros. No todo el mundo me agarra con tanta naturalidad ni hace que me sienta cómoda en su presencia. Hay un hombre mayor que me aprieta los dedos con tanta fuerza que se me ponen blancos y una mujer que está tan concentrada en el baile que no dice ni una palabra. Hacemos varios movimientos más, incluido uno llamado *cuddle*, para el que Russell ya ha recorrido todo el círculo y vuelve junto a mí. Tiene las mejillas sonrosadas por el esfuerzo, lo que le da más material a ese sector de las fantasías que tiene mi cerebro.

—Creo que va así, y entonces… —Me guía. Su brazo se desliza a mi alrededor—. ¡Lo hemos hecho!

El entusiasmo en su voz es demasiado entrañable y su aroma cítrico, demasiado abrumador. Embargado por la emoción, me suelta las manos y me sonríe, y esta vez me entusiasma menos cambiar de pareja.

Torrance aparece primero, cuando quedan unos cinco minutos de clase, y puede que le apriete demasiado el brazo a Russell cuando la veo. Es todo elegancia, con los labios rojos y el pelo rizado cayéndole de una coleta alta. Lleva ese tipo de falda que debe girar cuando baila, y revisa su abrigo y su bolso como si lo hubiera hecho cientos de veces antes de mirarme y lanzarme un medio saludo.

Cuando Zara y Theo nos dejan libres para el baile social, que comienza con una canción alegre de Ella Fitzgerald, Seth aparece en la puerta del local. Lleva una camisa blanca almidonada, unos tirantes que, no sé cómo, hacen que parezca más musculoso que de costumbre y el pelo engominado hacia atrás como la noche de la fiesta. Puede que incluso lleve un fedora.

—Están aquí —digo en una exhalación—. ¡Madre mía! Están aquí de verdad. Y los dos se han vestido para la ocasión. Es demasiado bonito como para expresarlo con palabras.

—No nos emocionemos demasiado todavía —contesta Russell—. Puede que no se alegren de verse.

Seth inclina el sombrero en nuestra dirección y tengo la sensación de que hemos viajado setenta años atrás.

Estoy tan absorta en la emoción que me causa verlos a ambos aquí, que tardo una fracción de segundo en darme cuenta de que Russell me tiende la mano.

—¿Qué te parece? ¿Lista para las ligas mayores?

—Referencia a los deportes, cómo no. —Le doy la mano y me lleva a un rincón de la pista de baile. Un hombre le tiende la mano a Torrance enseguida, pero Seth se queda sentado.

A nuestro alrededor, parejas mucho más experimentadas vuelan por la pista mientras las faldas ondean y los zapatos chirrían. Ver a Torrance y a Seth me ha puesto nerviosa, y no tardo en no captar una de las señales de Russell y tropezar con él, lo que hace que le roce el estómago, allí donde es más redondo.

—Lo siento —se apresura a decir, y se recupera y me alza el brazo para que gire.

—No, yo lo siento, he sido yo la que se ha chocado contigo.

—No pasa nada. —Hace un gesto con la mano para restarle importancia, pero no se me escapa el hecho de que pone un poco más de espacio entre nosotros, como si le preocupara su tamaño o lo que cree que *yo* pueda sentir con respecto a su tamaño. No puedo evitar preguntarme si un chico más delgado se habría disculpado, y me dan ganas de tranquilizarlo de alguna manera. De decirle que no me ha molestado. Pero no tengo ni idea de cómo, así que me limito a seguir sus brazos mientras se doblan y giran.

La canción termina, y aunque la mayoría de los bailarines cambian de pareja, ninguno de los dos suelta al otro.

—Tu reportaje de hoy ha sido fantástico —digo. Torrance está ahora bailando con Zara, y hablan como si fueran viejas amigas que hace tiempo que no se ven, y quizá lo sean—. El del *pickleball*.

—Sabes que estás haciendo algo bien en la vida cuando te pagan por ser una mierda en el *pickleball*.

—Eso es algo que me encanta de tus reportajes. Que no son solo sobre los deportes, sino también sobre las personas.

En ese momento, nuestras miradas se encuentran y sonríe, y los ojos se le arrugan en los extremos. De cerca, sus largas pestañas podrían ser mortales. Si las extremidades se me convierten en gelatina, al menos él estará aquí para sostenerme.

—Justo de eso se tratan los deportes.

Es después de la siguiente canción, mientras Russell y yo nos sentamos en los laterales, maravillados por la gran arquitectura del salón de baile, cuando Torrance se dirige sin aliento hacia la fuente de agua y Seth se quita el sombrero y le da un golpecito en el hombro con el ala. Se da la vuelta, y espero que lo regañe, pero en vez de eso le arrebata el sombrero y le golpea el pecho con él de manera juguetona.

Y, cuando Seth le tiende la mano, Torrance enarca una ceja antes de dársela y llevarle a la pista de baile. Con su ropa de época, van a juego.

No somos los únicos que nos quedamos hipnotizados al verlos. Torrance es un líder hábil, pero también le da a Seth la oportunidad de brillar. Compás a compás, se empujan y tiran el uno del otro, y rara vez rompen el contacto visual. Es como si este sitio los hubiera transformado, y me quedo sin aliento solo con verlo.

Sé que existe la probabilidad de que no dure, de que lleguemos el lunes al trabajo y no haya cambiado nada. Pero por ahora parece casi mágico.

—No me lo creo —dice Russell, y choca el codo con el mío, lo que esparce chispas por mi piel—. Bien hecho, chica del tiempo.

Después de otra media hora bailando, Zara se dirige al centro de la pista y agarra el micrófono.

—Buenas noches a todos. Si habéis estado aquí antes, ya sabéis qué hora es… ¡Es la hora del baile de cumpleaños!

Todos los que saben lo que significa estallan en vítores, incluidos Torrance y Seth. Miro a Russell, pero se encoge de hombros. Los bailarines empiezan a formar un círculo alrededor de Zara.

—¿Pueden levantar la mano los que hayan cumplido años esta semana? —No se levanta ninguna mano, y todos miran a su alrededor para ver si de verdad no hay ningún cumpleañero—. ¿De verdad? ¿Nadie?

Despacio, Russell levanta la mano.

—¿Ha sido tu cumpleaños? —susurro—. ¿Cuándo?

—Eh... Hoy. —Es adorable lo tímido que parece mientras intenta ocultar una sonrisa.

Yo estaría muerta de la vergüenza, pero Russell se acerca al centro del círculo cuando Zara le hace señas.

—Como es tu primera vez, te lo voy a explicar —dice—. El baile de cumpleaños es una tradición dentro del *swing*. Empezaremos nosotros, y cualquiera puede ocupar mi lugar en cualquier momento para bailar contigo. ¿Estás listo?

—Más que nunca —responde.

Empiezan a bailar mientras el círculo da palmas siguiendo el ritmo, y a pesar de que Russell es principiante, Zara tiene esa forma de hacer que parezca mucho más experimentado. Otros bailarines intervienen, normalmente durante unos cuantos compases, y Russell hace todo lo posible por dirigirlos a todos mientras no deja de sonreír como la buena persona que es. Algunos tienen movimientos más llamativos que otros, pero ninguno es principiante. Incluso Torrance participa.

Cuando alguien se cambia por ella, se acerca a mí y me da un codazo en el hombro.

—Ve —me insta, y es el único estímulo que necesito.

Tantea un poco cuando me tiende la mano, pero al final la agarra y nos balanceamos juntos siguiendo los pasos que hemos aprendido.

—No puedo creerme que no le hayas dicho a nadie que era tu cumpleaños —le digo mientras me hace girar.

—Nunca me han gustado mucho los cumpleaños —explica—. No quería darle importancia.

—¿Importancia, en plan, bailar con una decena de extraños?

—Exacto.

La canción va por el último estribillo, y aunque espero a que alguien nos interrumpa, nadie lo hace.

Sacudo la cabeza, riéndome.

—Feliz cumpleaños —le digo al oído mientras me guía para ponernos en la posición *cuddle*.

Es la mejor noche que he tenido en mucho, mucho tiempo.

11

PRONÓSTICO:

Aire frío desplazándose junto a una avalancha de incomodidad

El retiro anual de KSEA es más una convivencia corporativa que unas vacaciones, pero este año tengo un motivo de más para tener ganas de ir. Torrance, encargada del comité de planificación, ha reservado en un hotel barra libre de *spa* a las afueras de Vancouver, en la Columbia Británica, y Russell y yo hablamos sobre ir en coche juntos y así tener más tiempo para conspirar.

—No estoy seguro de que mi coche consiga llegar a Vancouver —dice, por lo que el viernes por la mañana me detengo frente a su casa en una calle pintoresca de Phinney Ridge sombreada por árboles altos de hoja perenne.

No hay nada malo en compartir tres horas de viaje, además del tiempo que tengamos que esperar en la frontera, con un compañero de trabajo atractivo con el que ahora sé bailar *swing*.

En cuanto paro el coche, me doy cuenta de que hay una chica sentada en los escalones de la entrada con un libro en el regazo.

Una chica que aparenta unos doce años.

Cuando ve mi coche, se pone de pie, y la cola de caballo oscura se balancea detrás de ella.

—¡Papá! —grita al interior de la casa—. ¡Ya está aquí!

Me quedo quieta con la puerta del coche abierta, ya que no sé qué hacer. Por suerte, Russell aparece bajo el marco de la puerta y le pregunta algo a su hija que no alcanzo a oír, a lo que se encoge de hombros a modo de respuesta. Lo saludo de manera incómoda cuando me hace gestos para que me acerque.

—Hola —dice mientras se tira del cuello de la ropa al igual que suele hacer cuando está nervioso. Hoy lleva una chaqueta más informal, una sudadera con cremallera de KSEA 6—. Esta es Elodie. Elodie, esta es Ari.

Elodie me escudriña con unos ojos azules ocultos tras unas gafas ovaladas finas, y nunca antes me había preguntado si mi sentido de la moda se llevaría la aprobación de una preadolescente. Lleva unos vaqueros de tiro alto y un jersey grande con rayas y le queda cien mil veces mejor que a mí mi ropa apta para un viaje largo: unos *leggings* y una sudadera del Departamento de Ciencias Atmosféricas de la Universidad de Washington.

—Encantada de conocerte —dice.

—Igualmente. —Jugueteo con la correa del bolso para mantener las manos ocupadas—. Tu padre me dijo que estás en la obra de teatro del colegio.

—*Musical* —me corrige con la confianza propia de quien hace teatro, pero se nota que le gusta que su padre la haya mencionado. Alza el libro que estaba leyendo, y veo que se trata de un guion—. Es *Alicia en el País de las Maravillas*. Yo soy la Reina de Corazones.

—¡Uh! Los villanos siempre tienen las mejores canciones.

Abre los ojos de par en par.

—¿Te gustan los musicales?

—No sé nada sobre deportes, pero me flipan los musicales —respondo—. Mi hermano y yo solíamos ahorrar dinero para ir a las giras de Broadway cuando pasaban por Seattle. El año pasado vimos *Querido Evan Hansen* y fue increíble.

Elodie deja escapar un grito agudo.

—¡Llevo un siglo esperando a que vuelvan! Fue una pasada, ¿verdad? ¿Lloraste?

—Muchísimo —contesto y, así sin más, su vacilación se convierte en una combinación de celos y asombro.

Russell se aclara la garganta. Espero no haberle dicho demasiado, aunque para él no soy más que una compañera de trabajo. Una compañera de conspiraciones.

—Su madre estaba a punto de recogerla, pero acaba de escribirme diciéndome que va a llegar tarde —dice—. ¿Te importa que esperemos unos minutos?

—No, claro. No pasa nada.

No obstante, parece bastante incómodo, ya que está concentrado en arrancarse un hilo suelto de la chaqueta y evitando hacer contacto visual. Está claro que esto no estaba planeado, que se suponía que la madre de Elodie tenía que estar aquí antes de que yo llegara. No estoy segura de cuántas personas del trabajo han conocido a su hija, pero me atrevo a adivinar que no muchas. Una vez más, me pregunto qué edad tiene. Tras el baile de cumpleaños, tuve que contenerme para no preguntarle, ya que temía que notara que estaba haciendo cálculos mentales. Por lo que sé, podría ser adoptada, aunque hay una similitud física clara en el azul de los ojos y en la forma de la cara.

—¿Quieres que espere en el coche? —inquiero.

Russell frunce el ceño.

—No, claro que no. Puedes entrar.

Con un poco de cautela, subo a la entrada, como si existiera la posibilidad de que Russell estuviera escondiendo más secretos en el interior. La casa es acogedora, con tonos cálidos y alfombras de felpa, y hay obras de arte *vintage* de colores vivos colgadas de las paredes junto con fotos enmarcadas de Elodie de bebé, de niña, de la preadolescente que es ahora. Y, claro está, algunos recuerdos relacionados con el deporte: una foto de equipo en blanco y negro, una camiseta enmarcada con el nombre de un jugador que no reconozco.

—Es una casa genial —digo mientras veo la chimenea de leña que hay en el salón.

—Necesitaba algunas reformas. —Se inclina contra la pared junto a una foto de Elodie con un año o dos agarrándose a una vaca de peluche y sonriéndole a la cámara—. Pero ya he terminado de reformarla, al menos por ahora. Todavía quedan algunas cosas que me gustaría hacer, pero es complicado sacar tiempo. Nadie me dijo que, cuando compraras una casa, te pasarías los fines de semana principalmente arreglando la casa.

—No le hagas hablar de la casa —me avisa Elodie—. Nunca para.

—Que yo recuerde, te gustó bastante la buhardilla que construimos en tu habitación.

Elodie hace como que se cierra los labios con una cremallera.

—¿Qué? Me encanta la casa. Di lo que quieras sobre la casa.

Mi mente está trabajando horas extra para procesarlo. Este es Russell Barringer padre. Propietario de una casa. Portador de unas chaquetas excelentes. Igual no estaba llegando a conocerle tan bien después de todo.

Cuando el móvil de Russell se le ilumina en la mano, no deja siquiera que suene el primer timbre.

—Ya está aquí —le dice a Elodie—. ¿Tienes todo lo que necesitas?

—Veamos… Tinte para el pelo, un kit para hacerme mis propios tatuajes, carné de identidad falso… Sí, sí y sí. —Si no supiera ya que hace teatro, su rostro tan serio me lo confirma—. No te diviertas demasiado.

—Esa es mi frase. —La abraza y, ¡madre mía!, algo terrible le está ocurriendo a mi corazón.

La campana de viento suena, y aparece una mujer blanca con un corte *pixie* castaño y una chaqueta larga de lana empujando la puerta para abrirla.

—¿Elodie? —inquiere mientras entra—. ¿Estás lista? —En ese momento, su mirada se posa en mí y una sonrisa se le abre paso en la cara—. ¡Hola! Tú debes de ser Ari Abrams. —Alarga la mano—. ¡Siento que ya te conozco! Te veo todas las mañanas.

—¡Oh! ¿Gracias? —Lo pronuncio como una pregunta porque la escena parece directamente sacada de una *sitcom*. Es la madre de Elodie. Y está… ¿encantada de conocerme? Estoy obteniendo demasiadas piezas para resolver el misterio de Russell a la vez.

—Lo siento, soy Liv. ¡Ahhh, estoy un poco deslumbrada! —Se ríe mientras se pasa la mano por el pelo—. Lo sé, lo sé,

Russ también sale en la tele, pero nos conocemos desde siempre. Así que esto es como... conocer a una celebridad local.

—Te aseguro que no me siento como una celebridad cuando estoy cocinando raviolis congelados en mi estudio de 42 metros cuadrados —contesto, y mi intención es romper el hielo, pero acaba sonando patético.

Ajena a la incomodidad o demasiado consciente de ella, Elodie exclama:

—¡Me he olvidado el retenedor! —Acto seguido, se da la vuelta para subir corriendo las escaleras.

Russell se ha convertido en una estatua a mi lado.

—Liv, Ari. Ari, Liv. Aunque, mmm, supongo que ya os habéis encargado de cubrir esa parte.

Liv le toca el brazo con esa familiaridad que me recuerda que no es solo la madre de Elodie, sino que es la ex de Russell de quién sabe hace cuánto tiempo.

Alguien llama a la puerta. Otra vez. Y otra vez no esperan a que nadie responda.

—¿Por qué tardáis tanto? —pregunta un hombre esbelto, con el pelo entrecano y uno de esos chalecos de plumas que tienen todos los hombres de más de treinta años en Seattle. Creo que le regalé a Alex uno igual por su cumpleaños—. ¡En marcha!

La mirada de Russell pasa de mí a este nuevo desconocido. Parece como si fuera a autodestruirse.

—Este es Perry —dice, aprovechando la oportunidad para encargarse de las presentaciones esta vez—. El marido de Liv y el padrastro de Elodie. —Mira detrás de Perry—. ¿Y es Clementine la que veo ahí detrás?

Perry sonríe.

—Se ha quedado dormida. No me atrevía a despertarla. —Me tiende la mano para que la estreche antes de volverse hacia Russell. Supongo que Clementine es un bebé—. A los Kraken se los ve fuertes este año. ¿Crees que tienen alguna oportunidad en los *playoffs*?

—Espero que sí. —Russell se pasa una mano por la barbilla sin hacer contacto visual con ninguno de nosotros—. Bueno, como no tenía intención de organizar una fiesta hoy…

Liv mira a nuestro variopinto grupo.

—¡Ay! Me temo que hemos agobiado a la pobre Ari. Lo siento mucho. En esta familia nos excedemos en cuanto a simpatía.

—Siempre y cuando no se cuele un San Bernardo o algo así —bromeo.

—¡No te preocupes, lo hemos dejado en el coche! —contesta Liv, y no estoy segura de si está bromeando o no.

—¡Lo encontré! —dice Elodie mientras baja las escaleras a toda prisa. Cuando aterriza con un suave golpe, nos observa como si fuéramos una serie medianamente interesante que Netflix le ha preguntado si sigue viendo—. ¿Por qué estáis todos aquí de pie?

—Gran pregunta. —Russell se pasa una mano por el pelo y le sube un asa de la mochila que se ha caído—. Nosotros también tenemos una agenda que seguir. Disfruta de tu fin de semana. Te quiero. No te olvides de *ponerte* el retenedor.

Elodie le da una palmada a la parte delantera de su mochila.

—Estoy segura de que apenas tendrás tiempo de echarme de menos.

* * *

Los primeros quince minutos del viaje transcurren en silencio, excepto por unos segundos en los que el audiolibro que estaba escuchando se reproduce y tengo que golpear el botón de apagado porque estoy bastante segura de que la novela romántica va rumbo a una escena de sexo.

—Esto, mmm, eso ha sido un poco... —Jugueteo con el envoltorio de uno de los tres paquetes de fresas deshidratadas que he traído para el viaje, ninguno de los cuales es demasiado apetecible.

—¿Incómodo? —concluye, y luego fuerza una risa—. Solo un poco.

—¿Liv es tu exmujer?

—En realidad nunca hemos estado casados. —Se queda mirando por la ventana—. No intentaba mantenerlos el secreto ni nada por el estilo. Es... complicado.

Pero no explica con exactitud por qué es complicado, y no estoy dispuesta a interrogarle para obtener respuestas. No estoy segura de por dónde empezaría. Así que... de acuerdo. Eso es todo.

Solo cuando llegamos a la caravana causada por el tráfico de Everett se vuelve hacia mí, como si hubiéramos dejado toda esa incomodidad en Seattle.

—He reservado un masaje para Seth esta tarde, solo que él no sabrá que en realidad es un masaje en pareja —dice Russell—. Siempre se está quejando de que le duele la espalda y me pareció lo más adecuado, sobre todo después de un largo viaje en coche.

—Perfecto. Yo nos he apuntado a todos para ir a hacer tirolina mañana. —Si los *realities* me han enseñado algo es que no hay nada como una descarga de adrenalina para unir a dos personas—. Aparte de eso, voy a intentar acercarme a Torrance. Conocerla mejor. Sabemos la versión de Seth, pero no tendremos la imagen completa hasta que no escuchemos la suya.

—¿Crees…? ¿Crees que seguimos haciendo lo correcto?

El coche avanza poco a poco.

—¿Qué quieres decir?

—¿Y si lo que los separó fue algo terrible? —pregunta—. ¿Y si uno de ellos engañó al otro con alguien?

—Espero que sepamos más después de este fin de semana. —Vuelvo a pensar en lo que dijo Torrance en la fiesta—. Y pondríamos un límite en el caso de que llegara a ese punto. No podemos hacer que nadie se enamore. Lo único que estamos haciendo es crear una oportunidad. Obviamente no querría empujar a Torrance a algo con lo que no se sienta cómoda. Por eso es tan crucial que haga progresos con ella. Puede que sea ingenuo creer que Seth ha cambiado, pero quiero ser ingenua, joder. ¿Se ha comportado diferente contigo en el trabajo?

—¿Diferente?

—¿Más atención? ¿Algún deporte profesional?

—Sí. Voy a cubrir unos cuantos partidos de baloncesto la semana que viene.

Me animo.

—¡Russell! Eso es genial.

Me dedica una media sonrisa y me siento un poco mejor.

—Lo único que quiero es que sean felices y coman perdices y que estén juntos para siempre —continúo—. Quiero organizarles una fiesta por su cincuenta aniversario. Son las de oro, ¿no? Tendré que vender un órgano para conseguir una escultura enorme de oro de ellos, pero valdrá la pena.

—Cuenta conmigo —dice—. No necesito los dos riñones.

Y entonces volvemos a quedarnos en silencio.

La situación con Russell no vuelve a la normalidad ni cuando paramos a comprar burritos en Bellingham, ni cuando esperamos en la caravana de la frontera, ni cuando llegamos a Canadá. La energía que nos rodea está cargada, no es ligera y relajada como suele ser. Lo echo de menos. Durante el último mes nos hemos convertido en algo parecido a amigos, y no estoy dispuesta a volver a lo que éramos antes, a pesar de esta inconveniente atracción que siento hacia él.

Solo es eso, atracción, ya se pasará. Al igual que cuando me pillé del chico de la cafetería para empleados, que se afeitó la barba hace poco. ¿Hay una correlación directa entre el fin de la atracción y la desaparición de la barba? ¿Quién sabe?

Por supuesto, sé la verdadera razón por la que el viaje está siendo tan tenso. He conocido a Elodie, a su ex y al marido de su ex. Si bien es cierto que todos parecían llevarse bien, no puedo evitar tener la sensación de que hemos cruzado una línea que él no quería que cruzara.

Si eso es cierto, no estoy segura de cómo descruzarla.

12

PRONÓSTICO:

*Una tarde inesperadamente templada,
ropa opcional*

Resulta que Russell no solo reservó un masaje en pareja para Torrance y Seth.

De alguna forma, reservó un masaje en pareja para los cuatro.

—Sí que me pareció un poco caro cuando hablé con ellos por teléfono —murmura Russell mientras nos llevan de vuelta a los vestuarios del *spa* del hotel después de que nos hayan dicho que no hacen devoluciones. Ya nos hemos registrado en nuestras habitaciones, las cuales son rústicas y tienen el suelo de madera y amplias vistas del bosque que nos rodea—. Incluso con el descuento del retiro.

—Vamos, Abrams. —Torrance ya se está desabrochando el abrigo—. No me digas que un masaje no suena increíble después de cuatro horas en el coche.

Así es como acabo boca abajo en una camilla de masaje, debajo de una sábana blanca demasiado fina y desnuda excepto por la ropa interior, atrapada entre Russell y mi jefa. Ambos están también desnudos, hasta cierto punto.

Me encanta. No he estado tan relajada en mi vida.

—Puedes quitarte la ropa interior si quieres —dice mi masajista mientras ajusta la sábana.

—Estoy bien —contesto con una voz chillona que es incluso más aguda que la de mi sobrina. La camilla está climatizada, al menos, y los aceites esenciales de lavanda hacen todo lo posible por calmar mi caótico cerebro. Intento concentrarme en la suave melodía de piano que suena de fondo.

No obstante, nuestras camillas están tan cerca que puedo oír cada suspiro, gemido y gruñido de satisfacción mientras la masajista se encarga de Torrance.

Y de Russell.

—Dime qué tal está la presión —dice la masajista de Russell—. Si necesitas que apriete más o menos, dímelo.

—Está bien. —Russell deja escapar un gemido bajo, como si no quisiera que nadie lo oyera, pero no pudiera evitarlo—. *Perfecto*.

Me esfuerzo por dejarme llevar por la música. No funciona. Porque, como es lógico, solo puedo pensar en los sonidos de Russell en otros contextos. Sin duda, mi muerte es inevitable. Será trágico perecer casi desnuda en mitad de un masaje, pero mi hermano no hará demasiadas bromas al respecto en mi funeral. Probablemente.

—Estás muy tensa.

—¿Qué? —inquiero, tal vez con demasiada brusquedad.

Mi masajista, una mujer llamada Sage, se ríe.

—Los músculos de los hombros. Hacía tiempo que no sentía unos hombros como los tuyos. —¡Oh! Pues claro que se refería a eso. Quiero disculparme de inmediato, como si mi cuerpo hubiera hecho algo malo al retener toda esta ansiedad.

Le hace señas a otra masajista para que se acerque.

—Anita, ven a ver esto. Siente lo tensa que está.

Otro par de manos se une a las de Sage.

—¡Vaya! ¿Mucho estrés?

Con desconsuelo, asiento en el agujero para la cara. Oigo el sonido de la risa apagada de Torrance.

—Lo siento —interviene—. Puede que sea culpa mía.

—No —me apresuro a decir mientras mi masajista ataca un nudo que tengo bajo el omóplato izquierdo—. El trabajo ha ido bien. Es solo que... han sido un par de meses difíciles fuera del trabajo.

—Habláis demasiado —murmura Seth desde el otro lado de Torrance.

—Si te quedas dormido, no podrás disfrutarlo —dice Torrance en un sonsonete burlón, pero se equivoca. Daría cualquier cosa por dormirme ahora mismo, sobre todo cuando la masajista de Russell toca un punto que parece gustarle muchísimo.

Cuando creo que por fin estoy a punto de relajarme, mi masajista me da una palmadita en la espalda.

—Listo.

¡Oh! Vale.

Hay cierta incomodidad mientras nos las apañamos para ver cómo salimos en nuestros diferentes estados de desnudez, y yo decido mantener la cabeza gacha el mayor tiempo posible. Las masajistas nos animan a usar la sauna para que el calor derrita las toxinas de nuestros sistemas. Hay una en el vestuario de las mujeres y otra en el de los hombres, así que nos separamos. Aquí está mi oportunidad de hablar con Torrance a solas.

Me envuelvo en una toalla, ya que no estoy lo bastante relajada como para enseñarle las tetas a mi jefa. Y, sin embargo, ahí está Torrance, dejando que todo caiga. En realidad, «caer» no es la palabra correcta porque Torrance Hale tiene un cuerpo fenomenal. Si yo tuviera ese aspecto a los cincuenta y cinco años, también me pavonearía desnuda. Sin embargo, debe de darse cuenta de que mi nivel de comodidad no está a la altura del suyo, así que agarra una toalla y se la ajusta alrededor del cuerpo antes de que nos dirijamos a la sauna.

Me hundo en el banco de madera y me pregunto si mi atracción hacia Russell es una toxina que la sauna puede eliminar.

—La ruptura, ¿verdad? —dice Torrance. Tiene el pelo rubio recogido en lo alto de la cabeza, y puede que sea la primera vez que la veo sin maquillaje.

—Perdona, ¿qué?

—La fuente de tu estrés. Supongo que parte de él ha sido la ruptura.

Torrance solo sabe lo básico, no los detalles desagradables. Si me abro con ella, al igual que hice con Seth, tal vez aumenten las probabilidades de que se abra conmigo. Así pues, aunque Garrison no me supone una fuente de estrés en este momento, le ofrezco todo un festín de detalles desagradables.

Asiento con la cabeza.

—Mi prometido rompió conmigo en octubre. No fue la ruptura más cordial. —No es del todo una mentira.

—Recuerdo cuando te comprometiste. El diamante era precioso.

Me sorprende, no que lo recuerde, sino que no se apresure a condenar el matrimonio, a decirme que me he librado de una buena.

—Me pilló por sorpresa, pero fue lo mejor ahora que lo veo en retrospectiva. —No estoy preparada para contarle a mi jefa las verdaderas razones de la ruptura, así que me quedo con un vago—: No encajábamos bien.

—Es mejor saberlo cuanto antes. Me recuerda a mi primer marido.

Tengo que luchar para evitar abrir la boca de par en par.

—¿Estuviste casada? ¿Antes de Seth?

—Durante poco tiempo. Lo anulamos a los tres meses. Fue una boda en Las Vegas. Fuimos para una despedida de soltero conjunta de unos amigos y bebimos demasiado. Ocurrió cuando todavía era becaria. En fin, cuando volvimos, pensamos: *¿Por qué no intentar que funcione?* Pero a él no le gustó que yo estuviera tan sumergida en la cadena. —Esboza una sonrisa perversa—. A veces pienso que ver mi cara por toda la ciudad y en la televisión es mi venganza. No puede alejarse de mí.

No me queda más remedio que reírme ante eso.

—No tenía ni idea.

—No hablo de ello porque, bueno, no hay mucho de lo que hablar. —Enrosca y desenrosca el borde de la toalla mientras se mira los dedos de los pies, donde tiene hecha la pedicura francesa—. Seth y yo éramos amigos cuando estaba con mi ex. No pasó nada entre nosotros, pero éramos íntimos, y no fue mucho después de la anulación que Seth y yo empezamos a salir.

Me sorprendo al darme cuenta de que su tono emana lo que podría ser nostalgia. Amor por Seth, esa cosa que me han dicho que solía existir, pero que no he sido capaz de asimilar.

Haciendo acopio de todos mis instintos periodísticos, me quedo callada y la dejo hablar. Lo que alguien dice tras una larga pausa suele ser la información más jugosa. Y se multiplica cuando dicha persona acaba de recibir un masaje de aromaterapia y tiene las extremidades relajadas y, con suerte, los labios relajados también. Me concentro en el calor de la sauna en un intento por desconectar todo lo que me permite el cerebro.

Efectivamente, Torrance sigue hablando.

—Seth era lo que más me gustaba del trabajo y, después de un tiempo, me di cuenta de que me apetecía más llegar al trabajo y verle a él que volver a casa con mi ex. Pero ya sabes, eso también se terminó, y me di cuenta de que la única persona en la que podía confiar de verdad es en mí misma. Los demás solo me defraudan.

—¿Cómo te defraudan?

Resopla, un sonido muy poco propio de Torrance.

—¡Dios! ¿Cómo no lo hizo? No querrás realmente que te cuente todos mis trapos sucios, ¿no? —Ni siquiera espera una respuesta, lo que deja claro que está deseando soltarlo—. Éramos becarios en un canal pequeño de televisión, situado en Olympia. A los dos nos interesaba la meteorología y teníamos antecedentes similares. Y, bueno, me llamaron para sustituir al meteorólogo de siempre porque se puso enfermo. Nunca he estado tan nerviosa en mi puta vida.

No consigo imaginarme a Torrance Hale nerviosa. Aunque sucediera hace años, eso la humaniza un poco.

—Tenía un talento natural al que la gente reaccionaba —continúa. No está presumiendo, sino constatando un hecho—. No queríamos competir entre nosotros. Seth quería estar en directo, pero también le atraía lo de ser director. Así que eso es lo que hicimos. Él siguió ese camino y yo me quedé ante la cámara. Se venía conmigo cuando me ascendían a cadenas cada vez más grandes. Finalmente, conseguí un trabajo en Seattle, y nos establecimos y formamos una familia.

»La fama le puso celoso. Yo ganaba más que él, incluso cuando se convirtió en director, y se sentía frustrado por no poder mantenerme ni a mí ni a nuestra familia. No importaba cuántas veces le dijera que no tenía que ser él quien pusiera el dinero, que tal vez fuera así para nuestros padres, pero que no tenía que ser así para nosotros. Al principio se mostró pasivo-agresivo al respecto y lanzaba pequeñas indirectas aquí y allá. Una vez llegó a decir: *No digo que seas famosa porque eres una rubia sexi, pero no lo niego.* Y yo le recordaba que, ante todo, era *científica*, hasta que me di cuenta de que, ¡que le den!, no necesitaba su masculinidad tóxica. Los celos tienden a cocinarse a fuego lento bajo la superficie. Cuando no hablas de ellos, se acumulan y se acumulan hasta que crees que forman parte de tu ADN. Podíamos estar peleándonos por sacar el lavavajillas, pero nunca era por sacar el lavavajillas. Era porque Seth se sentía inferior y no podía soportarlo.

No tengo ninguna tolerancia ante esa clase de mierda tóxica, pero no hay esperanza para la humanidad si no somos capaces de crecer y evolucionar, de convertirnos en mejores versiones de nosotros mismos. Las malas elecciones y el mal comportamiento no condenan a alguien a ser una mala persona de por vida. Quiero creer que la gente puede cambiar, y si bien no quiero redimir a los asesinos ni nada por el estilo, la forma en la que actuó Seth se puede arreglar. Tiene que poderse.

No es ingenuidad, es *esperanza*.

—No quiero traspasar ningún límite ni nada, pero... —Me mata decir eso, ya que sé lo erróneo que es. Pero estamos llegando a algo.

—Ari, hace nada estábamos tumbadas desnudas a unos centímetros de distancia. No creo que los límites sigan existiendo.

—Tienes razón —digo, riéndome—. ¿Probasteis alguna vez ir a terapia?

Torrance no parece molestarse en absoluto por la pregunta.

—Quise hacerlo. Durante un par de años, insistí en que teníamos que hablar con alguien, pero Seth era demasiado orgulloso. Según él, no necesitábamos que alguien más conociera nuestros asuntos privados. Pensaba que podíamos resolverlo por nuestra cuenta. Y, obviamente, no lo hicimos.

—Siempre he pensado que la gente puede cambiar. —Quiero decirle que Seth ha ido a terapia, pero no me corresponde a mí contarlo—. Lo de los carteles ha parado, ¿verdad? Y os vi bailando en el Century Ballroom.

—Antes de profundizar mucho, debería asegurarme de que aceptas mi seguro. ¿Cobras por hora?

Hago una mueca.

—Perdón, lo siento. Podemos hablar de otra cosa.

—Me estoy metiendo contigo. Me lo estás poniendo demasiado fácil. —Torrance se queda pensativa y estira las piernas, las cuales siguen manteniendo el bronceado dorado incluso en invierno—. Cuando nos iba bien, nos iba bien *de verdad* —dice, y suena melancólica—. Daría cualquier cosa por recuperar esos momentos. Quizá los dos estábamos demasiado ocupados o quizá fue algo que sucedió de forma natural después de haber estado casados casi veinte años. No lo sé. —Suelta un largo suspiro, y me pregunto si dice en serio lo de que daría cualquier cosa por recuperar esos momentos—. Las personas que más nos quieren también tienen el poder de hacernos más daño.

El temporizador de la sauna se apaga, y puede que sea algo bueno, ya que empiezo a sentirme mareada.

—Deberíamos irnos antes de que esta cosa nos queme. —Torrance se pone de pie, apretándose más la toalla contra el pecho—. ¿Qué te parece? ¿Vamos a por un tratamiento facial?

* * *

Después de que me hayan depilado las cejas con pinzas, pulido y exfoliado hasta el punto de casi acabar conmigo, me cambio para la cena de bienvenida de todo el personal. Empiezo a pensar que este retiro es más un descanso que un trabajo, pero supongo que no puedo culpar a Torrance por querer un respiro de todo. Una escapada.

Es posible que pase un poco más de tiempo de lo habitual decidiendo qué ponerme. La suerte quiso que la habitación de Russell esté justo al lado de la mía, y una vez que me he puesto mis vaqueros oscuros favoritos y un jersey burdeos sobre una camisa con estampado de nubes, llamo a su puerta, suponiendo que bajaremos juntos. Al no recibir respuesta, vuelvo a llamar. Nada.

Me dirijo al ascensor que hay al final del pasillo del tercer piso cuando veo a Torrance y a Seth sentados juntos en un sofá situado en un rincón junto a la chimenea. Han inclinado el rostro para estar más cerca y sus rodillas se están tocando.

Sin duda, no es una pose accidental.

Por unos instantes, me quedo congelada. Podría volver a mi habitación y esperar a que se vayan. Podría pasar por al lado y arriesgarme a interrumpirlos.

O… podría quedarme aquí, junto a esta columna, por si puedo escuchar algo de lo que están diciendo.

Parece tan íntimo que no puedo evitar preguntarme si lo que está pasando es el resultado de la conversación que hemos tenido Torrance y yo en la sauna. Y eso es lo que hace que me acerque más, hasta que me aprieto contra una segunda columna mientras intento respirar lo más silenciosamente posible.

Si hay una línea que aún no he cruzado, soy consciente de que esconderme detrás de una columna y espiar un poco a mis jefes podría serla. Sin embargo, no es que tenga curiosidad a lo voyerista. Es que de verdad quiero saber si se llevan bien. La forma en la que están sentados, la forma en la que bailaron la semana pasada, todo ello hace que piense que podrían recuperar las partes buenas de lo que solían tener.

Tal vez después de todo lo que he dicho sobre querer mejorar la cadena, lo que de verdad quiera sea verlos a los dos felices.

—¿Seguro que es una buena idea? —pregunta Torrance.

—Vale la pena intentarlo —responde Seth.

Y, en ese momento, ocurre algo terrible.

Cambio de posición para estirar y liberar la tensión que persiste en mi espalda, y mi bota deja escapar un chirrido agudo en el suelo de madera pulida.

Giran las cabezas en mi dirección cuando me doy la vuelta y salgo disparada por el oscuro pasillo, maldiciendo estas botas de lluvia nuevas, furiosa de que una de mis prendas favoritas me traicione así. ¡Mierda, mierda, mierda!

Pensarán que los estaba espiando. Y, vale, eso era lo estaba haciendo, pero por una buena razón. Sabrán por qué Russell y yo hemos estado haciendo tantas preguntas, nos denunciarán a Recursos Humanos y se darán cuenta de que, después de todo, sí que se odian. Puede que haya arruinado todo nuestro plan con una sola acción que no he sido capaz de controlar.

Mi cabeza ha entrado en una espiral tan intensa que paso por alto el cartel que hay al final del pasillo y que dice SUELO MOJADO.

Y, entonces, paso por alto las escaleras.

13

PRONÓSTICO:

Un torrente de secretos y al menos una decisión cuestionable

—¿Puedes doblar la muñeca un poco más? —pregunta el técnico de rayos X.

—Esto es lo máximo que puedo —respondo, y hago una mueca cuando un dolor agudo me recorre desde la muñeca hasta el codo—. ¿La estoy doblando del todo?

—No. Deja que te ayude.

Intenta doblarla para la radiografía y *me cago en mi puta nación*, duele más que cuando me pusieron el DIU. Siseo una serie de palabrotas seguidas de una disculpa.

—No te preocupes —dice—. He oído cosas peores. Me dicen que me vaya a la mierda un par de veces a la semana por lo menos.

Me pide que aguante así cinco segundos durante los cuales aprendo que, cuando sientes tanto dolor, cinco segundos pueden parecer un eón, hasta que la máquina hace clic.

La forma en la que estoy contorsionando el cuerpo debe de estar deshaciendo el masaje por completo.

No recuerdo la caída en sí. Lo único que recuerdo es cómo mi pie se quedó en el aire en lo alto de las escaleras y luego lo fuerte que aterricé, la oleada de miedo cuando no pude mover el brazo izquierdo. Cómo Torrance y Seth, y finalmente Russell, aparecieron frente a mí y se sentaron conmigo, me ayudaron a ponerme de pie y pidieron hielo al personal del alojamiento. Recuerdo haberme sostenido la bolsa de hielo derretida contra el brazo izquierdo mientras Russell me ayudaba a subirme a un Uber, y me sentí agradecida cuando se deslizó a mi lado, aunque asustada en silencio porque no podía mover ningún dedo.

Nunca me he roto ningún hueso, nunca me he torcido un tobillo ni me he hecho un esguince en un dedo ni me he partido un diente. Así que, cómo no, a la edad de veintisiete años me las apaño para caerme por las escaleras y, lo más probable, fracturarme el codo.

El lado bueno: sé que he tenido suerte. Sé que podría haber sido mucho peor.

Pero también me duele una puta barbaridad.

El técnico me lleva de vuelta a la sala de examen, donde Russell está sentado en una silla de plástico duro con un tic en la pierna. Tiene el pelo revuelto, como si se hubiera pasado la mano por él. Antes, cuando una enfermera me trajo por primera vez y me preguntó si estaba tomando alguna medicación, tartamudeé un «Esto… Mmm» y dijo que esperaría fuera hasta que lo necesitara. Si alguna vez tuve dudas de que fuera una Buena Persona Certificada, eso lo habría confirmado.

Le hice un gesto para que volviera a entrar cuando me llevaron a hacerme la radiografía, y ahora se pone de pie de un salto en cuanto vuelvo a entrar, tras lo que el técnico nos avisa de que la doctora llegará en breve.

—Hola —dice Russell en voz baja—. ¿Todo bien?

Asiento con la cabeza mientras trago con fuerza para mantener las emociones a raya. Lo más probable es que tenga el maquillaje corrido por toda la cara. En la sala de examen hace demasiado frío y mi jersey es demasiado fino. Tengo que hacer pipí, pero me temo que no podré hacerlo sola. Ni siquiera puedo alzar el brazo izquierdo sin usar el derecho.

—Siento mucho todo esto. —Es al menos la décima vez que lo dice—. ¿Estás temblando?

—Puede que un poco.

Se quita la chaqueta de pana y me la pasa por encima de los hombros. Me queda demasiado grande, pero huele a su jabón de cítricos y bosque, lo que crea un agradable contraste con el olor clínico del hospital.

—Gracias.

La agarro con la mano derecha y me la aprieto más alrededor del cuerpo. Hasta el más mínimo movimiento me da una sacudida en el brazo izquierdo y hace que me estremezca.

La doctora vuelve a entrar con su nombre cosido sobre el bolsillo de su bata blanca. Dra. Jacobs.

—Es lo que pensaba —dice tras sentarse en un taburete junto a su ordenador y abrir mis radiografías—. Tienes el codo fracturado.

—¿Cuánto tardará en curarse?

—Podrían ser seis semanas, podrían ser doce. Es imposible saber el periodo de tiempo. —Pasa a otra imagen. A mí todas me parecen los huesos borrosos de un fantasma—. Parece que también te has magullado una costilla, para lo que, por desgracia, no podemos hacer mucho; solo analgésicos, reposo y hielo.

—Eso explicaría por qué me duele respirar —digo con una risa forzada—. Y reír, aunque supongo que es algo que no he hecho mucho durante la última hora.

Me dice que vea a un médico ortopédico cuando vuelva a Seattle, que no parece que vaya a necesitar cirugía pero que probablemente querrán que vaya a fisioterapia todas las semanas. Saca un cabestrillo azul marino de un paquete de plástico y me ayuda a ponérmelo en el brazo mientras me indica que la mano y el antebrazo deben descansar por encima del codo. Luego me da una receta con analgésicos, mi radiografía en un cedé y un montón de papeles.

* * *

Lo primero en lo que pienso cuando llegamos a mi habitación del hotel es que ojalá me hubiera esmerado en ordenarla. Me sorprende la cantidad de desorden que he creado en medio día con las cosas que he traído para un puente, pero no tengo fuerzas para preocuparme por el sujetador que está colgando del respaldo de una silla.

—Es increíble que haya hecho algo tan imprudente. Tan estúpido. —Me quito las botas de una patada, me desplomo en la cama y me paso la mano sana por la cara.

Russell hace un gesto en dirección a la cama, como preguntando si me parece bien que se siente. Asiento con la cabeza.

—No eres estúpida. Ha sido un accidente. Podría haberle pasado a cualquiera.

Con suavidad, me roza el brazo que tengo sobre la cara con la punta de los dedos, y noto cómo se me pone la piel de gallina.

—Lo sé, es que… no imaginaba que el fin de semana fuera a desarrollarse así.

—Al menos ahora sabes que existen los M&M's de tarta de zanahoria. —Estira el brazo para agarrar una bolsa que tiene a los pies y la vacía en la cama junto a nosotros. No hace falta que diga que nos hemos perdido la cena del equipo, aunque en este momento Torrance y Seth son lo último en lo que estoy pensando. La cocina del hotel está cerrada, y le dije a Russell que no tenía tanta hambre como para pedir comida, pero se paró en la máquina expendedora mientras esperábamos a que llegara el ascensor. Y ahora mi estómago y sus gruñidos agradecen que lo haya hecho—. Personalmente, no estoy seguro de cuánto tiempo más podría haber durado sin saberlo.

—¡Uf! No me hagas reír. Duele demasiado. Necesito al Russell serio.

Adopta una expresión seria y ni parpadea detrás de las gafas.

—Hay cuatro campeonatos de golf importantes en el mundo que tienen lugar entre abril y julio. El más prestigioso es el Masters de Augusta, que se celebra en el Augusta National Golf Club de Georgia.

—Sí. Más de eso. Perfecto. —Me incorporo un poco más en la cama en un intento por encontrar una posición que me resulte cómoda con el brazo en un cabestrillo. *Spoiler:* no existe—. ¿Te importa darme mi móvil? Está por ahí. —Hago un gesto en dirección a la zona del escritorio en la que he dejado el bolso, la cual parece estar muy lejos ahora mismo.

Lo agarra y me lo da sin ni siquiera mirar la pantalla. ¡Dios! Es tan *educado*, y puede que mi nivel de exigencia esté por los suelos, pero hace que me pregunte qué haría falta para que se soltara. Para que fuera despeinado y con la chaqueta arrugada.

Le doy las gracias y desbloqueo el móvil. Un mensaje de Torrance preguntando cómo estoy. Con torpeza, escribo con el teclado durante un rato antes de rendirme y enviar un mensaje de voz en el que la pongo al corriente de las últimas horas.

—¿Te doy algo más o hay algo más que pueda hacer por ti? De verdad, solo dilo.

—Estoy bien por ahora. Gracias. —Dejo caer el móvil sobre la cama y suelto una carcajada de la que me arrepiento al instante, dado el modo en el que me duele el pecho—. Siento que se me van a acabar las formas de darte las gracias. No tienes por qué hacer nada de esto, de verdad. Voy a estar bien lo que queda de noche; reúnete con todos los demás si quieres.

Debe de oír el anhelo que emana mi voz, de darse cuenta de que en realidad no quiero que vaya a reunirse con todos los demás.

—Estoy encantado de quedarme —asegura—. Me rompí el brazo jugando al *hockey* cuando estaba en el instituto. Era como un bebé. Mi madre tenía que cortarme la comida y ayudarme a envolverme el brazo en plástico cada vez que me duchaba.

—¡Qué adorable tu madre mimándote!

Su boca se convierte en una sonrisa.

—Fue un poco mierda. No tenía nada de adorable. —Se mueve en la cama, y la camisa se le estira sobre la curva del vientre—. Pero, en serio, lo que necesites.

—¿Tal vez podrías hablarme? —No quiero hablar de Torrance, ni de Seth, ni del trabajo. Solo quiero relajarme, que supongo que es para lo que hemos venido hasta aquí.

—Claro.

Siguen unos cinco segundos de silencio y estallo en carcajadas, a pesar del dolor.

—¡Me has puesto en una situación comprometida! ¡Ha sido mucha presión! —se queja, pero también se ríe.

—¿Puedes… hablarme de Elodie? —inquiero, aunque por un momento temo que se cierre en sí mismo como lo hizo durante el viaje. Alcanzo un paquete de Skittles y lo abro con los dientes.

—Bueno… —Pronuncia la palabra con esfuerzo; se mantiene ocupado abriendo los susodichos M&M's de tarta de zanahoria. Estoy convencida de que va a cambiar de tema, de que va a andarse con rodeos. Pero no lo hace—. Hace teatro, como ya sabes. Le encanta ser el centro de atención desde que es pequeña. Le encantan los musicales y sabe cantar muy bien. Para su noveno cumpleaños, hace unos años, fuimos a Nueva York y pasamos toda la semana viendo espectáculos.

—Parece una chica increíble. Últimamente no he pasado mucho tiempo con niños de doce años, pero, ¡madre mía!, es *espabilada*. ¿Son todos así?

—Sin duda, ella y sus amigos me mantienen alerta. Pero es una buena chica. Una chica genial. También se acerca su bat mitzvá y pensé que se quejaría de tener que madrugar todos los sábados, pero no lo ha hecho ni una sola vez.

—¿Qué tal va eso?

—Solo he tenido algunos recuerdos dolorosos del mío —responde—. Estoy emocionado por ella. Liv no es judía, y queríamos que Elodie decidiera por sí misma lo que quería hacer, y lleva un tiempo concentrada en eso. Estoy muy orgulloso de ella por haberse comprometido.

Sabía que Russell tenía otra vida como padre, pero no es hasta este momento que me doy cuenta de lo diferentes que son sus prioridades. No solo es responsable de otro ser humano, sino que tiene toda una gama de emociones reservadas solo para ella: orgullo, asombro y consuelo. Es asombroso imaginar lo que han sido estos últimos doce años para él.

Se hace un silencio entre nosotros, durante el cual saco un Skittle morado del paquete y lo mastico despacio.

—Pensaba que estabas molesto conmigo —confieso—. En el coche.

—¡Ah! Puede que lo pareciera porque..., bueno, no estoy seguro de si estaba molesto, la verdad. Es que... —Se queda excesivamente fascinado con el estampado floral de la colcha mientras juguetea con las borlas del edredón—. Es complicado.

—Tenemos toda la noche. O hasta que los medicamentos hagan que pierda el conocimiento. Si quieres hablar de ello, claro. —No quiero forzarle, pero soy incapaz de explicar lo mucho que quiero conocer esa faceta suya. Siento que, si no lo hago, volverá a ser un conocido del trabajo cuando quiero que sea mucho más que eso. Este tiene que ser el primer paso, estoy segura.

Sus ojos azules se posan sobre los míos y luego vuelven a la cama.

—Elodie nació cuando yo tenía diecisiete años.

¡Oh!

—¿Acabas de cumplir veintinueve años? —No es la primera pregunta de mi lista, pero es la única que me sale.

Asiente con la cabeza, todavía sin hacer contacto visual.

—Liv y yo empezamos a salir el primer año de instituto, y nos conocíamos desde que éramos niños. Nuestros padres eran mejores amigos, e incluso ocultamos nuestra relación durante los primeros meses que estuvimos saliendo porque no queríamos que se involucraran demasiado. Evidentemente, el embarazo no entraba en nuestros planes —dice con una risa áspera—. Hablamos de ello y sopesamos todas las opciones, y en última instancia fue elección suya. Quiso tener el bebé y yo quise apoyarla como fuera.

Todavía estoy tratando de procesarlo, buscando qué decir.

—No puedo ni imaginarme lo difícil que fue.

—Eso es decir poco. El año que nació fue el más duro de mi vida. Éramos padres adolescentes. No teníamos ni puta idea de lo que estábamos haciendo. Tuvimos la suerte de que nuestros padres apoyaran su decisión, y ahora sé que ambos tuvimos una cantidad enorme de privilegios. No me malinterpretes, estaban *furiosos* y decepcionados. Pero nos ayudaron, tanto económicamente como haciendo de canguros. Los chicos y chicas del instituto fueron bastante menos comprensivos. Algunos lo intentaron, y algunos profesores también, pero nos juzgaron mucho. Liv se llevó la peor parte, y yo me sentí fatal.

»Yo también lo hice durante un tiempo —continúa, y por fin vuelve a mirarme. No creo que haya dolor en sus ojos, sino cansancio, creo—. Me juzgué a mí mismo con dureza.

¿Cómo pude cometer ese error que alteraría el curso de mi vida de manera irremediable? Quería ir a la Universidad, tal vez con una beca de *hockey*, pero lo dejé. No me quedó más remedio. Era caro, algo en lo que había tenido la suerte de no pensar mucho cuando mis padres corrían con los gastos, pero de repente *todo* era caro, y claro está, no tenía el tiempo suficiente.

—¿Y tú y Liv seguisteis juntos, al menos durante un tiempo?

—Hasta el segundo año de Universidad, sí. Tardamos un par de semestres más en salir adelante, pero nos las arreglamos. Liv estudió ingeniería, y le llegó una oferta de trabajo en Seattle casi justo después de graduarse. No quería alejar a Elodie de mí, y yo no quería alejarme de ninguna de las dos, así que mudarnos fue una decisión fácil de tomar.

—Y entonces acabaste en KSEA.

—No de inmediato —afirma—. Hice muchísimos contactos, trabajé mucho por cuenta propia. Me hice amigo del chico que solía tener mi trabajo y que habló bien de mí cuando se trasladó a ESPN. No creo que exista empresa que haga una cesta lo bastante grande para agradecerle lo que hizo por mí.

Hace una pausa mientras estira la mano para ayudarme con el obstinado envoltorio de un Twix.

—Todavía tengo mucha ansiedad residual por todo ello, supongo. No hablo mucho de Elodie en el trabajo porque no quiero tener que explicar qué edad tenía cuando nació. No quiero que nadie llegue a la conclusión de que, como fui padre adolescente, eso me convierte en un puto desastre.

—No eres para nada un puto desastre. —Le coloco la mano derecha en el brazo—. Russell, no lo eres.

—No estaba intentando ocultarla. Y me encanta ser padre. Amo a Elodie, es la persona más importante de mi vida. Así que cuando conociste a Elodie y luego apareció Liv, me... me cerré en banda.

—Te entiendo. Quiero decir, no he pasado por eso, pero entiendo el porqué, y no te estoy juzgando. Jamás lo haría. —Como si tuviera voluntad propia, mi mano sube y baja por su brazo. Los medicamentos deben de estar volviéndome loca, dándome la libertad para tocarlo de maneras que no habría sido lo bastante valiente como para hacerlo en otras circunstancias—. Gracias. Por decírmelo.

—Quería que la conocieras —asegura—. Y eso fue antes de que supiera que te gustaban los musicales tanto como a ella.

Intento no pensar en lo que puede que signifique el hecho de que quería que la conociera.

—Tiene muy buen gusto. —Despacio, alejo la mano y la dejo caer de nuevo sobre la cama—. ¿Liv y tú seguís siendo amigos? Es bastante impresionante.

—Nos costó un tiempo llegar a ese punto, pero sí, supongo que sí. Nunca quise que fuéramos esos padres que les hacen la vida imposible a sus hijos porque no están juntos, así que ha sido un gran alivio. Hubo un par de años en los que nos resultó incómodo, pero tal vez porque fuimos amigos durante tanto tiempo antes de tener a Elodie, al final volvimos a serlo. Nos alternamos la custodia cada dos semanas, y hasta ahora no hemos tenido ningún problema —explica—. Liv se casó hace unos años y el año pasado tuvieron un bebé, Clementine, a la que Elodie *adora*. Puede que seamos una familia complicada, pero funciona.

—Todos parecen maravillosos. De verdad.

Me dedica una media sonrisa, y tengo tantas ganas de igualar la situación, de dejarle entrar al igual que he hecho yo, llamando a la puerta con suavidad y preguntando por sus secretos. Con él me siento diferente con respecto a los demás chicos, y sí, eso podría ser por los medicamentos, o tal vez es que siento una *calma* distinta cuando estoy con él. Pero tal y como estoy tumbada, tengo la camisa retorcida detrás de la espalda y no puedo moverme sin que se me mueva el brazo.

Debo de hacer algún ruido porque la cara de Russell vuelve a ponerse seria, lo que hace que le aparezca ese bonito surco entre las cejas. Menos mal que lleva gafas; sin esa barrera, el precioso tono azul de sus ojos sería demasiado potente.

—¿Estás bien, chica del tiempo?

¡Dios! Ese apodo. ¿Por qué suena aún más sexi por la noche en una habitación de hotel?

—Sí, es solo que… podría estar más cómoda en pijama.

—Puedo ayudarte a cambiarte —ofrece, y luego añade rápidamente—: Solo si quieres.

Mi jersey burdeos está en la otra punta de la habitación, pero yo sigo con la camisa. Los vaqueros. El cinturón.

Necesitaría ayuda para mucha ropa.

—No pareces tener *muchas* ganas de desvestirme —me burlo.

Se le ruborizan las mejillas.

—Te juro por Dios que mi mente no iba por ahí.

Me río mientras me levanto de la cama y me tambaleo hasta mi maleta, donde rebusco con una sola mano antes de sacar el pijama; una camiseta de manga corta con botones en el cuello y unos pantalones cortos que sé a ciencia cierta que transparentan. Cuando me veo reflejada en el espejo que hay sobre el escritorio, toda mi valentía se desvanece. Debería ponerme la cubitera de la habitación del hotel en la cabeza; estaría más guapa.

—Estoy hecha un desastre ahora mismo, lo siento.

—¡Qué va! —dice, y aunque solo esté siendo amable, no me disgusta oírlo—. No creo que puedas estar hecha un desastre ni aunque lo intentaras.

Se acerca hasta que solo hay menos de medio metro de distancia entre nosotros, y me agarra la hebilla del cinturón. Mi prenda más inocente. Lo desabrocha con tanta delicadeza como si estuviera hecho de cristal y, en lugar de dejarlo caer al suelo, lo deja en el sillón que hay junto a mi maleta. Luego despega el velcro del cabestrillo con cuidado y lo coloca junto al cinturón con tanta pulcritud que me pregunto si así es como hace la colada también.

—¿Y ahora qué?

—La camisa —respondo, porque mi brazo está suplicando que lo liberen.

—Bonito estampado —dice con respecto a las diminutas nubes—. Muy típico de ti.

Comienza a desabrocharla, empezando por arriba, con su cara cerca de la mía. Pestañas largas, cítricos y calor corporal. Hace una pausa después de cada botón, una breve vacilación, y me doy cuenta de que debe de ser porque no quiere hacerme daño. Es unos quince centímetros más alto que yo, así que tiene que agachar la cabeza, pero cada par de botones me mira a los ojos, como si quisiera comprobar que estoy bien. Cada vez que lo hace, le dedico lo que espero que sea una media sonrisa tranquilizadora. *No pasa nada*, dice esa sonrisa. *Para nada me está excitando.*

Cuando llega al último, suelto un largo y lento suspiro. Cuesta un poco de esfuerzo y maniobra sacar los brazos de las mangas, y luego dobla la camisa junto al cinturón y al cabestrillo. Una fracción de segundo más tarde, estiro la mano derecha para cubrirme el sujetador.

Estoy en una habitación de hotel con Russell Barringer, con unos vaqueros y un *push-up* de encaje rosa.

—Esto… —Traga saliva, mirando el pequeño montón de ropa—. ¿También quieres quitarte el sujetador?

Con las tres neuronas que me quedan, lo medito. ¿Quiero que Russell me quite el sujetador? Es una pregunta retórica. Obviamente, sí. Y, sin duda, estaría más cómoda durmiendo sin él.

Hago una pausa demasiado larga en la que me imagino las yemas de sus dedos recorriendo los tirantes, acariciándome hasta la nuca y luego bajándome por la columna.

—Pues si pudieras desabrochármelo, que yo sola es un follar. —Un desliz freudiano—. Un follón. A partir de ahí ya debería poder quitármelo yo.

—Vale.

El calor de sus manos contra mi piel es demasiado bueno. Como todo lo que hace. De nuevo, se toma su tiempo. Lógicamente, me doy cuenta de que no puede darse cuenta de que se me están endureciendo los pezones hasta casi alcanzar su punto máximo de dolor, y si oye la respiración entrecortada, lo más probable es que asuma que se debe a la lesión. Me derrito ante su tacto mientras lo desabrocha con dedos hábiles, preguntándome qué haría si me diera la vuelta. Si me observaría por unos momentos, admirando cada curva y cada peca, o si se sentiría tan abrumado por el deseo que necesitaría poner su boca sobre mí de inmediato. En otras circunstancias, querría que empujara. Que tirara. Que me agarrara con fuerza y me abrasara la piel.

Por desgracia, los medicamentos que nadan por mi torrente sanguíneo son más fuertes que mi libido.

—¿Y el collar? —Sus dedos se deslizan con suavidad sobre la cadena y me pregunto si puede sentir mi escalofrío. Cuando asiento con la cabeza, tarda unos segundos en quitármelo. Lo deja sobre la mesa mientras agarro la camiseta del pijama con la mano derecha e intento cubrirme los pechos con el brazo malo.

Sin yo pedirlo, me viene a la cabeza una imagen de esta tarde. Una carcajada me sube por la garganta y no puedo detenerla.

—¿Qué pasa? —inquiere, mirando fijamente a las cortinas de la ventana.

—Antes casi me meto en la sauna con Torrance completamente desnuda —respondo, y se ríe también—. Te juro que no soy una mojigata, es solo que... no me esperaba ver a mi jefa desnuda hoy, no sé.

—Sí que has tenido un día duro.

—Así que confía en mí. Esto es mucho menos incómodo que desvestirse delante de la meteoróloga favorita de Seattle.

Salvo que tengo que quitarme la mano de los pechos para meterla en la manga de la camiseta.

—No estoy mirando. —Su voz es un rasguño bajo que, de alguna manera, suena a través de la habitación y en mi oído a la vez. Ya no me río—. Lo juro.

Si le dijera que puede mirar todo lo que quiera, no estoy segura de que quisiera que me admirara primero. Sus dedos podrían hacer toda la apreciación que necesito.

Aprieto los muslos y suelto un suspiro tembloroso. Tal vez mi libido esté más que bien.

Por último, solo me quedan los vaqueros. Mientras los desabrocha, un pulgar me acaricia levemente la piel justo debajo del ombligo, y ese suave roce casi hace que jadee.

—¡Lo siento! —exclama, retirándose—. No quería... No pretendía...

—No, no. No pasa nada —digo en un intento por tranquilizarlo—. Puedes seguir. Solo soy... un poco sensible a las cosquillas, supongo.

—Puedo ser más cuidadoso.

Engancha los pulgares en las trabillas del cinturón y me desliza los vaqueros por las piernas, con las palmas de las manos recorriéndome las caderas. Resulta que «más cuidadoso» es una puta tortura.

Terminamos, y ojalá me hubiera vestido para una expedición a la Antártida.

—Gracias.

Mi primer instinto es abrazarlo, pero no sé cómo hacerlo con un solo brazo. Así que me muevo hacia delante y dejo caer la frente para que descanse ligeramente en el espacio que hay justo encima de su corazón.

Como si se hubiera dado cuenta de lo que intento hacer, me rodea con los brazos, inseguro al principio. Luego me acerca, me abraza y estoy medio segura de que podría quedarme dormida en esta posición si no estuviera tan excitada. Unos dedos me recorren la columna vertebral de un lado a otro en un movimiento hipnótico. Se me cierran los ojos. Con cada pasada, imagino que me toca en otra parte. El labio inferior. El interior de la muñeca. La marca de nacimiento que tengo en la cadera izquierda.

Tomo aire, aspirando su aroma a cítricos y bosque y la dulzura pura de Russell.

—Gracias —repito mientras me aparto con las piernas inestables.

—¡Qué menos! —Su cara se ha vuelto a poner roja y no hace contacto visual—. ¿Quieres los pantalones?

Miro mis piernas desnudas.

¡Dios mío! Le he abrazado en camiseta y bragas. ¿Por qué el calentón abyecto no figuraba como efecto secundario en la medicación?

—Excelente idea —grazno.

La cubitera me atrae cada vez más. Me pongo los pantalones cortos y vuelvo a la cama, intentando controlar mi respiración mientras él se vuelve a sentar en el borde. Con una delicadeza que me mata.

—Russell, acabas de quitarme la ropa. Puedes tumbarte en la cama si quieres.

Me dedica una media sonrisa antes de deslizarse en la cama junto a mí y estirar las piernas. Deja escapar un largo suspiro, como si hubiéramos hecho algo mucho más aeróbico que ponerme el pijama. Que alguien me mate, porque es el sonido más sexi que he escuchado en meses.

Yo también estoy agotada, pero él me ha dado mucho esta noche. Lo menos que puedo hacer es corresponder.

—Mi vida amorosa también ha sido un desastre —empiezo—. Pensaba que este año iba a casarme. Ahora mismo estaría totalmente inmersa en la preparación de la boda, eligiendo un *catering*, una banda y una fuente tipográfica para las invitaciones.

—Tengo la impresión de que te alegras de que no sea así, ¿puede ser?

—Totalmente. Apenas habíamos comenzado a organizarla, y sus padres ya nos estaban presionando para que empezáramos a tener hijos. —Obviamente, ese no fue el motivo por el que rompimos, pero no mejoró nada.

—¿Crees que quieres? —preguntó—. Tener hijos.

Por lo general, sería una pregunta muy personal, de esas ante las que he puesto los ojos en blanco y me he quejado en el pasado. La mayoría de la gente ni siquiera lo pregunta. Asumen que es obvio que vas a procrear, así que no les importa el «sí». Solo el «cuándo». No obstante, no me importa que me pregunte.

—Sí —respondo—. Algún día. Paso mucho tiempo con los hijos de mi hermano, y los adoro. Pero no se trataba tanto de eso, sino que más bien era que no podía imaginarme la boda en sí. No era capaz de tomar ninguna decisión al respecto, y estoy bastante segura de que es porque no era lo correcto. No estoy diciendo que ser lo correcto hace que sea fácil, pero…

—Hace que las partes difíciles sean mucho más manejables.

Me vuelvo hacia él y apoyo la cabeza en el brazo derecho.

—Sí. Exacto. Mi ex no es una mala persona. Simplemente pensaba que yo no era «lo bastante real». —Pronuncio las palabras como si las pusiera entre comillas, y la facilidad con la que soy capaz de compartir estas cosas con Russell me pilla desprevenida—. Me dijo que era demasiado sol. Que era muy irrespetuoso por su parte eso de usar mi trabajo en mi contra.

—¿Qué significa eso, demasiado sol?

—Que estoy… Que estoy fingiendo con todo el mundo. Que estoy ocultando todo lo malo porque… —Me interrumpo y sacudo la cabeza. No puedo entrar en el maremoto que es mi madre. No cuando voy a verla pasado mañana.

Somos demasiado, puedo oírla decir. Por regla general, cuando pienso en mi madre, fuerzo una sonrisa y emito una afirmación positiva. Pero ahora no. No cuando estoy tratando de explicarle a Russell que esa fue la razón por la que Garrison quería dejarlo.

He encerrado toda esa oscuridad en una habitación al final del pasillo y no he dejado que nadie entre.

Pero por él abro la puerta. Solo un poco. Solo por esta noche.

—Porque es más difícil lidiar con eso —termino. Una verdad a medias. Es lo único que puedo proporcionarle por ahora.

—No creo que seas así en absoluto —dice Russell—. Eres de esas personas que hacen que los demás se sientan bien cuando están con ellas. Eso es algo genial.

—¿Te sientes bien cuando estás conmigo? —inquiero con una voz tan fina como el papel.

Su mirada se clava en la mía, y es más íntima que cuando tenía las manos en mi sujetador.

—Todo el tiempo.

Puede que sea lo más bonito que alguien ha dicho de mí.

—Gra-Gracias.

Trago saliva con fuerza, dejando que esas palabras calen. «Todo el tiempo». Quiero preguntarle si lo dice en serio, si también se refiere a las veces en las que he dejado que se me caiga un poco la máscara estando con él. Las veces en las que me he quejado de nuestros jefes y he actuado como si nada tuviera sentido. No obstante, no me ha visto en mi peor momento, en mis días más oscuros.

Y no puede hacerlo.

Por mucho que quiera quedarme pensando en su cumplido, tengo que cambiar de tema.

—Tal vez intente eso de las relaciones esporádicas que los programas sobre veinteañeros guapos que viven en la gran ciudad hacen que parezca tan fácil.

Una vez roto el hechizo, Russell se reacomoda en la cama, cruzando las piernas a la altura de los tobillos.

—Ojalá tuviera un gran consejo que darte. Pero... —Se interrumpe con una mueca y se pasa la mano por la cara—. No me juzgues.

—¡Jamás!

—De acuerdo. —Expulsa un largo suspiro antes de seguir hablando—. Llevo cinco años sin tener una cita.

Me quedo mirándolo.

—¿Cinco... años?

Cuando se ríe, es una risa incrédula y cohibida. Como si incluso a él le sorprendiera.

—Lo sé. Al principio fue porque Liv y yo habíamos roto y Elodie seguía siendo pequeña. Y entonces me mudé a una ciudad nueva... Todo era demasiado. Con el tiempo, caí en la rutina, la cual no incluía las citas. Cuanto más tiempo pasaba, más miedo me daba empezar a intentarlo de nuevo.

Mi cerebro prácticamente cortocircuita con esta información. Cinco años. Cinco años desde que se sentó frente a alguien en un restaurante elegante y bebió cócteles demasiado caros, desde que vio una película con un 65 % en Rotten Tomatoes, tuvo la esperanza de que al menos fuera decente y se frustró por lo agresivamente mediocre que había sido.

Hace cinco años que no le da un beso de buenas noches a alguien al final de una velada, con la sangre cargada de adrenalina y el pulso martilleándole la garganta.

—Bueno, decidido —digo mientras intento borrar esa imagen mental—. Haremos que Torrance y Seth vuelvan a estar juntos y luego te encontraremos tu primera cita en cinco años.

Alza una ceja, como si fuera una propuesta ridícula.

—Estoy desentrenado. No sabría ni qué hacer.

—Eso es fácil. Solo tienes que decir: *Hola, Ari Abrams. Estás absolutamente impresionante con ese cabestrillo. Te resalta los ojos. ¿Quieres cenar conmigo?*

Puede que tenga fiebre, y esta vez estoy segura de que no es un efecto secundario de la medicación. Espero que sepa que estoy de broma. Que no le estoy animando a que me invite a salir.

Al menos, creo que lo espero. A pesar de mi propósito de Año Nuevo de empezar a salir con gente otra vez, no estoy segura de cómo manejar una relación después de lo de Garrison, sobre todo una relación con un padre soltero.

—Bueno es saberlo —contesta en ese tono ligero y bromista que me ha llegado a gustar—. Todas las mujeres que tengan el brazo roto en Seattle no están preparadas para que caigan a mis pies.

Hablamos de Elodie, de su infancia en Michigan, de mi hermano, de mi afición haciendo joyas. Casi nunca sobre el trabajo, lo que resulta un alivio. Hasta que el día me pasa factura y noto que se me empiezan a cerrar los ojos.

Aun así, no le pido que se vaya.

—Eres muy bueno —digo antes de quedarme dormida—. ¿Lo sabes? Sé que cualquier ser humano decente no me habría dejado ir al hospital sola, y puede que se hubiera asegurado de que comiera algo, pero tú eres... una persona buena de verdad.

No estoy segura de cómo suena escuchar a alguien sonreír en la oscuridad, pero eso debe de ser lo que está haciendo cuando siento cómo posa la mano en mi hombro, cómo me roza de un lado a otro la fina camiseta con el pulgar mientras me da las gracias con una voz suave y somnolienta.

Sí, es bueno, es cierto. Y, sin embargo, cuando estamos así de cerca, cuando solo hay una fracción de espacio entre mis caderas y las suyas, tengo muchas, muchas ganas de acostarme con él.

14

PRONÓSTICO:

Un trayecto mañanero y traicionero al trabajo causa una melancolía lúgubre e invernal a medida que avanza la semana

Lo primero que quiere saber Torrance es cuándo puedo quitarme el cabestrillo.

Lo segundo es cómo estoy.

—Estoy bien —digo mientras alcanzo la cesta de panecillos ingleses que hay en la barra del comedor del hotel. En todo caso, el dolor es más agudo y persistente que ayer. La conmoción inicial ha desaparecido. Intento forzar mi sonrisa de siempre, pero esta también debe de haberse fracturado al bajar ese fatídico tramo de escaleras—. La doctora me dijo que en unas semanas, pero lo sabré con más exactitud cuando vea a algún médico en Seattle.

Torrance tiene al menos la decencia de darse cuenta de que ha dicho algo incorrecto, y cambia su expresión a una que transmite lo que puede que sea compasión.

—Lo siento mucho. Debería haber preguntado primero cómo estabas. ¡Es que me ha sorprendido mucho verte así!

He tenido que dormir erguida, con el brazo que tiene el cabestrillo elevado sobre una almohada colocada junto a mí, y cuando el dolor me despertó a eso de las cinco de la mañana (descansa en paz, horario de sueño), me sorprendió aún más descubrir a Russell durmiendo a mi lado. Encima del edredón, con la ropa todavía puesta, con un aspecto desarreglado que resultaba adorable. Sus gafas estaban en la mesilla de noche que hay junto a él, y verlo de esa forma hizo que me diera un vuelco el corazón.

Tenía que ser incómodo dormir con la ropa puesta, pero no dijo nada, sino que se limitó a pasarse la palma de la mano por la cara y la barba incipiente mientras que la otra mano tanteó la mesita de noche hasta encontrar las gafas. Acto seguido, me preguntó si necesitaba ayuda, y le dije que debería ser capaz de apañármelas, sobre todo porque no sabía si podría soportar que me volviera a desvestir. Apenas podía soportar el calor que desprendía junto a mí en la cama.

Lo más seguro es que me hubiera venido bien la ayuda, ya que faltó poco para caerme y romperme el otro brazo en la ducha. Tardé diez minutos en ponerme una camiseta y los pantalones, tras lo que tuve que hacer pipí, y tardé otro minuto entero en bajarme los vaqueros.

Torrance agarra mi plato con la comida y murmuro un agradecimiento mientras me acompaña hasta una mesa. Luego, Seth y ella se vuelven a una mesa solos, aparentemente por voluntad propia, donde Seth abre un periódico canadiense y Torrance ojea su *tablet*, lo que hace que me pregunte qué diablos pasó entre ellos dos anoche.

Se decide que lo mejor es que vuelva a casa temprano. Como no puedo conducir, Russell se ofrece a acompañarme en el coche, con el pelo mojado tras haberse duchado y con la misma chaqueta de pana que me puso sobre los hombros ayer en el hospital.

—Odio que tengas que irte por mi culpa —le digo. Me mira y yo me esfuerzo por contener la risa.

Algo cambió entre nosotros anoche y, ya sea que simplemente nos hemos hecho más amigos o que estamos a las puertas de algo más, me llena de una energía que hacía mucho tiempo que no sentía.

Mientras Russell lleva su maleta desde el vestíbulo hasta el coche, Torrance me mira alzando sutilmente las cejas. Desvío la mirada con rapidez.

Durante el trayecto a casa, el único indicio de la tensión de anoche es cuando el audiolibro que evité por los pelos en la ida empieza a sonar en cuanto conecto el móvil para cargarlo.

—*Se inclinó para adorar el altar de sus muslos. Que Dios le ayudara, iba a complacerla esa noche hasta que ambos vieran las estrellas…*

—Por favor, mátame —digo mientras me peleo con el móvil con una mano.

—¿Quieres escuchar un audiolibro?

Lo apago.

—No. No quiero.

Aunque se ríe, no paso por alto que se le han teñido las mejillas de un tono rosado.

El viaje a casa es bastante agradable, y aquí está el Russell al que me he acostumbrado en las últimas semanas. Sí, hablamos un poco de Elodie y de otros temas que no habríamos tratado tan abiertamente durante los primeros encuentros. Pero quiero al Russell de anoche, ese por el que siento algo y no puedo fingir ya lo contrario, aunque eso me siga aterrando.

Nunca he salido con alguien que tenga hijos, y aunque está claro que es una persona independiente y capaz de tomar sus propias decisiones, Elodie cambia las cosas. Después de todo, dijo que ella es la razón por la que lleva tiempo sin salir con nadie.

Cinco años. Obviamente, eso no tiene por qué significar que hayan pasado cinco años desde la última vez que tuvo sexo con alguien. Pero podría ser así... y no puedo decir que no me encantaría ser la persona que acabe con ese periodo de sequía. De vez en cuando miro sus manos en el volante y recuerdo cómo estuvieron sobre mi piel anoche. Si nos acostáramos, me gustaría ver cómo se entrega por completo. Cómo se rinde. Lo contrario a la forma mesurada en la que me desabrochó la camisa y el sujetador.

Un Russell fuera de control, uno que lleve las gafas torcidas, tenga la boca hinchada y que me deje huellas por las caderas con los dedos. Una chaqueta tirada en el suelo. Un Russell que pide permiso susurrándome una súplica en el oído. Rogándome que sea su perdición. Que no tenga piedad.

Una vez que se va después de ayudarme a meter las maletas dentro, me doy una ducha muy fría.

Cuando eso no funciona, agradezco poder mover todos los dedos de la mano dominante.

El día siguiente me lo tomo libre para ir al médico, que confirma la fractura del codo con otra radiografía. Me apunto para ir a fisioterapia, para que me traigan la comida a casa y para obtener una tarjeta de crédito con puntos de recompensa para viajes compartidos, ya que tardaré como mínimo un mes en poder volver a conducir de forma segura.

Y luego me paso demasiado tiempo eligiendo qué ponerme para ver a mi madre.

—No tenías que tirarte por una escalera para librarte de esto —dice Alex cuando me recoge.

—¡A callar! —Me reajusto el cabestrillo y se acerca para ayudarme con el cinturón de seguridad—. Quiero verla.

Es una verdad a medias, al menos, y tengo la esperanza de que la otra mitad llegue durante el trayecto hasta el hospital.

Haría falta toda una flota de masajistas para eliminar la ansiedad que se me ha formado en el cuerpo. No estoy segura de qué aspecto espero que tenga después de casi seis meses sin verla, si estará exactamente como la recuerdo o si notaré que hay algo diferente con solo mirarla.

Sé que no va a ser fácil. Mi madre podría hundirme más que Garrison y más que cualquiera de los chicos para los que intenté proyectar una fachada positiva. Y ella era la razón por la que lo hacía. La razón por la que fingí ser brillante como el sol, la razón por la que decía que todo estaba bien cuando nada lo estaba.

Porque nuestro padre no fue capaz de lidiar con su oscuridad, y yo no iba a dejar que eso me pasara a mí.

No dejaré que haga comentarios sobre mi aspecto o mi carrera o mi estado sentimental. Le dije a Alex que podía decirle que Garrison y yo habíamos roto, pero ella no sabe el motivo, y no voy a permitirle que utilice eso para molestarme.

Para cuando llegamos, he pegado y despegado el velcro del cabestrillo tantas veces que ha dejado de pegar en algunas zonas.

El hospital es un edificio nuevo situado en el centro. Después de registrarnos en la recepción y pasar por el detector de metales, una enfermera nos conduce a una sala luminosa y alegre, llena de cuadros donados por un artista local y cuyas mesas están vacías excepto la que está ocupando Amelia Abrams.

Se ha cortado el pelo. Es lo primero en lo que me fijo. Alex, nuestro padre y yo éramos un trío de pelirrojos, y nuestra madre era la rara al ser rubia. Estaba muy orgullosa de su pelo. Lo tenía muy estropeado y siempre se lo estaba tiñendo para eliminar las canas, pero era largo y mayoritariamente rubio y eso era lo que le importaba. Nos decía que no quería parecer mayor, como si aparentar la edad que tiene fuera una especie de castigo. Cuando me cortaba el pelo, ella siempre decía: ¡*Demasiado corto no!* Como si perdiera parte de mi valía si se me caía el pelo o si me lo cortaba demasiado.

Ahora mi madre lleva el pelo claro justo por encima de los hombros, más corto que el mío, con un estilo que no es del todo moderno, pero tampoco anticuado. Es bonito, eso es lo que es. Y le han crecido un poco las canas, pero no parece vieja. Al menos, no de la forma que siempre temió. Lo que parece es cansada.

—Hola, Alex. Arielle —dice cuando nos reunimos con ella en la mesa. Mi nombre completo, tan poco usado hoy en día, hace que retroceda en el tiempo.

No todos los recuerdos son malos. Estaban las cenas de Shabat que mi madre intentaba hacer especiales, las oraciones que nos enseñaba. El año que nos disfrazamos de piedra, papel o tijera en Halloween, ganamos el concurso de disfraces de la escuela primaria y recogimos más caramelos de los que jamás podría comerme. Hasta que nos obligó a vendérselos al dentista al día siguiente porque los caramelos provocaban acné y Dios no quisiera que su hija preadolescente tuviera un grano.

Sus novios solo aparecen en esos recuerdos de vez en cuando, los que se esforzaban por conocernos a Alex y a mí, los decentes que la animaban amablemente a hablar con alguien. *¡¿Quieres medicarme?! ¡¿Convertirme en alguien diferente?!*, le gritó a uno de ellos, un contable con buenas intenciones llamado Charlie. Yo tenía once años y no sabía en absoluto lo que significaba estar medicada.

Me siento más erguida y esbozo una sonrisa, como si la fuerza de esta pudiera desterrar las partes más grises del pasado.

No es hasta que hemos intercambiado saludos y me quito la chaqueta que se percata de mi brazo.

—¡Ari! —jadea—. ¿Qué ha pasado?

—Un par de espectadores no estuvieron de acuerdo con los pronósticos que di —respondo antes de ceder y contarle algo parecido a la verdad.

Su boca forma una pequeña «O».

—Me alegro de que estés bien.

Alex la pone al día sobre los niños y su trabajo y saca el móvil para mostrarle un vídeo de los mellizos bailando al ritmo de *We Built This City* de Starship, que según él es, por desgracia, su canción favorita, no sabe por qué. La pongo al día sobre KSEA, y asiente y se ríe cuando debe hacerlo, aunque las risas suenan un poco extrañas. No es que parezca feliz, exactamente; «contenta» es quizá la palabra más adecuada.

Aun así, no puedo evitar pensar en todos los años en los que rechazó el tratamiento. En cada vez que Alex y yo nos hemos preocupado por ella solo para que se despertase al día siguiente fingiendo que no pasaba nada. Este hospital es un extremo. Solo está aquí porque su cerebro la ha llevado a la oscuridad más profunda. Porque tenía miedo y no sabía qué más hacer.

Estoy segura de que mi vida adulta sería diferente si hubiera recibido ayuda antes. Hay demasiadas situaciones hipotéticas por esa carretera y, aun así, parece que no puedo cambiar de rumbo.

Nos habla de las actividades de ocio del hospital, de los médicos, de la terapia de grupo, dejando de lado los detalles más personales.

—La comida que ponen está buenísima —dice.

Lo que quiero saber es *por qué* esta vez es diferente. Por qué ha cambiado de opinión en cuanto a la medicación, o si solo se la está tomando para que le den el alta. Si volverá a sus antiguos hábitos cuando se vaya a casa.

Y no deja de mirar el cabestrillo.

—¿Te van a dejar salir en cámara con eso? —pregunta.

—Espero que sí, dado que es mi trabajo.

—¿No le daría mala imagen a la cadena?

—¿Por qué iba a hacerlo? No afecta a mi capacidad para pronosticar el tiempo.

Retrocede, dice la expresión de Alex. *Lo está intentando. Dale una oportunidad.*

—Nos alegramos mucho de que estés aquí. —Alex, siempre el pacificador, le toca el brazo—. Queremos apoyarte como sea.

Le dedica una sonrisa forzada, y hago todo lo posible por no leer entre líneas. Nunca he sabido lo que pasa por la cabeza de mi madre, y no me imagino que eso vaya a cambiar ahora.

Al final, la conversación se centra en mi ruptura, tal y como me temía.

—No éramos el uno para el otro —digo mientras me encojo de hombros, porque no soportaría decirle el auténtico motivo—. Solo que tardamos un tiempo en darnos cuenta.

Estoy totalmente preparada para que diga algún comentario de mierda, a pesar de que no conozca los detalles. *Fuiste demasiado. No pudo lidiar con ello.*

En lugar de eso, estira el brazo por encima de la mesa y posa su mano sobre la mía, su piel curtida y salpicada de pecas.

—Lo siento —contesta, y si cierro los ojos, puedo fingir que se está disculpando por mucho más.

15

PRONÓSTICO:

Se avecinan mares agitados, tanto literal como metafóricamente

—¿Te enteraste de la meteoróloga que se rompió los brazos y las piernas? —me dice uno de los cámaras mientras me coloco delante del croma—. Tuvo que llevar cuatro escayolas.

—¡Qué gracioso, Glenn! Humor de primera categoría. —Hago una mueca cuando la productora de las mañanas, Deandra Fuller, me ayuda a ajustarme el micrófono sobre unos de mis vestidos favoritos, de esos de los que tengo cinco iguales. Hoy toca azul marino. Subirme la cremallera ha sido horrible—. ¿Estás segura de que no pasa nada?

—Totalmente —responde Deandra—. ¿Te acuerdas cuando Gia se rompió la muñeca jugando al voleibol el año pasado? Enseñó ese vídeo en el que la gente la estaba ayudando a arreglarse en el vestuario y que le *encantó* a todo el mundo. Y, oye, igual puedes hacer alguna broma sobre eso cuando estés en directo. Ya sabes, hacer que los espectadores se sientan menos incómodos al respecto demostrándoles que *tú* no te sientes incómoda.

Lo cual acabó resultando así:

—Habrá mucha nieve en las montañas esta semana, lo que es una buena noticia para los esquiadores y los que hagan *snowboard* —digo, y alzo el brazo izquierdo—. ¡Aunque yo voy a estar un tiempo sin hacer nada de eso!

Apenas puedo mantener los ojos abiertos durante el programa. Se me ha hecho más fácil dormir mirando hacia arriba, pero voy a tener que tomarme un descanso antes de que Russell y yo pongamos en marcha la siguiente fase de nuestro plan esta noche. Estoy a favor de las siestas cortas, pero me pasé desde las once hasta las doce dando vueltas en la cama, y cuando me obligué a levantarme a las doce y cuarto, la cabeza me latía y el estómago estaba descontento conmigo. Una vez más, me arrepiento de no haber comprado la almohada esa para perros de Instagram.

No obstante, no es solo falta de sueño. Noto cómo los signos de la depresión se cuelan de forma silenciosa, probablemente una mezcla de la lesión, de mi madre y, como siempre, de la química de mi cerebro. Las cosas más insignificantes me afectan mucho, como la historia con final feliz con la que ha concluido el programa de esta mañana sobre una golden retriever que atravesó tres estados para encontrarse con su familia, que se había ido de vacaciones. Pensar en la dulce Beatrice echando tanto de menos a su familia que no pudo soportar estar unos días separada de ellos, ¡joder!, puede que esté a punto de llorar otra vez. Estaré bien. Solo tengo que esforzarme más en forzar sonrisas para la cámara y fuera de ella.

Si las fuerzo lo suficiente, empezarán a ser reales.

Voy de camino a mi escritorio cuando una conversación hace que me pare en seco.

—Últimamente ha estado distinto —le dice la periodista de investigación Kyla Sutherland a Meg Nishimura en el pasillo que hay entre el estudio y la sala de redacción—. Esta mañana lo he visto entrar en el despacho de ella. Pensaba que iba a ser por otro de esos carteles, pero le ha dejado un café con leche en la mesa.

—¿Leche de avena?

—Puede ser.

—A lo mejor han firmado una tregua por fin.

—O han liberado tensiones.

Se ríen, y a pesar de tener la mente un poco nublada, dejo que esa información me anime mientras me dirijo a la sala de redacción.

Por desgracia, dura poco. Estoy intentando actualizar nuestra red social con mis pronósticos, pero le pasa algo a mi conexión a Internet. Lo desconecto y lo vuelvo a conectar. Reinicio el ordenador. Nada. Y Torrance está en el centro meteorológico ahora, trabajando en sus pronósticos. Sé por experiencia que para ella es una tarea solitaria.

Echo un vistazo a la sala de redacción y encuentro exactamente cero ordenadores disponibles.

—¿Te funciona Internet? —le pregunto a Meg cuando se sienta en su escritorio, situado al otro lado de la pared divisoria.

—Eso parece —responde antes de ponerse los cascos.

Hago lo que puedo por reprimir un gruñido y me pongo de pie. Russell está cubriendo un partido esta tarde, así que a lo mejor su ordenador está disponible. Antes de tocar en la puerta medio abierta, cambio de expresión para no parecer tan seria. Ya me ha visto de formas que nunca le habría dejado ver a nadie, borracha y despotricando de nuestros jefes, hasta arriba de medicamentos y contando mi historia con Garrison. No puedo hacer nada de eso en el trabajo.

—Hola —digo, intentando sonar natural, cuando veo a Russell detrás de su ordenador—. ¿Puedo hablar contigo un momento?

No es el único que está en la oficina. Los presentadores de Deportes Shawn Bennett y Lauren Nguyen están en los escritorios que hay frente a él, observando nuestra interacción con mucha atención.

—Os dejamos solos —interviene Shawn.

—No, no. No tenéis por qué —contesto, pero él y Lauren ya se están riendo mientras salen de la oficina.

Es imposible que Russell y yo sigamos siendo carne de cañón para los cotilleos de la oficina, a no ser que estén muy faltos de ellos. Y dudo mucho que Russell les haya dicho algo sobre mí. Aunque, ¿qué iba a decir? ¿Que me quitó la ropa de forma no romántica y no sexual mientras yo estaba drogada con analgésicos recetados? ¿Que le abracé en bragas?

El recuerdo hace que la temperatura del Banquillo suba unos quince grados.

Cierran la puerta detrás de ellos y, ¡madre mía!, espero que no piensen que Russell y yo vamos a empezar a besarnos de repente contra ella. Aun así, agradezco la privacidad, aunque es muy posible que mi cara coincida con mi pelo.

—Perdón por eso —le dice Russell más a su ordenador que a mí. Tal vez está igual de avergonzado, y tal vez sea porque no siente lo mismo por mí.

—No pasa nada. Estás a punto de irte, ¿verdad? Era por si podía usar tu ordenador. El mío está estropeado.

—Sí, claro. —Teclea unas cuantas frases y me dice que tardará solo diez minutos.

Me apoyo en la pared bajo una camiseta *vintage* de los Seattle Mariners de Ken Griffey Jr.

—He visto el correo electrónico que Seth ha enviado esta mañana a todo el personal. ¿Han contratado a alguien para la sección de fútbol universitario?

Las manos de Russell se detienen sobre el teclado.

—Sí, un chico nuevo recién salido de la facultad. Shawn se va a dar de baja por paternidad ya mismo, así que voy a cubrir algunos partidos profesionales.

—¡Russell, eso es increíble! —Ni siquiera tengo que intentar que mi voz suene animada por el entusiasmo. Estoy muy emocionada por él. A pesar de que no es un resultado directo de nuestro complot, es un progreso. Aunque… durante el viaje de vuelta a Estados Unidos organizamos algo grande para mañana por la noche—. ¿Estás seguro de que todavía quieres seguir adelante? Con lo de los Hale.

—¿Por qué no iba a estarlo?

—Bueno, tu trabajo parece estar mejorando. Era lo que querías, ¿no? Cubrir los deportes profesionales.

Frunce el ceño.

—No es solo por mí. Sigues sin recibir la atención de Torrance, ¿verdad? —Mi silencio habla por sí solo—. Y la oficina puede que esté un *poco* mejor, pero no creo que podamos darlo por terminado todavía. ¿Estás segura *tú*, con el brazo? Todo esto ya ha sido… un poco más destructivo de lo que preveíamos. Podemos parar en cualquier momento, ya lo sabes.

—Creo que estamos cerca. Parecían tan *pacíficos* en el hotel… —O estoy tan acostumbrada a ver cómo se lanzan el

uno al cuello del otro que cualquier otra cosa es revolucionaria—. Y escuché algo antes sobre que Seth le había dejado un
café en el escritorio. Otras personas de la cadena están empezando a darse cuenta.

—Vale —acepta, y empuja la silla—. Voy a… Esto… Voy
a abrir la puerta antes de que alguien se haga una idea equivocada.

Y eso lo deja claro. Hoy no hay rastro de lo que sea que
pensé que podía haber sentido en mi habitación del hotel.

—Claro. —Ahora tampoco puedo mirarlo—. No me gustaría que eso pasara.

* * *

El objetivo es recrear la primera cita de Torrance y Seth. Al
parecer, Russell y Seth tuvieron una conversación tan sincera
en la sauna como la que tuvimos Torrance y yo. Hace unos
veinte años, cuando aún trabajaban en Olympia, Seth la llevó en coche hasta Seattle una noche de julio para cenar en un
barco por el lago Washington. Había un menú seleccionado
con especial cuidado que combinaba la herencia japonesa de
él con la escocesa de ella, y aunque el capitán les dijo que era
poco probable que vieran una ballena en uno de estos cruceros, lo hicieron: una majestuosa orca que sacó una aleta del
agua como si quisiera saludarles.

Tuvimos suerte con un cupón de Groupon. Reservamos
un crucero con cena para los cuatro y les dijimos que era
para agradecerles el retiro y que me sentía especialmente
mal por no haber podido quedarme. La ballena, por desgracia, está fuera de nuestro control. Antes de que el barco salga, uno de nosotros dará una excusa falsa, lo que los dejará

solos en un escenario sumamente romántico, si las fotos de la página web son ciertas.

El abatimiento de ayer se ha disipado en gran parte, y me alivia que haber visto a mi madre no me haya hundido más. Es imposible saber cuánto van a durar estos estados de ánimo o si es necesario adelantar una cita con la psicóloga.

—Estoy teniendo un *déjà vu* —dice Russell mientras esperamos en un muelle del centro. En verano, esta zona está tan llena de turistas que la evito por completo, pero en febrero está vacía. El agua está agitada y el viento juega con las puntas de su pelo. Russell con una bufanda de lana: una imagen a la que podría acostumbrarme.

—Esta vez van a aparecer. Es una cena gratis en un barco. ¿Quién podría decir que no a eso?

Me reajusto el abrigo, porque una cosa que he aprendido hace poco es que llevar un abrigo y un cabestrillo a la vez es complicado. Puedes llevar el cabestrillo por encima de la camisa y pasarte el abrigo por encima de un hombro o puedes vestirte como siempre y ponerte el cabestrillo por encima del abrigo. Yo he optado por la primera opción, lo que significa que tengo que estar dándole tirones al abrigo para que no se caiga. Es muy innovador. Muy elegante.

Un hombre que parece tener unos treinta años y que lleva un chaleco que indica que trabaja para la compañía de cruceros se acerca a nosotros.

—Hola, soy el capitán —dice—. ¿Participáis en nuestro crucero Magia Lunar esta noche? ¿Señor y Señora Hale?

Me aguanto la risa.

—Esos son nuestros jefes. Deberían llegar en cualquier momento.

Su sonrisa revela un hoyuelo bastante encantador.

—Genial. Estamos encantados de teneros aquí. Va a ser una noche muy especial para todos. —Deja de sonreír y señala mi cabestrillo—. ¿Qué ha pasado?

—Luché con una paloma cuando intentó robarme la comida.

—¡Au!

—Deberías ver la paloma.

Se queda un momento callado, escudriñándome.

—Te juro que esto no forma parte del guion —dice—, pero estoy bastante seguro de haberte visto antes.

—Soy meteoróloga en KSEA 6. Suelo estar los días laborables por las mañanas.

—¡Sí! Eso es —contesta con un chasquido de dedos—. No siempre lo veo de forma religiosa, pero suelo tenerlo puesto de fondo. Y ahora me arrepiento de haber dicho algo, porque hace que parezca que no valoro en absoluto tu trabajo. Ari Abrams, ¿verdad?

—Me siento halagada. De verdad —afirmo.

—Craig. —Tiende la mano.

—Encantada de conocer a un fan pasivo.

Sigue sonriéndome, y no estoy para nada acostumbrada a esto. Russell mira algo en el móvil y luego estira el cuello para ver si los Hale vienen para acá.

—Ari Abrams de KSEA 6 —continúa Craig—, ¿crees que podrías darme tu número? Suponiendo, claro está, que consiga que volváis a tierra de una pieza.

—Esto… ¿Vale? —Estoy tan desconcertada por toda esta interacción que lo digo como una pregunta. No estoy acostumbrada a que los hombres sean tan directos. Busco una respuesta más positiva—. Claro. Por supuesto.

Russell está decidido a no mirarnos a ninguno de los dos en este momento, y tal vez sea mi imaginación, pero tiene los hombros tensos.

Esto no tiene por qué ser incómodo. Me obligo a mirar el lado bueno que todos asumen que busco. No paro de repetirme que quizá descubra cómo salir con gente este año. Podría empezar así.

Craig escribe un texto mientras recito mi número, y entonces mi móvil vibra al recibir un mensaje que contiene una mano saludando y un emoji de un barco.

Estoy tan impactada por este inesperado impulso a mi autoestima que me sobresalto cuando Russell grita:

—¡Seth!

—Siento llegar un poco tarde. Gracias otra vez por esto. —En la mano lleva una suculenta en una bonita maceta con dibujos y que parece ser cara, por lo que sé de cuando fui al invernadero el mes pasado.

Torrance aparece unos minutos más tarde, tan elegante como siempre con un abrigo negro hasta los tobillos con cuello de piel sintética, y cuando Seth le entrega la suculenta, se vuelve casi del tono del pintalabios que lleva siempre.

No puedo evitar preguntarme si el hecho de que ambos lleguen tarde es una señal de que están destinados a estar juntos o si es tan simple como que ninguno de los dos quiere ser el primero en llegar.

Craig nos conduce a todos hacia la rampa que nos llevará al barco, un pequeño pero elegante yate blanco con el nombre Vive el Momento. Russell y yo vamos detrás de los Hale, pero a mitad de la rampa, se detiene con dramatismo.

—¿Estás bien? —le pregunto.

—Sí, lo siento. Es que… a veces me mareo un poco en los barcos.

Torrance se da la vuelta, y una brisa se filtra a través de sus brillantes rizos.

—¿Te marean los barcos?

Russell alza una mano.

—No es para tanto, de verdad. Seguro que estaré bien. —Tras decir eso, se dobla mientras se agarra el estómago.

Es tal la actuación que tengo que morderme el interior de la mejilla para no reírme.

—Oye, Russ, si tienes que quedarte fuera, no pasa nada —dice Seth—. No nos gustaría que te quedaras ahí atrapado si no te encuentras bien.

—Y la velocidad del viento es la más alta de toda la semana. Se supone que esta noche va a alcanzar casi cincuenta kilómetros por hora —añade Torrance—. El agua podría estar inestable.

Russell sigue dándolo todo y lanza un suspiro largo y tembloroso, y cuando me mira, casi espero pillarle guiñando el ojo.

—Sí, puede que tengáis razón. Probablemente sea lo mejor.

—Odiaría que te lo perdieras —intervengo, metiéndome en mi papel: convencerles de que no queremos irnos antes de valorar que Russell se encuentra demasiado mal como para irse a casa solo.

—Está un poco pálido. —Torrance parece preocupada—. ¿Te asegurarías de que llega bien a casa, Abrams?

Es un milagro que no me muerda por completo el labio inferior, porque iba a sugerir exactamente lo mismo. O Torrance se preocupa mucho por Russell o se ha dado cuenta de que esto significa una oportunidad para empaparse de toda esa Magia Lunar con Seth. A solas.

—Claro. —Finjo echar una mirada anhelante a Vive el Momento—. Lo siento. Nos apetecía mucho.

—Bueno... —Torrance se interrumpe, pasando la mirada de Seth a nosotros dos—. Nosotros deberíamos ir, ¿verdad, Seth? Sería una pena desperdiciarlo...

Quiere pasar tiempo con él.

O quiere un paseo en barco y una cena gratis, pero, aun así, van a estar en un yate durante un total de tres horas. O salen con un afecto mutuo nuevo o uno de ellos tira al otro por la borda.

—Yo me apunto si tú te apuntas —responde Seth. Me doy cuenta de que está intentando sonar como si no le alterase nada pasar tiempo a solas con Torrance cuando lo más probable es que esté de los nervios—. Gracias de nuevo a los dos. Es una pena que no podáis disfrutarlo.

Hago un gesto con la mano.

—Ni lo menciones. Que tengáis una buena noche.

Enlazo mi brazo derecho con el de Russell, y él deja escapar otro gemido por si acaso. Una vez que me doy la vuelta, no puedo evitarlo. Empiezo a reírme y los hombros de Russell empiezan a temblar, y nos apresuramos a salir de la rampa lo más rápido posible.

—¡Dios mío! —Oigo decir a Torrance—. ¿Te acuerdas? Es la misma botella de vino de nuestra primera cita.

Cuando estamos a salvo en tierra, Russell me mira, con la luz de la luna brillando en sus gafas, y sé que estamos pensando lo mismo: está funcionando.

16

PRONÓSTICO:

Una colisión inevitable de dos sistemas de alta presión; cuidado con la caída de objetos

Una sala de redacción no duerme nunca. Si bien es cierto que estoy acostumbrada a llegar a la cadena cuando todavía es de noche, la oscuridad de las nueve es diferente. Casi escalofriante.

Russell tenía que terminar una cobertura para la página web, y como era el que conducía, no iba a quejarme. Sí, podría haberme ido a casa en Uber, pero tuve que haber sido una casamentera (o más específicamente, una *shadchan*) en una vida anterior, porque imaginarme a Torrance y a Seth juntos en ese yate me ha dado una buena descarga de adrenalina. No estoy lista para que termine la noche.

—Muy convincente lo del mareo —digo mientras nos dirigimos al Banquillo, el cual está vacío—. Parecía que lo estabas pasando fatal.

Russell enciende una de las luces del techo, lo que envuelve la habitación con un halo suave y cálido.

—Es verdad que me mareo en los barcos. Os estaba ahorrando pasar por eso.

Me dejo caer en el sofá que hay entre los escritorios de Russell y Shawn Bennett.

—No puedo creerme que tengáis un sofá. Esto es discriminación. Contra la gente que no trabaja en Deportes.

Russell emite un sonido grave con la garganta mientras se sienta delante del ordenador, pero no hace ningún movimiento para abrir un archivo.

—Lo siento, perdón. Te dejo trabajar. Es que ahora mismo estoy muy emocionada. —Le doy un golpe al reposabrazos del sofá a modo de énfasis—. Me siento como si fuera capaz de levantar un puto camión.

—Ha sido genial verlos así —dice con la voz plana. El mareo de cuando salimos corriendo de la rampa ha desaparecido por completo.

—Ha sido una *victoria*. Ahora mismo están en un crucero romántico por el lago Washington con el capitán Craig, y es gracias a *nosotros*. —No puedo dejar de sonreír—. Lo estamos logrando. Lo estamos logrando de verdad.

Estoy hablando demasiado. Pero Russell está actuando de forma extraña, y no estoy segura de cómo recuperar lo que solemos tener o de si todavía hay un «solemos» después del fin de semana. Mi habitación del hotel. Su fuerte respiración cuando me desabrochó el sujetador.

Si me acostase con cien personas más, estoy bastante segura de que seguiría siendo el momento más sexi que he tenido en mi vida.

—Tenemos suerte de que Craig haya sido tan servicial —añado.

Sé que es detestable decir eso. Estoy siguiendo mi instinto, probando si esa es la razón por la que está molesto. Y funciona.

—Sí. Craig estaba encantado de ayudarte. —El peso que pone en la última palabra es leve, pero lo capto.

Me siento erguida y dirijo mi nueva frustración justo entre sus omóplatos.

—Vale. ¿Me explicas qué te pasa?

Gira sobre la silla y me fulmina con sus ojos azules.

—¿En serio, Ari? Dame un poco de crédito. —Nunca lo había visto tan visiblemente irritado. Respira hondo, como si intentara calmarse. Cuando vuelve a hablar, su voz es más tranquila—. Te invitó a salir delante de mí, y te faltó tiempo para decir que sí.

—¿Qué más da que ocurriera delante de ti? —inquiero—. ¿Y qué más da que le dijera que sí con tantas ganas? Estoy soltera.

Si está celoso, va a tener que ser más concreto. Si siente por mí una mínima parte de lo que siento yo por él, no quiero que siga siendo una duda que no dejo de cuestionarme.

—Porque estaba tan… No sé. Cincelado. En forma. Como un Ken. Y pensé que si ese era tu tipo… —Se interrumpe y se pasa la mano por la barba incipiente que le cubre la mandíbula de una manera que me gustaría que no fuera extremadamente sexi.

La forma en la que está sentado, con sus gafas y su aspecto desaliñado y su chaqueta con coderas… La idea de que no sea mi tipo es tan ridícula como decir que no me importan las nubes.

—¿Si ese fuera mi tipo…? —le pregunto con toda la suavidad que me es posible.

—Da igual. No quiero ser el típico imbécil celoso.

—¿Por qué ibas a estar celoso del capitán Craig?

En ese momento, se levanta de la silla, la cual gira y se choca contra su escritorio con un golpe sordo.

—¡Porque me pareces increíblemente atractiva! Llevas siéndolo desde hace tiempo, y que le dijeras que sí a ese tío que acababas de conocer delante de mí me ha puesto celoso. No estoy orgulloso de ello, pero no puedo evitarlo. Estoy totalmente desentrenado, y no hay nada que pudiera dejarlo más claro que lo que ha pasado esta noche. Y quería que Torrance y Seth tuvieran una noche increíble, de verdad, pero ese es el motivo por el que no estoy tan entusiasmado con lo que ha pasado.

Su mirada se ha vuelto muy intensa, no parpadea mientras espera mi siguiente movimiento, y lo único en lo que puedo fijarme es en cómo su pecho asciende y desciende con rapidez. Fuera, dentro, fuera, dentro. Puede que no haya suficiente aire en esta habitación.

Siempre hemos sido muy cordiales el uno con el otro, y ahora que estamos tan cerca de confesar lo que sentimos, las garras están saliendo.

Con las piernas temblorosas, me pongo en pie.

—Russell —empiezo—. Russ. —Pruebo el apodo, y me encanta cómo se le suaviza el rostro cuando lo digo—. No es mi tipo.

—¿No? —Hay un atisbo de esperanza en su voz.

Niego con la cabeza mientras me acerco, y estiro la mano derecha para rozarle el brazo. Desea esto tanto como yo, y eso me vuelve valiente. Mi respiración está tan agitada como la suya, y la anticipación me llena los pulmones hasta que creo que voy a colapsar antes de llegar a él.

Por suerte, él está ahí para sostenerme, y su boca se encuentra con la mía justo cuando me agarra las caderas con las manos.

Es un beso intenso y rápido, y me abro a él de inmediato. Es Russell, quien me llevó a mi primer partido de *hockey* sobre hielo, me esperó en el hospital y me desnudó sin mirar. El dulce y siempre educado Russell, que pierde toda pretensión de ser agradable cuando atrapa mi labio inferior con los dientes mientras me sumerge las manos en el pelo. Pensaba que sería tímido, reservado, pero hay desesperación incluso en la forma en la que me recorre la oreja con el pulgar. El roce de la barba incipiente contra mi barbilla y mis mejillas.

Y no me canso.

Le sale un gruñido de la garganta, lo que hace que lo bese más profundamente, agarrándole con más fuerza de la solapa de la chaqueta con la mano buena. Ahora estoy segura de que aquí no hay suficiente aire, pero no me importa. Lo único que quiero es que haga ese sonido una y otra vez.

Me olvido por un momento de que no puedo usar los dos brazos cuando intento acercarlo. Me separo con una fuerte inhalación.

—¡Mierda! —dice con los rasgos contraídos por la alarma aun cuando está respirando con dificultad—. ¿He...?

—No, no. Ha sido culpa mía. —Me reajusto y aprieto el cabestrillo. Con una media sonrisa tímida, añado—: Solo intentaba tener más de ti.

Cuando se vuelve a acercar a mí, nos gira y me apoya contra su escritorio. Me da el impulso que necesito para subirme, y le rodeo la cadera con las piernas y… *sí*. Lo noto cálido y suave, excepto donde no lo está, y eso envía una sacudida de satisfacción a las partes más sensibles de mi cuerpo. Esta vez no dice nada cuando le acaricio el redondo vientre, sino que me atrae más.

—No quiero estropear nada de tu escritorio —digo mientras me recorre la mandíbula con la boca.

—Puedo decirte con total honestidad que me da exactamente igual.

Aun así, al principio me muestro reticente y voy apartando las cosas (una grapadora, creo, y luego un cuaderno). No es hasta que empieza a lamerme en el punto en el que el cuello se une al hombro que tiro la cautela por la borda y empiezo a empujarlo todo. Papeles, bolígrafos, un par de auriculares. Puedo sentir cómo los tacones de mis zapatos se le clavan en la espalda, pero si le molesta, seguro que no dice nada.

He tenido fantasías en la oficina de vez en cuando, pero, ¡Dios!, la realidad es aún mejor. Desprende un calor sólido, desciende los labios, dejando caer besos a lo largo de mi clavícula y por mi cuello. Tiene las manos en mi cintura, las yemas de los dedos me están rozando la caja torácica, y noto que no está seguro de ir más allá.

Si no puedo hacer todo lo que quiero con un cabestrillo en el brazo, lo menos que puedo hacer es ayudarle.

Así pues, le cubro la mano con la mía y se la subo hasta que su pulgar me acaricia un pecho a través de la tela del jersey.

—¿Está bien? —me pregunta, y es ridículo lo bien que está. Ni siquiera me ha tocado la piel y ya me duelen los pezones.

—¡Dios! Sí. —Mi boca se abre contra la suya, y se traga mi gemido mientras mueve la lengua y yo aparto la mano de la suya para agarrarme a su nuca.

Me levanta la falda y me arrastra hasta colocarme en el borde del escritorio y quedarnos alineados de la forma más tortuosa. El roce áspero de sus vaqueros me está volviendo loca. La batalla que he tenido esta mañana para ponerme estas medias no ha merecido la pena. Me habría arriesgado a pasar frío todo el día si eso significaba que podía sentirlo exactamente donde quiero sentirlo, duro contra mi centro mientras me gime en el oído. Muevo mis caderas contra las suyas, lo que convierte ese gemido en algo feroz y hace que suelte un jadeo. Quiero desabrocharle el cinturón, bajarle la cremallera, que me desnude en su oficina para que se acuerde de esto cada mañana cuando llegue al trabajo.

Cuando algo se cae de su escritorio seguido del golpe más fuerte hasta ahora, Russell rompe el beso, jadeando. Reprimo una carcajada cuando se acerca a comprobar qué era y vuelve con un Funko Pop de un jugador de béisbol metido todavía en la caja de plástico.

—¡Qué mono! —digo.

—El rey Félix Hernández no es mono. Es una edición coleccionista. —Lo vuelve a colocar en el escritorio, luego parece pensarlo mejor y lo guarda en un cajón.

Aun así, parece que volvemos a la realidad, lo que quizá sea bueno. No estoy segura de hasta dónde podríamos haber llegado. Tengo que apretar las piernas y morderme el interior de la mejilla. Siempre me ha costado dejarme llevar con gente nueva y nunca he tenido un orgasmo con alguien en un primer encuentro. Pero estoy tan excitada que unos minutos más y podría haber colapsado, y me habría asegurado de arrastrarlo conmigo.

—Ha sido… —dice mientras juguetea con un mechón ondulado de mi pelo— diferente a lo que pensaba que ocurriría esta noche.

—Yo me lo he imaginado dos o tres veces. —Con el corazón todavía acelerado, salto del escritorio y hago lo posible por ordenarlo—. Solo que normalmente hay una ventisca y nos quedamos aquí atrapados durante días con nada más que el cuerpo del otro para entrar en calor.

—Siento haberme puesto celoso. —Me rodea con su cuerpo y me interrumpe mientras ordeno para darme un beso en la oreja—. Es que aún no había descubierto cómo ser valiente contigo.

—Siempre me has parecido valiente —contesto—. Incluso antes de esto.

Todo su rostro cambia y el extremo de los ojos se le arruga de esa forma que tanto me gusta. Es increíble ver cómo le cambia la confianza.

—¿Te he dicho que estás absolutamente impresionante con ese cabestrillo, Ari Abrams?

Me muerdo el labio para no sonreír.

—¿Sí?

—Sí. —Me acerca la mano a la cara y me roza el pómulo con el pulgar—. Te resalta los ojos.

17

PRONÓSTICO:

Unos días brumosos de verdades
incómodas

La consulta de mi psicóloga tiene vistas al lago Union y un sofá que se adapta tan bien a mi cuerpo que me da miedo preguntarle dónde lo compró, porque sé que se me va a ir del presupuesto. He estado en unas cuantas consultas psicológicas y ninguna me ha tranquilizado tanto como la de Joanna.

Hoy ha tocado terapia por partida doble. Todavía sigo dolorida por la fisioterapia después de que una mujer llamada Ingrid me estirara y doblara el codo, la muñeca y los dedos durante treinta minutos, y ahora esto. Llevo casi tres años viendo a Joanna, desde que me mudé a Seattle y mi anterior psicóloga se jubiló y me la recomendó. Acudir a alguien nuevo es abrumador (empezar desde el principio, vaciar toda tu mochila para un extraño, saber que no va a pensar mal de ti por tus irracionalidades, pero aun así estar aterrada), pero valió la pena encontrarla. Voy cada pocas semanas, a veces con menos frecuencia si siento que lo estoy llevando bien.

—¿Qué tal el trabajo? —pregunta Joanna, y le da un sorbo a su taza con una acuarela del horizonte de Seattle. Bebe ese té cada vez que estoy aquí, y el relajante aroma a limón debe de tener una forma de desenredar el caos que tengo en el cerebro, al igual que sus preguntas. Con su larga melena oscura y su flequillo recto, el cual siempre hace que me replantee cortármelo yo también, nunca he sabido adivinar la edad que tiene. Tiene la apariencia de una persona de veinticinco años, pero se comporta con la sabiduría de alguien que ha ayudado a mucha gente a librar una guerra contra sus demonios.

—No está mal. —Llevo casi diez años en terapia, y cada vez que vengo, al principio las únicas respuestas que doy son breves. *¿Cómo estás? Bien. ¿Qué has hecho desde la última vez? No mucho.* Tengo que ir poco a poco, como un patito que aprende a nadar una y otra vez. Joanna debe de estar acostumbrada, porque deja espacio entre las preguntas. Es algo que tienen en común la terapia y el periodismo—. Un poco difícil por lo del brazo, pero me estoy acostumbrando.

—Siento mucho lo que te ha pasado —dice con la misma dulzura de siempre—. ¿Ha sido Torrance comprensiva?

—Ha estado mucho mejor que de costumbre, la verdad. —Y aquí es donde me debato sobre cuánto del plan quiero compartir con ella.

Lógicamente, sé que el trabajo de un psicólogo es no juzgarte. A pesar de saber que Joanna no va a expresar abiertamente lo decepcionada que está, sigo mostrándome reacia a decirle que he estado manipulando a mis jefes para que se vuelvan a enamorar el uno del otro.

Opto por una verdad a medias.

—Ella y su exmarido parecen llevarse bien, lo que es bueno para el resto.

—¿Su exmarido, el director de informativos? ¿Seth? —La memoria de Joanna me asombra. No sé si toma notas meticulosas o qué, pero es capaz de recordar nombres incluso de personas que he mencionado de pasada.

—Hace un par de semanas que no hay ni carteles pasivo-agresivos ni broncas en la sala de redacción. Había olvidado lo que se sentía al tener esa armonía.

—Ari, eso es *genial*. —Esboza una sonrisa amable y le da otro sorbo al té—. Hace tiempo que quieres recibir más atención por parte de ella. ¿Sientes que sea algo un poco más alcanzable ahora?

—Puede ser. Aunque al estar de buen humor… —Llevo mucho tiempo esperando a que llegue el momento en el que Torrance se interese por mi carrera profesional—. Tal vez incluso podría planteárselo directamente. No dentro de poco, pero en algún momento.

—Claro, podemos hablar de estrategias para hacerlo cuando estés lista —dice Joanna—. ¿Hay algo más que quieras discutir hoy?

—He estado pasando mucho tiempo con, mmm, uno de los periodistas deportivos —respondo, ya que imagino que no tengo nada que perder si le hablo a Joanna sobre Russell.

—¿En plan romántico?

—¿Sí?

—Es algo reciente. —Bastante *reciente*. El beso en la sala de redacción fue el miércoles, y hoy es viernes—. Así que todavía no he hablado con él de… todo esto. —Agito la mano para abarcar la habitación.

Después de ordenar su escritorio para que no pareciera que nos habíamos estado enrollando conmigo sentada encima, empecé a bostezar y me llevó a casa con el pretexto de que su trabajo podía esperar.

—Ahora no voy a poder concentrarme —dijo con una risa áspera que sentí hasta en la punta de los dedos de los pies.

Esta semana tiene a Elodie, lo que significa que nuestros horarios no volverán a coincidir hasta el próximo fin de semana. Sin embargo, nos hemos estado enviando mensajes, y la próxima noche que tenemos libre, lo voy a llevar a su primera cita en cinco años.

—Esa no iba a ser mi siguiente pregunta —afirma Joanna.

—Vale, de acuerdo, pero sabía que iba a llegar. En algún momento.

Hablamos de esto cuando estaba con Garrison, de por qué sentía que no podía hablarle de las visitas que hago cada tres semanas a esta consulta o de las pastillas que llevo en el bolso.

—¿No crees que tal vez él no está recibiendo todo de ti? —preguntó Joanna—. Te quiere, Ari. Puede que entienda por lo que estás pasando más de lo que crees. Incluso podría apoyarte.

—No quiero perderle si lo hago —respondí.

Por muy abierta que me haya mostrado con Russell, solo sabe una parte de mi historia. Quiero pensar que con él sería diferente, pero aún no estoy segura de si vale la pena correr el riesgo. No tengo forma de saber qué pasaría si le diera cada pedazo roto de mí, y es la incertidumbre lo que hace que me guarde esos pedazos.

—Hablemos de otra cosa —me apresuro a decir—. Hablemos de mi madre.

Joanna alza tanto las cejas que le desaparecen por debajo del flequillo.

—¿Has sacado voluntariamente el tema de tu madre? Me parece bien.

Tiene razón, no lo hago muy a menudo. En terapia, incluso cuando no tengo que ser esa versión brillante como el sol de mí misma, siempre me pongo nerviosa cuando hablamos de mi madre.

—La vi la semana pasada. Se va a casa en un par de días.

—¿Qué tal fue?

—No fue terrible. Parecía que estaba… bien. Por lo que pude ver, al menos.

—¿Has pensado en cómo quieres que sea esa relación? Sé que es tu madre, pero tienes todo el derecho a tomar la decisión que más te convenga a ti.

Dejo que la pregunta se quede suspendida en el aire. Sopesándola.

—Sí, lo he pensado. Y quiero tener una relación estrecha con ella, o lo que sea que podamos conseguir. Sé que no va a ser como me imaginaba cuando era más joven, y me parece bien. Quiero conocer esa versión diferente de ella. —Una vez que las palabras salen de mi boca, me sorprende darme cuenta de que son ciertas.

—Sabes que no se va a curar al instante —dice Joanna—. Que esto es un proceso y que tendrá que seguir con la terapia y con la medicación. —Puede que sea una referencia a la broma que hice después de nuestra tercera sesión. ¡Estoy curada!, alardeé, y ella negó con la cabeza, sonriendo. Una de mis anteriores psicólogas no tenía ningún sentido del humor. Para mí era importante encontrar a alguien que fuera capaz de reírse de las cosas—. Y que puede que no sea del todo la versión que esperas que sea.

—Lo sé. Todavía quiero verla. Intentarlo.

Joanna le da un sorbo al té y asiente despacio.

—¿Te parece si hablamos sobre algunas estrategias para gestionar las cosas que a lo mejor te dice tu madre?

—De acuerdo —contesto en voz baja, y eso es lo que hacemos durante el resto de la sesión.

* * *

Ese domingo, quedo con Alex y Javier para un *brunch* con alcohol en un restaurante de lujo al que Javier está intentando arrebatarle una chef.

—Este estofado de kimchi está para morirse —dice entre bocado y bocado—. Imagina lo que podría hacer en nuestra cocina. —El local de Javier, un restaurante de fusión cubana llamado Honeybee Lounge, no para de recibir buenas críticas, pero está decidido a obtener una estrella Michelin.

—¿No es moralmente cuestionable robar una chef? —Arrastro el tenedor por la pila de tortitas. No se equivoca; todo está increíble. Y probablemente no debería ser yo la que juzgue la moral de nadie.

—Es algo que ocurre constantemente en la industria. Sobre todo si tienes una chef de diez que no está recibiendo la atención que quiere, lo que sospecho que es el caso de Shirley Pak, según la conversación muy informal y para nada moralmente cuestionable que tuvimos la semana pasada mientras nos tomábamos unas copas.

—Supongo que eso también ocurre en la televisión. —Inclino la cabeza hacia el techo para fingir que estoy invocando al universo—. ¡Si el programa *Today* me quiere, que no dude en decírmelo en cualquier momento!

—No te preocupes, ya les he enviado las fotos de tu valla publicitaria. —Alex le da un sorbo a su mimosa, y ya se le han sonrojado las mejillas pecosas a causa del vino *prosecco*—. ¡Dios! ¡Qué raro es salir sin los niños! Hay casi demasiado silencio, ¿no? ¿No debería haber alguien gritando?

Javier le da un codazo.

—El silencio puede ser algo bueno.

Este sería el momento perfecto para contarles a mi hermano y a mi cuñado lo de Russell, pero no estoy segura de cuánta vulnerabilidad me queda, sobre todo después de contárselo a Joanna.

A nuestro alrededor, los grupos de amigos brindan entre sí y se ríen y roban comida de los platos de los demás. Durante los últimos dos meses he estado pensando en que he perdido a todos mis amigos al quedarse con Garrison. Sí, eran amigos suyos primero, pero me cuesta recordar a quiénes tenía antes de eso. Los últimos años de Universidad hubo algunos compañeros de clase con los que tuve una relación cercana, pero todos nos separamos para irnos a ciudades diferentes después de la graduación. Hubo un par de personas en Yakima, entre ellas el meteorólogo jefe, cuyo objetivo era mantener ese trabajo durante el resto de su carrera profesional. Quería ser *el* hombre del tiempo de Yakima, y aunque mis sueños eran distintos, lo respetaba.

Cuando regresé a Seattle, volví a tener a Alex. Mi mayor esperanza era que, en algún momento, tendría a Torrance también. Soy simpática con los meteorólogos de otras cadenas, hasta el punto de que charlamos si nos vemos en eventos relacionados con la industria, y aunque siempre prometemos tomarnos un café alguna vez, nunca pasa.

Me excuso para ir al baño, temiendo la hazaña de ingeniería que supone desabrocharme los vaqueros con un cabestrillo en el brazo. De camino al baño, veo una cabeza rubia que me resulta familiar en una mesa situada al otro lado del restaurante.

Mi primer instinto es acercarme a saludarla. Pero cuando veo a su compañero de mesa, me sobresalto tanto que tengo que correr al baño por miedo a soltar un jadeo que puedan oír. No confío en mis ojos ni en mi cerebro hasta que vuelvo a entrar en el comedor muy, muy despacio. Porque esa es Torrance Hale, y el hombre que tiene sentado enfrente y sobre cuyo antebrazo tiene apoyada la mano no es Seth.

Vuelvo a mi mesa, desde donde veo peor, pero donde me siento mil veces más segura. El hombre parece tener la edad de Torrance, quizá un poco más joven, y lleva el pelo castaño excesivamente peinado y un aro de plata en una oreja. Van vestidos con ropa informal, lo que, por supuesto, para Torrance sigue significando un pintalabios impecable y un jersey que lo más probable es que cueste más que un mes de mi alquiler. Sí, podría ser un familiar, pero la forma en la que se está inclinando hacia delante y riendo de algo que él está diciendo deja claro que es una cita.

—¿Estás bien? —inquiere Javier—. Parece que has visto un fantasma.

—Sí. —Me atraganto cuando lo digo y me salpico la camisa de agua.

Parecía que Torrance y Seth se estaban llevando bien. No creo que me lo haya imaginado. Y no solo se estaban llevando bien, sino que estaban disfrutando de la compañía del otro. La conversación en el retiro, la falta de carteles pasivo-agresivos en la sala de redacción, el yate…

Tal vez la verdad es que nunca hemos tenido nada de control sobre ellos.

18

PRONÓSTICO:

Miren el cielo y verán un fenómeno natural deslumbrante; las temperaturas alcanzan máximos históricos por la tarde noche

—Te aviso —digo cuando Russell me recoge el sábado en un Subaru viejo para tener nuestra primera cita oficial—. Va a ser extremadamente friki.

—Bien. —Se inclina para besarme, y pienso que será un pico, pero me da un beso más profundo y largo de lo que imaginaba al tiempo que me desliza una mano por el pelo. Es media mañana, y todavía huelo el cítrico limpio de su jabón—. Tengo la sensación de que tengo que volver a empezar poco a poco. No podemos ir a escalar o a lanzar hachas del tirón.

—¿Lanzaste muchas hachas hace cinco años?

Su boca se convierte en una sonrisa torcida que quiero arrancarle de la cara con los dientes.

—Supongo que nunca lo sabrás. —Cuando arranca el coche, empieza a sonar la banda sonora de *Hadestown*—. Elodie ha estado trasteando con mi móvil. Mi Spotify son única y exclusivamente canciones de musicales.

—Una heroína.

Pongo nuestro destino en Google Maps, pero no le dejo ver adónde vamos. Esta semana nos hemos robado besos en el Banquillo o en la cocina cuando no había nadie, pero siempre terminan demasiado pronto. No es que lo estemos manteniendo en secreto, pero creo que nos estamos mostrando reacios a hacerlo público antes de haber tenido la oportunidad de discutir lo que significa. Y ahora que por fin tenemos una cita, estoy decidida a hacer todo lo posible por que sea la mejor primera cita.

—Técnicamente —comienza Russell mientras nos dirigimos a la I-5 desde mi barrio de Ravenna—, ya hemos tenido una cita. Solo que fue la de Torrance y Seth.

Lanzo un gemido.

—Mejor dejémoslos en el trabajo hoy.

Quince minutos después, Google Maps nos avisa de que hemos llegado a Discovery Park.

—Espera —dice Russell mientras se mete en una de las últimas plazas que quedan en el aparcamiento. Elegí este lugar porque esperaba que no estuviera tan lleno de gente como otros parques, pero quizá he subestimado el interés que tiene el público en general por los fenómenos meteorológicos. Lo cual hace que la meteoróloga que hay en mí esté feliz, así que no puedo estar demasiado disgustada por ello—. ¿Es el eclipse solar?

—Me has pillado.

Llevamos toda la semana informando sobre él, incluyendo los mejores lugares para verlo. Ver cómo la gente se emociona siempre es algo increíble. Si bien es cierto que los eclipses solares se producen unas cuantas veces al año, la banda de totalidad puede ser bastante limitada. Los eclipses totales son bastante poco frecuentes, y este es solo un eclipse parcial.

Con el brazo derecho, meto la mano en el bolso y saco dos pares de gafas para eclipses solares que pedí por Internet.

—Las necesitaremos. Se supone que no hay que mirar directamente al sol, lo que para mí es un hecho, aunque basándome en lo que he visto en las redes sociales de KSEA, parecer ser que no lo es.

Nos dirigimos hacia el parque mientras el cielo empieza a oscurecerse ya. No se volverá tan oscuro como durante un eclipse total, ya que la Luna va a pasar entre el Sol y la Tierra, pero solo cubrirá parte del Sol. El Sol, la Luna y la Tierra no estarán perfectamente alineados. Aun así, es imprescindible protegerse los ojos.

—Lo loco de los eclipses es lo poco que duran —comienzo mientras giro el extremo de mis gafas—. Así que la gente a veces viaja hasta aquí e incluso acampa un par de días para solo dos minutos. —Hago una pausa y le sonrío—. Y merece totalmente la pena.

—¿Has hecho alguna vez eso de acampar en algún sitio para ver un eclipse?

—No, pero siempre he querido hacerlo. Hay un eclipse lunar el año que viene cuando Portland esté en la banda de totalidad. Por cierto, puedes pedirme que me calle si quieres disfrutarlo y ya está. Lo entenderé.

—¿Estás de broma? Tú me dejas que divague mucho sobre *hockey*. —Me pasa un brazo por encima de los hombros con cuidado de no darme en el cabestrillo. Llevo un vestido de flores que me llega hasta las rodillas, una chaqueta vaquera y un broche de abejorro, y tengo un poco de frío, pero no iba a molestarme en volver a ponerme medias. No con Russell implicado—. Además, los eclipses son fascinantes. Me avergüenza admitir que no sé mucho sobre ellos.

La gente está de pie en grupos pequeños y grandes, algunos con bocadillos y casi todos con las cámaras preparadas, apuntando al cielo. Hay una energía palpable. Una electricidad. Todos saben que lo que va a ocurrir es especial. Russell y yo encontramos un hueco en el césped, cerca del borde del estrecho de Puget.

—¿Estás nerviosa? —me pregunta—. Estás muy callada.

Niego con la cabeza. El corazón me late con fuerza, pero es todo anticipación vertiginosa, no nervios. Lo único que tenemos que hacer es observar y dejar que el universo haga lo suyo.

Cuando se acercan las 13:02, el parque se queda en silencio. El cielo se ha vuelto verde grisáceo, una belleza inquietante en pleno día. Russell y yo nos ponemos las gafas, y las suyas le encajan un poco mal sobre las normales. Desliza la mano sobre la mía y la aprieta, y entonces...

Magia.

Todo el cielo parece brillar cuando el Sol se convierte en una brillante media luna amarilla.

Durante esos dos minutos, todo es perfecto.

* * *

La cita todavía no ha terminado. La siguiente parada es un viejo centro comercial que se encuentra en el lado este, al que

Alex y yo solíamos ir cada dos por tres cuando éramos más pequeños, antes de que los *millennials* como nosotros empezáramos a matar los centros comerciales de igual forma que matamos las pastillas de jabón y las servilletas. Estoy segura de que todavía hay centros comerciales buenos, esos lugares con tiendas de lujo, restaurantes de cinco estrellas y fuentes que han limpiado en algún momento de este siglo. Este centro comercial, con su alfombra negra con motivos de neón y su zona de restauración llena de imitaciones extrañas como Pizza House y Wowzaburger (que en realidad no está tan mal), no es uno de ellos.

—¡Madre mía! —dice Russell una vez que hemos atravesado los quioscos de joyería para el cuerpo y los grupos de adolescentes malhumorados y llegamos a una sección del centro comercial en la que se lee SALÓN RECREATIVO en letras brillantes—. Hace siglos que no vengo a uno de estos.

El salón recreativo está vacío, está casi tan destartalado como el centro comercial y tiene juegos que con toda probabilidad llevan sin actualizarse desde principios de los noventa. No obstante, la forma en la que todos sueltan pitidos, suenan y nos incitan a jugar emana nostalgia.

Y lo más importante, tiene una mesa de *hockey* de aire.

Introduzco un billete de cinco dólares en la máquina y, mientras espero a que me lo devuelva en monedas, un cuerpo cálido me presiona por detrás.

—Esto es increíble —dice Russell con la boca junto a mi oído, y su aliento me recorre la piel. Me estremezco contra él, consciente de que estamos en público y preguntándome cómo es posible estar tan excitada en un centro comercial que todavía tiene un Sears—. Gracias.

—Tenía que jugar mis mejores cartas para darle la bienvenida a Russell Barringer al mundo de las citas. —La mesa de *hockey* de aire se enciende y se ilumina con un sonido sordo. Alzo el cabestrillo mientras agarro el mazo rojo rayado con la mano derecha—. Solo voy a señalar que tienes una clara ventaja. —Eso lo distrae, tal y como esperaba, y meto el disco en su portería—. ¡Ja! Creía que jugabas de portero.

—¡Me has engañado! —Le sopla al disco, como si eso fuera a darle buena suerte, antes de dejarlo caer de nuevo sobre la mesa—. Vale, bien. Es la guerra, chica del tiempo. No voy a ser bueno contigo.

—Ni se te ocurra.

Estamos algo igualados durante la primera partida, pero por culpa de mi brazo, me canso con facilidad, y Russell gana la segunda y la tercera por goleada.

Al final, compramos un *pretzel* en la zona de restauración que hay cerca y nos sentamos en una mesa aislada con bancos de vinilo situada en una esquina del salón recreativo, mientras un grupo de niños se apodera de la mesa de *hockey* de aire.

—Cuéntame más sobre el *hockey* en Michigan —digo al tiempo que arranco un trozo azucarado de *pretzel*.

—De niño jugaba en la calle con mis amigos durante el verano. No odiaba la escuela ni nada por el estilo, pero ese era el motivo por el que siempre esperaba con ansias el verano. No fue hasta el instituto que empecé a jugar en un equipo. —Le da un mordisco al *pretzel*—. ¿Qué hacías tú de niña en Seattle?

—Venía mucho aquí con mi hermano. —Abarco el salón recreativo con la mano—. Siempre hemos estado muy unidos. La mayor parte de lo que recuerdo de la infancia, Alex está ahí. ¿Tú no tienes hermanos?

—Hijo único. Lo que creo que significa que se supone que soy asocial y mandón.

—Me cuadra.

Resopla.

—¿Y tus padres? ¿Siguen viviendo en la zona?

Espero que no note cómo se me pone rígido el cuerpo.

—Mi madre, sí. Mi padre se fue cuando yo iba a primaria.

Un día normal, eso es lo que más recuerdo. Fue un día normal de un octubre inusualmente cálido, fuimos al colegio y merendamos en casa de una amiga vecina antes de que Alex y yo volviéramos a casa y nos encontráramos a nuestra madre tirada en el sofá. Nuestro padre le había levantado la voz la noche anterior. *No puedo estar cerca de ti cuando estás así*, dijo, y yo no estaba segura de lo que significaba «así». *¿No puedes ser feliz por una vez en tu puta vida?* Como era una niña ingenua, sus palabras no me parecieron definitivas. Discutían de vez en cuando y me había acostumbrado a ello.

La televisión estaba encendida, pero mi madre no la estaba viendo, y había una caja de *pizza* sudando en la mesa de centro que había frente a ella. Tenía muchas ganas de comerme un trozo, pero parecía que llevaba un rato fuera.

—Papá va a pasar un tiempo con sus padres —nos dijo.

Alex le preguntó si estaban enfermos y dijo que no. Su rabia debió de haber sido más fuerte que su tristeza, porque de repente se levantó, llevó la caja de *pizza* a la cocina y nos preguntó si queríamos ir al cine, algo que nunca habríamos hecho teniendo clases al día siguiente.

Un día normal, hasta que no lo fue. Hasta que a mi madre se le acabaron las excusas y poco a poco caí en la cuenta de que no iba a volver.

—Lo siento mucho —dice Russell.

—Gracias. No pasa nada —contesto en un intento por quitarle importancia al tiempo que trato de forzar mi sonrisa habitual. Por alguna razón, mi boca no coopera—. No tenemos que hablar de ello. No quiero cargarme el ambiente.

Ya tiene mucho con lo que lidiar. No necesita que mis problemas se sumen a eso, aunque no me pasa desapercibido cómo se le frunce la frente.

Desde el otro lado del salón recreativo, los chicos sueltan un coro de gemidos cuando uno de ellos golpea la mesa de *hockey* de aire. Eso me devuelve un poco a la realidad.

—Sé que esto rompe un poco la regla que habíamos puesto —dice Russell—, pero una parte de mí temía que no tuviéramos nada de que hablar si no hablábamos de Torrance y Seth.

—¿Conque estás aliviado de que sea una conversadora medianamente decente?

—Sí. Pero no me sorprende. —Me ofrece el último trozo de *pretzel*—. Tengo que confesar algo. Sobre Torrance y Seth. Y luego no hablaremos de ellos el resto del día.

—Vale…

—No es malo. Lo prometo. —Echa un vistazo al salón recreativo y a la polémica partida de *hockey* de aire que se está llevando a cabo antes de volver a mirarme—. Cuando empezamos a hablar de hacerlo…

—Lo que fue idea *tuya* —le recuerdo.

—Claro, claro. En fin, por supuesto que quería que mejoraran las cosas en la cadena. Pero también veía cómo te estaban afectando las peleas. Y, bueno, te habrás dado cuenta de que mi situación ha cambiado, y no sé si es un resultado directo de lo que hemos estado haciendo o si es simplemente porque han contratado a alguien nuevo y otro se ha dado de baja. Parte de la razón por la que estaba tan dispuesto a hacerlo… era que fuiste sincera en cuanto a lo de querer acercarte a Torrance. Creciste viéndola, y la realidad resultó ser muy diferente de lo que habías imaginado. No quería verte pasándolo tan mal. Así que pensé que podíamos hacer que el trabajo fuera mejor para los dos, y así tú también podías conseguir lo que querías.

Su confesión me roba las palabras de la garganta. Todo ese tiempo intenté ocultar lo infeliz que era, convirtiéndolo en una broma o restándole importancia. Russell se dio cuenta.

—Russell…

—No. ¿Estás furiosa conmigo? —Hace como que se va a levantar, pero le pongo una mano en el brazo.

—¡No! Es solo que… no sé qué decir. Me conmueve que quisieras hacerlo para ayudarme. —Es la verdad. Russell Barringer es más dulce de lo que pensaba, y podría llenar un mes de pronósticos con lo mucho que he pensado en él.

Deja escapar un suspiro de alivio exagerado.

—Por un segundo pensé que esta iba a ser nuestra primera y última cita.

—Para nada. —Le doy la vuelta a la mano y le acaricio la palma con los dedos. Su mano se estremece como si le hiciera cosquillas, pero no se aparta.

—Como estoy tan desentrenado, tengo curiosidad. ¿De qué sueles hablar en una primera cita?

—No soy una experta —respondo, ya que técnicamente para mí también han pasado un par de años. Sigo las líneas de su palma, trazando un camino desde su muñeca hasta su pulgar—. Trabajos, familias, lo que nos gusta hacer para divertirnos. De lo cual ya hemos cubierto mucho. Probablemente habría algún comentario rollo «La foto de perfil no te hace justicia», aunque en realidad no sea cierto.

—Claro.

—Tal vez uno preguntaría por qué el otro sigue soltero, y eso nos tocaría la fibra sensible, pero haríamos todo lo posible por que no se notara. Habría discusiones por ver quién paga la cuenta. —Asiento con la cabeza hacia el envoltorio del *pretzel*—. Me alegro de que no hayas insistido caballerosamente en pagar los cuatro dólares que ha costado eso.

—Solo porque prometo comprar yo el *pretzel* la próxima vez que vengamos.

Lucha contra una sonrisa anidada en una de las comisuras de la boca mientras le garabateo una nube de lluvia en la piel con los dedos temblorosos antes de que cierre la mano alrededor de la mía. Con un rápido movimiento, la da la vuelta para que pueda salirse con la suya. Con su dedo corazón, traza lo que creo que es la línea de mi corazón de un extremo a otro y repite, siguiendo unos arcos lentos y abrasadores.

Me muerdo el interior de la mejilla, luchando por concentrarme en la conversación mientras imagino ese dedo deslizándose por mi estómago. Abriéndome los muslos. Haciendo que jadee.

—Y luego, al final de la noche… probablemente estaría nerviosa por si nos vamos a besar o no.

—¿Quién daría el primer paso? ¿Tú o yo?

—Depende —respondo con la voz tensa. Ahora está grabándome círculos en la palma, variando la presión con cada vuelta. ¡Joder!—. No me importa dar el primer paso, pero si el chico lo hace, tiene que estar seguro de que yo también quiero. Y no quiero que lo vea como una obligación. Quiero que me bese porque se ha pasado toda la noche pensando en lo mucho que quiere hacerlo.

—Entonces… ¿así? —Me suelta la mano, la cual arde con el recuerdo de las yemas de sus dedos, y se estira hacia delante. Me pasa el pulgar por la mandíbula y me acerca la cara para besarme desde el otro lado de la mesa.

Salvo que… no lo hace. No de inmediato. Durante unos segundos, simplemente se queda ahí, con los labios a un suspiro de los míos. Esperando. Finalmente, cuando estoy a un segundo de saltar por encima de la mesa y dejarme caer sobre su regazo, roza sus labios contra los míos muy despacio. Con dulzura, aunque tiene que saber lo malvado que está siendo.

Antes de apartarse, me roza el labio inferior con los dientes.

Ahí. Malvado.

—Sí —contesto en voz baja, echando de menos la presión de su boca mientras se vuelve a acomodar en el banco—. Y si la cita va *muy* bien, puede que le invite a mi casa. También depende.

—¿De qué?

—De las ganas que tenga de que me toque.

Sus ojos se centran en mí; el silencio que se ha asentado entre nosotros está cargado de electricidad. Toda mi atención está puesta en cómo se le ha endurecido la mandíbula y en cómo se mueve su nuez al tragar saliva. He mentido. No es que quiera que me toque. Necesito que lo haga.

—Bueno. ¿Cuál es el veredicto? —Su voz suena raspada, baja y encantadora.

—Russ —respondo, y le coloco la mano en la rodilla por debajo de la mesa—, ¿quieres venirte a mi casa?

Nos falta tiempo para irnos de allí.

19

PRONÓSTICO:

*El calor histórico da paso
a un chaparrón satisfactorio,
lo que pone fin a una sequía
de cinco años*

Para cuando llegamos a mi apartamento está atardeciendo, y la luz del sol de Seattle persiste solo en el borde del horizonte.

—Es muy tú. —Russell señala una obra de arte enmarcada que hay en la pared, un fondo negro salpicado de estrellas y el texto HORA DEL JERSEY escrito con letra blanca.

Me quito la chaqueta vaquera con cuidado de que los bordes afilados del broche no me toquen el vestido al colgarla.

—Un regalo de graduación de mi hermano. Tuviste que verlo cuando me dejaste en casa aquel día.

—Cierto —dice—. Pero estaba demasiado concentrado en asegurarme de que estabas bien y en hacer lo posible por no dejar ver que me sentía extremadamente atraído por ti. Fue difícil encontrar el equilibrio.

Contengo una sonrisa.

—Está bien saber que tú también estabas sufriendo.

Se desabrocha los zapatos sin preguntar si hace falta y los deja bien colocados junto a la puerta. Luego entra en el salón, y sus ojos se posan en la mesa en la que hago los proyectos de joyería.

—¿Aquí es donde haces esos pendientes y collares? —inquiere—. ¿Y los broches que te empeñas en volver a poner de moda?

—Sí —respondo, intentando no pensar en cuánto tiempo hace que mencioné los broches y si eso significa que simplemente tiene una memoria que compite con la de Joanna o algo completamente distinto. Lo más probable es que sea que hoy llevaba uno. Alzo el cabestrillo—. Aunque ahora mismo no estoy haciendo mucho.

Me dirijo a la pequeña cocina, preguntándome qué tengo que diga: *Te he pedido que vengas para meterte en mi cama y la bebida es una mera formalidad a estas alturas.*

—¿Quieres algo de beber? —pregunto—. Tengo cerveza, vino y algo de sidra.

Suelta una carcajada áspera.

—¿Sinceramente? No.

—¡Uf, gracias a Dios! Porque la verdad es que quiero saltar a la parte en la que nos volvemos a besar.

Eso parece activar un interruptor en él. Avanza a grandes zancadas, me inmoviliza en la entrada de la cocina y me inclina la cabeza hacia arriba para poder atrapar mi boca con la suya. Me sumerjo en el beso, tan ansiosa por dejar mis huellas en cada centímetro de él que no sé dónde empezar a poner mi única mano buena. El pecho, donde el corazón le martillea. En la nuca, donde es más fácil tirar de él para acercarnos. Entre el pelo; suave, abundante y perfecto.

Cuando separa mis labios, todavía sabe a azúcar con canela.

Le quito la chaqueta ligera de primavera, la pongo sobre el respaldo de una silla y le conduzco hasta los tres escalones que separan la cocina de la habitación. Los estudios tienen sus ventajas. Unos segundos más y está en mi cama y tengo las piernas en sus caderas mientras presiono mi necesidad contra la suya, inhalando sus exhalaciones y tragándome cada sonido hambriento que hace. Él me lo devuelve todo, dejándome un rastro de besos por la mandíbula y por el cuello, agarrándome la cintura antes de subir las manos por mis costados, rozándome los pechos. Al igual que en el Banquillo, me sorprende que la sensación sea tan buena con casi toda la ropa puesta.

Y ese hecho hace que me aparte un momento, incapaz de recuperar el aliento.

—Tengo que decirte algo —le digo. Deja las manos quietas en la base de mi columna vertebral—. Estoy nerviosa.

Me lanza una mirada muy seria, agravada por el hecho de que aún lleva puestas las gafas.

—Deberías estarlo. Llevo cinco años sin hacer esto.

Cuando esboza una sonrisa, se rompe parte de la tensión que había entre nosotros, aunque mi corazón sigue tamborileando frenéticamente contra mi caja torácica. Porque, por alguna razón, «Llevo cinco años sin hacer esto» me excita aún más.

Es innegable que ser la que rompe su sequía tiene algo que me pone. En este momento, es como un privilegio, y me siento honrada de que me lo esté concediendo.

—Si no te sientes cómoda —empieza mientras me acaricia la columna con los dedos—, podemos parar. No tenemos por qué hacer nada.

—Quiero hacerlo.

Los nervios no han desaparecido cuando vuelvo a abalanzarme sobre él (primero sobre las gafas, que coloco en la mesilla de noche que hay junto a nosotros), pero el deseo es más fuerte. Más salvaje. Aun así, no tengo tanto rango de movimiento como me gustaría.

—¿Has visto alguna vez algo más sexi? —inquiero mientras me quito el cabestrillo despacio, de forma teatral, y lo dejo caer sobre el edredón azul pálido haciendo un ademán ostentoso con el brazo no lesionado.

—¿Cómo has averiguado cuál era exactamente mi fetiche?

Tengo la sensación de que siempre estoy riéndome cuando estoy con él. Es un poco preocupante, dada mi reticencia a lanzarme a algo serio, pero, ¡Dios!, quiero esto. Hemos estado al borde de un precipicio y puede que muera como no saltemos juntos esta noche.

Con suavidad, me quita el vestido y su boca explora cada parte de mí. Un beso en el ombligo. Un mordisco en la cadera. Una caricia con la lengua entre los pechos y a lo largo del encaje de mi sujetador.

Con una sola mano, tanteo su cinturón y mi mano roza la curva de su vientre.

Él retrocede.

—Lo siento.

—No, no pasa nada —le digo, incluso cuando se agacha para ayudarme con la hebilla. Quiero decirle que no tiene nada de qué disculparse, pero parece dispuesto a pasar el tema por alto, ya que sus labios se vuelven a encontrar con los míos y abre la boca para besarme con desesperación.

Si soy yo la que va a acabar con su sequía, quiero que este sea el mejor polvo que haya tenido en su vida.

Mi mano es demasiado impaciente y se sumerge dentro de sus vaqueros, donde lo encuentro cálido y rígido y tensándose ya contra los calzoncillos. ¡Dios! Russell reacciona al instante y respira con fuerza. Suelta un gemido bajo que hace que me ardan las terminaciones nerviosas. Despacio, le acaricio hacia arriba y hacia abajo y deja caer la cabeza contra mi cuello.

—Aquella noche en el retiro. En tu habitación —murmura, y me besa la clavícula. Dentro de los calzoncillos, su miembro me palpita contra la mano. Me muero por ver cómo es sin todo ese algodón y esa tela vaquera de por medio—. Estaba ocultando la erección más dolorosa de mi vida. Cuando me abrazaste, creía que me iba a desmayar.

—Pero fuiste todo un caballero.

—Por fuera, sí. Te acababas de fracturar el codo. Ni de coña iba a dar pie a nada. Pero mi mente… estaba siendo más que indecente.

Sus palabras hacen que una descarga al rojo vivo me suba por la columna vertebral. No puedo evitar preguntarme qué cosas «más que indecentes» estábamos haciendo en su imaginación.

—Russ —digo, y me gusta cómo cierra los ojos al oír ese apodo—, esta vez no tienes que cerrar los ojos.

Eso hace que suelte un gemido precioso, y retiro la mano para que pueda quitarse los vaqueros, lo que hace que le mande un rápido agradecimiento al Santo Patrón de los Bóxers Ajustados.

Sin embargo, no puedo maravillarme durante mucho tiempo, ya que dirige su atención a mi sujetador, recorriéndome los tirantes negros de encaje con un dedo.

—Es precioso. Pero, por desgracia, tengo que quitártelo. —Basta con un movimiento del pulgar para que el cierre delantero se abra. En ese momento, me quedo con las bragas negras de encaje a juego y mi collar del rayo, y Russ con una camiseta gris y bóxers.

—¡Dios! Precioso. —Abre la boca mientras me mira de arriba abajo—. ¿Puedes…? Quiero mirarte un segundo.

No es hasta que lo dice que no me doy cuenta de que tengo el cuerpo ligeramente encogido, al igual que suelo hacer con las parejas nuevas al no estar todavía preparada para exponerme del todo. No obstante, el puro deseo que emana de su voz basta para aliviar esa timidez. Relajo los músculos, estiro las piernas y dejo que me absorba.

Es una sensación cruda y embriagadora poder ver la atracción de alguien de esta forma. Russell la muestra con claridad: una intensidad oscura en los ojos, una exhalación, una curvatura en los labios que da paso a una sonrisa perversa cuando se inclina sobre mí. Me doy cuenta de que tiene cuidado de evitar mi brazo izquierdo al tiempo que me acaricia los pechos con las manos y me besa el cuello mientras su erección me roza los muslos. Aplasta su boca contra el colgante de mi collar, y el metal frío me presiona la piel. No es que su tacto sea descuidado o inexperto, sino casi reverente. Es experimental cómo me pellizca un pezón con el pulgar y el índice, escuchando cómo se me entrecorta la respiración, descubriendo lo que me gusta.

Con Russell, empiezo a pensar que me gusta casi todo.

Sin embargo, cuando le agarro la camiseta, se vuelve a quedar quieto.

—¿Qué pasa? —inquiero, y mi mano se detiene en el dobladillo. Quiero que mi respiración sea más lenta. Quiero dejarle espacio para que me diga lo que siente, si es que está preparado para ello.

Se echa hacia atrás sobre los talones y se señala la barriga. No me mira a los ojos.

—No... No quiero que mi barriga estorbe ni que te dé asco ni nada por el estilo. Sé que estoy gordo.

—No estás... —empiezo, dispuesta a defenderlo, pero alza una mano.

—No es una palabra mala. Solo es un adjetivo. Es como soy. —Espera unos instantes antes de volver a hablar, como si estuviera decidiendo cuánto quiere decirme. Suelta un suspiro suave. Traga saliva. Tal vez así es como suena dejar entrar a alguien—. Llevo estando gordo desde que era pequeño. Y la mayor parte del tiempo no me molesta. Solía hacerlo, y algunas personas piensan que debería molestarme y se esfuerzan por asegurarse de que me dé cuenta. A veces lo disimulan un poco con el pretexto de que se preocupan por mi salud, a pesar de que estoy perfectamente sano. —Vuelve a mirarme a los ojos—. Así que si te molesta... ¿podría dejarme la camiseta puesta? Si eso es lo que quieres.

Oírle decir todo eso me rompe el corazón.

—No, no, no —respondo con rapidez, y le pongo la mano en el brazo—. ¿Sinceramente? Ahora mismo es lo último en lo que estoy pensando.

—¿Estás segura?

Me pongo en posición sentada para poder acercarme a su cara y hacer que me mire.

—Sí. Estás *bueno*, Russell, y te deseo muchísimo. Todo de ti. —Y entonces, para demostrarlo, le agarro la mano y la guío entre mis piernas, donde estoy mojada y necesitada de él.

Desliza un dedo dentro de mi ropa interior y gime. Muy despacio, su dedo me roza el centro, dolorosamente cerca del clítoris. Traza un círculo insoportable, y luego lo vuelve a encontrar. Mis caderas se rebelan y le piden que vaya más rápido.

—¡Joder! —dice en voz baja. Me encanta la forma en la que se permite disfrutar del momento, poco a poco—. Joder, Ari. Eres… increíble.

No puedo soportar más no sentir piel contra piel. Codiciosa, me abalanzo hacia delante, ansiosa por deshacerme de su camiseta. Y… es absolutamente hermoso. Me obligo a ir más despacio, a tomarlo como él lo hizo conmigo. Con las manos, le recorro las estrías rosadas del vientre, los laterales del estómago, el vello del pecho en el que llevo pensando desde aquella noche en el bar del hotel. Beso toda la piel que puedo hasta que estira las manos hacia mis bragas y le ayudo a quitármelas.

Sin la tela de por medio, me sube la mano por el muslo y me separa las piernas antes de deslizar un dedo donde más lo necesito. ¡Madre mía! Vuelve a tocarme de forma experimental mientras se aprende mi forma, arriba y abajo y arriba, un segundo dedo, *arriba, sí*, y apoyo la cabeza en la almohada, arqueando la espalda.

Todo mientras sus dedos trazan círculos.

Y más círculos.

Y más círculos.

Cada vez que pienso que estoy cerca, cerrando los ojos y concentrándome en esa sensación que no para de crecer, se me escapa. Russell se siente alentado por mi respiración, por cómo le agarro el hombro, pero después de un rato, su mano se ralentiza, como si estuviera demasiado cansado o no le estuviera dando lo que quiere. O ambas cosas.

¡Mierda! Esperaba que esto no sucediera. No con él.

—Lo siento —digo, convencida de que puede oír la frustración en mi voz.

—Oye, no tienes por qué disculparte de nada. —Se sienta y me mira, con la otra mano posada en mi cadera—. ¿Hay algo que pueda hacer de forma diferente?

Me apoyo sobre los codos, con la cara acalorada por la excitación y la vergüenza. Temía que esto pudiera ocurrir. Pensé que la emoción de hacerlo con Russell haría que llegara más rápido, pero no ha habido esa suerte.

—No eres tú. —Espero que sepa que no lo digo por decir—. Me siento acomplejada con la gente nueva. Siempre he sido así. Como si no fuera capaz de apagar el cerebro o de relajarme del todo. A veces… A veces hay que intentarlo algunas veces. Nunca he sido capaz de… la primera vez.

He estado con chicos que se toman esto como un reto, que declaran que ninguna mujer ha tenido nunca problemas para alcanzar el orgasmo con ellos, lo que sienta *genial* cuando ya estás desnuda con alguien y te pones a imaginarte cómo le da placer a otra persona. Me encantaría ser la clase de chica que se derrumba en éxtasis en el instante en el que su pareja la toca, pero no soy así. Y los antidepresivos, por muy maravillosos que sean, atenúan un poco mi libido.

Se queda callado un momento. Casi me pregunto si va a decir que deberíamos parar, que no vale la pena. O que deberíamos pasar directamente a la penetración, lo cual, por supuesto, es muy divertido, pero tampoco he tenido nunca un orgasmo de esa manera, aunque lo haya fingido más de diez veces. No quiero hacer eso con él.

Cuando habla, no es en absoluto lo que esperaba.

—El caso es que… —empieza en voz baja— quiero que te corras. Esta noche. —Puede que le quede menos para conseguirlo como siga hablando así—. Tengo una idea. Y puedes decir que no. —Me da un beso en la mejilla y deja el pulgar en mi pómulo mientras se aleja—. ¿Y si te provocas el orgasmo? Aquí. Conmigo. —Debo hacer alguna mueca, porque continúa—: Si crees que así puede ser más fácil.

Sus manos sobre mí son tan suaves… No está exigiendo que tenga un orgasmo. No está frustrado. Quiere que lo disfrute.

—No lo sé —admito—. Nunca lo he hecho delante de otra persona. —Esto no era exactamente lo que me imaginaba cuando pensaba en cómo sería nuestra primera vez. Cuando pensaba en lo que le haría como mi regalo de «Bienvenido de nuevo al sexo».

Pero… no hay razón para que no pueda seguir siendo alucinante.

—¿Así que quieres que me toque mientras tú miras?

Se ríe con fuerza.

—Por muy atractivo que suene, yo también podría hacerlo. Si eso te relaja.

Al principio, la imagen que me imagino es extraña, pero su rostro es tan franco, tan honesto…

Quiero que te corras. Esta noche.

—Vale —accedo, con el corazón palpitando—. Vamos a intentarlo.

Le ayudo a quitarse los calzoncillos como puedo, acariciándole el miembro con la mano mientras respira con dificultad. Russell está desnudo en mi cama y está esperando a que me dé placer a mí misma. Y... estoy extremadamente excitada, sin aliento.

Mi mano solo empieza a temblar cuando vuelvo a sentarme, tocándome un pecho, pellizcándome el pezón mientras miro fijamente la longitud de mi cuerpo.

—¿Debería... empezar?

—Lo que te haga sentir más cómoda —responde, acariciándome la cintura con los dedos. Está claro que está preparado, pero espera.

Así pues, me deslizo hasta la parte superior de la cama y me tumbo, con él estirado a mi lado. No es hasta que dejo que mi mano se deslice entre mis piernas, tal y como he hecho tantas veces antes, solo que nunca con público, que él no se rodea con una mano. Y ya no es extraño, ni mucho menos. No me atrevo a romper el contacto visual mientras se acaricia hacia abajo y hacia arriba, y luego miro la gota de humedad que se le forma en la punta.

—¿Cómo va? —Ya está respirando con dificultad, y su pregunta suena áspera como la grava.

—Bien —logro decir mientras encuentro un ritmo. Estoy mintiendo. Es asombroso, ¡joder!, y mirarle mientras me mira puede ser la cosa más increíblemente sexi que he experimentado en mi vida. No esperaba que ver cómo se toca fuera tan erótico, pero ¡joder!, lo es. La imagen de él con la mano alrededor de su pene, la mandíbula tensa, la respiración entrecortada y la forma en la que me agarra el tobillo con la mano libre como si fuera un ancla... Sí, se me va a quedar grabado en el cerebro durante un tiempo.

En ese momento, gira el cuerpo para poder besarme y, ¡Dios!, es demasiado, es demasiado bueno. Todos mis sentidos se iluminan con el neón más brillante. Ahora que el orgasmo parece no solo posible, sino inminente, me permito soltarme aún más y muevo los dedos más rápido. Por el rabillo del ojo, veo un trozo de encaje negro y, antes de pensarlo dos veces, lo agarro y se lo paso.

Se limita a mirarme mientras su mano se mueve de arriba abajo, con un lado de la boca crispado. Pero entonces me toma la delantera. Primero se lleva las bragas a la cara. Inhala. Luego las baja más y más hasta que se está introduciendo en ellas, y solo con mirarlo ya me siento al borde del abismo.

—Son... —dice— tremendamente sexis. Tú eres tremendamente sexi.

—Russ... —Lo pronuncio con un jadeo mientras me froto el clítoris con dos dedos. La verdad es que nunca me he sentido tan sexi. Tan poderosa.

Llego la primera, un dulce torrente de placer que hace que me tiemblen las piernas antes de que se me derrumbe el cuerpo. En ese momento, me besa los pechos, el cuello, los labios, los párpados. Su pene es firme, un calor sólido entre nosotros, y me doy cuenta de que se ha contenido para que yo pueda terminar. Saber eso hace que deslice mi mano entre nosotros, desesperada por llevarlo al límite.

—No quiero que te ensucies si no quieres —jadea. Me doy cuenta de que le está costando todo el autocontrol que tiene para no dejarse llevar.

—Quiero.

Y solo hace falta que ascienda y descienda el puño unas cuantas veces más para que gima y mueva las caderas hacia delante al tiempo que me pinta los pechos con su liberación, cálida y resbaladiza.

—¡Dios! —dice mientras todavía intenta recuperar el aliento—. Eres… Eso ha sido…

Me río y le acaricio la espalda con los dedos.

—Lo mismo digo. Inesperado, pero… fantástico.

Desaparece un momento para limpiarse y vuelve para pasarme una toalla húmeda por la piel antes de pasársela por él mismo.

—Las ventajas de un estudio —digo mientras acerca mi cuerpo al suyo—. El baño está a solo tres metros de la cama. Y desde aquí tenemos una gran vista de la cocina.

Acurruca la cara en mi cuello.

—Y, sin embargo, quiero quedarme exactamente donde estamos. A menos que ya sea de día.

Hago un gesto hacia mis cortinas opacas.

—Creo que es de noche, pero con ellas nunca se sabe del todo.

—¡Ah! Iba a preguntarte por ellas, pero tenía la mente en otra parte.

No quiero olvidar el aspecto que tiene ahora mismo, sonrojado y contento, con el pelo sobresaliéndole en cien direcciones. Destruido de la mejor manera posible.

Me doy cuenta de que tenemos que hablar de las cosas difíciles: lo que vamos a hacer en el trabajo, lo que significa esta relación. Si una relación es algo que ambos queremos.

Elodie.

Pero ahora mismo, lo único que quiero es saborear este momento.

—Ari —dice contra mi pelo, con la mano apoyada en mi cadera—, me gustas mucho.

—Tú a mí también —contesto en voz baja, y ojalá no me diera tanto miedo.

20

PRONÓSTICO:

Leve malestar lleva a una esperada conversación sincera

Cuando me imaginaba la casa de Torrance, me venía a la mente el típico lugar de las salas de exposición de muebles, sofisticada e impecable. No está muy lejos de la realidad. Su casa estilo colonial holandés se encuentra en Madison Park y está pintada de azul celeste, mientras que todo el interior está en tonos blancos y crema con toques cálidos de madera. Estoy tan preocupada por la posibilidad de ensuciar las alfombras, las cuales, según me ha dicho, le encargó a un artista de Seattle, que me pregunto si no debería haberme quitado los zapatos fuera. Al menos lavé el cabestrillo anoche.

—Siéntete como en casa. —Torrance cuelga mi abrigo y señala un sofá de color crema con no menos de una docena de cojines decorativos. Junto a él hay una gran estantería llena de suculentas. Sentirme como en casa puede que requiera convertirme en una persona completamente diferente—.

Ahora mismo vengo con el vino y el queso de anacardo. Confía en mí, está mejor de lo que parece.

Cuando me invitó a una «noche de chicas» y me dijo que seríamos las dos únicas asistentes, me mostré escéptica. En los tres años que llevo trabajando para ella, Torrance nunca ha expresado el deseo de verme fuera del trabajo. Pero entonces pensé en el masaje y en cómo se sinceró. Y lo bien que me sentí, aunque fuera por un momento, cuando me escuchó. Ese ha sido el objetivo todo este tiempo. Solo que no estoy segura de ser capaz de aceptar que está sucediendo.

Me debato sobre dónde colocar los cojines del sofá y me decanto por apilarlos en el sillón a juego antes de sentarme y… ¡guau! Este sofá es fenomenal. Entre el sofá de mi psicóloga, el de mi hermano y el de Torrance, empiezo a pensar que tengo que ir a comprar muebles. Me quito el cabestrillo para poder estirar un poco el brazo; después de la fisioterapia de esta tarde, me duele un poco el codo.

Dejo a un lado la envidia que siento por el sofá cuando llega una magnífica tabla de madera con cinco clases de queso vegano y un cuchillo para el queso con el mango de mármol. Embutidos y cuñas de pan a la parrilla, aceitunas verdes y mermelada de higo. Es un catálogo de Williams-Sonoma hecho realidad.

—Tiene una pinta increíble —digo—. Incluso el queso vegano.

Torrance agita una mano con la manicura francesa recién hecha.

—Me encanta recibir visitas. Seth y yo solíamos hacerlo todo el tiempo, pero últimamente no lo hago lo suficiente por mi cuenta.

Han pasado casi tres semanas desde lo del yate, y tengo la esperanza de que sea una buena señal que haya sacado el tema de Seth sin que yo lo haya incitado.

Se sirve una copa de vino blanco y la acerca a la mía para brindar.

—¡Nos lo vamos a pasar genial! —asegura, y no sé si está intentando convencerme a mí, a ella misma o a los dos.

Una vez que hemos dejado de lado las cortesías (*cómo está tu brazo, qué tal el día, qué tal ha ido el trabajo*), se acomoda en el sofá. Esperaba que la Torrance del fin de semana fuera una Torrance informal, y lo es un poco. Vaqueros, un *top* suelto, el pelo liso al natural en lugar de los rizos que lleva para la cámara.

Unta un trozo de pan con mermelada de higo y lo cubre con una aceituna.

—Está muy bueno. Deberías probarlo —dice cuando la miro con horror.

—Te creo —contesto mientras me sirvo un trozo de queso cheddar vegano.

Me acuerdo de aquel momento en la fiesta, cuando ella y Seth bromearon sobre su canción favorita. Hay una payasa de verdad metida en el cuerpo de Torrance, y quiero sacarla afuera todo lo que pueda.

—Últimamente hemos hablado demasiado de mí —dice Torrance después de otra atrocidad de higos y aceitunas—. ¿Sigues soltera?

Toso en un intento por desalojar la aceituna que se me ha quedado atascada en la garganta.

—Estoy… No sé lo cuál es mi estado ahora mismo, la verdad.

—¿Es alguien que conozco? ¿Alguien del trabajo? —Se inclina y se coloca una mano conspiradora sobre la boca—. ¿Es *Russell*?

Mi rubor debe de delatarme por completo.

Alarga la mano para darme una palmada suave en la rodilla.

—Tú y Russell —dice con una sonrisa de oreja a oreja cubierta de pintalabios—. No estoy segura de haberlo predicho, pero puedo verlo. Es muy guapo. Y muy simpático.

—Lo es. —Mi mente vuelve a lo agradable que fue Russell en mi cama el fin de semana pasado. Lo ansiosa que estoy por volver a tenerlo ahí.

A excepción de Joanna, Torrance es la primera persona en saber de él. Con mi hermano, todo lo que le cuento acaba sabiéndolo Javier, lo cual no me importa, pero no estoy del todo preparada para ello. Es difícil no envidiar lo que tienen, esa suposición de que puedes confiar en contarle a alguien tanto como la persona que lo cuenta podría confiar en ti.

No estoy segura de haber sentido eso con alguien. Ni siquiera con el hombre con el que creía que iba a casarme.

Pero si puedo confiarle a Torrance este secreto, tal vez ella me confíe el suyo.

—Estás muy colorada. —Torrance deja escapar una risita que nunca le había oído; un sonido que no tiene nada que ver con la risa que suelta para la televisión. Me doy cuenta de que hace tiempo que no hablo así con nadie, y sienta *bien*—. ¿Sucedió en el retiro? ¿Cuando te llevó al hospital?

—Tenía demasiado Vicodin en el cuerpo como para que pasara algo —respondo—. Solo hablamos. Mucho. Nuestra primera cita fue el fin de semana pasado.

—Me encanta. Me encanta que estéis juntos.

—Todavía no lo hemos definido ni nada. Y tiene una hija y… nunca he salido con alguien que tenga una hija.

—Sois inteligentes —asegura, y suena alentadora—. Os las apañaréis.

Con un sobresalto, me doy cuenta de que esta es la clase de reacción que me gustaría que tuviera mi madre. Así es como querría que me respondiera si estuviéramos en un universo alternativo en el que mi madre es la primera persona a la que le cuento que he empezado a salir con alguien nuevo.

Y eso hace que esboce una de mis sonrisas de sol y que cambie inmediatamente de tema.

—Es una casa preciosa —digo, porque si hay algo que le gusta a la gente con casas bonitas es presumir de lo bonita que es su casa—. ¿Cuándo dices que se construyó?

Pero Torrance no muerde el anzuelo.

—Siempre haces lo mismo.

—¿El qué?

—Cumplidos como ese. Los dices de la nada. —Se echa hacia atrás, como si le preocupara haberme ofendido, y podría ser la primera vez que Torrance muestra algo así—. No es que no sean agradables, solo son… un poco por la cara, supongo.

—L-Lo siento. —No es que no los diga en serio, pero, como es lógico, no puedo decirle la verdadera razón por la que lo hago—. Supongo que… a veces me meto demasiado en mi cabeza—. Me bebo de un trago mi copa de vino con la esperanza de que le reste importancia al asunto—. Pero lo digo en serio. Me gustaría ver más de la casa.

Y quizá Torrance se da cuenta de que eso es lo único que va a conseguir de mí, así que se levanta de un salto (todavía elegante, todavía tranquila, aunque probablemente no por mucho tiempo, si la cantidad de vino que hay en su copa es una señal) y comienza la visita guiada.

Me lleva por la cocina y por la sala de ejercicios y me señala el *jacuzzi* del patio trasero. El pasillo está repleto de fotos, un homenaje a Torrance y Seth y a su cuestionable estilo de vestir. Seth con el pelo corto por delante y largo por detrás, Torrance a mediados de los noventa con el corte de pelo a lo Rachel de *Friends*.

—Esa soy yo el primer año que salí en la tele —dice, y le da un toque al pelo que tiene en la foto—. No quedaba nada bien con mi cara. En algún lugar, alguien debería perder su licencia de peluquería. —Suelta una media carcajada y su mirada se detiene en la siguiente foto, una en la que sale un Seth sorprendentemente flaco con un traje de chaqueta demasiado grande—. Pero Seth sale guapo aquí.

Luego está Patrick, su hijo, de pequeño, haciéndose la ortodoncia, graduándose en el instituto. Patrick y su esposa, Roxanne.

Terminamos la visita en la cocina blanca, donde veo la suculenta que le regaló Seth, la cual está sola en la encimera de mármol.

—Seth sabía lo mucho que me gustaba esta casa —dice—. Quería que la conservara.

—Parece que últimamente estáis mejor el uno con el otro, ¿no? —tanteo.

—Esa noche en el yate fue... Bueno, fue increíble, para ser sincera —contesta mientras pasa los nudillos por las hojas de la suculenta. Y... está sonrojada.

Torrance Hale está *sonrojada*.

—Increíble, ¿eh?

—Contra todo pronóstico, sí. Aunque una parte de mí siente que todavía existe la posibilidad de que suceda algo malo.

—¿Y... no has estado viendo a nadie más? —pregunto, pensando en cuando la vi en el *brunch*. Si nos estamos entrometiendo en alguna otra relación, tengo que saberlo.

—Un par de citas aquí y allá —responde, haciendo un gesto con la mano para restarle importancia, y el alivio que siento es inmediato—. Nada serio.

—Últimamente Seth parece... menos beligerante. Tal vez sea porque habéis estado pasando mucho tiempo juntos.

—Mmm. No sabía que os llevarais tan bien. —Suelta la planta y alcanza otra botella de vino—. En fin. No quiero ponerme demasiado ñoña porque no va con mi estilo, pero esto es divertido. Gracias. Aunque sea la noche de chicas menos salvaje de la historia de las noches de chicas.

Contra todo pronóstico, Torrance Hale y yo podríamos estar convirtiéndonos en algo que nunca preví.

Puede que seamos algo así como *amigas*.

* * *

—Quiero contarte un secreto —dice Torrance desde el sillón, con las piernas colgando de un lado. No puedo verle la cara desde donde estoy, desparramada en su sofá y con los cojines decorativos amontonados en el suelo. Creía que la Torrance borracha era rara, pero la Torrance borracha y feliz es aún más rara—. ¿Sabías...? —Hipo—. ¿Que mi apellido en realidad no es Hale?

—¿Qué? ¿Cuál es?

Levanta la cabeza mientras se recoloca en el sillón y me lanza una mirada seria.

—Dalrymple. Es escocés. Durante los primeros veinticinco años de mi vida, fui Torrance Dalrymple. Nadie sabía deletrearlo y mucho menos pronunciarlo. Luego, cuando me dediqué a la teledifusión, pensé que sería más fácil, e incluso pegadizo, si mi nombre coincidía con el trabajo. Había muchos meteorólogos que tenían nombres llamativos, como Storm Field o Johnny Mountain*. No quería que fuera demasiado obvio, como Torrance Tornado o algo así.

—Torrance Presión Barométrica es un poco trabalenguas.

—Quería que fuera creíble. Así que... Torrance Hale**. Y luego Seth añadió Hale a su apellido cuando nos casamos, aunque yo no se lo pedí. Fue idea suya, para que mi nombre falso pareciera más legítimo, supongo. Como si de verdad hubiera nacido con el nombre Torrance Hale y hubiera crecido para ser meteoróloga. —Hace una pausa por un momento—. A veces todo parece falso —continúa, y de repente ese brillo de borracha feliz desaparece—. Las caras que ponemos para la televisión. Todas las sonrisas. Hasta mi nombre es falso.

—Nada de lo que haces me ha parecido falso nunca.

—Estoy segura de que hay mucha gente en Internet que diría lo contrario.

---

* N. de la T.: En español serían «Tormenta Field» y «Johnny Montaña».

** N. de la T.: «Hale» se pronuncia igual que «hail», que significa 'granizo'. De ahí que el programa que tiene Torrance se llame «Halestorm», que se pronuncia igual que «hailstorm», cuyo equivalente español sería 'granizada'.

—No me digas que, después de todo este tiempo, lees los comentarios que nos dejan en Facebook. —Es el pozo de mierda más oscuro de nuestras redes sociales, reservado a personas mayores que no acaban de entender el concepto de «redes sociales» y a idiotas que son más honestos y viles de lo que son en cualquier otra plataforma.

—No a menudo, a no ser que me etiqueten en alguna cosa que sea imposible de evitar. La gente me llama «puta» porque tengo la audacia de tener pechos. Porque soy rubia. Porque la falda me llegaba por encima de las rodillas. Porque iba de rojo. Porque me reí con un presentador masculino.

Alzo la copa ante eso.

—Por la misoginia. Que tenga la amabilidad de irse a la mierda para siempre. —Todavía no consigo quitarme de la cabeza algunos de los comentarios que recibí cuando empecé en KSEA, en su mayoría provenientes de hombres, y lo odio. «Me pregunto si el felpudo hace juego con las cortinas». «Saltad al minuto 2:36 para verle el escote». «Existe la posibilidad de lluvia en mis pantalones». No termina nunca, incluso si dejas de mirar. No importa cuánta gente bloquees, siempre te acaban encontrando a través de *hashtags*, correos electrónicos o mensajes directos—. Podríamos llevar un saco de yute y la gente seguiría hablando de si es demasiado ajustado.

—Ese tono de yute no pega nada con tu tono de piel.

—¿Cómo has podido elegir un saco tan sexi?

Cuando dejamos de reírnos, Torrance se vuelve protectora.

—¿Estás bien? ¿Te han dicho algo muy malo? No necesitas que golpee a nadie, ¿verdad?

No estoy segura de que esté bromeando.

—No, no. Solo lo de siempre. Ahora sé gestionarlo, pero al principio fue duro.

Eso pende entre nosotras durante unos instantes. Ojalá Torrance y yo hubiéramos podido hablar de esto cuando empecé. Cuando me preguntaba si, después de todo, había elegido correctamente mi carrera profesional, porque por mucho que me gustara el tiempo, siempre iba a haber gente que asumiera que solo estaba allí para sonreír y señalar.

Me pregunto si este silencio significa que ella desea lo mismo.

—La mejor venganza es que tu trabajo se te dé de puta madre —dice.

Alcanzo un trozo de pan y lo mastico pensativa. Torrance tenía razón. Esto *es* divertido. Puede que solo nos hayamos hecho más cercanas gracias a una ligera manipulación, pero quiero creer que habría sucedido de todas formas.

—Si te soy sincera —empiezo, y en este momento solo habla la mitad del Chardonnay Chateau Saint Michelle—, cuando empecé en KSEA me sentí un poco a la deriva. Tú eras una de las razones por las que quería trabajar allí. Te veía siempre cuando era pequeña. Sé que lo mencioné en mi entrevista. —En ese momento me sentí avergonzada y temí haberla hecho sentir vieja. Pero ella se limitó a hacer un gesto para quitarle importancia, y eso hizo que me gustara aún más. Hasta que, por supuesto, empecé a trabajar con ella—. No sé si lo recuerdas, pero me entregaste un premio. Para periodistas de secundaria, hace unos diez años.

Se le cambia la expresión.

—Ari, lo siento mucho. Ojalá me acordara, pero por aquel entonces hacía muchas cosas de esas.

—No pasa nada —le aseguro rápidamente, porque es verdad. No espero que le haya dado un valor sentimental como lo hice yo—. Pero cuando empecé, supongo... Supongo que esperaba tener algún tipo de mentoría o algo así.

Todo mi cuerpo se pone rígido mientras espero su respuesta, preparándome para lo peor.

No obstante, me sorprende, al igual que ha hecho varias veces en los últimos dos meses.

—Creo... que a mí también me habría gustado —dice en voz baja. Luego se aclara la garganta y añade en voz más alta—: ¿Crees que alguien más se siente así?

—Puede ser. Por un momento pensé que tendríamos la oportunidad de estrechar lazos en el retiro, pero... —Levanto el brazo.

—Ese masaje en pareja improvisado fue lo mejor.

—Esas masajistas se merecen un aumento. —Vuelvo a ponerme seria—. Supongo que es porque a veces lo que estaba pasando con Seth parecía más importante. Como el hecho de que no hayamos hecho una evaluación de desempeño de verdad en tres años.

Torrance se sienta más recta y se le tensa la boca a causa de lo que parece conmoción.

—No sabía que te sentías así. Pensaba... Bueno, una parte de mí pensaba que estaría bien no tener que pasar por toda esa burocracia, pero tal vez era mi manera de hacerme sentir mejor por no hacerlo.

Me vuelvo más valiente.

—Algunas cadenas traen con regularidad a algún *coach* para que desarrolle nuestras aptitudes. Y también puedo hacer reportajes más importantes. Incluso podría salir en *Halestorm*. Me encanta este trabajo, y me siento agradecida por tenerlo. Es solo que quiero sentir que voy hacia alguna parte. Como si estuviera creciendo.

—Claro. —Se estira hacia delante para rozarme el hombro con la mano, y su mirada, que una vez fue helada, es honesta y apremiante—. Hablaremos esta semana, ¿vale?

—Lo estoy deseando —contesto, creyéndola. Torrance se seca la boca, y su pintalabios sigue impecable después de horas bebiendo, comiendo y conversando. Francamente, es injusto.

—Solo tengo una pregunta más. *¿Cómo* lo haces para que el pintalabios te dure tanto tiempo?

Sonríe, mostrando ese perfecto tono cereza.

—Es un proceso que tiene varios pasos. *Primero*, lápiz de labios, barra de labios y luego termino con un polvo fijador translúcido. Eso es lo que funciona de verdad. Y también hay que asegurarse de exfoliar los labios primero. —Me mira a mí y luego a la botella, ya vacía—. Voy a por más vino.

Mientras está en la cocina, su móvil se enciende en la mesa. «Patrick Hale», pone.

—¿Torrance? —la llamo—. Tu móvil está sonando. Creo que es tu hijo.

Entra corriendo en el salón, con la botella de vino y el tapón aún en la mano, y agarra el móvil en lo que parece el último timbre. No quiero escuchar a escondidas por si es algo personal, pero Torrance no hace ningún movimiento para irse a otra habitación.

—¡Dios mío! —exclama—. ¿Está ocurriendo? ¿Ahora mismo? Estaré allí lo antes posible.

Se vuelve hacia mí, agarrando el móvil sin fuerza.

—Mi nuera está de parto. Tenemos que ir al hospital. —En ese momento, se presiona las sienes con las yemas de los dedos y gime—. Necesito agua. Y comida. ¡Madre mía! No me creo que vaya a estar *borracha* cuando conozca a mi nieto o nieta.

—Va a salir bien —le aseguro en un intento por sonar tranquilizadora, pero tampoco tengo ni idea de qué hacer en esta situación. Cuando la madre mediante gestación subrogada de Alex y Javier estaba embarazada, ambos se encontraban ya en el mismo lugar, ya que rompió aguas cuando estaban comiendo en el restaurante de Javier—. Seguro que cuando nazca el bebé se te habrá pasado la borrachera. Me ofrecería a llevarte, pero, esto… —Alzo el brazo.

—Sí, claro. Llamaremos a Seth. —Su móvil se ilumina con otra llamada entrante—. Espera, es él. ¿Cómo sabe que estábamos hablando de él? ¿Es uno de esos casos en los que el móvil te está escuchando? —Se está volviendo loca.

—Patrick debe de haberle dicho también que Roxanne iba a dar a luz —le digo con toda la tranquilidad que me es posible.

—¿Seth? Hola. Estoy un poco piripi. —Tras decir eso, tira la tabla de embutidos y el suelo acaba lleno de migas y cortezas de pan—. Si pudieras venir a por mí… Sí. Vale. Gracias. —Cuelga—. Estará aquí en veinte minutos.

Quince minutos más tarde, una vez que hemos recogido y limpiado el salón y el vino que Torrance derrama sobre el sofá, una furgoneta de KSEA 6 se detiene con un chirrido en la entrada de la casa y Seth agita un brazo por fuera de la ventanilla.

—He llegado lo más rápido que he podido respetando el límite de velocidad —dice mientras abre la puerta del copiloto.

—Muchas gracias. —Y Torrance casi cae en sus brazos en un intento de…, bueno, no sé muy bien de qué, pero deja escapar un chillido mientras lo hace—. ¡Vamos a ser abuelos!

Seth sonríe mientras la sostiene.

—Tengo muchas ganas.

—Puedo llamar a un Uber —intervengo, ya que no quiero entrometerme en este momento privado.

—No, Ari. No pasa nada. Puedes venir con nosotros —dice Torrance. No sé si es el alcohol o la emoción lo que habla, pero está tan *aturdida* que es imposible decir que no.

Así pues, me meto dentro y me abrocho el cinturón.

21

PRONÓSTICO:
Una tregua de medianoche (o dos)

La verdad es que es toda una experiencia ir a toda velocidad por el centro de Seattle en la furgoneta de KSEA 6 con mi jefa y su exmarido. El contraste entre ambos es aún más pronunciado. Después de todo el pánico que ha habido en la casa, Torrance se ha calmado, mientras que un Seth frenético agarra con fuerza el volante y se salta la salida del hospital una vez, tras lo que tiene que dar la vuelta. Cuando llegamos a la sala de maternidad, se precipita hacia la recepción, y Torrance y yo le seguimos.

—Roxanne Hale —dice, casi sin aliento—. ¿Dónde está Roxanne Hale?

—¿Papá? —Un hombre que parece tener casi treinta años se acerca con una botella de agua en la mano—. Hola, muchas gracias por venir. Ahora mismo solo me dejan entrar a mí. Sus contracciones siguen siendo cada diez minutos más o menos.

Patrick ha sacado los mejores rasgos de sus padres; no es de extrañar que sea tan guapo como ellos. Pelo oscuro, barba recortada y pómulos tan afilados que deberían llevar una etiqueta de advertencia.

Seth le pasa un brazo por los hombros.

—¿Cómo lo llevas?

—Estoy bien. Un poco agotado, pero en general bien. Roxanne es la que lo está sufriendo. —Su mirada se posa en mí, y le hago un saludo incómodo.

—Hola, esto… ¡Felicidades! O casi felicidades. Estaba con tu madre cuando recibió la llamada, así que…

Sonríe; la misma sonrisa deslumbrante que Torrance ha perfeccionado para las cámaras.

—¡Cuantos más, mejor! —exclama, e intercambia unos cuantos abrazos más con sus padres antes de dirigirse al pasillo.

Seth se pone cada vez más nervioso y se pasea de un lado a otro hasta que me mareo con solo verlo. Compra exactamente cinco cosas en la máquina expendedora antes de que esta se atasque y luego se pasa quince minutos buscando a alguien que la arregle.

—¿Seth? —dice Torrance con dulzura, sentada a mi lado—. ¿Por qué no bajas a la tienda de regalos?

—Excelente. —Seth muerde un Twizzler antes de tirar el envoltorio a la papelera. Ya nos ha ofrecido algunos a Torrance y a mí—. Gran idea. ¡Ahora mismo vuelvo!

—¡No hay prisa! —exclama tras él, y una vez que desaparece, se echa a reír—. También estuvo así cuando nació Patrick. Más nervioso que yo.

Dejo la revista *Highlights* que estaba hojeando tras haber terminado el cómic *Goofus and Gallant*. Goofus es tan idiota como siempre.

—Nunca lo había visto así, ni siquiera cuando tenemos noticias de última hora. En el trabajo siempre está muy tranquilo.

—Es entrañable, la verdad. —Torrance hace una pausa durante unos instantes en los que se examina la manicura en silencio—. Patrick fue un poco prematuro, por cuatro semanas, así que estuve en el hospital un poco más de lo esperado. Todo salió bien y los médicos fueron increíbles, pero yo estaba deseando empezar a preparar el nido. Cuando llevamos a Patrick a casa, me encontré con que Seth se había pasado todo el tiempo que no estaba en el hospital haciendo cenas. Tuvo que comprar un congelador extra porque no teníamos suficiente espacio. Eso fue lo mucho que cocinó para que no tuviéramos que preocuparnos de eso. —Sonríe al recordarlo, y tal vez esa versión de Seth no sea muy diferente de la que he llegado a conocer en los últimos meses—. Y ha sido un gran padre. *Es* un gran padre, debería decir. Siempre me ha encantado verlo como padre.

Es imposible no pensar en Russell cuando dice eso. No he tenido la oportunidad de procesar las implicaciones a largo plazo de nuestra relación, si es que se está convirtiendo en eso. Nunca he salido con un padre, y si bien es cierto que quiero tener hijos, no estoy segura de estar preparada *ya*. Lo más probable es que lo esté analizando demasiado, ya que solo he visto a su hija una vez, pero cuanto más avance la relación, más tendré que lidiar con lo que soy para Elodie, si es que soy algo.

Por otra parte, existe la posibilidad de que Russell no quiera involucrarla. Aunque en Canadá dijera que quería que la conociera, eso no significa que de repente los tres vayamos a empezar a pasar tiempo juntos.

El móvil de Torrance vuelve a sonar.

—Es mi hermana. Parece que el rumor se ha extendido a toda la familia. No te importa que conteste, ¿verdad?

—Adelante —respondo, y se va de la sala de maternidad para atender la llamada.

Me quedo sola y pienso en lo absurda que es la situación. No tengo ningún interés personal más allá de querer que el bebé nazca sano. Sin embargo, el hecho de que Torrance quiera que esté aquí me obliga a quedarme.

Le envío un mensaje a Russell.

> No vas a creerte dónde
> estoy.

¿De vuelta en el centro
comercial para retar a
esos niños al *hockey* de
aire?

Le devuelvo el GIF de Torrance rechazando un porro en el Hempfest y diciendo: *Puede que más tarde.*

> En el hospital con los
> Hale. Su nuera acaba
> de ponerse de parto.
> ¡Y se llevan bien!

Tienes razón. No me lo
creo.

Le hago una foto a la *Highlights* y se la envío. Como respuesta, me envía una foto de una televisión en pausa, y tengo que morderme el labio para no sonreír. *The Parent Trap*.

Noche de cine con E.
Estamos en el intermedio
porque ha insistido en
hacer palomitas de
caramelo. Estoy esperando
a que suene la alarma de
humo.

                            ¿Le está gustando?

Hasta ahora, el veredicto
es que no hay suficientes
canciones ni bailes.

                            Se lo concedo. No
                                        hay.

Y la hemos pausado varias
veces para que se
aprendiera el apretón de
manos. Sinceramente,
tengo suerte de que esté
en una edad en la que
todavía es guay ver pelis
con tu padre. No sé
cuánto me queda hasta
que llegue ese momento.

La imagen parece muy acogedora, y estoy bastante segura de que no es solo por la película que están viendo. Me asusta un poco lo atractivo que me resulta.

¿Chica del tiempo?

¿Sí?

Me muero de ganas de
volver a verte.

Esas ocho palabras me provocan algo en el corazón.

Torrance vuelve con dos tazas de café y con el pelo recogido en una coleta.

—Pensé que esto me ayudaría a que se me termine de pasar la borrachera —dice, y me pasa una taza.

Es ridículo que una taza de café me conmueva tanto. La sala de maternidad debe de estar poniéndome demasiado sentimental.

Torrance y yo pasamos los siguientes veinte minutos haciendo el crucigrama de una revista para padres, hasta que Seth reaparece no con uno, sino con siete globos.

—No pude decidirme —dice con un rubor en las mejillas—. Aunque siento debilidad por este. —Y le entrega el que dice ABUELOS ORGULLOSOS.

* * *

Pasamos el tiempo con más crucigramas, correos electrónicos del trabajo y sándwiches cuestionables comprados en la cafetería del hospital. Cuando pasan un par de horas, dejo de preguntarle a Torrance si quiere que me vaya a casa. Incluso cuando Seth y ella se llevan bien, está claro que le gusta tenerme aquí como una especie de mediadora. O tal vez sea para compensar el no haber estado ahí en el pasado. Sea lo que sea, me alegro de quedarme.

Son más de las once cuando Patrick vuelve corriendo con ropa de quirófano y con una sonrisa de oreja a oreja.

—Tenemos una niña —anuncia—. Penelope Rose. Penny. Las dos están fantásticas.

Torrance y Seth se ponen en pie de un salto y lo apretujan en un abrazo.

—Tenemos una nieta —dice Torrance con lágrimas en los ojos—. Soy abuela.

—La abuela más sexi que he visto nunca —contesta Seth antes de soltar a Patrick para tirar de ella y abrazarla.

Sucede tan rápido que tardo unos segundos de más en procesarlo. Torrance le rodea los hombros con los brazos y Seth le posa las manos en la parte baja de la espalda mientras sus labios se posan en los de él con todo el anhelo acumulado tras haber estado cinco años separados.

Y… no me lo creo.

Sinceramente, puede que yo también empiece a llorar.

—¡Enhorabuena! —le digo a Patrick antes de excusarme para darles un poco de privacidad.

—¿Seguro que no quieres venir a verla? —pregunta Torrance, todavía envuelta con los brazos de Seth. Este está jugueteando con el extremo de su coleta.

—No, no —respondo—. Ya me he entrometido bastante. Id. Disfrutad.

Suavemente, se separa de Seth para darme un abrazo con aroma a vino y café, y de todas las cosas surrealistas que han sucedido esta noche, puede que esa sea la más extraña.

Agarro mi bolso, me dirijo al ascensor y pulso el botón de bajar.

Tal vez esté demasiado sensible. En este lugar pasan muchas cosas. No son solo los Hale, sino todas las familias que entran y salen durante la noche. Odio que me haga sentir nostalgia por mi familia, que desee que los malos momentos hubieran sido mejores y que los buenos hubieran durado más.

Me quedo pensando en lo que dijo Torrance sobre que Seth era un buen padre. *Ha sido un gran padre. Es un gran padre*, corrigió. Porque no termina cuando tu hijo cumple dieciocho años y se muda. No se acaba cuando acepta un trabajo en la otra punta del estado ni cuando se compromete ni cuando ese compromiso se rompe.

Tal vez sea Torrance comportándose como una madre lo que hace que me dé cuenta de ello, o tal vez ha permanecido dentro de mi cerebro a la espera de que llegara el momento adecuado para advertirme. Pero echo de menos a mi madre. Con todos sus defectos y con toda nuestra dolorosa historia, la echo de menos. La echaba de menos antes de que fuera al hospital, aunque no me lo admitiera a mí misma.

Cuando llego al vestíbulo, me dirijo a la calle sin pedir un Uber todavía y dejo que el aire fresco propio de unos cinco grados me pellizque la piel. Lleva una semana sin llover, y aunque de normal me lamentaría por ello, el cielo despejado de hoy parece adecuado.

Antes de pensarlo dos veces, llamo a mi madre.

—¿Ari? —dice cuando contesta al segundo timbre—. ¿Va todo bien? Es casi medianoche.

¡Oh! ¡Ups!

No soy más que una simple *millennial*; las llamadas telefónicas son aterradoras y solo se hacen cuando hay una emergencia. Llamar a alguien de la nada y a altas horas de la noche no es para nada algo que haría yo.

—Sí, mamá. —Trago saliva, intentando que la emoción no se vea reflejada en mi voz—. Solo… quería saludar. —No quiero admitirle todo lo que me ha puesto sensible, no quiero exponer esa parte tierna. No en este momento.

—Hola —contesta, y suena desconcertada. Y no la culpo. No recuerdo la última vez que la llamé—. ¿Viste el eclipse el fin de semana pasado?

El corazón se me hincha al oír eso.

—Por supuesto que sí. Fue increíble.

—Sí que lo fue —coincide—. Parecía que alguien le había dado un bocado al sol.

Si hay algo que pueda confirmar que el tiempo no es una conversación trivial, es esto. El tiempo nos conecta. Es una experiencia compartida, incluso cuando no estamos en el mismo lugar.

Hablamos del eclipse durante un rato, y lo más probable es que le esté dando muchos más detalles de los que le gustaría, pero aun así me escucha. Le pregunto cómo va el trabajo y me habla de la nueva trituradora de papel que ha comprado su jefe y que reproduce el sonido de alguien tocando una guitarra cuando introduces el papel. Y no tengo que forzar una risa, ya que me sale de forma natural.

Quiero preguntarle por la terapia. Quiero asegurarme de que se está tomando la medicación.

No obstante, si hay algo que he aprendido sobre la depresión, es que es un viaje sumamente personal, uno que nunca llega a terminar del todo.

—¿Te parece bien si me paso por allí dentro de poco? —pregunto cuando la conversación empieza a decaer, y el ruido estático distorsiona el sonido que hace mi madre al bostezar.

—Ari —su voz tiene un tono extraño, y por un momento temo haber arruinado la conversación—, no tienes ni que preguntarlo.

22

PRONÓSTICO:

Un nuevo frente promete un clima y una ansiedad severos

Torrance y Seth no están exactamente juntos, no todavía, según me dice ella el lunes durante el almuerzo.

—Sigue siendo complicado —dice entre cucharadas de curry verde en un restaurante tailandés situado a una manzana de la cadena—. Nos lo estamos tomando con calma y tenemos mucho de que hablar. ¿Pero no es muy raro? Estoy saliendo con mi exmarido.

No se me escapa la nueva expresión que pone cuando habla de él, tranquila y con un atisbo de sonrisa. O una vieja expresión redescubierta. El ambiente en la cadena se ha vuelto muchísimo más tranquilo, hasta el punto de que mis compañeros de trabajo han empezado a preguntarme si sé lo que le pasa a Torrance.

—No puedo creerme que haya cambiado de opinión al respecto —me dijo Avery Mitchell esta mañana cuando Seth emitió el reportaje de Torrance sobre el cangrejo.

—¿Acabo de ver a Torrance y a Seth tomados de la mano yendo de camino al trabajo? —preguntó Hannah Stern la semana pasada.

Y yo me limitaba a encogerme de hombros, conteniendo una sonrisa. Intentar *no* sonreír; eso es nuevo.

No sé qué esperarme cuando Torrance convoca una reunión espontánea a la tarde siguiente, e incluso la gente que no depende directamente de ella tiene la suficiente curiosidad como para presentarse.

—Tengo algo emocionante que anunciar —dice, de pie a la cabeza de la pequeña mesa de la sala de conferencias. Lleva uno de sus vestidos que le dan poder, uno rojo intenso ajustado con mangas de tres cuartos, y unas botas negras hasta la rodilla.

—He hablado con muchas personas de la cadena a lo largo de esta semana —continúa Torrance—, y me he dado cuenta de que algunos de los nuevos empleados sienten que no están recibiendo el apoyo que necesitan. Lo he hablado con Seth y con Fred, y hemos decidido lanzar un programa de mentoría.

Una oleada de comentarios se extiende por la sala, como si las palabras «Torrance Hale» y «programa de mentoría» utilizadas en el mismo contexto no tuvieran sentido.

Continúa explicando que será un programa que consiste en tres niveles: un miembro del personal de rango superior al que emparejan con alguien que lleve algunos años aquí, a quien después emparejan con un becario o con un estudiante. Mientras lo explica, no hago más que mantener la mirada fija. Me *encanta* la idea, y el hecho de que se le haya ocurrido a raíz de lo que le dije durante nuestra noche de chicas... Estoy conmovida de verdad.

Sus botas resuenan en el suelo mientras se acerca a mi silla y deja caer una mano sobre mi hombro.

—Y Ari, que me ayudó y me dio la idea del programa, va a ser mi primera protegida.

El resto del personal parece no saber muy bien cómo reaccionar, pero al final Hannah empieza a aplaudir y todos los demás se unen. Torrance me hace un gesto, como si quisiera que dijera algo.

Me aclaro la garganta, completamente desprevenida.

—Gracias. E-Estoy muy emocionada y me siento honrada de que Torrance sea mi mentora.

Cuando la reunión termina, Torrance me toma por banda antes de que me vaya para comentarme que tiene una cosa más que quiere discutir conmigo en su despacho. A pesar de llevar tres años trabajando aquí, he estado en el despacho de Torrance principalmente para apagar las luces y ordenar. ¿Las veces que me ha invitado? No llega a los dos dígitos.

—No es algo fácil de decir —dice una vez que se deja caer en la silla, y aparta un par de tazas de café vacías, tal vez en un intento por hacer que su escritorio parezca menos desastre—. Pero si voy a ser tu mentora, lo cual me hace mucha ilusión, no puedo ser también tu jefa.

—¿Me estás… despidiendo?

—¿Despedir a mi primera pupila? No, claro que no. Solo quiero reorganizar un poco el equipo meteorológico. Hacer que nos sintamos más como un equipo en vez de como una jerarquía. Tu nueva jefa será Caroline. —Caroline Zielinski: nuestra subdirectora de informativos.

—Me gusta Caroline.

—Genial —responde—. Empezaremos la transición el lunes.

Son casi demasiadas buenas noticias que procesar en tan poco tiempo. Al menos, hasta que salgo de su despacho y me fijo en el cartel que tiene colgado por dentro de la puerta. Fuente Garamond.

Tu sonrisa es mi cosa favorita del mundo. Especialmente cuando es lo primero que veo por la mañana. —SHH

* * *

—Normalmente hay un poco… más de tormenta. —El entrevistado me mira de forma mordaz, como si fuera culpa mía que el tiempo no acompañe.

Es un jueves tranquilo, casi sin viento, en una playa de Lake Stevens, a unos cincuenta y cinco kilómetros al norte de Seattle. El pronóstico de ayer anunciaba lo contrario.

—Ya sabes lo que dicen de los meteorólogos —digo en un intento por aligerar el ambiente—. Nunca acertamos.

—La paciencia es una cualidad importante que debe tener todo cazador de tormentas —asegura el presidente de Pacific Northwest Weather Chasers, Tyler «Tifón» Watts. En serio. Insistió en que apareciera eso en el titular. Me da la impresión de que se está preparando para el apocalipsis, y es uno de los personajes más extraños que he entrevistado: un treintañero vestido de negro, con el pelo oscuro y la barba desgreñada, equipado con un cinturón de herramientas y una enorme mochila que no le hace ningún favor a su postura. Ponerle el micrófono fue todo un proceso—. Son muchas horas en el coche conduciendo. A veces ni siquiera puedes hacer una pausa para ir al baño; no puedes darle a la tormenta la oportunidad de perseguirte a *ti*.

Hace unas semanas, Seth sugirió que los deportes y el tiempo colaboraran en este reportaje. Aproveché la oportunidad que me dio de hacer un reportaje sobre el terreno, especialmente con Russell. Hoy es tanto mi realizador como mi cámara, porque cuando te especializas en periodismo tienes que aprender a hacer de todo, y es tan relajado y alentador como lo es el resto del tiempo. Puede que intercambiemos más sonrisas de lo habitual, pero aparte de eso, es un verdadero profesional.

—¿Y vale la pena? —le pregunto a Tyler.

—Quizá no tenga que convencerte de eso —responde, y hace una mueca de dolor al ajustarse la correa delantera de la mochila. Cuando llegamos, le dije que podía quitársela, pero quería asegurarse de que le fotografiáramos con su atuendo completo—. Claro que merece la pena. Siempre. —Le suena el móvil en el cinturón de herramientas—. Espera. Creo que estoy recibiendo una pista sobre una tormenta en el este. ¿Te importa si hago una llamada?

—Adelante —contesto.

Russell graba algunas secuencias adicionales del lago y de la playa mientras Tyler le habla enérgicamente al móvil a unos diez metros de distancia.

—Parece que puede tardar un rato. —Russell deja de grabar y me lanza una mirada esperanzada y vacilante—. Odio preguntar esto, pero voy a cubrir un partido de *hockey* mañana, algo de última hora, y la madre de Elodie está fuera por trabajo. Suele estar bien sin niñera, pero siempre me ha puesto un poco nervioso dejarla sola en casa durante mucho tiempo. Así que me preguntaba… si tal vez podrías pasarte y cenar con ella. Puedo dejar algo de dinero.

Cuando me quedo callada demasiado tiempo, parece interpretarlo como desinterés.

—No tienes que quedarte mucho tiempo. Solo a cenar para ver cómo está. Y eres una de las únicas personas responsables que conozco —continúa—, y tienes a tu sobrina y a tu sobrino, así que supuse que no se te dan tan mal los niños.

—Creo que me siento halagada —digo con una risa, lo que sirve para enmascarar cualquier otra cosa que esté sintiendo. Miedo, tal vez. Afecto, eso sin duda—. Me encantaría. De verdad.

—Seguramente querrá ensayar el guion, tal vez practicar su parte de la Torá. Es una niña muy fácil. —Como si esa fuera la razón por la que no quisiera hacerlo, lo único que me impide aceptar de inmediato—. No quiero que te estropee el horario de sueño ni nada por el estilo.

Agito la mano para quitarle importancia.

—Me echaré una siesta antes. Podemos pasarnos toda la noche viendo grabaciones pirata de Broadway.

Suelta una suave exhalación. Alivio.

—Bien. Gracias. —Se acerca y me roza la muñeca con la punta de los dedos, y yo saboreo el breve contacto físico en el trabajo.

Tyler/Tifón cuelga y se dirige de nuevo hacia nosotros con la mochila balanceándose.

—Vale —dice, metiendo el teléfono de nuevo en su cinturón—. Parece que me voy a Darrington. ¿Quieres acompañarme?

Mientras guardamos las cosas, mi mente se aleja de las tormentas, de los patrones del viento y de la presión atmosférica. Pasar tiempo con la hija de Russell es un paso enorme, y el hecho de que me lo haya pedido me llena de una mezcla de calidez y ansiedad.

Solo me queda tener la esperanza de que no lo estropee.

23

PRONÓSTICO:

Cien por cien de posibilidades de musicales

—Tienes que estar de acuerdo en que Janis es la auténtica estrella —dice Elodie, y vuelve a meterse un mechón de pelo oscuro en el moño desordenado antes de estirar el brazo para alcanzar un bote de pintauñas dorado con purpurina—. Su *voz*. Cómo da vida a su personaje.

—Tienes razón. ¿Pero no crees que parte de eso es porque le dieron las mejores canciones?

Elodie lo medita.

—Puede —concede.

Estamos en su salón, despatarradas con una docena de botes de pintauñas en la mesa de centro, escuchando la banda sonora del musical de *Mean Girls*.

—¿Solo haces musicales? ¿No haces obras de teatro? —A estas alturas puedo sujetar el pintauñas con la mano izquierda, pero no tengo la estabilidad necesaria para pintarme las uñas, así que le dije que podía pintarme la mano derecha como quisiera. Lo reflexionó con cuidado y probó algunos tonos en una hoja de papel antes de decantarse por una base azul con pequeños soles encima.

Elodie se inclina sobre mi mano y me hace dos puntos en el sol a modo de ojos y una raya que hace de boca.

—Si no hay canciones, ¿qué sentido tiene? —responde—. Lo siento, este parece que está enfadado.

—No pasa nada. Sigue siendo bonito. —Bajo la mirada para admirar su obra—. Y tienes razón. Me aburro mucho durante las obras de teatro.

Elodie me lanza una mirada de sufrimiento.

—*Gracias*. El año pasado mi padre me arrastró a *Shakespeare in the Park* y me quedé dormida al comienzo del segundo acto. Según él, me estaba exponiendo a la *cultura*, pero, en serio, ¿qué hay más culto que *Hadestown*?

Me río al imaginar a Russell haciendo eso. La banda sonora de *Mean Girls* se termina, y Elodie se levanta para buscar otra en su móvil. Se sabe todas las letras, incluso las de los musicales que no ha visto. Es impresionante.

—No tienes que cantar tan bajito —digo, y se sonroja—. Tienes una voz muy buena.

—Lo siento. A veces me da un poco de vergüenza cantar delante de gente nueva. Es diferente cuando estás en el escenario con un disfraz. ¿Has hecho teatro alguna vez?

—¿Cuenta haber sido el árbol número dos en la obra de *El mago de Oz* en mi escuela secundaria?

—Pero sales en la tele.

—Es una forma de actuar muy distinta —aseguro—. Nuestro objetivo no es solo entretener a la gente. Bueno, espero que entretengamos, pero antes que nada estamos proporcionando información y queremos asegurarnos de que lo estamos haciendo de forma clara e imparcial. —Lo medito durante un momento—. Salvo cuando no paro de hablar de lo mucho que me gusta la lluvia, pero eso no es un tema candente que digamos.

—Siempre le pregunto a mi padre si de verdad le mataría cubrir el arte de vez en cuando para que podamos conseguir entradas gratis para el teatro. Cuando vemos musicales, a veces intenta cantar las canciones. Pero hay algo que tienes que saber sobre él si vais a salir juntos. —Baja la voz de forma conspirativa—. Es un cantante *horrible*.

—N-No estamos... —digo, atrancándome con la incomodidad de explicarle tu relación a una chica de doce años cuando ni siquiera sabes qué es esa relación.

—Valeee —contesta de forma cantarina, y una vez que las uñas se nos han secado, sube las escaleras para ir a por su guion.

Mientras no está, algo me llama la atención: un libro grande y amarillo claro sobre una mesa auxiliar que hay junto al sofá, tan grueso que parece que va a reventar.

—¿Qué es eso? —pregunto cuando vuelve con el guion en la mano.

Elodie refunfuña.

—Mi álbum de fotos de cuando era pequeña. Es lo más vergonzoso del mundo.

—Creo que nunca he visto uno de esos en persona.

—¿Tus padres no hicieron uno? —inquiere, y reprimo todas las emociones que quieren escaparse cuando le digo que no—. Te juro que es como una emergencia nacional si logro algo y no tienen la oportunidad de ponerlo en el álbum. Incluso se lo intercambian. Durante un tiempo tuve que llevarlo de casa en casa, pero tuve que ponerme firme porque era demasiado, incluso para ellos. —Sacude la cabeza y se le escapan más mechones del moño desordenado—. Están obsesionados conmigo.

—Eres su primera hija. Creo que eso justifica que estén un poco obsesionados.

Pone los ojos en blanco; se nota que hay algo de orgullo.

—Tengo que enseñarte lo ridículo que es. —Agarra el álbum. En la cubierta hay una de foto de Elodie de bebé que se ha descolorido con el paso del tiempo—. La multa que le pusieron a mi padre cuando mi madre estaba dando a luz porque no sabía dónde aparcar. Mi primer sombrero. Mi primer par de calcetines.

Me quedo mirando una foto de Russell con diecisiete años y con Elodie en brazos liada en una manta. Tiene el pelo un poco largo y lleva lo que parece una camiseta de *hockey* encima de una camiseta de mangas largas. A pesar de que lleva gafas, se ve que está mirando a su bebé con puro asombro.

No existen palabras suficientes para expresar lo que le ocurre a mi corazón en ese momento. Sea lo que sea, no sabía que fuera capaz de sentir algo así.

—Lo sé. Era muy joven. Creo que el álbum fue una forma de procesarlo todo, no sé. Lo que hace que me sienta un poco mal por reírme de él, pero... —pasa algunas páginas— ¿el recibo de mi orinal?

Me río con ella, pero creo que no caigo hasta ahora, viendo las fotos, en lo joven que es alguien con diecisiete años. Soy incapaz de imaginarme todo a lo que tuvo que enfrentarse a esa edad, las cosas que pospuso y a las que renunció por completo.

Y, claro está, todas las cosas que se ha negado desde entonces para ser un buen padre, lo que está claro que es. Las pruebas de ello están por todas partes de la casa, en el amor de Elodie por el teatro, en cómo bromean el uno con el otro.

Elodie da la vuelta a la página y aparecen Russell y Liv con una Elodie de uno o dos años. Vuelve a hacerlo y están en Halloween, Elodie disfrazada de un diminuto Bob Ross; Russell, de paleta y Liv, de lienzo.

Lo que no le digo: me encanta este álbum de recortes.

—Voy a vomitar —dice mientras apuñala una pequeña bolsa grapada con una uña con purpurina—. Esa es la primera uña del pie que me cortaron.

* * *

Russell ha dejado algo de dinero para la cena, y como hace lo que la gente llama una «buena noche» (es decir, no llueve), decidimos caminar cinco manzanas para ir al restaurante mexicano favorito de Elodie y comprar algo para llevar.

Tras pedir unos burritos, Elodie va al baño mientras respondo un mensaje de Russell en el que pregunta cómo va. «De lujo», escribo. «Es un encanto». Estoy mirando las redes sociales cuando escucho un siseo desesperado que proviene del pasillo oscuro y lleno de grafitis.

—¿Ari?

Me meto el móvil en el bolsillo y me acerco al baño.

—¿Todo bien?

La puerta se abre un poco y aparece la cabeza de Elodie con un toque de preocupación en el rostro.

—¿Tienes alguna…? Ya sabes. Cosa para la regla.

—¡Oh! —¡Mierda! Con el DIU, no tengo la regla. Llevo años sin llevar encima tampones o compresas de repuesto—. No. Lo siento.

—Pensaba que me vendría la semana que viene. —Su voz emana pánico, a diferencia de la forma en la que ha estado hablando toda la noche.

—¡Número sesenta y dos!

—Esas somos nosotras —digo—. Voy a por él y nos vamos directas a casa. ¿Quieres que llame a un Uber?

Otra pausa.

—¿Tampoco tengo nada en casa? —Lo pronuncia como una pregunta—. Es que… se suponía que me venía la semana que viene, así que no he conseguido nada ni de Nina ni de Sasha, aunque probablemente debería haberlo hecho.

Me he perdido. Asumo que Nina y Sasha son sus amigas, pero no estoy segura de si tienen alguna clase de cártel clandestino de productos de higiene menstrual o qué.

—No pasa nada. Podemos comprar algo. —Vuelvo a sacar el móvil y busco el mapa—. Hay un Walgreens a unos diez minutos.

—¿Número sesenta y dos? —vuelve a llamar el cocinero, y quiero gritar que tengo a una chica de doce años en medio de una crisis y que me dé un puto minuto.

—¿Puedes ir a por la comida? —Se le quiebra la voz y cierra la puerta unos centímetros—. Usaré papel higiénico de momento.

Lo hago y, tras pagar, me encuentro a Elodie esperándome fuera con la sudadera de la Escuela Secundaria Eleanor Roosevelt atada alrededor de la cintura. Está jugueteando con la manga, sacudiéndola de un lado a otro mientras mira al suelo.

—¡Ey! —digo, haciendo todo lo posible por mostrarle que soy alguien en quien puede confiar. Ni una amiga ni una madre, pero algo situado en el medio—. ¿Quieres contarme qué pasa?

Elodie se sienta en un banco que hay al lado de una parada de autobús.

—No es para tanto, la verdad —masculla mientras patea el suelo con una de sus zapatillas de tela.

Por la forma en la que Elodie y yo hemos hecho bromas y hablado sobre Broadway casi parecía que éramos amigas pasando el rato juntas. Y si bien es bastante independiente, ahora parece una chica de doce años.

—No me gusta hablar de esto con mis padres —confiesa.

—No tienes que avergonzarte de tu…

Me mira a los ojos como un relámpago.

—Sé que no tengo que avergonzarme de mi cuerpo —se apresura a decir—. ¡No me siento así! Estoy más que feliz de dejarle hacer lo que hace todos los meses. Pero no quiero que mis padres lo sepan.

Me obligo a calmarme.

—¿No quieres que tus padres sepan que necesitas más compresas?

¡Oh!

Una vez más, pongo una expresión que espero que parezca neutral en vez de preocupada.

—¿Hace cuánto?

—Esto… ¿Cuatro meses? He estado llevando un registro en mi diario. Se suponía que iba a venirme la semana que viene, pero sé que a veces no son superregulares al principio y… —Empieza a juguetear con la manga de la sudadera otra vez—. ¿Vamos a comer? Tengo hambre. ¿Tú tienes hambre?

No me muevo del banco. Lleva cuatro meses con la regla y no le ha dicho nada a sus padres.

—¿Puedo preguntar por qué?

Suelta un largo suspiro.

—Tratan todo lo que me pasa como Lo Mejor Del Mundo. ¿Elodie se ha comido un trozo de manzana por primera vez? Haz una foto. ¿Se ha raspado la rodilla? Pon la tirita en el álbum. —Con una mano, tamborilea en el banco una melodía que no conozco—. No quería que el envoltorio de mi primera compresa estuviera en el álbum —continúa—. Con un pie de foto gigante que dice LA PRIMERA COMPRESA DE ELODIE.

Hago todo lo que está en mi mano para no reírme ante la imagen.

—Lo siento. Sabes que cuesta ocultar algo así. En algún momento se acabarán enterando.

—Sí, pero no he pensado tan a largo plazo. —Esboza una media sonrisa.

—Si quieres hablar sobre traumas relacionados con la regla —digo, sin creerme del todo que esté hablando sobre la menstruación con una chica de doce años enfrente de un restaurante mexicano de la zona—, la primera vez que me vino fue en mitad de la clase de Educación Física. Mientras llevaba unos pantalones cortos blancos. No hace falta que diga que no me eligieron la primera para el balón prisionero.

Elodie se lleva la manga de la sudadera a la boca y ahoga un grito.

—Tú ganas.

—De todas formas, tengo que comprar un par de cosas de Walgreens —digo, y agarro la bolsa con la comida mientras me levanto—. Así que si resulta que pillamos un paquete de compresas mientras estamos allí…

—Supongo que no pasaría nada. —Me lanza una mirada afligida, y conozco de sobra lo incómodo que es el papel higiénico translúcido de los baños públicos—. ¿Te importa que pidamos un Uber?

Para cuando llegamos a casa, tenemos que volver a calentar los burritos, lo que, según una Elodie mucho más animada, hace que sepan incluso mejor.

—Bueno —empieza cuando terminamos y estamos dividiéndolo todo en compost, plástico y orgánico—, puede que se lo cuentes a mis padres, ¿no?

Lo medito. Quiero que esté segura, pero no quiero romper su confianza. Tienen que saberlo, pero no estoy segura de que sea yo la que deba decírselo.

—¿Sinceramente? No lo sé. Pero creo que deberías contárselo tú.

—Lo sé, lo sé. Es solo que... —Se interrumpe y tuerce la boca hacia un lado—. Como vayan a por el álbum, pienso huir y cambiarme el nombre. A algo muy básico, como Amy o Janet, para que no me encuentren nunca.

—Me parece bien.

Si bien es cierto que Russell quería que viniera solo para cenar, no puedo resistirme cuando Elodie me pide que ensaye con ella. Y cuando Russell llega a las nueve menos cuarto, casi la hora de acostarse de Elodie, tanto él como yo nos sorprendemos al ver al otro.

Tiene un aspecto maravilloso y de estar agotado a la vez, los ojos azules cálidos y el pelo agitado por el viento. Especialmente ahora que he visto las fotos del álbum de recortes, sé decir dónde le pesa la edad: en las suaves arrugas que se le forman en los extremos de los ojos, en las pocas canas que se le entretejen en el pelo. En cómo le caen los hombros, como si hubiera cargado demasiado peso demasiado pronto, pero estuviera dando lo mejor de sí.

Y de nuevo ese tirón en el pecho, ese que parece pertenecerle totalmente a Russell Barringer.

—¿Sigues aquí? —Lo pregunta con incredulidad, no con crueldad.

Cambio de posición y me siento para dejar de estar tumbada en el sofá, de repente insegura. A lo mejor he abusado de su hospitalidad. Al fin y al cabo, solo me pidió que viniera a cenar.

—He perdido la noción del tiempo. Lo siento... Puedo irme.

—No, no. Me alegra que estéis pasando el rato. —Deja la bolsa con el equipo en el pasillo antes de colgar el abrigo—. Y, oye, la casa sigue en pie. Eso tiene que ser una buena señal.

—Las bromas típicas de padres. Me duelen. —Elodie lanza el guion en el cojín del sofá que hay entre las dos—. ¿Han ganado el partido?

—Por goleada. —Se gira hacia mí con un brillo en los ojos—. ¿Ves cómo menosprecia mi trabajo? Eso que hace que haya palomitas de caramelo ligeramente quemadas en la mesa.

La forma en la que bromean el uno con el otro también me provoca algo en el corazón. Hay una capa de nostalgia; una punzada, en realidad. Si alguna vez he tenido algo así con mi madre, no me acuerdo.

—¿Preparada para ir a la cama? —pregunta Russell.

Elodie se queda mirando las escaleras durante un rato con los hombros caídos.

—Hay algo que me gustaría hablar contigo primero.

Me pongo de pie, jugueteando con la correa del bolso.

—Debería irme.

—¡No, no tienes por qué! —Elodie debe de haberse dado cuenta de que lo ha dicho demasiado rápido y con un tono de voz un poco alto—. En plan, yo soy la que te ha metido en esta conspiración.

Russell nos mira a ambas con aspecto de estar muy confuso.

—¿Conspiración?

—Yo, mmm, esperaré aquí abajo —contesto al tiempo que me vuelvo a sentar en el sofá.

—Buenas noches, Ari. —Elodie me da un abrazo rápido—. Gracias —me dice al oído.

Russell y ella desaparecen escaleras arriba mientras yo me quedo sentada, incómoda, en el salón y respondo algunos correos electrónicos del trabajo.

Unos quince minutos más tarde, Russell vuelve a bajar con aspecto de estar incluso más agotado.

—Bueno, eso ha sido… mucho. —Se deja caer en el sillón que hay delante del sofá y se pasa la mano por la barba incipiente—. No puedo creerme que sintiera que tenía que ocultarnos que tiene la regla. Siempre la hemos animado a que nos cuente lo que sea, y hemos intentado ser lo más abiertos posible con ella. Nuestros padres estaban tan chapados a la antigua que, cuando Liv se quedó embarazada, nos aterrorizaba ser como ellos. Nunca me hablaron de sexo. Creo que les sorprendió que supiera lo que era el sexo.

—Mi madre también era así. Tuve que recurrir a Google para obtener la mayoría de la información detallada.

—Supongo que lo máximo que podemos hacer es mejorar para nuestros hijos, si los tenemos. No es algo que se pueda planear a la perfección. —Suelta una risa autocríti-ca—. Yo debería saberlo. A veces creo que la paternidad es una combinación de hacer las cosas al revés de como las hicieron cuando te criaron, mezclada con hacer las cosas exactamente como las hicieron cuando te criaron mientras temes convertirte en tus padres.

—Está claro que Elodie te adora —le aseguro, y eso hace que se tranquilice—. Y tus bromas de padre son de sobresaliente.

—Esa parte de la paternidad me llegó con sorprendente facilidad. —Se inclina hacia delante y deja caer la mano sobre mi rodilla—. Me alegro mucho de que estuvieras aquí. Te debo una.

—Ya ves tú. Me ha encantado pasar tiempo con ella.

Vuelve a aparecer esa expresión de cautela en su rostro. Me doy cuenta de que quiere derrumbarse en la cama, y me gustaría no tener tantas ganas de hacerlo a su lado. No sé cómo es su habitación, pero me apuesto lo que sea a que está ordenada y organizada, sin nada fuera de lugar. Me apuesto lo que sea a que la cama es acogedora. Eso es lo único que quiero en este momento: irme a dormir y despertarme junto a él.

A pesar de que sé que no puedo.

—Creo que debería llamar a Liv. Él me ha dicho que prefiere que lo haga yo, así solo tiene que contárselo a uno de nosotros, aunque le he dicho que es imposible que su madre no quiera hablar del tema con ella.

—Y yo debería irme. Siento haberme quedado tanto tiempo.

—No te disculpes. Gracias. Por quedarte. Por todo. —Se inclina para darme un suave beso, y su nariz choca con la mía. Cuando alzo el brazo para pasarle la mano por el pelo, ya se ha apartado.

De repente, tengo la sensación de que voy a llorar. ¡Dios! Debería ser más fuerte que esto. No debería estar preguntándome dónde encajo. Ya son una familia, llevan siéndolo durante años, y si bien no quiero pensar en el fin de mi relación con Russell, lo serán mucho después de que me haya ido de su vida.

—¿Te veo en el trabajo el lunes?

—El lunes —afirma, y me vuelve a besar mientras me mete un mechón de pelo detrás de la oreja.

Cuando cierro la puerta, intento no pensar en las ganas que tengo de estar al otro lado de esta.

24

PRONÓSTICO:

Alerta por inundación emitida mientras estallan revelaciones

—Me siento como si el *quarterback* guay me acabara de invitar a salir —le digo a Russell el jueves por la noche—. Y yo soy la chica en la que nadie se fija hasta que se quita la coleta y entonces se vuelve guapa de repente.

—Tengo la sensación de que estás más nerviosa por tener una cita con nuestros jefes que por nuestra primera cita —aventura Russell—. Lo cual está bien, porque yo también lo estoy.

Nos sorprendió que Torrance y Seth nos dijeran de ir a una cita doble en la que invita ella como forma de expresar su gratitud por haberme quedado en el hospital haciéndole compañía. Hace unas semanas habríamos planeado algo así con meticulosidad. Ahora los Hale lo hacen por su cuenta.

Russell ha venido a recogerme, y puede que tuviera otros motivos para decirle que subiera. Concretamente, querer besarlo en condiciones un par de veces antes de encontrarnos con Torrance y Seth. Espera en el sofá mientras hurgo en la cómoda en busca de unos cuantos accesorios, ya que insisto en que no necesito ayuda. Milagrosamente, soy capaz de engancharme un broche de un tulipán con piedras preciosas en el vestido negro de tirantes con una sola mano.

—Son unos nervios diferentes. —Saco un pendiente de debajo de la cama, un alambre enrollado en forma de tornado—. Y solo porque tú das muchísimo menos miedo que ella.

—Supongo que eso es algo bueno.

En el espejo de cuerpo entero que hay junto a la cómoda, veo cómo me observa mientras hurgo en uno de los varios joyeros que tengo en busca de la pareja del pendiente. La chaqueta de esta noche es muy elegante, de terciopelo azul marino, y la combina con una camisa blanca desabrochada a la altura de la garganta.

Desde aquella noche perfecta que pasamos en nuestra primera cita, nuestras agendas no se han alineado para que hagamos algo más que besarnos, y que esté aquí otra vez me recuerda lo desesperada que estoy por volver a llevarlo a la cama. O a una silla de escritorio. O contra la encimera de la cocina. Siempre y cuando pueda tocarlo mientras se deja llevar, no soy exigente.

—Siempre me han gustado tus chaquetas —comento mientras intento centrarme de nuevo en la tarea que tengo entre manos, apartando un puñado de pendientes de gotas de lluvia. Cabe la posibilidad de que tenga demasiados—. ¿Lo he mencionado alguna vez? Tienes muy buen gusto.

—Gracias —contesta con sinceridad—. Algunas camisas... no me quedan bien o me quedan pegadas. Tardé un tiempo en descubrir con qué me sentía más cómodo, y ahora también me encantan.

Cuando encuentro el pendiente, se lo tiendo a Russell con una mirada interrogante.

—¿Te importaría? —Me he quitado el cabestrillo, pero todavía no puedo doblar el brazo del todo, y pasarán unas semanas más hasta que tenga la suficiente fuerza en los dedos como para escribir durante más de veinte minutos sin que me duelan.

—He practicado un poco. —Se acomoda detrás de mí y me aparta algunas de mis ondas naturales. Sus dedos me rozan el tirante del vestido y el pulgar me hace cosquillas en la oreja, y yo me derrito contra él. Sería tan fácil arrastrarlo a la cama que, por un momento, casi odio a los Hale—. Y me siento obligado a mencionar que sería imposible no fijarse en ti, con independencia de cómo sea tu pelo.

—Aunque es surrealista, ¿no?

—¿Que hayas experimentado el momento en el que Torrance y Seth se convirtieron en abuelos? Sí.

—No —respondo, riéndome y dándole un suave empujón en el pecho mientras cierra un pendiente—. Que después de todo, casi estén juntos otra vez. La mujer que tiró el Emmy de su exmarido por una ventana le está dando otra oportunidad. Tal vez nuestra conspiración ha llegado a su fin.

—¿Estás...? —Russell hace una pausa y deja que el pelo me caiga sobre la otra oreja—. ¿Estás segura de que es real? ¿Que han cambiado de verdad?

—Quiero pensar que todo el mundo puede cambiar. Sí, al principio quería hacerlo por razones para nada honorables, pero quiero que sean felices. Quiero creer que pueden cambiar. Tal vez soy demasiado ingenua, pero...

—No eres ingenua. Quieres pensar bien de las personas. Quieres ver lo bueno.

Me gusta cómo lo dice. Ese optimismo, tanto falso como genuino, ha sido usado como arma contra mí antes, pero no ahora. Y puede que eso me condene a ser una persona sol el resto de mis días, pero que así sea. Tendré setenta y ocho años y seré un sol, una brisa fresca y un lugar a la sombra.

Tal vez sea esa suave bruma de satisfacción la que me saca la siguiente pregunta.

—Esto… El viernes que viene tengo cena de Shabat con mi madre y la familia de mi hermano. Y me preguntaba si querrías ir conmigo. A la casa en la que crecí.

En el espejo, veo cómo se le ilumina el rostro.

—Me encantaría —responde, y esas dos palabras hacen todo lo posible por disminuir la ansiedad que sentía al respecto.

Termina con el segundo pendiente y me da un beso en la nuca antes de colocarme el pelo en su sitio.

—¿Qué aspecto tengo? —pregunto, encontrándome con sus ojos en el espejo.

La boca se le tuerce en una sonrisa maliciosa.

—Si quieres que te responda a eso adecuadamente, vamos a llegar tarde.

Me giro y le aliso el cuello ligeramente torcido lo mejor que puedo. He utilizado el truco de Torrance; mi pintalabios malva no va a moverse.

—No me importa llegar un poco tarde. —Llevo la mano a la parte delantera de sus pantalones de traje, allí donde se está poniendo duro, lo que le arranca un gemido en la garganta. Me pregunto si sabe lo irresistible que es ese puto sonido. Que quiero encontrar cien formas nuevas que le hagan gemir así—. No puedo dejar de pensar en el fin de semana pasado. Puede que haya sido... la experiencia más sensual de mi vida.

—Yo tampoco puedo dejar de pensar en ello. En ti. —Me besa la comisura de la boca, luego la mandíbula y muerde el pendiente que acaba de ayudarme a ponerme. Me sube la mano por la pierna, pasando por el dobladillo del vestido, rozando la tela de mis bragas—. Sacas a relucir una parte de mí completamente diferente, y me encanta. —Su voz baja otra octava—. ¡Joder! ¿Ya estás mojada? —me pregunta mientras me acaricia de un lado a otro.

Lo que hicimos en mi cama debe de habernos dado a los dos más confianza. Debe haber bajado nuestros muros.

—Sí —respondo con la respiración agitada, y cambio de posición para facilitarle el acceso. Aparta la tira de seda y me acaricia con un dedo, con mucha suavidad, antes de hundirse en mi calor apretado y húmedo. Dejo escapar un gemido y le acaricio con la palma de la mano con más fuerza. Cuando me empiezan a ceder las piernas, mete la otra mano debajo del vestido y me agarra el culo para mantenerme firme.

—¿En qué más has estado pensando? —le pregunto.

Deja escapar un murmullo bajo.

—En muchas, muchas cosas. En todos los sitios en los que quiero besarte. En cómo quiero sentirte encima de mí. —La forma en la que desliza su dedo por todas partes menos por el lugar que más necesito es una agonía. En ese momento, retira la mano por completo, se la lleva a la boca y se chupa la punta del dedo resbaladiza con suavidad—. ¡Qué ganas tengo de probarte cuando te corras!

¡Dios! Este hombre será mi muerte. Estoy segura.

—Esta noche —le digo, porque como sigamos así, no voy a querer irme.

—Esta noche —confirma—. Si salimos vivos de esta.

* * *

Al principio asumo que es un club de *jazz*. Pero la música no es *jazz*. Es… Ni siquiera estoy segura de cómo llamarla, pero hay tres banjos y un *glockenspiel*. Tal vez no debería sorprenderme, dado que la canción navideña favorita de Torrance era *Run Rudolph Run*.

—Esta gente no dejará de sorprenderme nunca —dice Russell de forma que solo yo pueda oírlo mientras nos sentamos enfrente de Torrance y Seth.

El club es elegante y caro, dos palabras que nunca he asociado con la clase de lugares que frecuento. Y como diga que hay mucho ruido, eso me convertiría oficialmente en una señora mayor, y los Hale tienen unos veinte años más que nosotros. Así pues, me limitaré a no decir nada.

—Cuando nos casamos solíamos venir aquí siempre —cuenta Torrance, que tiene que gritar para que se le oiga por encima de la música. Si no llevara ese vestido plateado que hace que parezca una bola de discoteca, me habría sido imposible distinguirlos cuando llegamos—. La banda siempre toca algo que no hemos oído nunca, pero al final de la noche nos acabamos enamorando irremediablemente de ella.

El tipo del *glockenspiel* toca una nota desafinada, y me cuesta creerme la declaración de Torrance.

—Incluso tuvieron que echarnos un par de veces. —Seth mira a su exmujer con las cejas en alto, y ella se sonroja.

Cuando una camarera trae una ronda de champán porque está muy emocionada de verlos, Torrance alza su copa para hacer un brindis.

—Por las segundas oportunidades —dice mientras mira a Seth.

Él derrama la mitad después de darle un sorbo.

—¡Ups! —suelta con una sonrisa torpe—. Es que hemos calentado un poco antes de salir.

—*Tú* has calentado un poco —lo corrige.

—¿Cómo no iba a celebrarlo? Estoy saliendo con la mujer más hermosa del mundo, los Kraken ganaron anoche y acabamos de tener una nieta. —Rodea con un brazo a Torrance y le planta un beso en la mejilla. Es surrealista verlo tan alegre, como un oso pardo que ofrece la cabeza para que le rasquen detrás de las orejas.

Giro la cabeza, ya que no estoy acostumbrada a ver cómo se besan en público, y es entonces cuando veo a alguien conocido a unas cuantas mesas de distancia. El champán que tenía en la boca pierde fuerza al instante.

—Me encanta esta canción —comenta Torrance, y toma de la mano a Seth—. Baila conmigo.

—Nosotros vamos después —digo. Cuando los Hale están lo bastante lejos para no oírme, tiro de la manga de Russell y hago un gesto en la dirección del hombre misterioso—. Ese hombre de ahí. Es el que vi con Torrance en el *brunch* hace unas semanas. —Se lo conté a Russell, pero después de que Torrance dijera que no estaba viéndose con nadie más, dejé de preocuparme.

—¿Estás segura? —inquiere, y asiento con la cabeza. El mismo pelo demasiado elegante, el mismo aro en la oreja izquierda.

Por la forma en la que se tropieza con los pies, está claro que Torrance también lo ve.

—¡Cuidado! —exclama Seth, y la sujeta más fuerte.

Cuando vuelven a la mesa al final de la canción, tiene la cara sonrojada, y no estoy segura de que sea solo por haber bailado.

—¿Todo bien? —le pregunto mientras bebe un sorbo de agua con hielo.

Los ojos de Russell se abren de par en par al ver algo por encima de mi hombro, y apenas me da tiempo a reaccionar antes de que el hombre se acerque a nuestra mesa.

—Torrance —dice con una voz alegre y amable, y las luces que parpadean sobre nuestra mesa lanzan destellos a su pendiente—, me alegro de verte aquí.

—Si no recuerdo mal, fui yo la que te habló de este sitio. —Parece que está haciendo todo lo posible por mantener la calma—. ¿Qué te trae por aquí esta noche?

Esa falsa alegría me llega demasiado hondo. Yo he sido esa persona que intenta mantenerlo todo unido, arreglando las grietas con cinta adhesiva en lugar de con pegamento extrafuerte. He aguantado, fingiendo esa sonrisa mucho tiempo después de su fecha de caducidad.

—Estoy con unos amigos del trabajo. —Señala a algunas personas que están sentadas en la mesa que hay al otro lado de la sala.

—Lo siento, ¡qué maleducada! —dice Torrance—. Ryan, estos son Ari y Russell. Ellos también trabajan en KSEA. Y este es Seth.

—Seth Hale en carne y hueso. —Ryan alarga la mano, y Seth se la queda mirando como si nunca hubiera estrechado la mano de alguien antes.

—Hasegawa Hale —contesta al final, corrigiéndolo.

—¡Ah! Mis disculpas, tío.

Aprieto el puño alrededor del bolso con tanta fuerza que las lentejuelas se me empiezan a clavar en la piel. Esto no va a salir nada bien. Toda esa toxicidad de la que hablaba Torrance… Si alguien puede sacarla, tiene que ser otro hombre, incluso si es uno con el que Torrance solo ha tenido un par de citas esporádicas.

No obstante, Seth le muestra una sonrisa amable.

—¿Torrance revelando nuestros secretos?

—Era demasiado genial como para no compartirlo —responde ella—. El que toca el *glockenspiel* es bastante increíble, ¿verdad?

Ryan asiente con la cabeza mientras reevalúo todos mis conocimientos sobre la música. Acto seguido, se despide con una mano.

—Que paséis una buena noche.

Cuando se va, espero a que alguien grite. A que vuelen los puños.

—Bueno, está claro que puedes hacerlo mejor que yo —comenta Seth, pero no lo dice con un tono de voz afilado. De hecho, sigue sonriendo.

Torrance se relaja al instante.

—A ver, lo he intentado. Pero me pones muy difícil mantenerme alejada.

Vuelve a rodearla con el brazo para acercarla, y ella apoya la cabeza en su hombro.

¿Qué… está pasando?

Debajo de la mesa, la mano de Russell encuentra mi rodilla y traza un suave círculo con el pulgar. Tal vez sea una confirmación de que está sucediendo de verdad. De que tal vez hemos terminado de entrometernos.

—Deberíamos hacer esto más a menudo —dice Torrance, que toma una aceituna del plato de aperitivos demasiado caro que han pedido Seth y ella. Según mis cálculos, cada una de esas aceitunas cuesta 2,50 dólares—. Hace tiempo que no quedamos con nadie del trabajo.

Seth hace un gesto entre Russell y yo, e intento apartar toda conmoción inducida por los Hale.

—¿Hace cuánto que tenéis algo?

—¿Unas tres semanas, creo? —respondo, mirando a Russell en busca de confirmación. Él asiente con la cabeza. No hemos hablado sobre hacerlo oficial, pero quiero creer que vamos en esa dirección.

—Hace poco que conozco un poco mejor a Ari —interviene Torrance—. Pero me temo que tú sigues siendo un misterio, Russell.

—Y tu hija. —Seth pincha una aceituna con uno de esos tenedores pequeños para aperitivos—. ¿Os habéis conocido?

—Digamos que la semana pasada hice de canguro por accidente —respondo con la esperanza de que a Russell no le importe que lo mencione—. Se suponía que solo íbamos a cenar juntas, pero acabamos pasándonos toda la noche ensayando el guion de un musical en el que participa.

—Las familias mixtas pueden ser muy divertidas —asegura Seth—. Mis padres se volvieron a casar y ahora tengo… quince hermanos. —Entrecierra los ojos como si estuviera contando mentalmente para asegurarse de que ha acertado con el número.

—Para mí a veces uno solo es mucho —digo, riéndome.

Solo cuando Russell retira la mano de mi rodilla me doy cuenta de que ha estado callado durante toda la conversación.

—Hacéis una gran pareja. —Torrance alza las cejas de forma sugerente—. Y si Ari y Elodie se llevan bien…

A Russell se le tensa un músculo de la mandíbula. Los Hale están presionando demasiado, y no estoy segura de cómo decirles con educación que den marcha atrás.

—Lo nuestro sigue siendo bastante reciente —dice Russell, más a su copa de champán que a cualquiera de nosotros. Se separa poco más de un centímetro de mí. Es un gesto mínimo, pero suficiente como para notarlo—. Y… no estoy buscando precisamente una madrastra para mi hija.

La frase cae como lo hace un rayo entre un millón, directa a mi pecho.

No estoy buscando precisamente una madrastra.

De repente, me siento muy, muy pequeña.

Seth se lanza a contar una historia sobre su última reunión familiar, pero no me atrevo a hacer otra cosa que sonreír y asentir mientras el club que me rodea se vuelve borroso.

Pienso en el Russell que he llegado a conocer en los últimos meses. El hombre que me compró comida basura en una máquina expendedora y vio un eclipse solar mientras contenía la respiración. Es protector con su hija, y no puedo culparle por ello, sobre todo conociendo su historia. Pero si soy sincera (y egoísta, porque me siento tremendamente egoísta por obsesionarme con ello), mi cerebro no lo deja pasar.

No es un papel que esté buscando de forma activa, por lo que no consigo entender por qué me siento como si hubiera recibido un puñetazo en el estómago.

Invade las partes más vulnerables de mi mente durante el resto de la noche, cuando estamos bailando, cuando nos despedimos de los Hale y también más tarde, cuando Russell vuelve a mi apartamento y estamos demasiado cansados

como para hacer otra cosa que no sea dormir. Incluso entonces, me quedo despierta, preguntándome si eso significa que
piensa que sería una mala madre. Si de alguna manera conoce mi historia.

Si ya ha decidido que lo nuestro no está destinado a durar.

25

PRONÓSTICO:

Un atisbo vacilante de optimismo primaveral

Redmond no se parece en nada al lugar en el que crecí.

Cada vez que vuelvo, el suburbio tiene un aspecto diferente al que tenía la última vez que lo visité. Al principio, esas diferencias eran pequeñas, en plan *No me había dado cuenta de que ahora tenemos un MOD Pizza* o *¿Siempre ha habido un gimnasio de CrossFit ahí?* Ahora el centro de la ciudad está casi irreconocible, las cadenas han sustituido a las tiendas y cafeterías que tan bien conocía cuando era adolescente. Ya no hay un bosque a dos casas de la mía, y la ruta de senderismo que había al final de la carretera y que una vez llevó a veranos de recogida de moras (y a los lamentables intentos de Alex y míos de hacer mermelada de mora) se ha convertido en bloques de apartamentos. No recuerdo exactamente dónde iba qué en este extraño rompecabezas suburbano, solo que habría jurado que algunos de mis sitios favoritos estaban *ahí mismo* y, de repente, ya no lo están.

Todo este tiempo durante el que Redmond ha ido cambiando, yo he estado al otro lado del lago.

Es la primera vez que veo esta casa en casi un año, y eso me ha convertido en un caos de nudos y enredos toda la semana.

Intento mi método, normalmente infalible, de alejar todos esos sentimientos caóticos, pero hoy siento que verle el lado positivo es más inalcanzable que nunca. Tengo los hombros tensos y se me atasca la respiración en los pulmones.

No funciona.

—No hay prisa ni nada —dice Russell desde el asiento del conductor—. Pero ¿te bajas?

—Estoy en ello.

Dependiendo del tráfico, Redmond está a veinte o cincuenta y cinco minutos al este de Seattle, y el viaje de esta tarde se ha situado en algún punto intermedio. Aparcamos junto al Prius de Alex, con el sol de principios de marzo entrando por las ventanas. Dejo escapar un suspiro, jugueteo con el cinturón de seguridad unos segundos y luego flexiono los dedos de la mano izquierda un par de veces. Incluso sin pensarlo, he estado haciendo ejercicios de fisioterapia para relajarme. Me han ayudado a despejar la mente cuando ver el lado positivo no lo ha conseguido. Como ahora mismo.

No estoy buscando precisamente una madrastra.

No me extraña que sea incapaz de ver el lado positivo.

Russell me pregunta si quiero que lleve la tarta de manzana de Whole Foods que hay en el asiento trasero del Subaru, pero niego con la cabeza, le digo que ya la llevo yo y juntos nos dirigimos hacia la casa.

El porche está lleno de geranios, caléndulas y begonias que parecen estar recién plantadas, y tal vez ahí esté mi rayo de esperanza: mi madre vuelve a dedicarle tiempo al jardín.

Llamo a la puerta, porque si bien es cierto que viví aquí durante dieciocho años y durante un par de veranos, me parece demasiado intrusivo entrar sin más.

Cuando la puerta se abre, Orion nos sonríe, mostrando otro diente perdido.

—Hola. ¿Eres el pretendiente de la tita Ari?

—Se supone que debes preguntar quién es antes de abrir la puerta —dice Alex, corriendo detrás de él. Se le ilumina la cara cuando ve a Russell y, entrecerrando los ojos, le pido que no me haga pasar vergüenza esta noche—. ¡Bienvenido! Soy Alex, el hermano de Ari. Tú debes de ser Russell. Y este es Orion. —Da una palmadita en la mata de rizos de Orion—. Quien acaba de aprender una importante lección sobre abrirle la puerta a extraños.

—Lo siento —contesta Orion, removiéndose para librarse del agarre de su padre—. ¡No pensé que la tita Ari fuera a traer a alguien malo!

—Ha llamado a Russell mi «pretendiente» —le informo a Alex.

—Puede que hayamos estado viendo demasiado esa nueva serie de época en Netflix —explica Alex—. Supongo que se le han quedado algunas cosas.

Tal vez un niño precoz de cinco años es justo lo que Russell y yo necesitábamos para que se rompiera la tensión, porque empieza a reírse.

—Encantado de conocerte —dice mientras le estrecha la mano a Alex.

La casa está ordenada. Es lo primero en lo que me doy cuenta. Casi demasiado ordenada, como si mi madre quisiera asegurarse de que la viéramos en su mejor momento. No hay ropa sucia, las paredes están adornadas con obras de arte geométricas minimalistas y el aroma de un ambientador de limón se me clava en las fosas nasales. Aunque no tiene mucho en común con la casa en la que crecí, al menos estéticamente, todos los recuerdos siguen aquí, atrapados entre estas paredes. Llegar a casa después de quedarme hasta tarde en un club de ciencias, abrir la puerta principal y tener la esperanza de encontrarme a una madre que se alegrara de verme. Tener la esperanza de que no hubiera un extraño esperando para presentarse y preguntar si me parecía bien que se quedara a cenar.

Mi madre se acerca corriendo con un delantal rosa claro que nunca había visto antes atado a la cintura. Ahora que lo pienso, no estoy segura de haberla visto nunca con un delantal.

—Ari, hola. Estás genial. ¿El tráfico bien?

Evalúo mi falda a rayas poco llamativa y mi camisa de lino.

—Hola, mamá. Sí, no ha estado demasiado mal.

No pasa nada. Puede que estemos hablando del tráfico, pero eso no es un mal presagio. Además, estoy segura de que Hannah tendría tanto que decir sobre el hecho de que el tráfico sea una charla trivial como yo del tiempo. Seguimos con las presentaciones mientras Javier entra cargando a Cassie, que le oculta la cara en el pecho, de pronto tímida.

—Me suena tu cara —le dice mi madre a Russell mientras Alex le toma el abrigo—. Estoy segura de que te he visto en la televisión.

—¿Tú también eres un mareo… metro… señor que dice el tiempo? —pregunta Cassie, trabándose con la palabra y con la cara fruncida por el esfuerzo. Hoy lleva el pelo rizado recogido en dos coletas.

—No —responde, doblando un poco las rodillas para estar a su altura—. Me dedico a los deportes. Pero, aun así, me llueve muchas veces.

Cassie lanza un grito ahogado como si fuera lo mejor que ha oído nunca. Se revuelve en los brazos de Javier hasta que la deja en el suelo.

—¡Me encantan los deportes! Papi y papá me han apuntado a fútbol. —Muestra las cintas de las coletas, de las que cuelgan balones de fútbol—. ¡Voy a ser la portera!

Russell se queda boquiabierto.

—¿En serio? Yo jugaba de portero en mi equipo de *hockey*. Es la mejor posición.

—Además, puede ir a un montón de partidos gratis —le informo a Cassie, y parece que va a explotar.

—Quiero trabajar de lo mismo que tú —declara. Esta niña no tiene ningún tipo de lealtad.

—Lleva un año queriendo ser meteoróloga —le digo a Russell mientras nos dirigimos al salón—. La has envenenado.

—No hay nada que envenenar. Resulta que tengo un trabajo muy divertido, nada más.

Alex se deja caer en el sofá con Cassie y Orion a cada lado, quienes han empezado a discutir sobre cuánto dinero debe dejarles el Ratoncito Pérez. No es el mismo sofá en el que nos encontramos a nuestra madre el día que nuestro padre se fue, pero está en el mismo sitio.

—¿Necesitas ayuda en la cocina? —le pregunto a mi madre.

—Creo que Javier y yo lo tenemos controlado. Debería de estar listo en diez minutos. —Se coloca un mechón suelto en el moño. Me doy cuenta de que aún no se ha acostumbrado a llevar el pelo tan corto—. Sé que aún no ha anochecido —le dice a Russell—, pero con los niños, lo dejamos pasar. Hacíamos lo mismo cuando Ari y Alex eran pequeños. Era imposible que esperaran.

—No mancilles nuestros nombres de esa manera —interviene Alex—. ¡Éramos unos niños buenísimos!

—Tengo varios álbumes de fotos que demuestran lo contrario. —Mi madre se lleva una mano a la garganta—. Ari, ¿todavía llevas ese collar?

Me doy cuenta de que no lo llevaba en el hospital. Russell me lo había quitado aquella noche en el hotel, y me resultó imposible ponérmelo yo sola.

—Es mi collar favorito —respondo, rozando el rayo con el pulgar, y la calidez de sus profundos ojos marrones me transporta al día de mi graduación. Cuando me abrazó, me puso el joyero en la mano y me dijo que estaba deseando verme en la televisión. *Acabes donde acabes, desayunaré o cenaré contigo todos los días*, me prometió. Yo todavía era una becaria, ni siquiera había conseguido un trabajo, pero ella sabía que lo lograría.

No sé por qué, pero lo había olvidado.

Mientras esperamos, y en parte para demostrarle a mi madre que puedo ser *muy* paciente cuando se trata de la comida, hago un breve recorrido por la casa con Russell.

—Por desgracia, la convirtió en una habitación de invitados hace unos años —le informo mientras abro la puerta del que era mi dormitorio—. Pero imagínate unos pósteres de Zac Efron, un mapa de estrellas y unos cuantos pósteres más de Zac Efron y te harás una idea.

Por su parte, el antiguo dormitorio de Alex se ha convertido en una habitación para hacer ejercicio, con una bicicleta estática de la marca Peloton en una esquina y un estante con pesas libres en la otra. Durante un rato, discutimos y bromeamos sobre qué habitación está mejor ahora.

—Espero que esto no sea demasiado violento para ti. Conocer a todo el mundo así. —Me apoyo en la pared, fuera de la habitación de Alex. Quiero que Russell esté aquí, de verdad, pero soy incapaz de olvidar lo que dijo en el club de *jazz*—. Es que... no quiero que te sientas incómodo.

Se coloca a mi lado y me roza el brazo con la punta de los dedos. En un mundo perfecto, esa ligera caricia bastaría para convencerme de que todo está bien entre nosotros.

—No me siento incómodo. ¿Y tú?

Me encojo de hombros, porque la respuesta es sí, pero es demasiado complicado explicar todas las formas en las que me siento incómoda en esta casa.

—Esperaba que pudiéramos hablar...

—¡La cena está lista! —exclama mi madre desde la planta de abajo.

—O comer —termino.

—Hablaremos —afirma mientras me da un rápido apretón en la mano, y debe de ser capaz de notar lo insegura que me siento—. Te lo prometo.

Para nosotros, la cena de Shabat no era una tradición semanal cuando éramos pequeños, pero de vez en cuando sacábamos las velas y el mantel bueno. Siempre me han gustado las oraciones sobre el pan y el vino, el zumo de uva cuando éramos niños y, por mucho que hubiera puesto los ojos en blanco cuando era más joven, la unión. El sentir de forma instantánea que formas parte de una comunidad.

Me siento entre Russell y mi madre, mientras que Alex, Javier y los mellizos se apretujan al otro lado. Nunca ha habido tanta gente en nuestra mesa.

Como de costumbre, mi madre agita las manos y se tapa los ojos después de encender las velas de Shabat.

—*Baruj ata Adonai, Eloheinu Melech ha-olam, asher kidshanu bèmitzvotav vitzivanu lèhadlik ner shel Shabat* —recita, y me asalta otro recuerdo. Alex y yo de niños, tratando de escribir las palabras hebreas transliteradas, nuestras ridículas grafías haciendo reír a mi madre hasta que las lágrimas le recorrían las mejillas.

Todos mis recuerdos de las fiestas que celebrábamos eran, en su mayoría, buenos. Si bien es cierto que hoy en día solo voy al templo durante los Días Temibles, el judaísmo forma parte de mi identidad. De mi historia.

Mi depresión ha deformado muchos de esos recuerdos.

—¿A qué templo vas, Russell? —pregunta mi madre entre bocado y bocado de lasaña.

—Técnicamente, no voy —admite—. No con regularidad. Pero el bat mitzvá de mi hija es a finales del mes que viene. Esto está riquísimo, por cierto.

Javier sonríe.

—Gracias. He probado algo nuevo y he añadido la berenjena estofada. Siempre intentamos colar más verduras en la comida de los niños.

Cassie y Orion, quienes ya tienen la boca manchada de salsa marinara, no se dan cuenta.

—¿Has estado en Honeybee Lounge? —le pregunta Alex a Russell—. En Capitol Hill. Es su restaurante.

—¿En serio? Me encanta ese sitio.

Javier hace un gesto con la mano para quitarle importancia, pero sé que está contento, y no puedo negar que yo también lo estoy.

Mi madre evalúa a Russell con el ceño fruncido.

—¿Tu hija se está preparando para su bat mitzvá? Eres… muy joven.

Me quedo mirando fijamente el plato y hago una mueca.

—No siempre me siento así —responde con una risa amable. Debe de estar acostumbrado a desviar comentarios.

—No juzgo —asegura mi madre, y el número de veces que la noche me deja pasmada tiene que tener un límite.

Una vez que me he relajado lo suficiente como para disfrutar del momento, algo en el salón me llama la atención. Es una obra de arte trenzada que cuelga sobre el sofá, de colores naturales con toques de turquesa, y que definitivamente no estaba ahí la última vez que vine.

—¿Es nuevo? —pregunto, señalando con el tenedor.

Un extraño rubor cubre las mejillas de mi madre.

—Empecé a experimentar con un telar cuando estuve… —posa los ojos en Russell y me doy cuenta de que no quiere explicar dónde estuvo— fuera —concluye—. Y me encantó. No soy muy buena ni nada, pero me relaja mucho.

—Mamá, no. Es increíble.

—¿En serio? Siempre he admirado cómo te haces tus joyas, y pensé que sería divertido tener una afición de ese estilo. Tengo la jardinería, claro. ¿Has visto las flores? —Le digo que sí y que son muy bonitas—. Pero el tiempo no siempre coopera, como bien sabes. Puedo hacerte uno si quieres. En cuanto mejore un poco. De hecho, igual lo mejor sería que entre todos me quitarais alguna mano para que no acabe viviendo en una casa hecha totalmente de hilos.

—Me encantaría.

Sigo esperando que frunza los labios y empiece a quejarse, que haga un comentario fuera de lugar sobre mi aspecto o sobre mis anteriores novios, pero no ocurre nada de eso. De hecho, es una comida agradable, incluso cuando la discusión sobre el Ratoncito Pérez de los mellizos se intensifica hasta el punto de que Cassie le tira un fideo a Orion.

Alex y yo nos ofrecemos a limpiar mientras mi madre, Javier y Russell mantienen a los mellizos ocupados en el salón.

—Arte con hilos. ¡Quién lo iba a decir! —digo mientras friego la sartén de lasaña que Javier nos dijo que no nos atreviéramos a meter en el lavavajillas.

Alex está preparado para secarla con un paño.

—Todos contenemos multitudes.

En el salón, mi madre suelta una carcajada despreocupada que hacía tiempo que no oía. Russell está en medio de una historia, agitando los brazos para hacer énfasis, y los niños lo miran embelesados. Se me estremece el corazón como siempre que estoy cerca de Russell.

—Parece *feliz* —digo—. Es la única forma de describirla. Llevaba mucho tiempo sin verla así.

Sé que unas semanas en un centro no iban a curarle la depresión. No iba a entrar siendo una persona y salir siendo otra completamente diferente. La salud mental no funciona así.

Pero por ahora se está tomando la medicación según lo prescrito, o al menos eso es lo que le dijo a Alex y él a mí. Ella y yo todavía no hemos hablado de ello y, aunque quiero hacerlo, no tengo ni idea de cómo empezar esa conversación.

Así pues, opto por mantener la esperanza.

—Sí. —Alex se echa la toalla por encima del hombro antes de inclinarse para darme un codazo—. Y da gusto verte feliz a *ti* también.

* * *

Tras unos trozos tibios de tarta de manzana, Russell y yo damos un paseo por el vecindario. Tuvimos suerte de que mis padres compraran la casa en su momento, porque ahora sería inasequible. Las casas de esta calle cuestan cuatro veces más de lo que ellos pagaron. No obstante, mi madre no quiere mudarse, a pesar de que es una de las únicas personas de este barrio que vive sola.

—¡Dios! Todo está muy diferente —digo—. Antes había un bosque, y Alex y yo nos desafiábamos a adentrarnos en él por la noche y ver cuánto durábamos antes de salir corriendo. Estaba convencida de que los monstruos vivían en los árboles y esperaban para atrapar a los niños que fueran lo bastante tontos como para entrar. —Hago un gesto con la mano hacia el sitio—. Pero ahora solo hay casas. Y en el centro, cuando llegamos, había muchas cosas que no reconocí.

—¿Pavimentaron el paraíso y pusieron un aparcamiento?

—Más bien pavimentaron el paraíso y pusieron un Five Guys —respondo—. No tiene tanto gacho. Y puede que la gentrificación sea lo más aterrador de todo. —Nos dirigimos hacia lo que solía ser el límite de mi barrio, pero que ahora conduce a una urbanización nueva formada por casas de tres pisos en tonos *beige* y marrón claro.

—Aquí es donde me caí de la bicicleta justo cuando se soltaron los ruedines —cuento al tiempo que señalo una hilera de buzones—. Y aquí es donde venía con mis novios para que nadie nos pillara liándonos. Ya no hay suficientes árboles por aquí; no hay buenos lugares en los que liarse. Me dan mucha pena los adolescentes de hoy en día.

—Está siendo un *tour* muy ilustrativo.

Nos detenemos en un parque infantil que tiene barras y toboganes y un puñado de aparatos que nunca había visto antes.

—¡Madre mía! —digo mientras Russell y yo nos sentamos en un par de columpios—. Este parque infantil es ridículo. ¿Eso es un muro de escalada interactivo?

—Sí. En Michigan tampoco teníamos eso, te lo aseguro.

—A lo mejor es un parque infantil para burgueses, pero al menos no hay nadie —digo, consciente de que estoy hablando demasiado. Evitando el verdadero problema—. No vamos a ser los típicos adultos espeluznantes que se sientan en los columpios.

Russell arrastra la corteza burguesa que cubre el suelo con el zapato.

—En fin.

—En fin. —Se acabaron las evasivas. Dejo escapar un largo suspiro mientras reúno valor—. Me alegro mucho de que hayas venido. Gracias.

—Ni las des. Somos…

Se me escapa una risa extraña.

—Sí. ¿Qué *somos*, Russell?

Espero que sepa que tenerlo aquí significa que estoy completamente implicada en esto. Y si él no lo está, bueno, en ese caso necesito saberlo.

—Me percaté de la forma en la que actuaste cuando estuvimos con los Hale la semana pasada —dice en voz baja, todavía mirando la corteza del suelo—. Después de lo que dije sobre Elodie.

—¿Lo de que no estabas buscando precisamente una madrastra? —Eso hace que haga una mueca.

—Esto, mmm, te acuerdas de las palabras exactas, ¿eh?

—No es algo fácil de olvidar.

—Decir eso no fue… lo correcto. Sobre todo delante de los Hale. Lo siento mucho. —Me mira a los ojos y noto que lo dice en serio. Hasta esa noche, se sentía muy seguro con respecto a mí de una forma que siempre me ha costado sentir conmigo misma. Quiero recuperar eso—. Puedo decirte que mi intención no era hacerte daño, pero sé que eso no lo arregla del todo. Todo esto es nuevo para mí. No estoy acostumbrado a pensar en nadie más que en Elodie. Ni siquiera en mí mismo, si te soy sincero.

—Lo entiendo —digo, porque, aunque no pueda sentirme identificada, sí que puedo imaginármelo.

—No sé cómo hacerlo. No sé cómo ser novio y padre al mismo tiempo.

Mi corazón cae en picado. Tal vez sea tan simple como eso. Solo puede ser uno y ha hecho su elección.

—¡Oh!

Pero Russell sacude la cabeza. Todavía no ha terminado.

—Quiero hacerlo, Ari. Créeme, quiero. Pero no es que haya tenido mucha práctica. Siempre temo que alguien piense que Elodie es una carga o un equipaje o que no quiera conocerla.

Me agacho y le cubro las manos con las mías. Ya puedo sujetarlo con las dos manos.

—Elodie *no* es una carga. Es *increíble*, y gran parte de eso es gracias a ti y a Liv. Eres un padre estupendo.

—No me des tanto reconocimiento —dice, pero parece más relajado que hace diez minutos. En su expresión hay orgullo, y me encanta cómo le sienta—. No quiero que te sientas presionada a pasar tiempo con ella.

—Russ, me encantaría pasar más tiempo con Elodie.

Se ilumina aún más.

—¿Sí? Porque lleva preguntando por ti desde el fin de semana pasado. Debes de haberle causado una gran impresión.

—Eso han sido los musicales —contesto—. Pocas cosas unen tanto a la gente como los musicales. Y los burritos. —Vuelvo a ponerme seria—. No tienes que elegir entre la paternidad y una relación. Te mereces las dos cosas. Es decir, sé que vas a ser padre independientemente de que yo esté aquí, es que... —Me interrumpo y respiro—. Está sonando fatal. Lo que intento decir es que quiero intentarlo. No se nos va a dar perfecto, al menos no de inmediato, pero si estás preparado, quiero intentarlo.

Entrelaza sus dedos con los míos.

—Estoy preparado —contesta, colocándome la otra mano en la cara, y me acaricia el pómulo con el pulgar de esa forma que me hace sentir segura. Que le importo.

—Yo también he tenido miedo —admito. Seguimos con los pies plantados en la corteza del suelo mientras nos balanceamos en los columpios—. No sé si tengo el mejor historial de relaciones. Nunca he sido realmente... yo misma.

Russell deja caer la mano sobre mi hombro y espera a que continúe. Me escucha, pero no me presiona.

—Durante mucho tiempo, todo el mundo me ha visto brillando por completo. Todas las luces del estudio encendidas. Sin oscuridad, sin negatividad. Cada vez que siento que algo así se acerca, me obligo a actuar de forma contraria. Hago un cumplido o una afirmación para restablecer el equilibrio, supongo. O lo inclino totalmente hacia el otro lado. Pensaba que tenía que ser un tipo de persona muy concreto para que alguien quisiera estar conmigo. Y funcionó durante un tiempo, o al menos eso creí. Incluso pensé que me iba a casar.

El mecanismo de defensa no tiene sentido sin la explicación. Sabía que era imposible invitarle a que viniera sin tener que abrir la puerta bloqueada que lleva a mi pasado y, sin embargo, ser consciente de ello no hace que sea fácil formar las palabras.

—Si voy a explicarlo, y quiero hacerlo, de verdad, tengo que empezar aquí —continúo—. En Redmond. Mi madre y yo… no siempre hemos tenido esta relación. Bueno, ni siquiera estoy segura de lo que es «esta relación», si te soy sincera.

—Creo que algo he notado.

—Era diferente cuando yo era pequeña. Tenía esos días oscuros que le dificultaban ser la persona que yo quería que fuera. —Todavía no quiero revelar mucho sobre la salud mental de mi madre. No siento que me pertenezca como para contarlo, especialmente cuando ella está a solo un par de manzanas—. Y nosotras… tenemos problemas similares.

Agarro el columpio con más fuerza, consciente de que estoy a punto de abrir la puerta de par en par. No obstante, pensaba que sería más difícil de lo que está siendo. No siento presión en el pecho, no hay ninguna señal de neón que parpadee en mi cerebro advirtiéndome que cierre la boca, solo el deseo de compartir algo que no he sido capaz de articular con nadie al que haya dejado acercarse.

Si mi madre puede cambiar, yo también.

—Tengo depresión —digo—. Llevo teniéndola desde hace mucho tiempo, y lo más probable es que la tenga toda mi vida, ya que no es algo que tienda a desaparecer mágicamente. —Observo su cara, cómo asiente despacio, asimilándolo—. Cuando era adolescente, de vez en cuando tenía días que se difuminaban los unos con los otros. Iba al instituto con el piloto automático y apenas me daba cuenta de lo que decían los demás. Llegaba a casa agotada, a pesar de que no había hecho ningún esfuerzo. Me *dolía* todo, a pesar de que no tenía ningún problema físico. Me sentía abrumada, como si una especie de imán enorme me estuviera empujando hacia el centro de la tierra, esa pesadez que hacía imposible encontrar alegría en ninguna de las cosas que solía amar. Ni siquiera era capaz de reunir la fuerza necesaria para hacer los deberes de ciencias. Así fue como supe de verdad que era malo.

Fuerzo una risa, y me sigue la corriente con una pequeña sonrisa.

—No fue hasta la Universidad que me diagnosticaron. Fui al centro de salud del campus porque estaba muy cansada todo el tiempo, y todo el mundo de mi alrededor se lo estaba pasando en grande. No sabía qué me pasaba que me impedía hacerlo. Me impedía hacer amigos. Una vez que me diagnosticaron y empecé a aprender más sobre el tema y a ver a alguien, todo empezó a mejorar. No de forma instantánea, pero al final del primer año, por fin empecé a sentirme yo misma de nuevo, esa persona que llevaba años siendo una extraña.

»Sigo yendo a terapia —continúo—, y tomo antidepresivos. Y la mayor parte del tiempo estoy bien. Pero todavía tengo días oscuros y no quiero ocultarte nada de eso.

Me agarra la rodilla con una mano, deteniéndome. No me había dado cuenta de que había estado girándome de un lado a otro.

—¿Por qué ibas a ocultarlo?

—Nunca se lo he dicho a nadie. A ninguna pareja. A nadie que me importara. —Le miro la mano, observando cómo sus dedos se mueven de un lado a otro con un movimiento hipnótico y tranquilizador—. Mi padre se fue porque no pudo lidiar con mi madre. Así que, para importarle a alguien, para que alguien se quede, pensé que tenía que ser la persona excesivamente alegre que soy en la televisión. Si no, me convertiría en mi madre, y eso es lo que he intentado evitar con todas mis fuerzas. Te dije que eso era lo que pensaba mi ex, que era demasiado sol. Y puede que haya sido así, pero ya no quiero serlo más. —*No contigo*, es lo que va implícito. Espero que lo escuche, porque no estoy segura de tener el valor de decirlo.

—Gracias por decírmelo —dice, y lleva la mano libre a mi otra rodilla, sin apartar sus ojos de los míos—. Yo también he ido a terapia. Cuando me mudé a Seattle. Había muchas cosas con Elodie que nunca había tratado de forma adecuada, y estuve yendo con bastante regularidad durante algunos años. Me… alegro mucho de que podamos hablar de eso.

—Yo también. —Hago un gesto con la cabeza hacia atrás, en dirección a la casa, mientras algo brilla dentro de mi pecho—. Como ha estado hoy…, esa no es la madre con la que crecí. O tal vez lo era algunas veces y las otras eran tan duras que es difícil recordar el resto. Quiero perdonarla. Quiero que las cosas sean diferentes entre nosotras. Cuando era más pequeña, me imaginaba que iba a tener la clase de madre con la que iría a almorzar todos los domingos y hablaríamos de todo lo que pasa en nuestras vidas. Tal vez suene ridículo. Y luego me imaginé que me casaría y que tendría una madre que querría formar parte de la planificación de la boda casi hasta el punto de resultar molesta. Me habría *encantado* que me molestara porque insistía en que nos sirvieran la comida en la mesa en lugar de que fuera en plan bufé. Pero incluso cuando estaba comprometida, no ocurrió nada de eso. No le interesaba nada de eso.

—Es lo peor que la familia no esté ahí para ti como se supone que debe estar —dice—. Cuando Liv se quedó embarazada, me sentí como si hubiera roto algún vínculo de confianza tácito. *No dejarás embarazada a nadie. No joderás tu futuro.*

—Pero no rompiste nada.

—Me llevó un tiempo llegar a eso. —Se queda callado un momento durante el cual se rasca la barba incipiente. Pensativo—. Y espero que esta noche sea solo el comienzo para tu madre y para ti. Es lo mínimo que te mereces.

—Gracias. —Si mis palabras son un susurro, es solo porque estoy intentando no llorar—. De lo que me estoy dando cuenta —continúo—, es que me gusto más cuando estoy contigo. Y creo que es porque soy mi versión más honesta. No tengo que esforzarme tanto y no tengo que esconderme. Puedo simplemente... *ser*.

Se gira en el columpio, coloca las piernas a ambos lados de las mías y vuelve a buscar mis manos.

—N-No sé qué decir. Me siento honrado. De verdad —contesta—. Dejar que te acercaras es lo mejor que he hecho en mucho tiempo, y no sabes cuánto significa que me hayas traído aquí. Y nada de lo que has dicho cambia nada. No cambia lo que siento por ti.

—¿Y qué es lo que sientes por mí exactamente?

Esboza una sonrisa irónica.

—Creo que lo sabes, chica del tiempo. —Esas siete palabras bien podrían estar compuestas de corazones en lugar de letras. Parece que han pasado años desde que escuché ese apodo, y había olvidado lo mucho que me gusta. Lo que me gusta aún más: cómo me acerca para darme un beso lento y suave mientras el sol se pone sobre el parque infantil en el que jugué durante mi peculiar infancia.

26

PRONÓSTICO:

AVISO DE CALOR EXTREMO.
Asegúrense de mantenerse hidratados

Russell tiene la casa para él solo esta noche, un hecho que hace que apoye la mano en su pierna durante el viaje de vuelta a Seattle mientras le acaricio desde la cadera hasta la rodilla y viceversa con el pulgar.

En el parque infantil, quería envolverme en él y saborear esa maravillosa dulzura característica de Russell. Ahora que estamos encerrados juntos en un espacio reducido, soy más codiciosa. Cada vez que exhala, quiero convertirlo en un gemido. Cuando gira el volante, me imagino sus dedos bajo mi falda.

Y, sin embargo, cada gramo de deseo se ve subrayado por algo más: una sensación de comodidad que nunca he tenido en una relación. Seguridad. Siempre he tenido tanto miedo de alejar a la gente, de revelar demasiado de mí misma, de exponer una parte que no fuera brillante como el verano y que no les gustara lo que había debajo.

Salvo que… Russell ha visto esas partes. Y no está huyendo.

Empezamos a besarnos en el momento en el que aparca el Subaru en la entrada de su casa, un choque desesperado de lenguas y dientes. Me giro en el asiento y me acerco más mientras me hunde las manos en el pelo. Estoy segura de que no hicieron este vehículo familiar y práctico para esto.

—¡Cuánta destreza! —dice mientras le agarro las solapas de la chaqueta.

—Es que ahora puedo hacer muchas cosas con esta mano. —Y solo para demostrarle que puedo, le doy una palmadita en la parte delantera de los vaqueros, donde ya está empalmado.

—Ari —envuelve mi nombre en un gemido fantástico que envía un pulso de necesidad a lo más hondo de mi ser—, deberíamos entrar. Esta posición no me basta para hacer lo que quiero hacerte.

—Es curioso. Porque me gustas en esta posición.

Sonríe antes de pasarme al asiento del copiloto y abrir su puerta.

—¡Fuera!

—¡Vaya! También me gusta que seas mandón.

Entramos a trompicones —literalmente, tropiezo con una tira de la alfombra mientras nuestras bocas se funden— y Russell lucha con mi jersey al tiempo que me quito los zapatos. Fuera de su habitación, me aprisiona contra la pared con una mano por encima de mi cabeza.

—¿Quieres que te mande? —me dice al oído, y me sorprende la sensación que esa simple pregunta provoca en mi cuerpo.

—Sí —respondo.

Baja los párpados.

—Súbete a la cama. Y quítate la ropa.

Me falta tiempo para obedecer, aunque me tomo un momento para examinar su habitación. Muebles elegantes de caoba, edredón a rayas. Minimalista y organizada, tal y como me la imaginaba, con una biografía de un jugador de *hockey* en la mesita de noche. Más grácil ya, me quito la falda y me impresiona la destreza con la que soy capaz de desabrocharme la camisa de lino después de todas estas semanas yendo a fisioterapia. Me tumbo en la cama en sujetador y bragas y, casi al instante, me siento abrumada por lo mucho que las sábanas huelen a *él,* incluso cuando está aquí al lado.

Russell entra con la camisa desabrochada y el pelo hecho un desastre. Le ha crecido un poco el vello facial, una sombra que le recorre la mandíbula, y quiero que me queme todo el cuerpo.

—Ven aquí, al borde —ordena con un temblor en la voz mientras acaricia el edredón. Con el corazón en la garganta, lo hago—. Muéstrame dónde quieres que te toque.

—En todas partes.

Alza las cejas, como si la respuesta no fuera suficiente. Así pues, me llevo la mano detrás de la oreja y la arrastro a lo largo de la mandíbula. De la clavícula.

—Aquí.

Cuando sus labios se acercan a mi cuello, hambrientos y desprendiendo un calor maravilloso, dejo escapar un jadeo bajo. ¡Dios! No sé si mi cuerpo siempre ha sido así de sensible o si está perfectamente sintonizado con su boca. Con las yemas de sus dedos.

—¿Dónde más? —me pregunta contra la piel.

Ya mareada, deslizo los dedos dentro de la copa del sujetador y me pellizco el pezón izquierdo.

—Aquí.

Obedece, baja la cabeza hacia mi pecho y me desabrocha el sujetador antes de pasar la lengua por mis pechos, lo que provoca que mis pezones alcancen su máxima dureza. La presión tortuosa de sus dientes hace que cierre los ojos y pierda el centro de gravedad mientras me caigo sobre la cama. Se mete un pezón en la boca y luego el otro, y retira los labios para soplar aire fresco sobre ellos.

—¡Dios! Precioso —murmura, dibujando una línea con los labios que va desde mis pechos hasta mi ombligo, y se detiene en la tira de encaje de mis bragas—. Y... ¿aquí? ¿Qué quieres que te haga aquí abajo, chica del tiempo?

Esa vena perversa que tiene... Estoy obsesionada con ella.

—Lámeme. Por favor.

—Un puto placer.

Sonríe antes de descender por mi cuerpo. Despacio, me separa las piernas y con los labios traza un camino desde el gemelo hasta la rodilla y el muslo, y siento que la tierra se disuelve debajo de mí, que una gran cantidad de aire abandona mis pulmones. Al principio me besa por encima de la ropa interior porque es malo, terrible y extremadamente cruel, y me encanta. Me encanta todo. Estoy demasiado desesperada por su lengua, agitando las caderas, agarrándole el pelo con una mano. Suplicando por lo que le he pedido que haga. Cuando por fin me baja las bragas, estoy a punto de desmayarme.

Hasta que me separa con los dedos corazón e índice y coloca la cara entre mis muslos.

El primer golpe de su lengua es tremendamente *letal*, caliente y resbaladizo y enciende en mí lo que todavía no estaba despierto.

—Dime lo que te gusta. —Incluso el Russell mandón es educado, y eso también me encanta.

—Más de esto —digo en un jadeo mientras su lengua pasa por la zona en la que estoy más sensible—. Pero un poco más lento. Más suave. *Sí.*

Va más despacio y se toma su tiempo, sin prisa por llegar al final. Se le une un dedo a la boca, y luego otro.

—Ahora más rápido —le digo.

Esa sensación aumenta y aumenta y aumenta antes de estancarse, una y otra vez, y me obligo a no frustrarme. Estoy a punto de decirle, con toda la delicadeza posible, que no estoy segura de que vaya a llegar, pero entonces algo se me tensa en la base de la columna vertebral y, de repente, ya no estoy tan segura. Me acaricia el clítoris con la lengua, dedicándole toda su atención con esos movimientos cálidos e insistentes. *¡Dios mío, ayúdame!* Me empiezan a temblar las piernas, pero él las agarra, manteniéndome firme. Anclándome a la tierra.

Pronuncio su apodo mientras me dejo llevar por esa sensación, *Russ… Russ… Russ…* y, entonces, en un brillante estallido, me voy. Directa hacia el centro del sol.

Me da varios besos acompañados de una sonrisa en los muslos, claramente satisfecho de sí mismo.

—Eres increíble —dice antes de deslizarse en la cama junto a mí.

—Y tú sabes escuchar muy bien.

Apenas me permito recuperarme, aún resplandeciente por el orgasmo, y le quito los calzoncillos. El sonido que hace cuando cierro la boca alrededor de su miembro me excita aún más de lo que imaginaba.

—Ari. ¡Dios! Eso es… Es increíble. ¡Joder! Es increíble.

Echa la cabeza hacia atrás, exponiendo su preciosa garganta. Tragando saliva con fuerza. En algún lugar de mi mente, me pregunto cuánto tiempo ha pasado desde que alguien lo tocó de esta manera, y eso hace que quiera hacerlo aún mejor para él. Me lo introduzco más, pasándole la lengua por la punta, saboreando lo salado que es.

—Espera, espera —dice, y me tira suavemente del pelo—. No quiero… Antes de que…

Levanto la vista y nuestras miradas se cruzan cuando ambos nos damos cuenta de lo que quiere decir.

Me enderezo y me siento.

—Tengo el DIU. —No es la guarrada más sexi que alguien diría en la cama, pero al menos no deja dudas sobre lo que quiero—. Y me hice la prueba el mes pasado. Después de nuestra primera cita.

—Yo también. Quiero decir, no la parte del DIU. La otra. ¿Se nota que estoy nervioso?

El Russell nervioso es su versión más entrañable.

—Parece que es algo que tenemos en común.

—Pero es bueno —me asegura, y me da un apretón en el hombro—. Nervios buenos. De los mejores.

—Entonces, ¿me lo tomo como que significa que quieres hacerlo? —pregunto, y me quita la sonrisa de la cara con un beso. Aun así, me separo otra vez—. Hay una cosa más que quiero preguntar. Puede que suene presuntuoso, pero hace unas semanas metí un poco de lubricante en el bolso. Por si acaso. ¿Te parecería…? ¿Te parecería bien?

—¿Por qué no iba a parecerme bien? No puedo decir que tenga muchísima experiencia con él, pero si quieres usarlo, por mí bien.

—¡Dios! ¡Cuánto me gustas! —Me apresuro a sacarlo del bolso, que está en el salón de Russell. Cuando vuelvo a su cama, me echo unas gotas en la palma y me froto las manos antes de acercarme a él.

Echa la cabeza hacia atrás cuando le paso las manos resbaladizas por el pene.

—Bueno. Resulta que yo soy ultrafan del lubricante.

—Bien.

Me coloco a horcajadas sobre él, con las rodillas a la altura de sus caderas, y le doy un beso largo y profundo.

—¿Vas a montarme? —inquiere, agarrándome el culo, clavándome los dedos en la piel. Soy adicta a la sensualidad que desprenden sus palabras.

—Si te parece bien. —Levanto las caderas y dejo que su pene me roce la entrada. Provocándolo. Estoy dolorida y vacía y tan necesitada, ¡joder!, pero me contengo, esperando su sí—. Solo quiero ver cómo pierdes el control.

Suelta una risa ahogada.

—Sí. Sí, me parece más que bien.

Cuando desciendo para guiarlo hacia mi interior, es tan cálido y duro y *correcto* que tengo que cerrar los ojos por un momento. Sin nada que nos separe, lo que siento es a *él* en estado puro. Suelto un grito ahogado al instante, más por la conmoción que me provoca esa sensación que por otra cosa. Mi cerebro sufre un cortocircuito, incapaz de concentrarse en otra cosa que no sea la sensación de estar llena de una forma tan completa, tan perfecta. Una tortura pura y exquisita.

—Es… —digo—. Eres una puta maravilla. ¡Dios! Me gustas así.

—¿Cómo? ¿Perdiendo la cabeza porque eres increíblemente sexi? —sisea mientras me levanta ligeramente antes de volver a introducirse, encontrando un ritmo nuevo y frenético—. ¿Porque sabías muy bien que me ha faltado poco para romperme en mil pedazos cuando te estaba follando con la boca?

Gimo, empujando mis caderas hacia delante para que entre más.

—¿Soy horrible si digo que sí?

No solo me gusta la boca tan sucia que tiene. Me gusta cómo me hace preguntas, cómo se comunica conmigo. Me gustan sus besos suaves y los desesperados. Y me encanta ver cómo se desmorona, sus ojos oscuros y las pupilas dilatadas, el pelo alborotado, cómo su pulgar frota círculos vertiginosos justo encima de donde se unen nuestros cuerpos.

Y cuando empieza a estremecerse debajo de mí primero, se asegura de llevarme con él.

—No siempre es así, ¿verdad? —pregunta una vez que nuestra respiración se ha calmado.

—No —respondo, acurrucándome más, pasándole un brazo por encima del pecho—. No siempre es así.

* * *

—Tienes una chimenea de leña que funciona —digo desde el sofá de su salón, con una manta de punto sobre las piernas—. Puede que tenga que mudarme aquí.

Espero que eso provoque alguna clase de incomodidad, ya que no estamos cerca de esa fase de la relación, pero no ocurre. A lo mejor hemos dejado atrás toda esa incomodidad y estas versiones nuevas de Ari y Russ sean las más maduras hasta ahora.

—Esa fue una de las razones por las que me enamoré de esta casa. —Vuelve a entrar en la habitación con dos tazas desiguales de chocolate caliente salpicadas de malvaviscos de arco iris—. Perdón por los malvaviscos. Puedes adivinar quién los eligió.

—Me encantan.

Se sienta junto a mí en el sofá y reajusto la manta para que le cubra las piernas a él también. Es una noche fría y el crepitar de la chimenea es perfecto. Russell lleva una bata azul marino y yo una de sus camisetas, la cual me queda grande, aunque no me importa en absoluto. Todo parece tan familiar... Una palabra que solía pensar que nunca iba a estar unida a una escena de mi vida.

Da gusto verte feliz a ti también, dijo mi hermano, y puede que sí que lo sea.

Russ me da un toque con la rodilla.

—Pareces pensativa.

—Estoy tranquila, creo. Hay una diferencia. —Doy un sorbo lento y dulce de chocolate caliente antes de colocarlo en la mesa de centro— No sé. Estoy pensando en las familias, supongo.

—Un tema para nada tenso ni complejo.

—Me refería a lo que dije de querer pasar más tiempo con Elodie. Si quieres que lo haga.

—Claro que sí —contesta—. Es un milagro que haya salido tan equilibrada, o se le da genial ocultarlo. Como es obvio, Liv y yo no teníamos ni idea de lo que estábamos haciendo. —Le da un sorbo a su taza—. No deja de sorprenderme y me hace reír y es una persona con miedos y ambiciones e intereses, todos completamente diferentes a los míos. Es tan divertida e inteligente, y simplemente es... increíble.

Tiene el asombro impreso por toda la cara.

—Obviamente, tiene sus desafíos —continúa—. No tenía ni idea de qué hacer cuando hace unos años se partió los dos dientes delanteros durante las vacaciones y tardamos tres horas en encontrar un dentista de urgencia. Ni de cómo ayudarla con los deberes de Matemáticas. Y tuve que ver *Emoji: la película*.

—¿Es esa la peli en la que Patrick Stewart hace del emoji de la caca?

—Hizo lo que pudo, con ese papel. —Mira los malvaviscos, los cuales se están derritiendo en el chocolate caliente—. Nunca tuve tiempo de decidir si quería tener hijos. Simplemente sucedió, y tal vez sucedió de una manera totalmente ingenua, pero... nos va muy bien ahora.

—Me alegra mucho oír eso —digo—. A mí solía preocuparme si todo lo de mi madre me acabaría convirtiendo en una mala madre. Cuando iba a la Universidad, empecé a pensar que sería genial formar mi propia familia algún día. Sin duda, sería diferente, y estoy segura de que sería imperfecta a su manera, pero eso es lo que quiero. Las imperfecciones. Todo.

—Las imperfecciones pueden llegar a ser increíbles.

Sorbemos en silencio durante unos instantes, hasta que caigo en la cuenta de que no hemos hablado de Torrance y Seth ni una sola vez en todo el día, y es un pensamiento liberador. Puede que nos hayamos encontrado el uno al otro gracias a ellos, pero lo que tenemos ahora es todo nuestro.

—Creo que parte de la razón por la que tenía miedo de dar el cien por cien en las relaciones era que eso significaba que cabía la posibilidad de que llegara a ese punto en el que formase una familia —confieso en voz baja—. Si te soy sincera, ni siquiera sé cómo sería eso. Pero contigo... creo que podría hacerme una idea.

Fuera cual fuese el porcentaje de mí misma que estaba dándole a esos novios, ahora me doy cuenta de que no era ni mucho menos el suficiente.

O quizá es que Russ es la primera persona con la que siento que vale la pena.

—Ven aquí —dice, tirando de mí para acercarme a él—. Necesito que estés más cerca. —Cuando apoyo la cabeza en su vientre, Russell me la acaricia y añade—: ¿Esto es lo que se entiende por barriga cervecera?

—No lo sé —respondo—. Se llame como se llame, me gusta. Me gusta todo de ti.

—A mí también me gusta todo de ti. Todas las versiones. —Me aparta un poco el pelo y me da un beso en la sien—. Me gustas cuando hablas del sol en el pronóstico. —Su boca desciende y sus labios revolotean sobre mis pestañas—. Me gustas cuando le dices a todo el mundo con alegría que esperen unos cien días más de lluvia. —Un beso en la comisura de la boca—. Pero me gusta más la versión real. Y me siento tremendamente afortunado de poder ver a esa Ari Abrams.

Cuando los chocolates calientes se enfrían, no nos importa.

27

PRONÓSTICO:

La calma antes de la tormenta

—Tiendes a decir mucho «ahora mismo» —dice la *coach* especializada en desarrollar aptitudes. Es un hecho, no una advertencia.

Me veo a mí misma dando el pronóstico del martes pasado en un monitor del centro meteorológico. *Ahora mismo se pueden ver chubascos que se están desplazando esta tarde. Y vamos a echarle un vistazo ahora mismo a la previsión de siete días.*

Llevo sin recibir este tipo de comentarios desde que hice las prácticas de la Universidad en una de las cadenas rivales de KSEA. Melissa, la *coach*, tiene toda la razón. Ahora que lo ha señalado, parece muy obvio. Pero no me avergüenzo, estoy aprendiendo.

—Y hay un montón de diapositivas que van demasiado rápido, esas. —Melissa señala la pantalla—. Podrías ralentizarlas un poco más.

—Claro, ahora lo veo. Gracias.

Al otro lado del estudio, Torrance está charlando con uno de los cámaras. Me mira y me guiña un ojo, y yo contengo una sonrisa.

Desde hace un par de semanas me siento como si estuviera flotando. A mi cuerpo se le olvida estar cansado cuando me despierto a las dos de la mañana, e incluso cuando Russ se queda a dormir o estoy yo en su casa, nunca se queja de mis madrugones, a pesar de que vuelve a meterme en la cama en más de una ocasión. Siempre es demasiado cariñoso y atento como para negarme.

Pasamos la mayoría de las noches juntos las semanas en las que Elodie está con su madre, a veces en mi casa y a veces en la suya, aunque tengo preferencia por su chimenea. Cuando tiene a Elodie, comemos helado en el parque, la ayudamos con los deberes y hacemos planes para ver *The Prom* cuando llegue a Seattle en verano. Me tomo los antidepresivos y nunca me preocupa que me vea, nunca me escondo.

Desde que se reorganizó, la cadena ha estado más tranquila de lo que me esperaba. Ha sido fácil trabajar con Caroline Zielinski, quien es comprensiva y decisiva en todos los aspectos que debería ser una directora, siempre está abierta a tener reuniones individuales y está deseando ayudarme a establecer objetivos profesionales. Y como mentora, Torrance es…, bueno, sigue siendo Torrance.

Sin embargo, también está más disponible que nunca. Nos reunimos con regularidad para almorzar y dedica más tiempo a hablarme de su trayectoria profesional e incluso a colaborar conmigo en un reportaje importante sobre la contaminación atmosférica que estrenaremos en *Halestorm* cuando esté terminado. Se toma en serio su papel, y se lo agradezco.

Aunque a veces tenga que colarme en su despacho para regarle las plantas.

Y yo tengo mi propia pupila, una estudiante brillante y trabajadora de primer año de la Universidad de Washington llamada Sophia, que sueña con trabajar algún día en el Servicio Meteorológico Nacional.

Melissa y yo repasamos más vídeos, y se detiene para repetir un momento en el que hablo demasiado rápido y tengo que respirar con dificultad.

—Es raro tener que recordar a la gente que lo haga, pero no te olvides de *respirar* —dice con una sonrisa.

Y lo intento.

* * *

El musical de Elodie es a finales de marzo, y ella lo da todo, transformándose en la malvada Reina de Corazones, acompañada con una carcajada malvada que no sabía que esta dulce niña de doce años era capaz de hacer. La esperamos en el vestíbulo de la escuela secundaria con un ramo de rosas rojas, a juego con la canción, y después de los abrazos y las felicitaciones, le devuelve las flores a Russ y pregunta rápidamente si puede irse a comer hamburguesas con sus amigos. Sigue maquillada, con corazones rojos pintados alrededor de los ojos y la cara manchada de blanco.

—¡Gracias, te quiero, adiós! —dice mientras prácticamente se lanza al aparcamiento con el Gato de Cheshire y Tweedledee.

—No estoy seguro de haberme sentido nunca más viejo que ahora —dice Russ con una risa mientras la seguimos afuera.

Me inclino y le paso una mano por la barba incipiente.

—Eso explicaría las canas.

—Pero me dan un aspecto distinguido, ¿verdad?

—Muchísimo. —Acerco su cara hacia la mía, y es en ese momento cuando sucede. No tiene nada de grandioso ni de explosivo; tan solo Russ y yo en el aparcamiento de una escuela secundaria un jueves por la noche.

Creo que lo amo. Darme cuenta de ello provoca un estallido suave que hace que el contorno de mi mundo se vuelva borroso. Apenas llevamos un mes juntos y, sin embargo, ahí está, brillante como el oro e imposible de ignorar.

Me lo guardo en el corazón, un pequeño secreto, pero imagino que puede notarlo en el roce de mis labios, en la forma en la que hundo la cara en su cuello y susurro bromas contra su piel. Hasta que esté preparada, así será como se lo diga.

Y, entonces, llega la ventisca.

28

PRONÓSTICO:

*Noventa por ciento de probabilidad
de que todo se vaya a pique*

Que nieve en Seattle es un fenómeno único. La gente se burla de nosotros porque no somos capaces de aguantar unos pocos centímetros de nieve y por el año en el que nuestro anterior alcalde hizo una chapuza infame de la respuesta que dio el Ayuntamiento a una gran tormenta de nieve, al quitar solo la que había en las calles de enfrente de su casa y en las de otros funcionarios de la ciudad. Lo hicieron con una quitanieves en lugar de echándole sal, y durante dos semanas Seattle quedó paralizada. Yo tenía trece años y me fascinaba todo aquello, incluso cuando no sentía las manos después de que mi madre, Alex y yo desenterráramos nuestro coche.

La mitad de las veces, sin embargo, en Seattle solo se alcanzan los dos centímetros y medio de nieve o menos cada año, y son esos años de descanso los que son un poco menos predecibles.

Este año, las nevadas comienzan un domingo por la noche a principios de abril, y me invade ese vértigo causado por la probabilidad de que al día siguiente se cancelen las clases y que conocí tan bien cuando era niña, especialmente mientras bebo café de una taza de KSEA en casa de Russell, con la chimenea crepitando a mi lado. Cuando me despierto a las dos, está oscuro, tranquilo y perfecto, y toda la calle está cubierta de blanco.

—Vuelve a la cama, chica del tiempo —susurra Russ. Hoy tengo el turno de tarde, un día poco frecuente en el que podemos ir al trabajo juntos, y sin embargo mi reloj interno me obliga a despertarme a mi hora de siempre.

Abro más las cortinas y señalo con un dedo el patio trasero.

—Pero… la nieve.

—Seguirá ahí dentro de unas horas —contesta, pero se sienta, con el pelo revuelto y los ojos medio cerrados, y observamos el tiempo durante quince minutos antes de volver a dormirnos.

He dejado de pelearme con la plancha del pelo y me lo he dejado ondulado para la cámara, al principio porque significaba pasar más tiempo con Russell y luego porque me di cuenta de que me gustaba más así. Es un cambio pequeño, pero me sorprendió aprender algo nuevo sobre mí misma casi a los treinta años: que prefiero mis ondas naturales.

Siempre me encantarán los días de nieve, sobre todo cuando estoy trabajando. Duermo unas horas más solo y me despierto temprano para prepararnos el desayuno a Russ y a mí, moviéndome a tientas hasta la cocina. Merece la pena por cómo se le ilumina la cara cuando le presento mi intento de tortitas con forma de copos de nieve, espolvoreadas con azúcar en polvo.

En KSEA tenemos una tradición durante la primera nevada del año, si tenemos la suerte de tener una. Lo llamamos los Juegos Olímpicos de Invierno, y consiste en dividirnos en equipos para pasar un día entero jugando y comiendo en la oficina, olvidándonos de las paredes divisorias. No recuerdo haber visto nunca a Torrance y a Seth participar, pero ahí están; Seth inmerso en un juego de relevos con clips en medio de la sala de redacción mientras que Torrance agarra un cronómetro y registra los puntos en una pizarra blanca situada bajo el conjunto de televisores. Llegó antes para preparar y reorganizar las mesas, y me pregunto si está recuperando el tiempo perdido.

—Pues sí que está cayendo una buena ahí fuera. —El director general Fred Wilson ha decidido, por fin, salir para impartir ese pedacito de sabiduría. Toma un *brownie* de una bandeja que hay en una esquina de la sala de redacción—. No os volváis demasiado locos —nos avisa, y le da un bocado mientras desaparece por el pasillo.

Russell aparece a mi lado, negando con la cabeza.

—Como un reloj —dice antes de que su mirada se desplace hacia Torrance—. Nunca la he visto así. Nunca he visto a ninguno de los dos así.

—Creo que son *felices*.

—¿Son felices o se han colocado con pastel barato de supermercado?

—No son cosas excluyentes entre sí.

Tarde o temprano tendremos que trabajar de verdad, y tengo *mucho* trabajo esperándome esta tarde en el centro meteorológico, pero este cambio en la atmósfera de la cadena es tan grato que no puedo alejarme todavía. También estoy fantaseando con el plan que hemos hecho Russ y yo de tirarnos en trineo por la enorme colina que hay cerca de su casa.

Me toca la siguiente en el juego relevo de clips (un concurso para ver qué grupo es capaz de estirar un clip más rápido, y solo puedes empezar cuando la persona que tienes delante termina), cuando Torrance se acerca a mí, girando un rotulador para la pizarra entre los dedos pulgar e índice.

—Ari, ¿tienes el comunicado de prensa del Ayuntamiento sobre sus nuevas quitanieves? Creo que lo enviaron en enero. Mi bandeja de entrada es un caos ahora mismo.

—Eh... Sí, claro.

Mi ordenador está al otro lado de la habitación, así que saco el móvil del bolsillo, busco el correo electrónico original y se lo reenvío. Acto seguido, vuelvo al juego, con los dedos apoyados en el alambre de mi clip. Frente a mí, Hannah Stern está a punto de terminar. Russell está en el otro equipo, encabezado por la presentadora de Deportes Lauren Nguyen e invicto, y no pienso dejar que gane.

—¿Qué es esto? —La voz de Torrance se ha vuelto más fría que la temperatura que hace en el exterior.

—Debería tener toda la información —respondo—. Aunque, con todo lo que está pasando hoy, puede que tengamos que hacer algunas llamadas al Ayuntamiento.

—No. Eso no. —Me enseña el móvil justo cuando Hannah se gira, lo que indica que es mi turno.

Cuando leo lo que aparece en la pantalla, se me cae el clip.

—¿Ari? —dice Hannah. Cuando no respondo, alcanza el clip que se me ha caído y lo coloca en las manos de otro jugador.

No le reenvié el correo electrónico original. Porque el correo original se lo había reenviado a Russell con una broma sobre cómo hacer que Torrance y Seth volvieran a estar juntos.

Y ese es el que actualmente está en su bandeja de entrada.

Re: Quitanieves del Ayuntamiento de Seattle

Idea: Atrapar a T y S en algún lugar durante una tormenta de nieve. Reunirlos mediante la proximidad forzada + la belleza de la Madre Naturaleza.

El equipo de Hannah lanza un gemido colectivo. Lauren Nguyen sigue invicta. O al menos eso creo. No puedo procesar nada más que las palabras que aparecen en la pantalla de Torrance, e incluso estas empiezan a estar borrosas.

Me tambaleo hacia atrás, alejándome de los juegos, de los dulces y de mis compañeros de trabajo, de esta escena de la que nunca pensé que Torrance y Seth formarían parte. Es demasiado. Hay demasiado ruido. Aprieto los ojos, concentrándome en mi respiración. *No. No, no, no, no, no.* Por fin estaban progresando. Por fin eran *felices*. Si se entera de lo que hicimos…

Es muy posible que nunca me haya detenido a considerar las consecuencias, y ahora que me están persiguiendo mientras salgo de la sala de redacción y recorro el pasillo, haciendo que me pesen las piernas y apretándome los pulmones, les tengo un miedo atroz.

Cuando abro los ojos, veo que estoy encorvada contra la pared que hay frente a la cocina, justo debajo de una foto de una Torrance de treinta y pocos años recibiendo un premio a la excelencia en información científica de la American Meteorological Society. He pasado por delante de esta foto cientos de veces, y es un premio que siempre he esperado poder conseguir algún día. Con un solo clic, puede que haya echado por tierra esa posibilidad.

La verdadera Torrance, la mentora que tanto he deseado que estuviera orgullosa de mí, me ha seguido hasta aquí, y nunca me he sentido tan insignificante delante de ella como ahora.

—No es… No es lo que parece —balbuceo—. T y S, es… —Mi inútil cerebro se queda en blanco.

Torrance se cruza de brazos sobre su vestido naranja oscuro.

—¿En serio? ¿Eso es todo? Improvisas cada día delante de miles de personas ¿y eso es lo mejor que puedes hacer? —Cuando me alarga la palma de la mano, me doy cuenta de que sigo agarrando su móvil—. Reúnete conmigo en mi despacho. Y trae a Russell.

Espero hasta que el sonido de sus tacones sobre el linóleo se desvanezca, y entonces hago todo lo posible por serenarme. Inhalaciones profundas y exhalaciones temblorosas y entrecortadas. Me llevo la mano al corazón, deseando que vaya más despacio.

Tiene que haber una forma de salvar la situación. Soy incapaz de aceptar lo que podría pasar en caso contrario.

Cuando vuelvo a la sala de redacción, Russell está inmerso en un juego de *hockey* de mesa con sus compañeros de Deportes.

—Oye —digo mientras le doy un toque en el brazo, y esa única palabra suena inestable. Ahora es el momento de mi actuación estelar. Fingir que todo va bien cuando está a punto de venirse abajo.

Me sonríe y, por un momento, siento un breve destello de enfado hacia él. ¿No debería ser capaz de notar que no es una sonrisa de verdad?

—¡Ey! ¿Quieres jugar?

—No, es… —Me interrumpo, sin saber cómo expresarlo—. Torrance quiere vernos en su despacho.

—Vale…

Tiene el cuello de la americana arrugado. Se lo he alisado esta mañana antes de irnos a trabajar, pero es un trozo de tela muy resistente. Por alguna razón, concentrarme en eso me ayuda a poner los pies en el suelo.

—Russ. —Le agarro del brazo y le alejo unos pasos de sus compañeros, que están demasiado distraídos con el juego como para darse cuenta de mi inminente ataque de pánico—. Lo *sabe*.

Su rostro se vuelve pálido, se le afloja la mandíbula.

—¡Oh, mierda! —Mira el despacho de Torrance, como si se estuviera imaginando qué clase de destino nos espera—. ¿Cómo…? —pregunta, pero no puedo formar una respuesta.

Mantengo la mirada fija en el espacio que tengo delante mientras caminamos hacia su despacho, con una mano alrededor del rayo que tengo en la garganta. Es un milagro que no me lo arranque del cuello. Es imposible que quienes están en la sala de redacción adivinen lo que está pasando y, aun así, estoy medio convencida de que lo tengo escrito en la cara. TRAICIONÉ LA CONFIANZA DE MI JEFA. LA PEOR PUPILA DE LA HISTORIA. METEORÓLOGA CAÍDA EN DESGRACIA BUSCA UN NUEVO TRABAJO.

Seth ya está dentro, apoyado en la estantería de libros de meteorología de Torrance, donde hay un par de suculentas a modo de sujetalibros.

—Sentaos —dice Torrance, señalando las dos sillas que hay en el lado opuesto de su escritorio—. Y, por favor, sentíos libres de empezar a explicaros en cualquier momento.

Agradezco que Russell hable primero.

—La idea fue mía. —Suena firme. Seguro de sí mismo—. La noche de la fiesta, ambos estábamos un poco desanimados por todo lo que había pasado y, bueno, de broma sugerí intentar que volvierais a estar juntos. No creo que ninguno de los dos lo dijera en serio hasta unos días después.

—¿Os conocíais por aquel entonces? —pregunta Torrance—. No recuerdo que pasarais mucho tiempo juntos en la cadena.

—Siempre nos hemos llevado bien, pero hasta la fiesta no pasó de ahí —respondo con una vocecita frágil—. Estrechamos lazos por ti y por Seth. Porque… Porque estabais tan absortos el uno con el otro que KSEA se convirtió en un lugar de trabajo muy hostil.

Si bien sabe eso de KSEA, me gustaría que mis palabras sonaran menos triviales. Menos egoístas. Puede que hayamos empezado así, con la misión de mejorar nuestro trabajo, pero eso fue antes de conocer realmente a los Hale. Torrance se ha convertido en algo más importante para mí de lo que nunca imaginé, y espero no haber traicionado la poca confianza que teníamos. Si puedo explicarme, limpiar mi conciencia, tal vez lo entienda.

Porque este vínculo entre nosotras no es solo amistad. Ha adoptado una especie de papel de madre para mí, y puede que lo haya hecho incluso antes de que empezara a trabajar para ella. Cuando mi madre no estaba disponible, el programa de Torrance era donde buscaba consuelo. Cuando me contrataron en KSEA, ansiaba su aprobación, y todavía lo hago.

Más que eso, quiero que sea feliz.

—La razón por la que empezamos a pasar tiempo juntos —continúo, otorgándoles más confianza a mis palabras—, es porque al principio queríamos que el ambiente se relajara. Para todos. Y había momentos en los que parecía que teníais asuntos pendientes. Que lo vuestro no había terminado en realidad. En la fiesta, me hablaste de Seth casi como si lo echaras de menos. Y cuando te invitó a bailar antes de eso, bueno, ya sabes, había algo ahí. Pensábamos… Pensábamos que tal vez no sería un riesgo demasiado grande intentar que volvierais a estar juntos.

—Lo de bailar *swing* en el Century Ballroom —dice Torrance, como si estuviera empezando a encajarle—. ¿Fuisteis vosotros?

Russ asiente, con los codos apoyados en las rodillas y los dedos enlazados.

—No fue nada malvado. La mayor parte del tiempo, solo intentábamos hablar con vosotros. Conoceros mejor. Así que hicimos lo del *swing*, lo del masaje en pareja, lo del yate…

—Sí que me pregunté cómo era que sabían el menú exacto de nuestra primera cita.

—Y esa suculenta —añado—. La que llegó sin tarjeta. Queríamos… que te preguntaras si fue Seth el que te la había enviado.

Miro a Seth, que sigue examinando los libros de Torrance, silencioso y estoico. Estoy segura de que va a explotar en

cualquier momento. O tal vez recibamos otro cartel: ABSTÉN-
GANSE DE EMPAREJAR A SUS JEFES. —SHH

Torrance frunce sus labios rojo cereza.

—Ya veo. —Es imposible interpretar su expresión, y entonces me doy cuenta de que aún no la conozco lo suficiente
como para saber todos sus estados de ánimo.

—Lo siento mucho. Sabes que estoy agradecida por todo. Por la mentoría. Y m-me alegro de que nos hayamos hecho amigas, aunque haya empezado de una forma... —busco
las palabras adecuadas— ligeramente deshonesta.

—¿Y pensabais que nunca lo descubriríamos? —inquiere
con una fiereza nueva—. ¿Que podíais interferir en nuestra vida personal y hacer que os contáramos cosas sumamente priva-
das? ¿Manipularnos así y no enfrentaros a las consecuencias?

Russ se tira del cuello arrugado.

—Ya habíais traído vuestras vidas personales a la oficina
y habíais hecho que fuera cosa de todos —contesta con calma, y Torrance se queda callada.

No consigo superar esa palabra. «Manipular». En este
momento, el error es tan claro que no puedo creer que de
verdad lo hayamos hecho.

Excepto que... funcionó, ¿no? Hubo momentos en los
que estaba segura de que se iba a ir a pique, pero no ha sido
así. Se han dado una segunda oportunidad y han estado *juntos* durante al menos el último mes, tal vez más. Ayudamos a
reparar algo que todo el mundo suponía que estaba roto. In-
tervenimos, pero no hicimos daño a nadie. Eso tiene que ser
un neto positivo, incluso si significa que ya no somos bienvenidos en la cadena.

El silencio de Torrance es peor que su gélido interroga-
torio. Cada vez que se ha puesto furiosa con Seth, he sido

demasiado consciente de ello. Pero nunca consideré lo que sentiría si dirigía esa rabia hacia mí.

—P-Puedo empezar a buscar trabajo en otras cadenas —digo—. Si eso es lo que quieres que haga. Tiene que haber una forma de arreglarlo. Sé que hemos traspasado cien límites, pero tenéis que creernos cuando decimos que lo hicimos por una buena razón.

Russ está asintiendo con firmeza.

—Es lo que ha dicho Ari. Solo… —Por fin me mira a los ojos, un azul suave y preocupado detrás de las gafas, y eso basta para tranquilizarme. Pase lo que pase, él está conmigo. Lo superaremos juntos—. Solo queremos arreglarlo.

Seth todavía no ha dicho nada. Pero sus hombros están *temblando*. Joder. No puede estar llorando… ¿o sí? Si es así, es aún peor de lo que pensaba. Tal vez no baste con dejar KSEA. Tal vez tenga que encontrar un trabajo en otra parte del estado. O cambiar de carrera profesional por completo.

Cuando por fin se da la vuelta y mira a Torrance a los ojos, los dos se echan a reír.

A *reír*.

Russ parece afligido, y mi expresión de horror debe de coincidir con la suya. Seth se dobla hacia delante, agarrándose el estómago, y Torrance se está riendo tanto que tiene que agarrarse al borde del escritorio.

—¿Qué pasa? —pregunto, un poco asustada por la respuesta. Sin duda, que nos despidan a los dos no hace tanta gracia, ¿no?

Cuando Torrance por fin puede volver a respirar, se quita los mechones rubios de la cara y se seca lo que podría ser una lágrima.

—Es gracioso —dice—, porque hemos estado haciendo exactamente lo mismo con vosotros.

29

PRONÓSTICO:

ALERTA POR TORMENTA DE INVIERNO. Preparen el equipo de emergencia

No nos reímos. No como han hecho Torrance y Seth. Técnicamente, Seth sigue riéndose, sacudiendo el cuerpo a causa de lo gracioso que le parece todo esto, y ya ha quedado claro por qué no nos miraba: porque no quería revelar nada.

Estábamos haciendo exactamente lo mismo.

Russ se queda congelado en la silla de al lado. Cuando abro la boca para hablar, no sale nada.

—Lo siento —dice Torrance—. Al principio no pude resistirme a jugar con vosotros. Ahora tiene sentido que empezarais a pasar tiempo juntos porque estabais tramando que nosotros pasáramos tiempo juntos. Esa fue la única razón por la que nos dimos cuenta de lo bien que os llevabais, y eso hizo que empezáramos a empujaros para que también estuvierais juntos. Es bastante divertido, si lo pensáis.

—«Empujar» es un poco exagerado. Llamémoslos «empujoncitos suaves». —Seth se arremanga, como si toda esa risa fuera un logro atlético—. Nada excesivo. Cuando Ari se cayó por las escaleras, Tor estaba dispuesta a llevarla al hospital, pero estando Russell ahí y teniendo en cuenta cómo actuasteis en el Century Ballroom... vimos una oportunidad. Así que le instamos a que fuera en su lugar.

Aquella noche, cuando mis sentimientos por él se volvieron imposibles de ignorar. Cuando le dejé entrar por primera vez, cuando le guie por el museo de mi pasado.

—¿Qué más? —Me tiembla la voz—. ¿Qué más hicisteis?

Torrance levanta las palmas de las manos, esa expresión de culpabilidad que tampoco estoy acostumbrada a ver en ella.

—Puede que hace un par de meses desconectara tu ordenador de Internet. No estaba cien por cien segura de que fueras a preguntarle a Russell si podías usar el suyo, pero erais amigos, así que me pareció que valía la pena intentarlo. —Y lo hice. Hice exactamente lo que ella quería que hiciera—. Luego, cuando empezó a marearse en el barco, te di un empujoncito suave para que lo acompañaras a casa. E intentábamos sacar a la otra persona a relucir en la conversación tanto como nos era posible. Eso es todo.

—¡Ah! Y el reportaje del cazador de tormentas —añade Seth—. Con ese hombre del tsunami.

—Tifón —corrijo en voz baja.

—Eso. —Torrance chasquea los dedos—. Pero por aquel entonces ya estabais juntos, así que eso fue la guinda del pastel.

Empujoncitos suaves... Vale. Salvo que... cada vez que se entrometían ocurría algo importante. Aquella noche en el hotel, nuestro primer beso, Russell pidiéndome que cuidara a Elodie.

Nada de eso me parece suave.

—Estaba claro que os gustabais —continúa Torrance—. Hacíais buena pareja. Y, quién lo diría, toda esa confabulación hizo que *nosotros* nos acercáramos. —Su boca se inclina hacia arriba—. Nos ayudasteis sin daros cuenta.

—Para que lo entendamos —interviene Russell—. ¿No estáis molestos con nosotros?

—Yo no. —Torrance mira a su exmarido y actual novio con auténtica ternura—. ¿Seth?

Niega con la cabeza.

—¿Cómo íbamos a estarlo? Nos ayudasteis a darnos cuenta de que las cosas entre nosotros no habían terminado. —Se acerca a Torrance a grandes zancadas y le pasa un brazo por los hombros, y si bien debería ser un movimiento natural y sencillo, no se me escapa cómo titilan los ojos de Torrance, como si todavía estuviera procesando el subidón de adrenalina que siente cuando la toca. Conozco esa sensación. Me encanta esa sensación—. Ha sido todo un recorrido para llegar hasta aquí, pero… ha funcionado.

—A nuestra psicóloga le va a encantar —dice Torrance.

¡Dios! Hasta van a terapia juntos.

Esto es surrealista. Saben la verdad y no están furiosos. Tengo un traumatismo cervical. Mis emociones han girado ciento ochenta grados varias veces en la última media hora.

—¡Supongo que ha funcionado para ambos! —Seth le da un rápido apretón a Torrance en el brazo antes de dirigirse a la puerta—. Voy a ver si ahí fuera tienen más de ese champán.

Y con eso, se apresura a salir del despacho.

—No sé qué decir —admito. Quizá debería resultarme reconfortante que todos estuviéramos conspirando juntos. Pero algo de esa descabellada verdad ha derretido toda la magia que giraba en torno a este día de nieve. Quiero tener tantas ganas como Seth de hacer un brindis con champán y, sin embargo, tengo un nudo en la garganta del tamaño de un disco de *hockey* que no sé cómo explicar.

—¿Supongo que esto significa que no nos hemos quedado sin trabajo? —pregunta Russell. Suena como si estuviera al otro lado de la habitación, tal vez en otro despacho o en otro edificio, y no en la silla que tengo al lado.

—Claro que no —responde Torrance—. Y ya no soy la jefa directa de Ari, pero no veo ninguna razón por la que Recursos Humanos tenga que saber nada de esto. Lo que hicisteis... no cambia la clase de periodista o científica que sois. —Suelta un agudo «¡ja!»—. De hecho, fue casi una forma de periodismo propia. Pero creo que estamos de acuerdo en que a partir de ahora tenemos que ser honestos.

—Sí —digo con firmeza, golpeando el suelo con las botas para mantenerme presente—. Por supuesto.

—¡En ese caso, me vuelvo a la fiesta! —Se levanta de un salto y se pasa una mano por los rizos para devolverlos a su habitual estado de perfección—. Tenemos que repetir lo de la cita doble pronto, ¿vale?

Nos quedamos en silencio después de que se vaya mientras la realidad se asienta sobre nosotros como una manta demasiado gruesa. Estoy desesperada por saber qué pasa por la cabeza de Russell y si es tan caótico como lo que está pasando por la mía. Y, sin embargo, no tengo ni idea de por dónde empezar. Probablemente por levantarme de esta silla. Salir de este despacho.

—Creo que voy a darme un paseo —dice Russell—. ¿Ari?

No hace falta que me pregunte dos veces. Me subo la cremallera del abrigo y le sigo afuera, con el cerebro zumbando una y otra y otra vez.

—Sigo procesándolo —comenta Russell cuando estamos a un par de manzanas de la cadena, apartándonos para evitar quedarnos atrapados en una pelea de bolas de nieve—. ¿Cómo es que se han enterado?

Mis botas crujen en casi veinte centímetros de nieve. Por lo general, el camino está atestado de coches atrapados en atascos; hoy, solo un puñado de conductores afronta las carreteras.

—Torrance vio un correo electrónico que nos enviamos hace meses en el que bromeábamos con hacer que se quedaran atrapados en algún lugar durante una tormenta de nieve. Se lo reenvié y la cagué. Lo siento.

—Lo más seguro es que hubiera ocurrido en algún momento —contesta, y no identifico si hay un atisbo de culpa en su voz.

—Da igual cómo se hayan enterado. Lo que importa es que han estado haciendo lo mismo. Nos han estado manipulando al igual que nosotros a ellos.

—Dando empujoncitos suaves —dice Russell, tomando prestadas las palabras de Seth.

—Claro. —La palabra pende entre nosotros y cambia la temperatura. La lleva hasta muy por debajo del punto de congelación.

Debería hacernos iguales. Dos parejas que se entrometen en la vida romántica de la otra, lógicamente, deberían contrarrestarse mutuamente. Una ecuación matemática de relaciones. Me encantaría reírme de ello como hicieron Torrance y Seth, pero no esperaba que ese descubrimiento me sacudiera como lo ha hecho. Nosotros no tenemos los cimientos que tenían Torrance y Seth. No estábamos construyendo sobre algo que ya estaba establecido, aunque desmoronado. Estábamos empezando desde cero.

—Ambos estamos un poco de los nervios —dice Russell. Se pasa las gafas empañadas por el dobladillo de la chaqueta antes de volver a ponérselas—. Vamos a calmarnos. ¿Nos tomamos un café y hablamos?

Puedo calmarme con un café.

Pero primero quiero algunas respuestas.

—Necesito saberlo —empiezo mientras pasamos por el restaurante tailandés en el que comí con Torrance hace unas semanas. Al otro lado de la calle, un niño imbécil le roba la nariz de zanahoria a un muñeco de nieve reciente y la tira a un callejón—. Aquella noche en el retiro. Si Torrance hubiera ido conmigo al hospital, ¿habríamos llegado a acercarnos tanto? Si hubiera sido ella la que me hubiera llevado a mi habitación después y me hubiera ayudado con todo.

—¿Habríamos… qué?

—Solo estoy intentando imaginarme lo que podría haber sucedido. Si ella no te hubiera dado un *empujoncito suave* para que me acompañaras, ¿habríamos empezado a salir?

—Ni que la alternativa hubiera sido haberte dejado ahí tirada sufriendo de dolor. —La voz de Russell se ha vuelto afilada y sus pasos en la nieve son más deliberados—. No me buscó y me rogó que te llevara. Me alegré de hacerlo. Estaba preocupado por ti y quería asegurarme de que estuvieras bien. Tampoco me pidió que fuera a tu habitación ni que te trajera chocolatinas de la máquina expendedora. Ni que hablara contigo.

Los recuerdos de esa noche vuelven y me inundan, calentándome la cara a pesar del frío que hace.

—Lo entiendo —contesto en voz baja, deseando mantener ese recuerdo impoluto.

—¿De verdad importan los detalles? Estamos juntos y hemos tardado mucho en ser capaces de expresar lo que ambos queríamos, pero por fin estamos *aquí*. ¿No basta con eso?

Quiero que baste con eso tan desesperadamente que casi puedo sentir el deseo que late con fuerza junto a mi corazón como un órgano nuevo. Está tan guapo en la nieve, con la punta de la nariz rosa y los cristales de hielo que se le han quedado atrapados en el pelo. Quiero decir que sí y vivir nuestra fantasía de día de nieve. Nos tiraremos con el trineo y haremos un muñeco de nieve asimétrico y beberemos chocolate caliente frente a la chimenea. Cuando nos metamos en la cama, me apartará el pelo de la oreja y volverá a decirme lo bien que se siente cuando está cerca de mí.

—Y mis sentimientos por ti no se materializaron de repente esa noche —continúa—. No me di cuenta de que me importabas después de que te desconectaran el ordenador. Y no quise besarte justo después de que Torrance te dijera que me acompañaras a casa cuando fingí que estaba mareado. Me gustabas desde hace tiempo, Ari. Quiero pensar que habríamos estado juntos tarde o temprano, tanto si fui contigo al hospital como si no.

A decir verdad, no creo que se equivoque en eso. Pero la cosa no es que no hubiéramos encontrado la forma de estar juntos. La cosa es que ha habido algo que nos ha mantenido unidos, que ha impedido que nos desviemos del camino. Y tanto si se trata de un empujoncito suave como de un empujón fuerte, eso no cambia el hecho de que alguien estaba moviendo los hilos, asegurándose de que nunca nos alejáramos demasiado el uno del otro.

—Todo este tiempo hemos tenido una red de seguridad —digo—. No sabemos lo que somos sin eso.

Russell me roza el brazo con el suyo, y quiero sentirlo más cálido de lo que está.

—Pues lo descubriremos. Lo que dije la noche que estuvimos en casa de tu madre iba en serio. Estoy dispuesto a hacer esto contigo. Eso no ha cambiado.

Pero…

Está ese diminuto «pero» en el fondo de mi cerebro, ese que puedo mantener callado algunas veces, pero que ahora se niega a escuchar, ese que está empecinado en la supervivencia. El que pregunta: *Pero ¿y si se equivoca? ¿Y si cambia eso? ¿Y si no puede lidiar contigo en tus días oscuros?*

—Pero aún no me has visto en mi peor momento. —Solo cuando lo digo en voz alta me doy cuenta de que es un miedo auténtico que tengo—. Porque no es bonito, Russell. No es bonito nivel estar en el aparcamiento del Taco Bell intentando no llorar. No es bonito nivel no poder hacer las tareas más básicas, y rara vez sé cuándo llega uno. ¿Estás preparado para eso?

Hace una pausa y se apoya en el lateral de una cafetería con un cartel que dice ¡CERRADO POR NIEVE! junto con un garabato de un muñeco de nieve con los ojos en forma de corazones.

—C-Creo que sí —responde, trabándose con las palabras. Esa incertidumbre se convertirá en frustración. Enfado. Rechazo. Siempre era así en las relaciones de mi madre.

—Ahí es cuando nos haría falta esa red de seguridad, pero no la tendremos. Solo estaremos tú y yo y mi puto cerebro conspirando contra mí. —Ese órgano problemático en el que nunca he podido confiar plenamente. Esa cosa que distorsiona la realidad y la envuelve en una niebla gris.

Si no hay alguien que nos sostenga, ¿qué pasa si nos caemos? *Cuando* nos caigamos.

—Creo que deberíamos dar unos pasos atrás —dice de nuevo—. Tendremos la mente más despejada si volvemos a hablar de ello en unas horas, o puede que incluso mañana.

No. Dar unos pasos atrás significaría convertirme en la chica que sé ser: tranquilizadora, callada, dócil. La que siempre he sido, la que antepone el daño ajeno al propio. Él no lo entiende. No puede limitarse a dar unos pasos atrás en cuanto a mi enfermedad mental.

—Eso es lo que intento decirte —contesto, y meto más las manos en los bolsillos del abrigo ahora que hemos dejado de caminar—. Puede que mañana no tenga la mente más despejada. No puedo controlarla. No del todo. No importa cuántos pasos atrás demos. Yo voy a seguir siendo así. Voy a seguir teniendo depresión, y a veces se manifiesta de formas desagradables. No importa lo contenta que esté en un momento dado, siempre vuelve. Y he aprendido a aceptarlo.

La forma en la que me está viendo ahora es la más real de las que ha visto. Sin censura, todo el miedo y la negatividad al descubierto. Llevo tanto tiempo bajo el sol que, cuando parpadeo, veo ráfagas de luz que duelen y que brillan demasiado.

Somos demasiado, dice mi madre. En la vida real no lo dijo con voz cantarina, pero así es como suena en mis recuerdos.

Russell tiene las facciones contraídas, y no sé si es por el frío o porque no le gusta lo que digo. No hay ningún «Me gusta todo de ti, todas las versiones».

—¿Qué? —le desafío, plenamente consciente de que estoy presionando demasiado, pero incapaz de detenerme. Es lo mejor. Sabré que no va a funcionar antes de que profundicemos más. Puede que ya hayamos profundizado demasiado. Abro los brazos, ignorando el chasquido de dolor al doblar demasiado el codo—. ¿No te gusto así?

—Eso no era lo que iba a decir. —Se pone a la defensiva también, con los brazos cruzados sobre el pecho. Coraza—. No quiero decir nada que esté mal, ¿vale? Quiero decirte que lo superaremos juntos porque nos preocupamos el uno por el otro y porque queremos que funcione. Pero tampoco he hecho esto antes. Hacía mucho tiempo que no me abría tanto con alguien como lo he hecho contigo. Pero esto es... —Se interrumpe, como si tratara de contenerse para no decirlo, pero lo hace de todos modos—. No estás actuando como tú misma. No puedes culparme por estar un poco desconcertado.

No estoy actuando como yo misma.

Si tan solo supiera...

—¿Tan bien me conoces después de pasar un par de meses juntos? —contraataco—. Esta *soy* yo, Russell. Y esto es exactamente por lo que no le muestro esa persona a nadie.

—No me refería a eso —contesta, y ahí está: un hilo de irritación en su voz.

Hay un límite en cuánto puedo presionarle, porque siempre lo hay. Yo ya estoy atrapada en una espiral, y mi mente me está llevando por un camino conocido.

No puede lidiar con esto.

Lidiar *conmigo*.

—No creo que pueda hacerlo. —Las palabras se me suben por la garganta como garras, pero hay que hacerlo. Tengo que sacarlas, salvarme mientras aún haya tiempo.

—¿Tener esta conversación?

—Todo.

La palabra aterriza en su cara con todos los bordes afilados que tan bien he sabido ocultar. La espalda de Russell se afloja contra la pared, la tensión abandona su rostro en una gran exhalación. Y luego, de repente, vuelve: la boca hacia abajo, una arruga que le reaparece entre las cejas. Traga saliva con fuerza.

—Ari... —empieza, pero le interrumpo.

—Deberíamos volver al trabajo.

Me mira fijamente durante un largo rato, sin parpadear. Sus ojos, ese azul brillante que me encanta, no tienen la luz que suelen tener.

—Si eso es lo que quieres... —dice finalmente.

Incluso cuando le rompo el corazón, se porta bien conmigo.

Me obligo a que eso sea lo que quiero, del mismo modo que he forzado todas las sonrisas y los cumplidos y la positividad de mierda. Con los fragmentos de optimismo que me quedan, intento enderezar la postura y proyectar el sol, pero mi cuerpo no me escucha. No se mueve.

—Sí —contesto, todavía luchando con mis hombros, con mi boca, con todo el ruido de mi cabeza—. Por favor.

Odio decirlo.

Peor aún, odio cómo me lo creo.

Se vuelve primero a la cadena dejándome sola y temblando en la nieve.

30

PRONÓSTICO:

Oscuridad casi apocalíptica.
Eviten salir a toda costa

No debería sorprenderme que el día siguiente sea un Día Oscuro.

Así es la depresión. Sabes que está ahí, que forma parte de ti, pero te puedes pasar siglos sin verla. Vive contigo, una compañera de piso invisible, hasta el momento en el que empiezas a hundirte, y entonces se despatarra en el sofá, pone los pies sobre la mesa de centro y gasta toda el agua caliente. Tampoco paga nunca su parte del alquiler.

Puedes estar bien durante meses, durante años, antes de que vuelva a aparecer y te diga mentiras como «Siempre te sentirás así» y «Nadie te querrá por eso» y «¿Para qué molestarse?». Antes sabías que eran mentiras, pero ahora te pesan y ocupan espacio en tus pulmones. A veces surgen de la nada. Otras veces, algún acontecimiento desalentador hace que vuelvas a ese lugar oscuro.

Y, ¡joder!, estás tan agotada que dejas que ocurra.

Le ruego al meteorólogo de fin de semana A. J. Benavidez que me cubra y me paso el resto del día bajo la manta. La depresión ha hecho que todas mis rupturas sean duras, pero ninguna se puede comparar con esta. Podría meter en un paquete devastador cada pizca de dolor que he sentido por un hombre y ni se acercaría a las secuelas de Russell Barringer.

La nieve se ha convertido en lluvia y, por una vez, no me emociona verla. Para el martes por la tarde, cuando la nieve se ha convertido en montones de aguanieve gris y los canalones están desbordados, me he visto una temporada y media de *Americaès Next Top Model*, la cual pensé que iba a ser nostálgica y reconfortante, pero que me ha acabado sorprendiendo por lo problemática que era. Aun así, no puedo negar que no haya contenido la respiración cuando iban a revelar la foto al final de cada episodio, y es agradable sentir algo.

Estoy a punto de reproducir un episodio que ya he visto cuando aparece una notificación en mi móvil, avisándome de que tengo una cita con Joanna en dos horas. ¡Mierda! Cuando la vi a principios de semana, faltó poco para que me riera para mis adentros, pues supuse que no tendría mucho que contarle a Joanna. *¡No hay nada de lo que hablar! Todo va fenomenal*, me imaginaba diciéndole, porque hace unos días, cuando todo era diferente, me veía convirtiéndome en esa persona que usaba la palabra «fenomenal» en una conversación informal.

Tengo menos ganas de ir a terapia que de salir ante la cámara con un vestido hecho de pelo humano como hicieron las modelos de *Americaès Next Top Model* en el ciclo 14, pero me obligo a salir de la cama. Y en parte solo porque cancelar la cita el mismo día cuesta 120 dólares.

Una vez allí, con unos pantalones de chándal en los que pone SOLO BUENAS VIBRAS en el culo y que Alex me regaló a modo de broma hace años y una bufanda tan larga que hace las veces de manta, estoy menos habladora que de costumbre. Joanna tiene que sonsacarme lo de la ruptura, aunque supongo que los pantalones lo delatan.

—¿Crees que estabas buscando una razón para que se acabara? —pregunta entre sorbos de té—. ¿Y que descubrir cómo Torrance y Seth estuvieron interfiriendo en vuestra relación fue como una salida? ¿Pudiste decirle a Russell que te estabas cuestionando si era capaz de lidiar contigo en tu peor momento sin una red de seguridad porque te dieron una razón para hacerlo?

Me hundo más en mi bufanda-manta. Joanna es la única persona que no me juzga por ser un desastre.

—¿Por qué iba a sabotearme de esa manera? —inquiero. Llevamos veinte minutos de sesión y acabo de empezar a pronunciar frases completas.

—Dímelo tú.

—Dijo que no estaba actuando como yo misma, como si no le atrajera precisamente la persona que era en ese momento.

—¿A qué crees que se refería cuando dijo eso?

—A que soy una persona terrible y es agotador estar conmigo —respondo—. Que el tiempo que quiere pasar conmigo tiene un límite y que prefiere que sea la persona alegre que sale en la televisión.

—Hasta yo sé que no te crees eso —dice, lo que me hace soltar un gruñido bajo, porque no se equivoca—. No siempre has sido esa persona con él, ¿verdad? Esa persona alegre y despreocupada.

—No. Supongo que no.

—Creo que a lo mejor se refería a que los dos estabais sorprendidos y estresados —continúa—. Y que tal vez necesitabais algo de tiempo para relajaros y ordenar lo que sentíais ante el hecho de que Torrance y Seth hubieran desempeñado un pequeño papel en el comienzo de vuestra relación.

—Eso es lo que no paraba de decirme. Que quería dar un paso atrás —digo—. Y parecía que en realidad estaba diciendo que era incapaz de lidiar conmigo tal y como era.

—Mmmm. —Joanna alarga la letra—. Me pregunto si esa fue su forma de resolver, en tiempo real, cómo se sentía *él* con respecto a todo. Te estaba diciendo lo que necesitaba, lo que por desgracia resultó ser lo contrario de lo que tú le dijiste que necesitabas.

—Lo que significa que no tiene sentido intentar que funcione lo nuestro. Queremos cosas diferentes. Cosas opuestas.

—En realidad, creo que, al final, queríais lo mismo: que la otra persona asegurara que ibais a estar bien. Y bueno...

—Ninguno de los dos lo obtuvo.

—Exacto.

Me quedo pensando en eso un momento, vagamente molesta por lo cómodos que son estos pantalones de SOLO BUENAS VIBRAS.

—Entonces, ¿dices que el hecho de que hayamos querido abordar esa situación de maneras diferentes *no* nos hace incompatibles?

—Lo que creo es que estabas centrada en intentar conseguir que él reaccionara de una forma muy concreta —contesta—. Esa era la salida más fácil, la forma más rápida de justificar cómo te sientes con respecto a las relaciones y por qué has ocultado tu depresión y tu historia con tu madre. Era la validación que buscabas, aunque no fueras consciente de ello. Y eso hizo que estuviese bien acabar con la relación, incluso después de haberte abierto con él.

—¿Pero acaso no es eso lo que obtuve? ¿Esa validación? Tampoco es que me haya estado llamando constantemente para decirme que lo malinterpreté, que se había equivocado y que con él puedo ser todo lo gruñona y estar todo lo amargada que quiera.

—Es imposible saber lo que piensa, pero imagino que sus razones para no llamarte constantemente pueden ser bastante similares a las razones por las que tú no le estás llamando constantemente. Él también tiene un pasado, Ari. ¿Crees que es posible que también se sienta vulnerable después de haber compartido todo lo que ha compartido contigo?

—No… me había planteado eso —admito, lo que hace que me sienta como una egocéntrica de mierda. No se equivoca. En ese momento estaba tan concentrada en mi depresión que no tenía espacio para nada de lo que le pasaba a él.

—Creo que depende de ti —dice Joanna—. ¿Quieres esa ruta de salida fácil? ¿O quieres esforzarte, incluso cuando es difícil?

Esto es lo que tengo claro, la creencia que me ha guiado la mayor parte de mi vida: no quiero convertirme en la madre con la que crecí.

La madre que puede cambiar, me recuerdo.

—Todavía no estoy segura —respondo con sinceridad.

La pregunta de Joanna persiste en mi mente el resto de la semana.

31

PRONÓSTICO:

Las nubes se separan para revelar los primeros signos de una epifanía

—Deja que la artista se centre en lo que tiene visualizado —dice Cassie mientras arrastra un pincel por mi cara—. Hay que respetar el proceso.

Mis sobrinos están aprendiendo constantemente frases demasiado sofisticadas para niños de cinco años (véase: «pretendiente», aunque intento no pensar en cierto periodista deportivo) y es adorable. Cuando me presenté en su casa y les pregunté dónde estaban sus padres, Orion me informó tranquilamente: *Teniendo una crisis existencial*, y Javier corrió hacia la puerta y me aseguró que estaba bien, que solo estaba nervioso por si tenía noticias o no de la chef de la que estaba intentando apoderarse.

Luego los mellizos preguntaron si podían «hacerle unos tatuajes a la tita Ari», y Alex y Javier aceptaron siempre y cuando yo estuviera de acuerdo y usaran pinturas que se pudieran lavar.

Ahora Orion está encaramado en la alfombra verde hoja que hay junto a mí en el dormitorio con temática selvática de Cassie, concentrado en el rayo que está dibujándome en el brazo.

—No te muevas, tita Ari.

—Te prometo que lo estoy intentando.

Alex aparece en la puerta, inclinado junto a una jirafa empapelada.

—Las cosas deben de ir muy mal, porque Cassie está haciendo que parezcas una especie de criatura del pantano.

—Seguro que es una mejoría.

—Lo *es* —me asegura Cassie, que me hace cosquillas con la brocha cuando me la pasa por la nariz.

No sé cómo, pero he llegado al fin de semana. Ha sido una pequeña bendición que mi horario no se haya solapado mucho con el de Russell. Torrance y Seth, por otro lado, parecen haber abandonado cualquier pretensión de actuar como si no estuvieran locamente enamorados. Ayer por la mañana, había una jarra de leche de avena en la nevera con una nota adhesiva en forma de corazón, y por la tarde los vi acurrucados en el despacho de Torrance.

—Vamos a dejarla que descanse del estudio de tatuajes —dice Alex—. Papá necesita ayuda para hacer pastelitos de guayaba, si queréis…

Ya han salido corriendo de la habitación.

—Nada motiva tanto como el azúcar. —Alex se sienta en la cama junto a mí. Me muevo para dejarle más espacio y veo mi reflejo en el espejo con forma de elefante. Y… sí. Menos mal que las pinturas se pueden lavar—. Parecía que necesitabas que te rescataran. —En ese momento, vuelve a mirarme la cara y se echa a reír—. Lo siento, no sé si puedo tomarte en serio con ese aspecto.

Le empujo.

—¡Las criaturas del pantano también necesitan amor! —Se lo he contado todo a Alex, y si bien es cierto que no me ha juzgado con tanta dureza como creía, sí que hizo un gesto propio de los hermanos mayores: negar repetidas veces con la cabeza—. No me preguntes cómo estoy. Porque llevas haciéndolo toda la semana y todavía no tengo una respuesta.

—Bueno, entonces, supongo que… —Hace un movimiento como para ponerse de pie.

—¡Solo estoy intentando hablar menos de mí misma! Se le llama «madurar».

—¿Quién *eres*?

—Un ser humano completo y realizado —respondo, aunque no sea del todo cierto. Lo conseguiré. Algún día. Creo—. ¿Qué tal te va con lo de mamá?

—Buena pregunta. —Se lo piensa, como si quisiera asegurarse de que me da la respuesta más sincera—. No estoy mal. Diría que estoy bien, incluso. Intento mantener la esperanza con una pizca de realismo. Quiero que forme parte de las vidas de Cass y Orion. Ambos lo queremos.

Asiento con la cabeza en señal de comprensión con la esperanza de que lo entienda como tal.

—No sé si es por ser mayor, pero creo que a ti te afectó más que a mí —continúa—. Quería estar ahí para ti de todas las maneras posibles.

—Lo has estado —le aseguro, porque es cierto. Toda mi vida, Alex ha sido la constante. Al igual que puedo contar con que haya días nublados en Seattle, puedo contar con mi hermano.

—¿Incluso cuando estoy preocupado por dos pequeños monstruos que no dejan de rogarnos que les demos de comer?

—Sobre todo en esos momentos —digo, y muevo el brazo para intentar mancharle la cara con pintura azul, pero, por desgracia, ya se ha secado—. Puede que suene extraño, pero ¿cómo supiste que estabas preparado para esto?

—¿Los mellizos? Nunca estuvimos preparados. Eso es un mito. Puedes pensar que estás preparado, pero luego aparecen y convierten tu vida en un caos. Un caos de los buenos, pero un caos total y absoluto. Podrías leer todos los manuales de paternidad y asistir a todas las clases del mundo y aun así no tendrías ni idea de qué hacer cuando son las tres de la mañana y no paran de llorar.

—En realidad estaba pensando en otra cosa. —Con la cabeza, hago un gesto en dirección a la cocina—. El matrimonio. El amor. Todo eso.

—¡Ah! —Se rasca la barba rojiza—. Para eso sí sabía que estaba preparado. Incluso se podría decir que estaba preparado la noche que nos conocimos.

Cómo no, he escuchado la historia mil veces. Alex estaba con un grupo de amigos en un restaurante ostentoso del centro, y era el primer día de trabajo de Javier. Cuando un filete llegó a la mesa casi quemado, Javier corrió a disculparse, y cuando sus amigos se fueron, Alex siguió pidiendo platos pequeños del menú. Cada plato salía de la cocina poco hecho o demasiado hecho, le faltaba algo o tenía una forma extraña, y cada vez que ocurría, Alex pedía hablar con el chef.

Al final de la noche, Javier estaba rozando la histeria —siempre dice que fue un milagro que consiguiera mantener ese trabajo—, aunque no podía negar la chispa que sentía cada vez que se pasaba por la mesa de Alex. Y Alex también había empezado a enamorarse.

—Entiendo que te atrajo al momento —digo—. Pero ¿cómo supiste que era…?

—¿Mi alma gemela? —completa Alex.

—Estaba intentando pensar en una forma no cursi de decirlo, pero sí.

Sonríe, y me doy cuenta de que nuestra madre y él tienen la misma sonrisa: amplia, descarada y ligeramente torcida por un lado. Estaba acostumbrada a las sonrisas forzadas de mi madre (puede que incluso aprendiera de ellas) y no fue hasta el Shabat que no me di cuenta de cuánto tiempo hacía que no veía una de verdad.

—No sé cómo, pero no parece cursi cuando estás ahí. Querría decir que lo supe la primera noche, porque es muy romántico, pero tardé un poco más. —Se queda callado un momento, perdido en sus pensamientos—. Podíamos hablar de cualquier cosa, esa fue la primera señal. Me encantaba la persona que era cuando estaba con él, y teníamos los mismos valores. Claro está, eso no significaba que no tuviera cosas que no me molestaran. Nadie es perfecto, obviamente. Pero esas cosas no importaban cuando tenía en cuenta todo lo que me hacía amarlo.

»Sin embargo, sigue dando un miedo que te cagas —continúa Alex—. Exponer tu corazón y no saber si la otra persona tendrá cuidado con él.

—Entonces, ¿lo que me estás diciendo es que puedes estar preparado, que puedes querer que ocurra, pero que aun así podría hacer que quieras vomitar de la ansiedad?

—*Sip*. Abróchate el cinturón, hermanita.

No obstante, no puedo evitar preguntarme si ya ha ocurrido. Estaba segura de que me estaba enamorando de Russell. ¿Qué habría pasado si se lo hubiera dicho? ¿Nos habría salvado de la pelea o solo la habría empeorado?

Javier sube corriendo las escaleras e irrumpe en la habitación, con el delantal manchado de queso de untar y los ojos marrones brillantes.

—Lo he conseguido —anuncia, casi sin aliento—. La tenemos.

Alex se levanta de un salto.

—¿En serio? ¡Sabía que lo lograrías! —Y atrae a su marido para darle un beso.

En serio, es un alivio tener una pausa de mis problemas, una celebración con pastelitos de guayaba, sidra espumosa y demasiadas fotos de mi cara con tatuajes falsos que espero que mis sobrinos no usen como chantaje algún día. He lamentado la pérdida no solo de Russell, sino también la de Elodie y la de ese sueño de una fracción de segundo en el que tenía una familia. Sé que eso no significa que no vaya a tener una nunca. Pero por un momento me vi encajando en la suya, y he estado resistiéndome a admitir lo mucho que me gustaba esa sensación.

Esto es un recordatorio de que ahí fuera hay esperanza.

Un recordatorio de que mi familia no soy solo yo, ni siquiera cuando me he sentido más sola que nunca.

* * *

Estoy aparcando en mi apartamento (ya conduzco, y es maravilloso) cuando veo a alguien esperando fuera del edificio.

Al principio asumo que es el invitado de otro inquilino, porque ¿cuándo tengo yo invitados?

Cuando me acerco me levanta la mano, vestido con la ropa informal de los fines de semana, pantalones caqui y un jersey gris, y con el pelo meticulosamente peinado.

—¿Seth? —inquiero mientras cierro la puerta del coche—. ¿Qué haces aquí?

—Perdón por haberte pillado de sorpresa. —Abre los ojos oscuros de par en par y se señala la mejilla—. ¿Estás bien?

Me paso una mano por la cara. Me la lavé lo mejor que pude en casa de Alex, pero sigue quedando algo de azul, lo que le da a mi cara un tono enfermizo.

—Mis sobrinos han estado echando el rato con la pintura.

—¡Ah! —Mira el edificio de apartamentos y luego a mí—. ¿Podríamos hablar un momento?

Mi estómago se prepara para rechazar los pastelitos.

—¿Torrance y tú…? ¿Está todo…?

—Estamos bien —se apresura a asegurar—. Estamos muy bien, de hecho. Solo he venido a hablar contigo porque, bueno, me he dado cuenta de que nunca hemos hablado demasiado.

A pesar de lo surrealista que es ver a Seth Hasegawa Hale en mi garaje, le invito a subir a mi estudio, donde me doy cuenta de todo el desorden que no he limpiado: platos en el fregadero, la manta rociada en el suelo del salón, envoltorios de los bocadillos asomando entre los cojines del sofá.

—Voy a ordenar esto un poco —digo, dando vueltas y recogiendo toda la basura que puedo—. ¿Quieres algo de beber o comer o…? —Me siento aliviada cuando dice que no—. Lo siento. Hago todas las comidas en el sofá, más o menos. —Cierro el lavavajillas con un golpe, rezando para que Seth no informe a Torrance de que tengo los hábitos alimentarios de una porreta de veinte años.

—Patrick también lo hace. A vuestra generación no os van las mesas de comedor, ¿eh?

—Culpable. ¿Qué será lo próximo que maten los *millennials*? —Es un chiste barato, pero consigue que suelte la risa de lástima que esperaba.

Hago un gesto hacia el sofá y nos sentamos.

—Bueno... —empieza, tamborileando con los dedos en uno de los cojines, y cómo prolonga la palabra subraya el hecho de que nunca hemos tenido una conversación a solas. Incluso cuando estuvimos en el partido de *hockey*, que ahora parece que ocurrió hace años, teníamos a Russell y a Walt de mediadores. Además, era evidente que estaba sucediendo algo a nuestro alrededor, y aquí no, a no ser que cuente la bolsa vacía de patatas fritas que intento meter sin que se dé cuenta debajo del sofá de una patada.

Cierra la boca y, por un momento, pienso que va a levantarse e irse. Que se le ha olvidado lo que ha venido a decir porque la situación es demasiado incómoda.

—Quería saber cómo estabas —dice finalmente—. ¿Qué tal... te va?

—¡Oh! ¿Estoy bien? —A pesar de haberle dicho a mi hermano que no quería hablar de ello, la pregunta no me parece tan aterradora viniendo de Seth.

—Sé que tú y Tor os habéis hecho íntimas, y me faltan palabras para decirte lo mucho que significa para mí que tú y Russell nos hayáis ayudado. —Hasta hace nada ha estado mirándose los zapatos, unos elegantes sin cordones y de ante, pero ahora está dirigiendo su atención hacia mí—. Lo que hicisteis con vuestros jefes puede que no fuera lo más profesional, pero como bien sabes, nunca llegué a superarla. Tal vez hubiéramos encontrado el modo de reencontrarnos por nuestra cuenta, pero tal vez no. Creo que necesitábamos este impulso.

—Al principio no era una misión tan noble como la estás pintando. —Me siento obligada a recordárselo.

—Fuera como fuese —contesta, ahora con más confianza en la voz, y es posible que también haya visto un destello del hombre que solía querer estar ante la cámara—, me alegro de que haya sucedido. Y quería darte las gracias.

—¿Os va bien, entonces? —le pregunto.

Cuando sonríe, se le ilumina toda la cara.

—Mejor que nunca —responde mientras aliso algunos hilos sueltos del cojín—. Incluso hemos hablado de irnos de vacaciones juntos este verano. ¿Y tú y Russell...?

Hay algo familiar en la forma en la que lo dice. Una despreocupación fingida que reconozco muy bien. Después de lo que pasó en el despacho de Torrance, sé que Seth es un actor más que terrible.

Por eso está aquí. Para ayudarnos a Russell y a mí.

—Ya... no estamos juntos —digo—. Es lo mejor. De verdad.

—No sé yo. —Seth se coloca el cojín detrás de la espalda, y quiero decirle que en este sofá lamentablemente no hay ninguna posición cómoda. Las he probado todas—. Ha estado diferente en el trabajo. Sigue siendo profesional, claro está, porque así es Russ, pero hay algo raro en él. Una chispa que falta.

—Dudo que sea por mí.

Seth alza las cejas, como si ambos supiéramos que eso no es cierto.

—Una persona sabia con un gusto cuestionable en cuanto a aperitivos me dijo una vez que, si algo es lo correcto, si está destinado a suceder, entonces vale la pena ceder un poco. No conozco todos los entresijos de vuestra relación, y no quiero excederme…

—No sería la primera vez que alguno de los dos lo hace —digo, pero no se ríe.

—Durante cinco años, más tiempo, en realidad, ya que estuvimos un tiempo sin ser felices antes de divorciarnos, fui demasiado orgulloso —continúa—. Estaba demasiado anclado en mis costumbres. Si me hubiera dado cuenta antes, quizá habríamos tardado menos en volver a estar juntos.

—O a lo mejor nunca os habríais separado.

Lo medita durante unos segundos.

—Quizá lo necesitábamos para aprender que era posible volver a ser un todo. —Hace una pausa—. Tal vez nada de esto es relevante. Tal vez vuestros problemas sean muy diferentes. Pero quería decírtelo por si acaso hay algo que tenga algún significado para ti.

—Gracias. Te lo agradezco —digo, deseando con todas mis fuerzas verlo como el rayo de esperanza que Seth pretendía que fuera.

—Bueno, eso es todo lo que he venido a decir. —Se pone en pie y se sacude los pantalones—. ¡Ah! Y creo que tienes una patata en el pelo.

* * *

—Tiene buen aspecto —dice la doctora al tiempo que señala mi radiografía en el ordenador—. No veo ninguna evidencia de fractura. Yo diría que estás curada.

—¿Completamente? —Estiro el brazo izquierdo y flexiono los dedos—. Todavía me duele un poco cuando me paso mucho tiempo escribiendo en el teclado, y no tengo tanta fuerza como en el brazo derecho.

—Puede que estés un tiempo más así —contesta—. Avísanos si empeora, pero en lo que a nosotros respecta, la fractura se ha curado muy bien. Estás como nueva.

Es extraño salir del centro médico sin otra cita en la agenda. Pero más extraño aún son las ganas que tengo de contárselo a Russell. Hay demasiadas cosas que quiero compartir con él, tanto importantes como insignificantes: que Javier consiguió a su chef, que mis pantalones de chándal SOLO BUENAS VIBRAS se han convertido en mi prenda favorita, que Seth estuvo *en mi casa* y que viví para contarlo.

Pero no es así.

Y después de un tiempo, incluso el más mínimo susurro de dolor se desvanece, y entonces es solo un recuerdo.

32

PRONÓSTICO:

Capas gruesas de niebla existencial empiezan a despejarse al final de la semana

Evitar a Russell se convierte en un juego, y si estuviéramos anotando los puntos, me gusta pensar que habría llegado a los campeonatos. Aparte de nuestros horarios casi opuestos, me he vuelto cautelosa, ya que llego a la cadena con la cara totalmente maquillada para no encontrármelo en el vestuario, hago la mayor parte de mi trabajo en el centro meteorológico y almuerzo en mi mesa o con Torrance.

Dos semanas después de los Juegos Olímpicos de Invierno, nos encontramos en la cocina. Yo estoy lavando mi taza y él ha entrado para servirse más café con su taza colgando del dedo índice. QUE VUELVAN, dice la taza, junto con el logotipo de los Seattle SuperSonics. La taza es tan Russell que hace que me duela el corazón.

—Lo siento. —Se separa de la cafetera, que está a metro y medio del fregadero—. ¿Querías…?

—No, adelante… —respondo, tropezando ambos con las palabras del otro. Me obligo a respirar hondo, cierro el grifo y me doy la vuelta, dejando que mis manos húmedas se agiten con torpeza a los costados—. Hola.

—Hola.

Incluso cuando nos hemos cruzado en la sala de redacción he hecho todo lo posible por no mirarle bien. Ha sido un borrón, un boceto, un cianotipo de una persona. Pero aquí, frente a mí, todos esos detalles que lo convierten en Russell me llenan los sentidos hasta el punto en el que pierdo fuerza en las rodillas.

Lleva una americana verde bosque y una camisa azul más clara que sus ojos, y la sombra de una barba incipiente le cubre la mandíbula. No tiene un aspecto increíble. No quiero agarrarle de las solapas, apretarme contra él y olerle el cuello. Eso significaría que no lo he superado, y tengo que superarlo. Como mínimo, tengo que estar en proceso.

De lo contrario, significaría que podría tener mi oscuridad y mi sol, y a pesar de todo lo que dijo Joanna y de todo lo que dijo Seth, quiero algo que me garantice que no va a huir cuando las cosas se pongan difíciles. Quiero algo que sé que no puede darme: certeza.

—Esto no tiene por qué ser incómodo —dice con suavidad.

—Creo que no recibí esa circular.

—Estaba en uno de los últimos carteles de Seth. Garamond, tamaño veinte. —Hace una mueca—. ¿Demasiado pronto?

La mueca que pongo es la misma que la suya, aunque estoy conteniéndome la risa.

—Puede que un poco.

—Pero… ¿te va bien? Te vi el viernes en *Halestorm*. Estuviste genial.

Intento no pensar en lo que significa que lo haya visto. Lo más probable es que solo signifique que trabaja aquí y que es algo difícil de ignorar, no que me echa de menos.

—Fue genial —contesto. Me ha saturado tanto los circuitos neuronales que en este momento ni siquiera recuerdo de qué hablamos Torrance y yo.

—Genial. —Al parecer, ninguno de los dos conoce otro adjetivo. Se dirige a la cafetera—. Solo voy a…

—Claro, por supuesto —digo, y durante unos benditos segundos, el sonido del molinillo de café oculta lo incómodos que nos sentimos. Una vez que se vuelve a quedar en silencio y Russell le da un sorbo al café, fuerzo una sonrisa—. ¿Y a ti te va bien?

La repentina pregunta debe de sobresaltarle, porque se salta el siguiente sorbo y se le derrama el líquido en la camisa.

Alcanzo papel de cocina y lo paso por el grifo antes de acercarme a él.

—Espero que no esté demasiado caliente. Tienes que salir ante la cámara más tarde, ¿verdad?

—No pasa nada, no pasa nada. Por eso siempre tengo camisas de repuesto. —Aspira un poco de aire mientras le doy pequeños toques en el pecho con el papel—. Puedo, esto…, encargarme yo.

—Claro. Sí. —Le paso el papel de cocina con cuidado de no dejar que las yemas de mis dedos rocen los suyos. Retrocedo unos pasos hasta chocar con la encimera—. Que vaya bien el programa. Siento lo de tu camisa.

—Gracias. —Está a medio camino de la puerta cuando añade—: ¿Ari?

Me doy la vuelta.

—¿Sí?

—No estoy enfadado contigo —dice, y espero no estar imaginándome la dulzura que tiene escrita en su expresión—. Solo quería que lo supieras.

* * *

Esa tarde me enfrento al tráfico de la hora punta para quedar con mi madre en el centro comercial al aire libre de Redmond.

No eres la única persona que piensa que es raro que haya un centro comercial al aire libre en un lugar que está nublado el ochenta por ciento del año; todos los que viven en Redmond piensan lo mismo. Yo no me acuerdo de cuándo construyeron Redmond Town Center, pero mi madre sí, y cada vez que íbamos allí de niños, negaba con la cabeza mientras aparcábamos y murmuraba: *No sé en qué estaban pensando*.

Mi madre ya está en la cafetería en la que hemos quedado, un lugar con sillas cómodas, dulces enormes y música folclórica de fondo. Pido un *muffin* de arándanos y me siento junto a ella en un rincón, bajo unas acuarelas del noroeste del Pacífico que vende un artista local.

—¿Qué tal el trabajo? —me pregunta. Va vestida de manera informal, con unos pantalones negros ajustados y una blusa coral con péplum. Lleva el pelo suelto y ondulado, y todavía no se ha teñido las canas. Me pregunto si lo hará—. Es extraño preguntarte eso después de haberte visto en la tele. Siempre pensé que acabaría acostumbrándome, pero no, sigue siendo surrealista poner el canal seis y ver tu cara.

—¿Sigues viéndome?

—Casi todos los días —responde, y a lo mejor no debería sorprenderme, pero lo hace.

Le cuento más sobre la reciente reorganización, sobre Torrance y sobre mi pupila antes de hacerle la misma pregunta. Nunca dejará de ser un poco extraño: mi madre y yo, dos adultas hablando de nuestros trabajos.

—De hecho, estoy pensando en jubilarme en un par de años —me cuenta—, lo cual es emocionante. No sabía que sería una posibilidad tan pronto.

—¿Jubilarte? ¡Vaya! —Mi madre tiene casi sesenta años, pero no me la imagino jubilada. Tal vez porque esa determinada lente a través de la cual la he mirado siempre no encaja con la jubilación.

Porque ahora, como es lógico, mi mente no deja de pensar en lo que hará con todo ese tiempo libre. Si tendrá suficiente para mantenerse ocupada o si caerá en uno de sus viejos patrones.

—Hay uno en mi departamento que lleva allí tanto tiempo como yo, y últimamente hemos hablado mucho de ello.

Si habrá otro hombre que la hunda.

—Hablado —repito, y frunce el ceño al entender a lo que me refiero.

—Creo que quiero tomármelo con calma. No estoy precisamente deseando tener algo serio. Hace tiempo que estoy soltera —reflexiona—. Es agradable, más agradable de lo que esperaba, si te soy sincera, tener que preocuparme solo de mí misma.

—Eso está bien. Me alegro mucho. —Arranco un trozo de *muffin*, todavía con la sensación de que solo estamos rozando la superficie de lo que quiero discutir. Tengo que lanzarme; me arrepentiré como no lo haga—. ¿Y te encuentras bien? Si se puede preguntar.

Se queda callada mientras extrae un trozo de chocolate. Aparentemente, nos resulta más fácil conversar si tenemos productos horneados de por medio. Porque esto es otra cosa que mi yo más joven no habría creído que haría como adulta: hablar con mi madre sobre nuestra salud mental.

—Algunos de los medicamentos tenían efectos secundarios duros al principio —dice, sin hacer contacto visual—. Eso era algo que me preocupaba. Les dije a los médicos que iría a terapia, pero nada de medicamentos. Quería seguir sintiéndome yo misma, ¿sabes?

Me da un vuelco el corazón.

—¡Oh!

Sin embargo, sacude la cabeza, y cuando sus ojos oscuros se encuentran con los míos, tienen impresa una convicción que no había visto nunca antes.

—La psicóloga con la que hablé fue increíble. Y tuve tiempo de investigar un poco y, bueno, los medicamentos que se venden hoy en día son muy diferentes de los que oí hablar cuando era pequeña. Pensaba que me iban a dejar completamente adormecida. Que no iba a sentir nada en absoluto. Siempre pensé que era mejor sentir demasiado que no sentir nada. Pero tenía muchas ganas de estar mejor, Ari. Estaba aterrada, pero acepté probar la medicación.

—Mamá. E-Estoy orgullosa de ti. —Las palabras son frágiles, delicadas. No estoy segura de haberlas pronunciado en voz alta. De si se me permite estar orgullosa de ella.

—Por eso estuve tanto tiempo allí. Querían asegurarse de tener los medicamentos adecuados y la dosis correcta. Pero ahora que mi cuerpo se ha acostumbrado a ellos… no estoy segura de poder expresar lo mucho que me han ayudado. No es una solución instantánea, lo sé, pero…, bueno, ya sabes. —Le da un bocado al *muffin* antes de seguir hablando—. Ojalá hubiera empezado con ellos mucho antes.

Dejo que esa confesión penda entre nosotras, procesándolo. Todas las cosas que nunca he dicho me golpean el interior del cerebro. Todas las cosas que solía querer de ella.

—Sí. Ya somos dos.

—Ari —empieza, pero no he terminado.

—Me alegro de que hayas conseguido ayuda —continúo, y me toco el pequeño rayo que tengo alrededor del cuello para que me dé valor—. De verdad. Y sé que es algo muy personal. Un viaje personal. Pero últimamente me he preguntado… ¿por qué ahora? ¿Qué ha hecho que este momento sea *el momento*, en lugar de cuando Alex y yo éramos niños? Porque a veces hace que me sienta como si no hubiéramos sido suficientes para ti.

Observo cómo lo asimila, cómo junta sus cejas rubias oscuras y abre la boca antes de cerrarla, como si se estuviera pensando con cuidado lo que quiere decir. Luego, coloca la mano sobre la mía y me da un apretón.

—Arielle. Ari. Llevo preguntándomelo todos los días desde que salí del hospital. Me gustaría poder responder a esa pregunta para que fuera mínimamente satisfactoria. —Me pasa el pulgar por los nudillos—. No sé por qué he tardado tanto. Tal vez fue porque encontré a la psicóloga adecuada, a la que sigo viendo. Tal vez fue porque sentí que había un grupo completo de personas que se preocupaba por mí y que quería que me pusiera bien. No sé por qué tardé tanto en llegar a ese punto tan horrible en el que estuve antes de ingresar en el hospital, y lo siento muchísimo.

»Llega un momento en el que te enfrentas a algo el tiempo suficiente como para que se convierta en una parte intrínseca de ti y seas incapaz de imaginarte sin eso. Lo aceptas, tal vez porque crees que te lo mereces, pero también porque tienes miedo de que, si intentas cambiarlo, no funcione. Es más fácil vivir en ese lugar sombrío, porque no sabes quién eres fuera de él, y te da miedo esforzarte tanto sin que te garanticen cierto resultado.

—Sabías que yo recibí ayuda. Sabías que funcionó.

—Sí —contesta—. Y ahora me alegro aún más de que te dieras cuenta mucho antes que yo. Lo siento… si te defraudé al no conseguir ayuda antes. —En ese momento, su voz titubea y retira la mano, y parece que casi se pliega sobre sí misma. Nunca he visto a mi madre parecer tan pequeña como en este momento, y es extremadamente impactante—. No estoy intentando que sientas pena por mí. Intento darte una explicación, no una excusa.

—Ser una persona es difícil —me limito a decir.

—Más que difícil —coincide. Acto seguido, vuelve a mirarme y el peso de su mirada me clava en la silla—. Alex y tú erais suficiente. Creo que… Creo que el problema era que *yo* no lo era.

No sé cuántas veces puede rompérseme el corazón en el transcurso de una sola conversación.

—Mamá, *no* —digo, aunque hubo momentos en los que pensé lo mismo. Momentos que ahora sé que deformó mi depresión. Que era mi cerebro librando una guerra contra mí misma.

—No sé cómo, pero tuve la suerte de que Alex y tú os convirtierais en personas increíbles. Los dos tenéis trabajos que os gustan, trabajos en los que sois geniales. Javier y los mellizos no podrían ser más dulces. ¿Y tal vez Russell y tú? ¿Se está convirtiendo en algo serio?

—En realidad, ahora mismo no hay nada —confieso en voz baja—. Llevo un tiempo teniendo ciertas ideas distorsionadas en cuanto a las relaciones. Papá nunca fue capaz de lidiar con nosotros y…

—Alto ahí. —Su voz es firme, más firme de lo que he escuchado en años—. Tu padre era un ejemplo lamentable de ser humano. No pudo lidiar conmigo, vale. ¿Pero desaparecer de tu vida y de la de Alex? No hay mundo en el que eso estuviera bien.

Hago una pausa para meditarlo. Cuando pienso en el abandono de mi padre, siempre lo enmarco en términos de mi madre. Se deshizo de los tres porque *ella* era demasiado. Eso es lo que siempre he creído.

Pero la verdad es que fue él quien decidió dejarnos.

Mi madre es la que eligió quedarse.

—Supongo… que era más fácil culparte a ti. —Me resulta casi imposible que mis labios articulen las palabras, pero sigo adelante—. Porque tú eras la que estaba ahí. Y desde entonces… nunca he sido sincera con las personas con las que he salido. Sentía que no podía ser cien por cien yo, que tenía que ocultar las partes menos atractivas. Hasta ahora, y entonces empecé a temer ser demasiado sincera.

—¿Es eso lo que pasó con Russell?

—No solo con Russell. Con mi compromiso también. *—Y prácticamente con todas las personas antes de eso*, pienso, pero no lo digo. Me estoy dando cuenta de que no es correcto atribuirle mis problemas a ella. Incluso si es ahí donde empezaron, ahora tengo el control. El sol y la oscuridad y todo lo que hay en medio. Esa es la auténtica razón por la que mis relaciones no han funcionado: porque solo daba una parte de mí—. Pero está mejorando. Sigo comprendiéndolo todo.

Y espero tener razón.

—Lo siento mucho —vuelve a decir, y las arrugas de su rostro esconden su propio sufrimiento—. Ojalá hubiéramos tenido esta conversación hace tiempo, pero voy a arriesgarme a decir que no creo que hubiera estado preparada. Pero ahora que estamos aquí, quiero formar parte de tu vida, Ari. Quiero que seamos capaces de hablar de estas cosas, incluso cuando sea difícil. ¿Crees que podríamos empezar de nuevo?

Niego con la cabeza.

—Estoy bastante segura de que ese barco ya ha zarpado. Pero… podríamos tener algo nuevo. Podríamos hacerlo mejor a partir de ahora.

Puede que no estemos cotilleando y bebiendo mimosas durante el *brunch*, pero es *real*.

Deja caer la mano sobre mi rodilla, y estoy aprendiendo que soy alguien que disfruta mucho del consuelo de su madre. Incluso a los veintisiete años.

—Me encantaría, Ari. De verdad.

и и и

Hay una invitación esperándome en casa. En la parte delantera, con letras estilo marquesina, tiene escrito «Queda cordialmente invitada al bat mitzvá de Elodie Watson-Barringer».

Al principio asumo que Russell debe de haberla enviado antes de la ruptura, pero le doy la vuelta y encuentro la letra cursiva, confiada y con florituras de alguien de doce años.

Querida Ari:

Como ya sabes, este último año he estado preparándome para mi bat mitzvá. Y aunque puede que no sea tan emocionante como el estreno de un musical de Broadway, estoy emocionada, y solo parte de eso es por los regalos y la fiesta de después.

Quería darte las gracias. Otra vez. Por... ya sabes. Y también quería decirte que me encantaría que vinieras a ver cómo me Convierto En Una Mujer, si puedes.

No estoy del todo segura de lo que pasó entre mi padre y tú, pero nunca le he visto más feliz que cuando está contigo. No había estado nunca TAN ENTUSIASMADO por ir a trabajar. En plan, sí, siempre le han encantado los deportes, pero tardaba más en arreglarse por las mañanas. A veces incluso me pedía mi opinión sobre la ropa que llevaba. Era adorable y vergonzoso a la vez, lo que supongo que describe a mi padre bastante bien.

Así que, aunque él no te haya dicho nada al respecto, creo que le encantaría que tú también vinieras.

Elodie

La leo un par de veces más mientras asimilo las palabras.

Desde que rompimos, me he esforzado por convencerme de que Russell no se merecía mis secretos. Ha sido más fácil que permitirme considerar la alternativa: que me asusta lo mucho que se lo merecía.

Le he entregado más de lo que le he entregado a nadie, y puede que merezca la pena arriesgar aún más. A pesar de que no pueda darme una garantía porque, a decir verdad, nadie puede. Cada vez que le he dejado entrar, me ha sorprendido siendo bueno, comprensivo y todas esas maravillosas cualidades que tiene Russell y que he llegado a amar. Y no puedo negar lo *bien* que sienta, lo liberador que es no llevar una máscara.

He asumido que cualquiera que se acerque tanto acabaría encontrando una razón para irse tarde o temprano. Que mis problemas y mi pasado los alejarían. Pero lo que sucedió no fue eso, sino que lo obligué a alejarse sucumbiendo a mis peores temores. Ninguno de los dos tiene un pasado sencillo, como dijo Joanna. El motivo nunca fue que yo era demasiado para él.

De hecho, se ha esforzado por demostrar lo contrario. *Me gusta más la versión real*, dijo. ¿Cómo me he permitido olvidar eso tan rápidamente?

Pego la invitación en la nevera con un imán de *Halestorm* y luego, con una determinación nueva y una Torrance de dibujos animados velándome, abro el joyero y me pongo a trabajar.

33

PRONÓSTICO:

Parcialmente soleado con probabilidad de un coraje extraordinario

La sinagoga es nueva para mí, un edificio precioso situado en el exclusivo barrio Madison Park de Seattle, y me complace ver que tiene paneles solares. Al instante me acuerdo de lo que más me gusta del templo: cómo todo el mundo parece alegrarse de verte, aunque no te conozca.

—*Shabat shalom* —me saluda alegremente el guardia de seguridad que hay en la puerta.

—*Shabat shalom*. —Enderezo el broche de nubes de lluvia de mi modesto vestido color ciruela y deposito un pequeño joyero en la mesa de regalos que hay en el interior.

—¿Ari Abrams, meteoróloga del canal seis? ¿En el bat mitzvá de mi hija? —inquiere una voz conocida, y Liv se precipita hacia mí, con un elegante traje negro con falda y con el pelo corto recogido—. ¡Me alegro de verte!

—Me alegré mucho cuando recibí la invitación de Elodie —digo mientras me abraza, algo que no esperaba en absoluto—. ¿Cómo te sientes?

—Como si se me fuera a salir el corazón por la boca. —Alarga la mano para que vea cómo tiembla—. Como es lógico, El está fresca como una lechuga. Mucha formación teatral.

—Va a estar espectacular —le aseguro, intentando actuar como si fuera perfectamente normal mantener esta conversación con la exnovia de mi exnovio, la madre de la chica que me invitó a su bat mitzvá.

—Sí, pero ¿lo estaré yo?

Me río con ella y luego saludo a su marido, Perry, que me presenta a Clementine, una niña de nueve meses, de mejillas regordetas, con la cabeza llena de pelo oscuro y con unas manos diminutas que se acercan a la mesa de los regalos.

—Está claro que sabe cuáles son sus prioridades —dice Perry antes de que él y Liv se excusen para saludar a más invitados.

Me siento por el fondo del santuario, detrás de un grupo de niñas preadolescentes que supongo que son las amigas del teatro de Elodie. Cada vez que entra alguien, me giro en busca de Russell, aunque no quiero abordarle así. Es un día importante para él, para Liv, para su hija. No se trata de nosotros dos.

¡Dios! ¿Y si piensa que me estoy entrometiendo? ¿Que me estoy excediendo?

Justo cuando estoy sumida en una espiral de dudas, Russell aparece en la puerta. Tiene un aspecto, bueno… Tiene un aspecto elegante y perfecto, porque el universo es injusto. Traje de espiga, zapatos estilo *oxford* pulidos, el cabello castaño claro ondulado. Contengo la respiración mientras se abre paso por el pasillo, y nuestras miradas se encuentran durante un breve momento, lo que hace que me lance una mirada inquisitiva. Alzo las cejas un par de veces en un intento por comunicarle que su hija me ha invitado, pero no estoy segura de que haya captado el mensaje.

Por suerte, el oficio comienza poco después y el rabino presenta a Elodie, la única bat mitzvá de hoy, a la congregación.

En la Bimah, Elodie lleva un vestido de tafetán color lavanda y el pelo rizado por encima de los hombros. Me doy cuenta de que está algo nerviosa al principio, pero luego se repone. No debería sorprenderme, dada su afición a la actuación. Es *cautivadora*, pronunciando las palabras hebreas como si fuera música.

La parte de los bar y bat mitzvás que siempre me pone sentimental es cuando los padres dan sus discursos. Es raro que no lloren, lo que me hace llorar a mí. Sí, me encantó la fiesta, los regalos y el baile en mi bat mitzvá, pero más que eso, fue especial escuchar a mi madre hablar de mi amor por la meteorología. Cómo le sorprendería que no me acabara convirtiendo en la próxima Torrance Hale.

Una vez más, me resulta impactante cómo mi cerebro me ocultó todos esos buenos recuerdos cuando había muchos entre los que elegir.

Liv es la primera en hablar, con la promesa de que no le hará pasar mucha vergüenza a Elodie, y enseguida empieza a sollozar antes de ponerse a contar la historia de una actuación en solitario que Elodie hizo para su familia.

—Fue divertidísimo y conmovedor y rebosaba una sabiduría que no sabía que una niña de nueve años pudiera tener

—dice—. Fue entonces cuando me di cuenta por primera vez de que Elodie era una persona increíble que algún día sería más inteligente que yo. Y puede que ya lo sea.

Cuando le toca a Russell ponerse delante de la congregación, se saca un papel arrugado del bolsillo de la chaqueta.

—He escrito algunas notas —empieza—. Pero espero que a Elodie no le importe que me salga del guion. Es una broma de teatro, solo para ella.

Elodie gime, pero sonríe, con los ojos brillantes.

—Esto va a hacer que gima aún más, pero, El, ser tu padre es lo mejor que me ha pasado en la vida. Sé que no te gusta el álbum (sí, todos los recuerdos que recaude de hoy van a acabar ahí, que no te quepa la menor duda), y una parte de mí está agradecida de que no lo hayas tirado a la chimenea todavía, pero verte crecer ha sido más que asombroso.

Con un movimiento rápido pero tembloroso, se quita las gafas para pasarse una mano por la cara y, cuando se las vuelve a poner, están un poco torcidas. Luego traga saliva, como si estuviera intentando mantener las emociones a raya, pero si algo sé de Russell es que no va a ser capaz de contenerlas mucho tiempo.

—Y aunque hoy te conviertas en bat mitzvá —dice con la voz cargada de emoción—, vas a seguir creciendo. Estoy deseando ver todo lo que vas a vivir. Quiero que cantes en un escenario más grande de lo que te puedas imaginar ante un público lleno de gente que te adora. Y yo quiero estar sentado en primera fila, siendo el que anima más fuerte.

Busco en mi bolso un paquete de pañuelos.

Russell Barringer es un hombre dulce e increíblemente amable, y me sentí más que afortunada de tenerlo en mi vida.

Aunque hable en pasado.

* * *

—¡*Mazel tov*! —exclamo, rodeando a Elodie para abrazarla—. Has estado *fenomenal*. No me había divertido tanto en un bar o bat mitzá desde… Bueno, nunca.

—Perfecto. Justo lo que quería: arruinar todos los futuros bat mitzvás.

La fiesta, que se celebra en el Jewish Community Center, junto a la sinagoga, está ambientada en Broadway: cortinas rojas, una marquesina que dice MAZEL TOV, «fotos del reparto» de Elodie y sus amigos colgadas por la sala. Incluso hay una imitación de las votaciones de los premios Tony cerca del bufé, en las que pueden nominar a los mejores diseños de vestuario, bailarines y cantantes de la noche.

Russell se acerca desde un extremo del bufé, donde ha estado charlando con los padres de algunos amigos de Elodie.

Ya está. Puedo hacerlo.

—Hola. —Debo de haberme olvidado de repente cómo actuar como un ser humano, porque sea cual sea el movimiento incómodo que estoy haciendo con la mano, está claro que *no* es un saludo. Tal vez no pueda hacerlo—. ¡*Mazel tov*!

—Ari, no sabía que ibas a estar aquí. En plan, no pasa nada si estás aquí, es solo que… me ha pillado por sorpresa.

Elodie agita los dedos, pintados del mismo color lavanda que su vestido.

—Puede que yo haya tenido algo que ver con eso.

—¡Ah! —Con timidez, Russell mete las manos en los bolsillos. Puede que ver de cerca a Russell Barringer con ropa formal sea demasiado para mi cerebro.

—Lo que mi queridísimo padre está tratando de decir es que se alegra de que hayas venido. —Le alza las cejas con la menor sutileza del mundo—. Y creo que seguro que gana a mejor discurso. ¡Uh! ¡Mi canción! —Elodie se lleva una mano a la oreja en un movimiento exagerado—. Os dejo solos.

Mientras se aleja para bailar con sus amigos, Russell niega con la cabeza.

—Nos ha tendido una trampa —dice sin hacer contacto visual conmigo—. No me lo creo.

—¿De tal palo, tal astilla?

—Supongo que sí. Y yo que pensaba que ya se había acabado eso de que la gente se entrometiera en las relaciones.

—El emparejamiento es una tradición antigua. Hasta es una tradición judía. —Como si lo necesitara para mantenerme en pie, me agarro al borde de la cortina roja que hay detrás de mí y jugueteo con la tela—. Entiendo perfectamente si no quieres que esté aquí. Puedo irme si…

—No —interrumpe con la voz suave, y por fin me mira a los ojos. Me calienta hasta los pies—. Quédate. Quiero que te quedes.

Intento luchar contra la sonrisa que amenaza con aparecer en mi rostro.

—Vale. Me quedo.

—Por cierto, no tenías por qué comprarle nada.

—Quería hacerlo. —Le hablo de los colgantes que encontré en Etsy y que eran los pendientes perfectos: uno que dice DERECHA DEL ESCENARIO y otro que dice IZQUIERDA DEL ESCENARIO.

—Le van a encantar. Gracias —dice—. Y… gracias por venir. No estoy seguro de haberlo dicho ya. —La sala se ha convertido en una fiesta para preadolescentes en la que los adultos mueven la cabeza al ritmo de una música que la mayoría no reconoce—. Podríamos hablar en algún lugar donde no esté sonando *My Shot*, si te parece.

—¿No es la música de fondo ideal para todas las conversaciones serias?

Suelta una risa suave, lo que hace que me dé un vuelco el corazón. *Tenemos una oportunidad.* Solo espero ser lo bastante valiente como para contarle todo a lo que he estado dándole vueltas en la cabeza durante las últimas semanas.

Después de que Russell hable con Liv, nos vamos del vestíbulo, lejos de la música, pasamos el guardarropa y salimos al exterior. Está atardeciendo, y en el lago Washington los navegantes aprovechan un día de abril poco común que se parece un poco al verano y en el que se ha alcanzado una temperatura máxima de veinte grados. Ni siquiera me quejé de ello cuando di el pronóstico esta semana. Sin embargo, ahora que el sol se ha puesto, me arrepiento de haberme dejado el jersey en el coche.

—Lo ha hecho genial —digo mientras rodeamos el edificio del Jewish Community Center y nos acomodamos contra la pared de su gimnasio—. Tiene un talento innato.

—No sabía que podía estar tan orgulloso de ella. Es surrealista. —Se queda callado un momento, y luego añade—: ¿Tienes frío?

Me encojo de hombros, ya que no quiero que sea demasiado obvio. Sin embargo, me deleito con su calor y su olor cuando me cubre los hombros con su chaqueta de espiga, procurando no despeinarme.

—Esta no la había visto antes. Me gusta.

—Gracias —contesto—. Tenía que sacar algo especial para la ocasión.

Por mucho que me gusten sus chaquetas, tenemos que dejar la charla trivial atrás.

—Hace poco se me ha ocurrido algo —empiezo—. Y es que he sido una idiota integral.

La franqueza con la que hago esa declaración suaviza parte de la incomodidad que pesa entre nosotros, y Russell me dedica una media sonrisa. Es leve, pero ¡madre mía, cómo la he echado de menos!

—Bueno. Yo no diría tanto. Y para ser justos, yo también he sido un poco idiota.

Aprieto los hombros contra los ladrillos.

—Sigo pensando en lo que pasó después de que Torrance y Seth lo descubrieran, intentando averiguar por qué me afectó de esa manera. Por qué sentí que nuestra relación estaba condenada al fracaso. Y creo que estaba buscando una salida. Una razón para que no funcionara. —Le pregunté a Joanna por qué me saboteé a mí misma, y ahora está más claro que el día más despejado del mundo—. Estaba tan convencida de que romperías conmigo porque no era quien querías que fuera que decidí hacerlo yo antes de que lo hicieras tú. Porque pensaba que así dolería menos.

—¿Ha funcionado?

—No. Ha sido la ruptura más dolorosa que he tenido en mi puta vida. —Quiero que no le quepa la menor duda de que hacerlo fue un error—. Sabes que no estoy acostumbrada a abrirme tanto. A ser tan vulnerable. Y… no supe cómo gestionarlo cuando Torrance y Seth nos dijeron lo que habían hecho —explico—. Pero, en realidad, ese no era el problema. Creo que habríamos acabado juntos de una forma u otra. No hicieron nada que manipulara nuestros sentimientos. Empecé a sentir algo por ti mucho antes de que intervinieran. —¡Dios!

Parece que hace mucho tiempo de eso—. ¿Cuando estuvimos bailando *swing*? Eso fue una tortura. Y antes de eso, en el bar después de la fiesta… seguía pensando que eras guapo.

Y a pesar de que nos hemos acostado, a pesar de que sabe que para mí es adorable, muy atractivo e increíblemente fantástico, se sonroja cuando digo eso. Me destroza por completo.

—Deben de haber sido las chaquetas.

—Sin duda.

Se mueve para apoyar un hombro contra la pared y poder mirarme.

—Hace tiempo que quería hablar contigo, hablar de verdad, no como lo que pasó en la cocina. Pero no quería presionarte si no estabas preparada —empieza—. Lo siento mucho. Todo lo que pasó el día de la nieve… Yo también podría haberlo gestionado mejor. Ojalá no te hubiera dicho eso. Lo de que no estabas actuando como tú misma. Le he dado miles de vueltas en la cabeza y se me han ocurrido más de cien cosas mejores que decir. No puedo creerme que dijera algo tan inapropiado.

—Lo entiendo. Y te perdono —digo—. Yo también lo siento. Siento haber tardado tanto en decirte que lo siento y siento haberme derrumbado cuando se enteraron.

—No tienes que disculparte por eso —contesta mientras se acerca—. Hablaba en serio cuando te dije que quería que lo resolviéramos juntos. Sigo queriendo. Y puede que cometamos errores durante un tiempo, pero eso no significa que vaya a dejar de intentarlo.

—Ahora lo sé. —Si no estuviera ya enamorada de él, su sinceridad habría hecho que estuviera cerca—. Gracias. Por darme ese tiempo. Y… Y por dejarme volver.

Sus ojos son todo calidez y dulzura y mil otras cosas buenas. Es ridículo que llegara a preguntarme si estaba enamorada de él cuando ahora sé que me enamoré hace muchísimo tiempo.

—Como no pueda abrazarte ahora mismo —dice con la voz temblorosa—, puede que me vuelva loco.

Eso es lo único que hace falta para que todas las emociones reprimidas salgan a la superficie, y de repente estoy luchando por contener las lágrimas.

—¡Dios! Por favor. Por favor, abrázame. —Y, antes de que pueda hacerlo él, le rodeo el cuello con los brazos, inhalando el aroma a bosque y a cítricos de Russell, y me pongo de puntillas para darle un beso en la oreja.

Me abraza con fuerza, con firmeza, porque Russell siempre está seguro de sí mismo. Seguro de *nosotros*.

—La verdad es que —digo contra su pecho, con sus brazos en mi cintura— me encanta que no tenga que actuar cuando estoy contigo. Todavía soy un poco cerrada con otras personas, aunque también estoy intentando mejorar eso. Pero cuando estoy contigo, siempre ha sido algo natural. Has visto todo de mí, y eso es *aterrador*. Pero arriesgarse… merece muchísimo la pena.

Me da un beso en la frente y me acerca el pulgar para limpiar una lágrima antes de que caiga.

—Durante mucho tiempo… he pensado que no me merecía que me quisieran. —La última parte de la frase sale en un susurro, porque no estoy segura de haber sabido que me sentía así hasta que lo he dicho en voz alta. Pero Russ no se inmuta—. No pensaba que fueras a querer estar conmigo si no era siempre la mejor versión de Ari Abrams. No pensaba que fueras a querer estar con la persona con problemas. La persona que no siempre era feliz.

—Ari —dice, y su voz es una vibración contra mi garganta—, todavía estoy intentando entender por qué querías estar tú *conmigo*.

—Porque eres el mejor —me limito a decir, y me encanta cómo eso hace que le brille más la mirada.

—Lo decía en serio cuando te lo dije. Quiero estar con todas tus versiones. —La punta de un dedo se posa en el centro de mi labio inferior—. Quiero a todas tus versiones.

Acto seguido, su boca está sobre la mía y mis manos están en su pelo y es imposible que estemos tan cerca como me gustaría. Con cada roce, caricia y respiración, le digo lo que siento por él hasta que mis palabras vuelven a mí.

—Yo también te quiero —digo cuando nos separamos y él me abraza de nuevo contra su pecho—. ¡Dios! Es insoportable lo mucho que te he echado de menos.

—Gracias.

—¿Por… echarte de menos? Porque de nada.

Se ríe y me da un suave empujón en el brazo antes de darme un beso en la frente.

—Por confiar en mí.

Epílogo

PRONÓSTICO:

*Un día de verano típico,
ni una nube en el cielo*

—¿Qué tal estoy? —pregunta Torrance mientras abre la puerta del vestuario—. Y no me mientas.

Me senté a su lado mientras un maquillador se encargaba de su rostro y estuve con ella cuando compró el vestido, pero nada podría haberme preparado para el efecto completo de Torrance Hale el día de su (segunda) boda.

Está radiante.

—Como una diosa del sol, poderosa y preciosísima —respondo.

Su vestido largo hasta el suelo y de color crema está acentuado con encaje dorado en el escote y a lo largo de la falda, y en lugar de un velo, llevaba girasoles entretejidos en el pelo. Ha cambiado su rojo habitual por un pintalabios *nude* con brillo, y el resto del maquillaje es ligero y discreto.

Cuando se gira, su collar capta la luz: un medallón de sol con piedras preciosas que le hice el mes pasado.

Llevo una versión más pequeña de ese collar junto con el vestido de dama de honor, un vestido dorado de un solo hombro que me llega justo por debajo de las rodillas y que me gusta más que cualquier otra prenda que haya tenido en mi vida.

Torrance y Seth llevan saliendo oficialmente casi un año y medio. Todas nuestras citas dobles, de las cuales hemos tenido muchas, han estado exentas de dramas, excepto cuando Russ y yo los llevamos a jugar al *hockey* de aire y se pusieron tan competitivos que asustaron a un grupo de niños que estaban esperando su turno. No querían volver a precipitarse, y no fue hasta hace unos meses que Torrance le propuso matrimonio durante *Halestorm*. No había ni un ojo seco en el estudio cuando Seth corrió hacia la cámara, gritó su respuesta y la besó con tanta pasión que tuvimos que pasar a publicidad.

La mayoría de los lugares estaban reservados para esa temporada, pero debido al estatus de celebridad local de Torrance, consiguieron su parque favorito, Golden Gardens, para el 28 de julio. El aniversario de su primera cita. Y así, el dorado y el blanco se convirtieron en los colores de la boda, y yo me convertí en la dama de honor de Torrance.

Torrance me hace señas para que entre en el vestuario y le recoloque el único mechón de pelo que no le queda como quiere, y luego me ayuda a meter un girasol en mi pelo, el cual me he dejado suelto y ondulado.

—¿Crees que estoy tomando la decisión correcta? —me pregunta mientras me mira a los ojos en el espejo. Es cierto, está más impresionante de lo que cualquier ser humano debería tener derecho a estar, pero al vernos a las dos, no puedo creerme que antes quisiera ser como ella.

Ser su amiga es mucho mejor.

—¿Al casarte con tu exmarido? —inquiero—. Sí. Creo que ya es hora de que tomes el control de la situación.

Se ríe, sacudiendo la cabeza.

—Si mi yo de hace cinco años pudiera verme ahora… me soltaría alguna que otra cosa, seguro.

—Ahí reside el beneficio del crecimiento.

—Igual deberías ser tú mi mentora.

A veces es difícil asimilar cómo ha cambiado el trabajo. En la sala de redacción hay una calma que me obligo a no dar por sentada. No estoy acostumbrada y, francamente, no quiero estarlo nunca. No quiero olvidarme de lo difícil que fue llegar hasta aquí. Puede que algún día empiece a buscar un puesto en una cadena más grande, pero por ahora estoy más contenta de lo que me imaginaba que podría llegar a estar. La pura verdad es que no hay que fingir ni que forzar los rayos de esperanza.

Mientras Torrance se prepara para caminar por el pasillo dispuesto en la playa y entre hileras de sillas blancas con cintas doradas, le ajusto a Russ el *boutonniere* de girasol, el cual resalta sobre su esmoquin gris claro. Es un crimen cómo sus ojos azules hacen juego con el cielo del verano.

—Estás increíble —me dice al oído mientras entrelazo mi brazo con el suyo, y lo que sí que es increíble es que me siga haciendo temblar después de todo este tiempo.

Los invitados son un pequeño grupo de familiares y amigos, incluyendo los hermanos de Seth, su amigo Walt y un puñado de compañeros de trabajo. Patrick es el padrino de Seth y Roxanne ayuda a su hija de un año y medio, Penny, a esparcir pétalos de rosa amarillo pálido por el pasillo. Me sorprende darme cuenta de que conozco a la mayoría de las personas presentes. De que nos hemos convertido en nuestra propia familia como nunca pensé que haríamos.

—Ya podéis besaros —dice el oficiante, y vitoreamos cuando Seth dobla a Torrance hacia atrás con dramatismo.

La recepción tiene lugar bajo una carpa blanca situada a pocos pasos de la orilla, con girasoles en todas las mesas.

—Mientras no tenga que regarlos… —me dijo Torrance cuando la encargada de planear la boda estaba organizándola. La comida es excelente y la música, extraña. No esperaba menos de los Hale.

Cuando llega el momento de los brindis, Patrick y Roxanne cuentan una historia sobre la noche en la que nació Penny.

—Ahí fue cuando me di cuenta de que existía la posibilidad de que mis padres estuvieran enamorados como dos tortolitos —cuenta Patrick, lo que provoca muchas risas.

La madre de Seth habla de la primera vez que conoció a Torrance y de cómo supo al momento lo enamorado que estaba su hijo, y yo hablo de cómo crecí viéndola en la televisión.

—Tenemos un brindis más —dice Seth después de que le devuelva el micrófono, mirando fijamente a Russ.

Alzo las cejas en dirección a Russ. No me dijo que iba a hacer un brindis, pero ahí está, aceptando el micrófono de Seth y dirigiéndose al centro de la carpa.

—Buenas tardes —saluda contra el micrófono, tan serio como si estuviera informando desde el interior de un estadio—. Creo que la mayoría sabéis que Seth y yo nos hemos vuelto íntimos durante el último año…, pero lo que quizá no sepáis es que todo empezó haciendo un poco de casamentero.

Algunos de los invitados intercambian murmullos confusos, pero al otro lado de la mesa, Torrance y Seth parecen divertidos. Está claro que Russ pidió permiso para hacer esto.

—Más concretamente —continúa—, empezó una noche de borrachera en el bar de un hotel con mi novia, Ari. —Sus ojos se posan en mí—. Queríamos mejorar el ambiente de trabajo, pero ella estaba convencida de que todavía había una chispa entre nuestros jefes. Y así empezó nuestra conspiración.

—¿Tú sabías algo? —le pregunta Chris Torres a Avery Mitchell en la mesa de al lado, y ella niega con la cabeza. Incluso Kyla Sutherland, nuestra mejor periodista de investigación, parece sorprendida.

—Hubo una tarta de zanahoria que compramos porque eran los únicos a los que les gustaba la tarta de zanahoria. Una suculenta que enviamos a Torrance sin tarjeta, porque queríamos que pensara que se la había enviado Seth. Un montaje improvisado para bailar *swing*, durante el cual Ari y yo aprendimos a bailar, y yo sudé tanto que estaba seguro de que perdería cualquier interés que pudiera tener en mí.

Se oyen unas cuantas risas.

—Luego hubo un masaje en pareja. Y una cena en un crucero. Pero en medio de todo eso, mientras Torrance y Seth se volvían a enamorar… Yo también me enamoré. De la chica brillante y magnética que está sentada aquí.

Noto cómo ardo más que el sol de Seattle.

—Ha sido un buen año —continúa Russ—, ¿verdad? Sería muy incómodo que no estuvieras de acuerdo conmigo.

Sí, articulo con la boca, sonriendo.

—Cuando Torrance le pidió matrimonio, ambos estábamos que no cabíamos en nosotros de la alegría. Ella y Seth hacen una pareja increíble, y solo un poco se debe a que sería imposible encontrar a otra persona con el mismo gusto musical. —Torrance se lleva una mano al corazón, fingiendo estar herida—. Después de pensarlo mucho, y tras pedir permiso a los novios, se me ocurrió lo que quería hacer con este brindis. —En ese momento, se pone serio y se acerca a mi silla dando zancadas, sin apartar los ojos de los míos. Recoloca la mano que agarra el micrófono y, a esta distancia, veo cómo le tiemblan las manos.

Tengo el corazón en la garganta. He llorado un poco durante la ceremonia y he tenido que retocarme el maquillaje antes de la recepción. A este ritmo, al final de la noche no me va a quedar nada en la cara.

—Y al pensarlo me pareció perfecto. Porque a estas alturas nuestras historias están muy entrelazadas, ¿no crees?

Torrance suelta un grito y se acerca a la mesa para darme un apretón en el brazo. Apenas lo registro.

Ahora Russ está a poco más de medio metro de mí. Y puede que el micrófono siga en sus manos, pero parece que solo me habla a mí, como si fuéramos las dos únicas personas en esta carpa, en esta playa.

—Ari Abrams —dice—, chica del tiempo, estoy profundamente enamorado de ti. ¿Quieres casarte conmigo?

Es la pregunta más fácil que me han hecho nunca, una que no requiere pensarlo dos veces.

—Sí —respondo, parpadeando para contener las lágrimas—. Te amo, Russ. *Sí*.

Me pone el anillo en el dedo, una fina alianza de oro con un pequeño diamante en forma de gota de lluvia, y es lo más bonito que he visto nunca, hasta que vuelvo a mirarle a la cara y sus ojos brillan.

Aunque estemos atravesando la oscuridad, sé que siempre encontraremos el camino de vuelta el uno al otro.

* * *

Me es imposible apartarme de él el resto de la noche mientras bailamos, bebemos y reímos, y la gente choca sus copas para que Torrance y Seth se besen y exigen que nosotros hagamos lo mismo. Como es un verano infinito de Seattle, el sol no se pone hasta dentro de un par de horas. Todo el día parece un sueño. El mejor sueño.

—No creo que pueda seguir bailando —digo cuando empieza otra canción lenta de *jazz* y Russ me tiende la mano. He estado centrada en mi segundo trozo de tarta—. Puede que tengas que arrastrar mi cuerpo flácido por la pista de baile.

—No creo que eso sea una buena imagen para ninguno de los dos.

Russ pasa por alto la pista de baile y me lleva fuera de la carpa y a lo largo de la orilla, hacia una parte más apartada de la playa. Me quito los zapatos y dejo que los pies se me hundan en la arena, y Russ se remanga los pantalones y las mangas de la camisa. Se afloja la corbata.

—No me creo lo que acaba de pasar. —Miro fijamente el anillo, todavía anonadada—. No me malinterpretes, no me imagino un momento mejor que la segunda boda de los Hale. Más bien me sorprende que lo hayas mantenido en secreto tanto tiempo.

—Ha sido una tortura —admite, entrelazando sus dedos con los míos—. Temía mucho que Elodie te lo contara. Se va a emocionar mucho cuando sepa que has dicho que sí.

Me burlo de eso.

—¿De verdad estabas preocupado? Porque estoy un poco obsesionada contigo.

Me atrae contra su pecho, me alza el rostro y me besa mientras el estrecho de Puget nos llega a los tobillos.

—Un poco de miedo escénico, supongo. Pero, más que nada, estoy muy feliz —dice—. Bueno, ¿adónde deberíamos irnos en nuestra luna de miel?

—A algún lugar tropical en el que llueva en verano. O a algún sitio en el que podamos ver un eclipse total. Cualquier sitio que tenga un clima único; no soy exigente —respondo—. ¡Uh! O podríamos convertirnos en cazadores de tormentas. Sigo teniendo el contacto de Tyler Tifón.

—La luna de miel más tú del mundo.

—¿Algún problema?

—Sabes que no.

Ambos nos quedamos callados, disfrutando de este mundo, de este momento y de la magia de encontrar a esa persona que te entiende como nadie.

—Cuando pensé por primera vez en proponerte matrimonio —empieza Russ al cabo de unos minutos, pasándome una mano por el pelo alborotado por el viento—, me imaginé haciéndolo en medio de una tormenta. El cielo se despejaría y yo me arrodillaría en el barro, probablemente, y los dos seguiríamos estando increíbles a pesar de estar empapados.

—No soy tan predecible, ¿verdad?

—Puede ser —contesto—. Pero es una de las cosas que más me gustan de ti. Eso y la cara que pones cuando empieza a nevar. —Mira el horizonte antes de que su preciosa mirada vuelva a encontrarse con la mía—. ¿Te gustaría que lloviera?

Niego con la cabeza.

—Hace un tiempo perfecto —respondo, y juntos cerramos los ojos e inclinamos el rostro en dirección al sol.

Agradecimientos

LA CHICA DEL TIEMPO es un libro personal en muchos sentidos, y estoy muy agradecida a todas las personas que lo han
tratado con amor y cuidado. Muchas gracias a mi editora,
Kristine Swartz, por entender al instante lo que quería hacer
con este libro y por ver su potencial. Me ayudaste a convertir
la historia de Ari en algo de lo que estoy increíblemente orgullosa, y no podría estar más contenta con el producto final.

Gracias a mi agente, Laura Bradford, por seguir siendo
una compañera fantástica en todo lo relacionado con la pu-
blicación. El equipo de Berkley/Penguin Random House
siempre me deja boquiabierta con su compasión y creativi-
dad: Jessica Brock, Jessica Plummer, Megha Jain y Alison
Cnockaert. Vi-An Nguyen, ¡me siento tan afortunada de tener dos bellezas absolutas hechas por ti! Esta es la portada de
mis sueños del noroeste del Pacífico, y la amo con todo mi
corazón.

Este libro habría sido más gris que el día más nublado
de Seattle sin la aportación de las meteorólogas Shannon

OèDonnell y Claire Anderson. Admiro muchísimo lo que hacéis. ¡Muchas gracias por vuestro tiempo y experiencia! Gracias a mi hermana, Michelle, que me ayudó mucho con los detalles del hospital. Y a los psicólogos que he tenido a lo largo de los años, especialmente a L. Z.: gracias por ayudarme a entender mi cerebro un poco mejor.

A las autoras que han escrito sobre este libro: Helen Hoang, Sophie Cousens, Sonia Hartl, Annette Christie, Chloe Liese, Jasmine Guillory, Tessa Bailey, Alison Cochrun, Olivia Dade y Julia Whelan. Vuestra generosidad y vuestras palabras amables significan mucho para mí. También les envío mucho amor a Kelsey Rodkey, Courtney Kae, Auriane Desombre y Lillie Vale, mis primeras lectoras cuyo entusiasmo por Ari y Russell marcó la diferencia.

Como siempre, gracias a Ivan. Me alegro mucho de que tú también prefieras los días de lluvia.

Guía de lectura

Preguntas para debatir

1. ¿Empezaste el libro con alguna idea preconcebida con respecto a lo que consistía el trabajo de un meteorólogo en la televisión? Si es así, ¿cómo ha cambiado en el transcurso del libro?

2. ¿Se equivocaron Ari y Russell al manipular a Torrance y a Seth? ¿Se pasaron de la raya en algún momento? Dado el desenlace del libro, ¿valió la pena?

3. Si pudieras leer este libro desde el punto de vista de Russell, ¿cuál crees que sería el arco de su personaje?

4. Ari y Torrance dedican un tiempo a discutir el sexismo y la misoginia que hay en su sector. ¿Por qué crees que la gente puede salirse con la suya y tratarlas así? ¿Qué tendría que pasar para que eso cambiara?

5. ¿Cómo es el viaje de la salud mental de Ari en comparación con otras representaciones de la salud mental que has leído en libros o visto en series y películas?

6. Más adelante en el libro, Ari comenta que su familia «no soy solo yo, ni siquiera cuando me he sentido más sola que nunca». ¿Cómo podría haber definido la familia al principio del libro y cómo ha cambiado al final?

7. Aunque este libro contiene muchos momentos alegres, también explora algunos temas serios. ¿Lo considerarías una comedia romántica? ¿Cuál es tu definición de una comedia romántica y cómo refleja o cuestiona esa definición este libro?

8. ¿Qué crees que les depara a Ari y a Russell en el futuro?

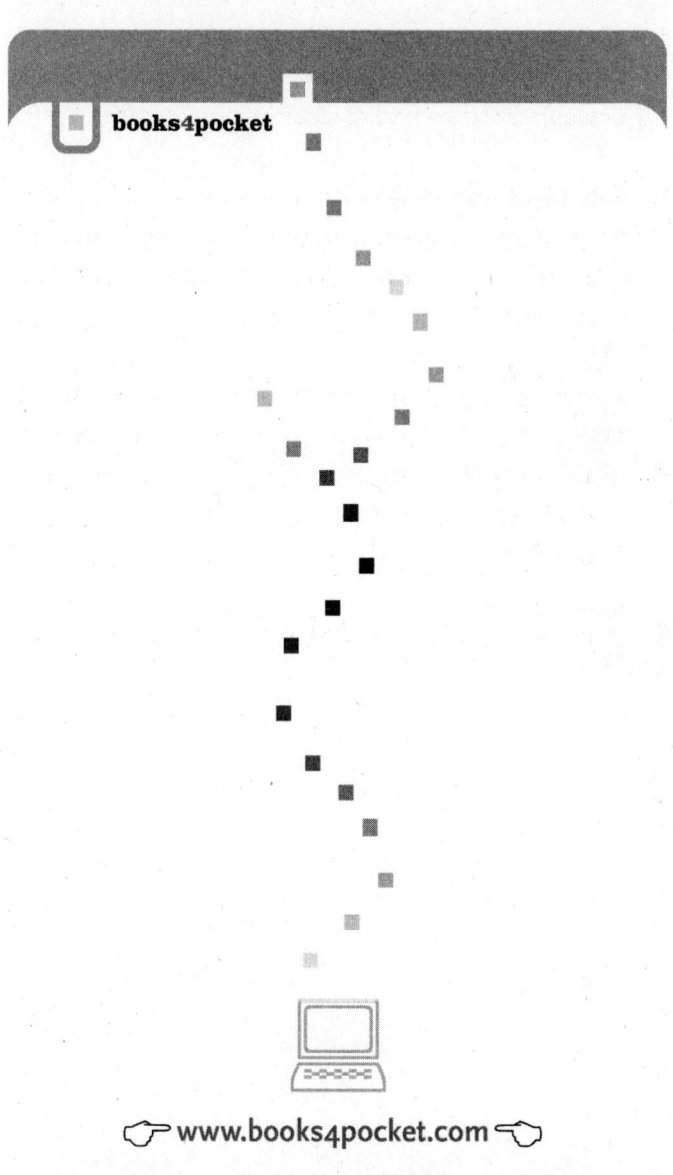

books4pocket

www.books4pocket.com